James M. Cain

Abserviert

JAMES M. CAIN

ABSERVIERT

Herausgegeben von der Süddeutsche Zeitung Edition
Ausgewählt von Peter Graf

Aus dem Amerikanischen von Simone Salitter und Gunter Blank

1

Ethel flung at me of being a femme fatale
who knew ways of killing.

Zum ersten Mal begegnete ich Tom Barclay auf der Beerdigung meines Mannes. Aber das erfuhr ich erst sehr viel später, denn an jenem Tag war er mir nicht weiter aufgefallen, weshalb ich mich auch nicht an ihn erinnerte. Mr. Garrick, der Bestattungsunternehmer, rief häufig bei der Stellenvermittlung der Universität an, damit ihm ein paar Jungs zur Hand gingen. Doch an diesem Tag hatte einer von ihnen – ein Student namens Dan Lacey – keine Zeit, deshalb hatte dessen Vater Tom gebeten, für Dan einzuspringen. Obwohl er bereits im Jahr zuvor sein Examen gemacht hatte, kümmerte Tom sich um mich, holte mich in einer glänzenden Limousine ab und brachte mich auch wieder nach Hause. Aber er saß neben dem Fahrer, und so wechselten wir keine drei Sätze miteinander, und ich sah nicht einmal, wie er aussah. Später gestand er mir, dass er mich sehr wohl wahrgenommen hatte – nicht mein Gesicht, denn ich hatte einen Schleier getragen, aber meine »schönen Beine« waren ihm aufgefallen. Wenn ich damals keine Notiz von ihm nahm, dann nur deshalb, weil ich genug anderes um die Ohren hatte: Da war der Schock über das, was Ron zugestoßen war, die Anspannung, weil ich mich mit der Polizei auseinandersetzen musste, und dann inszenierte meine Schwägerin eine für mich völlig überraschende Intrige, mit dem Ziel, mir mein Kind wegzunehmen. Ethel ist Rons Schwester, und ich weiß, wie schlimm es für sie ist, dass sie aufgrund einer Operation nie ein eigenes Kind wird haben können. Ich halte ihr das zugute. Dennoch war es ein Schock für mich, als ich feststellen musste, dass sie meinen Tad behalten wollte. Ich wusste, wie lieb sie ihn hatte, deshalb war ich auf ihren Vorschlag eingegangen, ihn so lange bei sich aufzunehmen, bis ich mich wieder gefangen hätte. Aber niemals hätte ich mir träumen lassen, dass sie ihn so sehr liebte und vorhatte, ihn für immer bei sich zu behalten.

Doch ich wusste schnell, was Sache war. Noch am Grab kam sie auf mich zu. Sie löste sich von Jack Lucas, ihrem Mann, und von Mr. und Mrs. Medford, ihren Eltern, die natürlich auch Rons Eltern waren, schüttelte dann Dr. Weeks die Hand, dankte ihm vermutlich für den schönen Gottesdienst, den er abgehalten hatte, und kam anschließend zu mir herüber.

»Nun, Joan«, legte sie los, »endlich hast du erreicht, was du wolltest – ich hoffe, du bist jetzt zufrieden.«

»Was meinst du?«, fragte ich.

»Ich glaube, das weißt du genau.«

»Wenn ich's wüsste, würde ich nicht fragen. Also spuck's aus.«

»Na, die Polizei wird es doch bestimmt komisch gefunden haben, wie alle anderen übrigens auch, dass du ihn mit nichts als seinem Pyjama am Leib rausgeworfen und im Regen hast stehen lassen, sodass er irgendwohin fahren musste, um ins Trockene zu kommen. Und ich glaube nicht, dass du sehr überrascht und bestürzt darüber gewesen bist, als es hieß, er sei gegen eine Kanalmauer geknallt.«

»Ich habe ihn rausgeworfen«, erklärte ich ihr, »weil er am Sonntag um zwei Uhr morgens betrunken nach Hause gekommen ist und lautstark nach einem weiteren Bier verlangt hat. Und weil er dann auf die grandiose Idee kam, Tad für etwas zu bestrafen, was zwei Wochen zurücklag. Dabei hatte Tad die letzte Abreibung noch nicht überwunden. Ich wusste auch nichts von diesem Auto, das er sich übers Wochenende geliehen hat. Er muss es ein Stück die Straße runter abgestellt haben, und die Schlüssel hat er vermutlich auch stecken lassen, sonst hätte er nicht so davonrauschen können. Und als ich aus dem Fenster sah und feststellte, dass er weg war, habe ich mir auch keine großen Gedanken gemacht. Denn nichts, was er getan hat oder hätte tun können, hat mich da noch überrascht. Deshalb bin ich einfach ins Bett gegangen, nachdem ich Tad beruhigt hatte. Und erst am Nachmittag, als man ihn schließlich identifiziert hatte, habe ich erfahren, was ihm zugestoßen ist. Wenn du also denkst, ich hätte das so geplant, dann irrst du dich gewaltig.«

»Sagst du!«

»Und du wirst es auch sagen.«

»… wie bitte, Joan?«

»Ethel, sag hier und jetzt, dass du dich geirrt hast, oder ich hau dir vor allen Leuten eine runter, vor Dr. Weeks, vor den Medfords, vor Rons Freunden, du fängst dir eine Schelle, die du nicht vergessen wirst. Ethel …«

»Ich habe mich geirrt.«

»Das dachte ich mir.«

»Ich hab's gesagt. Denken tue ich es nicht.«

»Was du denkst, interessiert mich nicht. Nur was du sagst, ist für mich von Interesse.«

Wir standen uns einen Augenblick gegenüber und funkelten uns böse an; dann jagte mir ein eiskalter Schauer über den Rücken. Mir schoss nämlich durch den Kopf, was, wenn sie mir richtig fies käme und von mir verlangte, Tad zu mir zu nehmen? Ich dachte mir: Im Moment kann ich ihn noch nicht bei mir haben, denn wenn ich auf ihn aufpassen muss, kann ich nicht arbeiten, aber genau das muss ich, um Essen auf den Tisch zu bringen und für ihn aufkommen zu können, denn die Kosten für seinen Unterhalt kann ich nicht einfach Ethel aufbürden.

Ich schluckte und schluckte noch einmal und schluckte schließlich schwer. Dann sagte ich: »Ethel, ich will mich für meinen Ton entschuldigen. Ich habe einiges durchgemacht, und auf diese Art des Mordes beschuldigt zu werden oder etwas unterstellt zu bekommen, das ganz danach klingt, ist mehr, als ich verkraften kann. Also …«

»Schon gut, Schwamm drüber.«

»Dann kommen wir also miteinander klar?«

»Wenn du Tad meinst, klar, für den ist gesorgt.«

»Dann danke ich dir.«

Doch ich klang wohl gestelzt, denn sie blaffte: »Joan, es gibt nichts, wofür du mir danken müsstest. Tad ist mein eigen Fleisch und Blut. Er ist mir jederzeit willkommen, und zwar mehr als willkommen, solange es nötig sein wird. Und je länger das ist, desto lieber ist es mir.«

An diesem Punkt hat sie es überzogen. Weniger mit dem, was sie sagte, sondern wie sie es sagte, mit diesem komischen Leuchten in den Augen. Und da dämmerte mir, dass es ihr absolut nicht ähnlich sah, alles einfach so zu schlucken, schon gar nicht eine Beleidigung von mir, und wenn sie es doch tat, musste es einen Grund dafür geben. Sie hatte mich kalt erwischt. Doch was konnte ich dagegen tun? Hier an Rons noch offenem Grab, an dem sein Vater, seine Mutter und seine Freunde noch immer Freundlichkeiten über ihn austauschten. Ich war ratlos; ihr eine runterzuhauen würde nichts nützen – das bringt eigentlich nie was, wie ich leider schon oft genug habe feststellen müssen. Mir fiel einfach nichts ein. Das Einzige, was mir blieb, war mit den Wimpern zu klimpern, und dann hörte ich mich auch schon kleinlaut fragen: »Übrigens, wo ist Tad denn?«

»Joan, ich dachte, ich bringe ein dreijähriges Kind besser nicht zu einem Begräbnis mit, aber keine Sorge, er ist in guten Händen.«

Ich weiß nicht mehr, was mich dazu veranlasste, mich umzudrehen, vielleicht hatte sie über meine Schulter nach hinten geschaut, wie auch immer, ich drehte mich um, und da war mein Sohn, gar nicht weit weg spielte er neben Ethels Wagen. Wie immer nahm er die linke Hand zu Hilfe, um den Ball aufzuheben, während Eliza, die Frau, die Ethel den Haushalt machte, zuschaute. Ich ging auf ihn zu und lüftete meinen Schleier, indem ich ihn nach hinten über den Hut warf. Just in dem Moment entdeckte er mich und kam auf mich zugerannt, ganz in der Art der Dreijährigen, den Körper nach vorne gebeugt, sodass seine Füße Schwierigkeiten hatten, mit seinem Kopf Schritt zu halten. Das schafften sie auch nicht ganz, doch als er stolperte, war ich bei ihm und fing ihn auf. Er jammerte, als meine Hand seine Schulter berührte, deshalb ließ ich los und drückte ihn stattdessen fest an mich, herzte und küsste ihn. Als ich unseren innigen Moment beendete, versicherte mir Eliza: »Er war wie ein Lamm, Miss Joan – kein bisschen unartig. Es tut mir ja so leid, was mit Mr. Ron geschehen ist.«

»Danke, Eliza, tut gut, das zu hören.«

»Soll ich ihn jetzt wieder nehmen?«

»Bitte.«

Als ich zurückkam, hatte Ethel sich wieder zu Jack und ihren Eltern gesellt. Ich dankte Dr. Weeks, schüttelte Rons Freunden die Hand, Männern, die er überwiegend in Bars kennengelernt hatte, eine nicht übermäßig elegante, aber anständige Truppe in Arbeitshosen und Windjacken. Dann nickte ich Mr. und Mrs. Medford zu, die eisig zurücknickten, es war unübersehbar, dass sie Ethels Unsinn Glauben schenkten. Danach ging ich wieder zu Tom, der sich ein paar Schritte zurückgezogen hatte, als Ethel auf mich zukam.

»Sind wir so weit?«, fragte ich.

»Wann immer es Ihnen recht ist, Mrs. Medford.«

Und so verließ ich an einem Frühlingsnachmittag den Friedhof in College Park, Maryland, und machte mich zu meinem Heim in Hyattsville auf, einem Vorort von Washington, D.C., das vielleicht fünf Meilen entfernt lag, um mich dem Rest meines Lebens zu stellen, in dem ich den Unterhalt für mich und meinen kleinen Sohn würde verdienen müssen, obgleich ich keine Ahnung hatte, wie ich das bewerkstelligen sollte. Aber wer bin ich eigentlich, und warum erzähle ich dies alles? Mein Mädchenname lautet Joan Woods, und geboren wurde ich in Washington, Pennsylvania, einem Vorort von Pittsburgh. Mein Vater Charles Woods ist Rechtsanwalt, ein führendes Mitglied unserer Gemeinde und hat, soweit ich weiß, nur einen einzigen Fehler: Er tut, was meine Mutter sagt. Und zwar immer. Mit siebzehn besuchte ich die University of Pittsburgh, doch dann klopfte das Schicksal an meine Tür. Ein junger Mann aus einer der Stahlfamilien verliebte sich in mich und bat mich bald darauf, ihn zu heiraten. Meine Mutter war ziemlich begeistert, und mein Vater sagte zu allem Ja und Amen. Doch Fred langweilte mich zu Tode, und so gab es bald Knatsch. Um ein bisschen Gras über die Sache wachsen zu lassen, machte ich mich nach Washington, D.C., auf, wo ein Mädchen, das ich kannte, einen Job im Regierungsviertel hatte. Sie dachte, sie könnte mich auch auf dem »Hügel«, wie die Leute es nannten, unterbringen, und nahm mich in ihrer Wohnung auf, wo ich auf ihren Anruf warten sollte. In Wahrheit passierte nichts, und das tagelange Herumsitzen fing an, mich zu ermüden, zumal ich mich mörderisch einsam fühlte. Als der Kerl vom Apartment gegenüber klopfte, ließ ich ihn herein, und so kam eins zum anderen. Ehe ich mich versah, war ich schwanger und hatte nicht die leiseste Ahnung, dass man etwas dagegen tun könnte. Soweit ich wusste, trat ein schwangeres Mädchen schnellstmöglich vor den Traualtar. Und genau das tat ich. Auch wenn Ron einen zögerlichen Bräutigam zu nennen die Untertreibung des Jahres wäre. Er hasste es, heiraten zu müssen, hasste den kleinen Tad, und ich glaube, er hasste auch mich.

Meine Mutter hasste mich, und mein Vater wies mir die Tür und entzog mir die Unterstützung. Ich war auf die Gnade der Medfords angewiesen, die mich auch beide hassten. Mr. Medford gab Ron einen Job als Makler in seiner Immobilienfirma. Ron schlug sich wirklich ausgezeichnet – betrank sich aber regelmäßig. Dann feuerte Mr. Medford ihn, stellte ihn aber in der Woche darauf wieder ein. Er heuerte und feuerte ihn so oft, dass Ron anfing, sich darüber lustig zu machen und sich Finnegan Medford nannte. Allerdings fand das alles ein jähes Ende, als Ron den Verkauf an die Castles vermasselte, weil er betrunken bei ihnen aufkreuzte und Mrs. Castle angrapschte. Aus Versehen, wie er behauptete. Danach gab es keine Wiedereinstellung mehr, und Ron verbrachte die folgenden Monate damit, seinen Vater zu verfluchen und mich und meinen Sohn ebenfalls. Er vergaß bei alledem allerdings ein Gehalt mit nach

Hause zu bringen, und so schmolzen unsere Ersparnisse zügig dahin, bis die Versorgungsunternehmen keine Ausreden mehr akzeptierten und uns Strom und Wasser abstellten.

Das Haus, ebenfalls ein Geschenk von Mr. Medford, ein halbes jedenfalls, weil es mit einer Hypothek von 7500 Dollar belastet war, um Ron einen »Anreiz« zu bieten, sich, wie er sagte, am Riemen zu reißen und seiner Verantwortung gerecht zu werden. Nur dass das Ganze seine Wirkung verfehlte und stattdessen nur dazu führte, dass mir, noch ehe ich zwanzig war, graue Haare wuchsen, weil ich zusehen musste, wie ich jeden Monat die 110 Dollar für die Rate auftrieb, damals, als Geld noch aufzutreiben war. Jetzt ist es aufgebraucht, und die Räumungsdrohungen in der Post häufen sich.

Vor diesem Haus, einem Bungalow aus den Zwanzigerjahren, hielten wir nach der Beerdigung an, Tom sprang heraus, reichte mir die Hand zum Aussteigen und wartete auf dem Gehweg, bis ich die Veranda erreicht, meinen Schlüssel herausgekramt und die Haustür aufgeschlossen hatte. Dann drehte ich mich um, winkte und warf ihm (wie er später behauptete) einen Kuss zu (was ich nicht glaube). In dem Moment hatte ich keine Ahnung, dass ich einen Job in einem Restaurant unten am Hügel in Aussicht hatte und den Mann vor Augen, den ich bald begehren sollte wie das Leben selbst.

Wo also schwimmt das Haar in der Suppe, und warum erzähle ich das alles? Ich hoffe, dass es gedruckt wird und dass ich so meinen Namen von den Verleumdungen reinwaschen kann, die in Verbindung zu meinem Job, der Heirat und all dem, was danach kam, kursierten. Sie laufen alle auf dasselbe hinaus, auf das, was Ethel mir ins Gesicht spuckte, nämlich dass ich eine *Femme fatale* sei, die einen so cleveren Weg gefunden habe, ihren Ehemann zu ermorden, dass man ihr nichts nachweisen könne. Unglücklicherweise kann man ihnen auch nicht das Gegenteil beweisen, zumindest nicht vor Gericht, denn solange die Zeitungen »mutmaßlich« schreiben, kann man niemanden verklagen. Also bleibt mir nichts anderes übrig, als es zu erzählen, und zwar alles zu erzählen, einschließlich der Details, die keine Frau freiwillig preisgibt. Mir bereitet das keinerlei Vergnügen, aber wenn es so sein muss, dann soll es so sein.

Was auch immer ich gemacht habe, Tom warf mir eine Kusshand zu und fuhr davon.

2

We're off duty, Mrs. Medford

Den Schleier hatte ich nicht aus altmodischen Erwägungen getragen oder weil es sich für eine Witwe schickt, sondern um mein grün und blau verfärbtes Kinn zu verbergen. Die Schläge hatte Ron mir verpasst, als wir um Tad gerungen hatten. Ich hätte die Flecken mit Make-up überdecken können, doch ich wusste, die Medfords hätten das missbilligt, und so war der Schleier die einfachste Lösung, denn den wahren Grund konnte ich ihnen nicht nennen. Doch dafür schraubte ich nun meinen Max-Factor-Tiegel auf und machte mich an die Arbeit. Das heißt, zuallererst zog ich mich aus, entledigte mich des schwarzen Kostüms, streifte Pumps den schwarzen BH und die Strumpfhose, die ich anhatte, ab, dann setzte ich mich vor den Spiegel meiner Frisierkommode. Und wer wissen will, wie ich nackt aussah: Nun, das war vor dreizehn Monaten, und ich war gerade mal einundzwanzig. Ich bin knapp mittelgroß, normal gebaut, ein bisschen schlanker vielleicht mit kräftiger Oberweite, wie man so sagt. Doch das Beste an mir sind meine Beine, das hat man mir immer und immer wieder versichert. Gerade, schön gewölbt, sanft und anmutig. Mein Gesicht ist breit und ein bisschen zu feist, aber ein paar Lidstriche unter den Augen wirken Wunder, soll heißen, ich sehe nicht schlecht aus. Mein Haar ist blond, ein dunkles Blond, Maishülsenblond nennen es manche, mit den grauen Strähnen, die ich schon erwähnt habe. Meine Augen sind grün und ein bisschen groß geraten. Im Zusammenspiel mit dem Lidstrich haben sie was Katzenhaftes, das muss ich schon sagen.

Ich legte das Make-up auf, puderte mich, stäubte mich mit meiner Hasenpfote ab und hatte schließlich ein ganz passables Gesicht vor mir. Dann zog ich mich an, einen weißen BH, weiße

Schlüpfer, rote Socken und flache Schuhe, Levi's und eine rustikale Bluse, damit ich für den Job, der mir vorschwebte, gerüstet war. Doch dazu gleich mehr. Ich war gerade fertig, als ich die Türklingel hörte. Wegen des abgestellten Stroms klingelte sie nicht, aber ich vernahm ein Klicken, und kurz darauf klopfte es. Ich ging hinunter in die Diele und öffnete. Ich hatte einen Geldeintreiber oder Gerichtsvollzieher erwartet und mir schon eine Ausrede zurechtgelegt. Doch stattdessen standen zwei Männer vor mir, mit denen ich bereits unten im Rathaus gesprochen hatte, Polizisten.

»Sergeant Young, Private Church, kommen Sie herein.«

»Sie erinnern sich also an uns?«, sagte der ältere der beiden, der Sergeant, und nahm beim Eintreten die Uniformmütze ab.

»Nun, *so* schnell werde ich Sie nicht vergessen.«

»Unsere Namen, meine ich.«

»Die stimmen doch, oder?«

»Ja, aber das ist ungewöhnlich.«

Inzwischen hatte ich sie ins Wohnzimmer geleitet, auf das ich nicht besonders stolz war, beim Sofa fehlte ein Bein, das einer von Rons lebhafteren nächtlichen Eskapaden zum Opfer gefallen war. Stattdessen hielt nun ein Stapel Bücher das Gleichgewicht. Ich setzte sie jedoch mit dem Rücken zum Sofa, ließ mich dann selbst nieder und fragte: »Nun, meine Herren, was kann ich für Sie tun?«

»Sag es ihr«, meinte der Sergeant zu Church. Der jüngere Polizist warf ihm einen, wie ich fand, etwas zögerlichen Blick zu, wandte sich dann aber doch zu mir.

»Wir sind außer Dienst, Mrs. Medford«, sagte Church. »Aber da Sie neulich, als wir Sie gefragt haben, was passiert wäre, so kooperativ waren, sind wir dieses Mal vorbeigekommen, um Ihnen etwas mitzuteilen, und nicht, um Sie etwas zu fragen, etwas, von dem wir glauben, dass Sie es wissen sollten. Zumal wir alles Recht haben, es Ihnen zu erzählen, denn die Frau, die gestern Abend anrief, wollte ihren Namen nicht nennen, von daher kann sie auch nicht auf Vertraulichkeit pochen, wie es neuerdings so schön heißt. Auf Vertraulichkeit pochen, wie sich das schon anhört, völlig affektiert.«

Wir mussten alle lachen, aber in mir keimten Schuldgefühle auf, dass ich an diesem bedeutungsschwangeren Tag etwas komisch finden konnte. Doch dann sagte ich: »Okay, Private Church, ich höre. Was wollten Sie mir mitteilen?«

»Es geht um diesen Anruf, den wir bekommen haben. In dem von einem Kerl die Rede war, den Sie zufällig auch kennen, Joe Pennington ist sein Name.«

»Jetzt weiß ich auch, wer Sie angerufen hat.«

»Das haben wir uns fast gedacht.«

»Und? Was hat sie über Joe gesagt?«

»Dass er hier war, dass er am Samstagabend bei Ihnen gewesen sei, als Ihr Mann nach Hause kam. Dass nicht Ihr kleiner Junge, sondern er der Grund für den Streit war, und dass er Ihnen geholfen hat, Ihren Mann auf die Veranda zu stoßen, dass …«

»Ich habe ihn seit mehr als einem Jahr nicht mehr gesehen.«

»Was wir auch herausgefunden haben, Mrs. Medford.«

»Das ist doch nur eine plumpe Lüge.«

»Das wissen wir, Mrs. Medford. Wir haben Joe Pennington überprüft, er trieb sich an jenem Abend nämlich auf *The Block* herum, drüben in Baltimore, und er hat auch eine Zeugin, die es bestätigt, eine äußerst hübsche Zeugin, die ziemlich ins Detail ging …«

»Weshalb wir hier sind, ist …«, unterbrach ihn der Sergeant. »Warum sollte diese Frau so etwas sagen, so eine völlig aus der Luft gegriffene Anschuldigung in die Welt setzen? Nun, nachdem wir Joe überprüft haben, glauben wir die Antwort zu kennen, und da sie Sie direkt betrifft, dachten wir, wir kommen vorbei und sagen es Ihnen. Diese Frau, die anrief, die hat nämlich noch etwas gesagt, über Ihre Schwägerin, die Ihren Jungen bei sich aufgenommen hat. Aus irgendeinem Grund sagte sie immer und immer wieder …«

»… aus reiner Herzensgüte.«

»Genau das hat sie gesagt, wir nahmen an, dass Sie diese Floskel kennen, weil sie wie einstudiert klang, etwas, das sie sehr häufig sagt. Und da kam uns nämlich der Gedanke, dass die Frau, die anrief, und Ihre nette Schwägerin ein und dieselbe Frau sind. Aber wie passen Sie in dieses Szenario, und was sollte die Geschichte mit Joe bezwecken? Nun, Sie passen eigentlich überhaupt nicht ins Bild, und das mit Joe würde auch keinen Sinn ergeben, außer … Außer, sie versuchte uns dazu zu bringen, etwas gegen Sie zu unternehmen, Sie als nicht tauglich zu erklären, als Mutter ungeeignet für das Kind, um das sie sich derzeit kümmert. Mit anderen Worten: Wenn sie beweisen könnte, dass Sie sich unmoralisch verhielten, könnte sie das Kind behalten, so etwas, dachten wir beide, muss sie im Sinn gehabt haben, und deshalb sind wir vorbeigekommen, um es Ihnen zu sagen. Und? Reimt sich das zusammen?«

»Sie hat es mir vor kaum einer Stunde genau so unter die Nase gerieben. Am Grab meines Mannes kam sie auf mich zu und gab unumwunden zu, dass sie meinen Jungen für sich haben möchte. Ich kann es ihr nicht verübeln, dass sie ihn lieb hat, alle mögen ihn, und sie hatte ja auch einen harten Schlag zu verkraften, eine tragische Geschichte. Sie kann keine eigenen Kinder mehr haben, und ganz sicher hat sich das in ihren Gedanken festgesetzt. Aber …«

Ich konnte nicht mehr, saß einfach nur da und versuchte mich wieder unter Kontrolle zu bekommen.

»Deshalb sind wir ja zu Ihnen gekommen«, sagte Sergeant Young sanft. »Wir dachten, Sie sollten das wissen.«

Ich saß immer noch da, merkte aber, wie er meine Kleidung musterte. »Ich habe mich zum Arbeiten umgezogen«, erklärte ich. »Ich muss heute noch anfangen.«

»… was arbeiten Sie denn?«

Ich hasste die Antwort, aber ich dachte, ich müsste unbedingt etwas erwidern. »Nun, ab heute, so hoffe ich, kann ich für mich selbst aufkommen. Unter der Terrasse hinten steht ein Rasenmäher, und ein Kanister Benzin ist auch noch da, und ein Stück die Straße hoch, wo man mich nicht kennt, gibt es Rasen, die gemäht werden müssen, und ich dachte, das könnte ich übernehmen, das heißt, wenn die Leute es mir erlauben, es würde mir ein paar Dollar einbringen, und damit könnte ich etwas zu essen besorgen und einen Tag zum Nachdenken gewinnen. Wenn ich mir etwas Zeit verschaffe, könnte ich vielleicht einen Job bei *Woodies* ergattern, oder bei *Hecht's* oder *Murphy's* – als Verkäuferin, meine ich. Ich habe nichts Spezielles gelernt, auf der Highschool hatte ich Englische Lyrik als Hauptfach, und auf dem College, nun, ich hatte ja kaum angefangen, da musste ich es abbrechen, und wie Sie sich denken können, musste ich dann heiraten, und dann kam mein Kleiner zur Welt und – tja, jetzt stehe ich da.«

Ich weiß nicht, warum ich so viel redete, aber sie schienen wirklich besorgt um mich, deshalb wollte ich ihnen alles erzählen. Außerdem war ich nervös, ich nehme an, jeder wird nervös, wenn er mit der Polizei reden muss.

»Haben Sie schon mal daran gedacht, in einem Restaurant zu arbeiten?«, fragte der Sergeant nach einer kleinen Pause.

»Was meinen Sie damit – in einem Restaurant arbeiten?«

»Nun, als Kellnerin.«

Ich muss ihn befremdet angesehen haben, denn hastig und ein bisschen verlegen fuhr er fort: »Schon gut, schon gut, ich hab ja nur gefragt und wollte Ihnen nicht zu nahe treten. Denn die Sache hat eins für sich: Am meisten verdient man durch Trinkgelder. Und die können Sie jeden Abend mit nach Hause nehmen. Da müssen Sie nicht, wie bei anderen Jobs, bis Samstag warten ... oder bis zum Monatsersten.«

»... sprechen Sie ruhig weiter«, sagte ich.

»Nun, hinzu kommt noch, dass das *Garden of the Roses* hier nur ein paar Blocks die Straße runter ist. Für *Woodies* bräuchten Sie ein Auto, für *Hecht's* und *Murphy's* auch, wie für alle anderen Geschäfte an der Plaza. Und Mrs. Rossi könnte tatsächlich jemanden gebrauchen, sie braucht öfter jemanden, und Sie könnten sich auf mich berufen.«

»Wer ist Mrs. Rossi?«

»Bianca Rossi, die Eigentümerin. Ihr Mann, ihr verstorbener Mann, war Italiener, sie nicht. Und sie ist in Ordnung. Ein bisschen mürrisch vielleicht, aber anständig und kein bisschen bösartig.«

»... klingt wie für mich gemacht.«

»Außerdem haben Sie's doch mit Namen, das hilft gewaltig, gerade bei den Trinkgeldern.«

»Meine Mutter«, erklärte ich ihnen, »ging auf eine Privatschule, wo sehr auf Benehmen Wert gelegt wurde, besonders auf die Bedeutung von Namen, und das hat sie mir eingetrichtert. Dass Freundlichkeit der Kern guten Benehmens ist haben sie ihr allerdings nicht beigebracht.«

»Wir könnten Sie hinfahren.«

»Wenn Sie so lange warten, bis ich mir was angezogen habe.«

»Was Sie anhaben, genügt vollkommen. Damit sehen Sie wie eine hart arbeitende junge Frau aus, und das sucht Bianca, ich meine, wenn sie überhaupt jemanden sucht. Und wenn sie Sie einstellt, gibt sie Ihnen eine Uniform.«

»Worauf warten wir dann noch?«

Alles kam so schnell und unerwartet, dabei war es die wichtigste Entscheidung meines Lebens. Bis dahin hatte ich nie daran gedacht, Kellnerin zu werden. Und Zeit, mich zu fragen, ob ich vielleicht zu stolz war, Trinkgelder anzunehmen, oder mir überhaupt Gedanken zu machen, blieb mir auch nicht. Die Hauptsache war Geld zu verdienen, und zwar schnell. Deshalb saßen wir auch keine Minute später im Auto, und Sergeant Young fuhr mich den Hügel hinunter ins Restaurant.

3

And, by her looks she's been broken in.

Das *Garden of Roses* befindet sich in der Upshur Street in Hyattsville, gegenüber von der Bezirksverwaltung, deren Hauptgebäude im Süden der Stadt am Highway No. 1 steht, am »Boulevard«, wie wir sagen. Das Restaurant ist nur eingeschossig, aber sein Parkplatz erstreckt sich über einen halben Block. Es besteht aus zwei Flügeln mit einem Verbindungstrakt in der Mitte, eine Art Foyer oder Lobby mit Rezeption und Garderobe, das man durch eine halbhohe Schwingtür betreten kann. Einer der Flügel beherbergt das Restaurant, der andere eine Cocktailbar.

Sergeant Young half mir beim Aussteigen und begleitete mich zum Eingang, während Private Church im Auto wartete.

»Das ist sehr freundlich von Ihnen, dass Sie mir helfen, obwohl Sie gar nicht dazu verpflichtet sind und gar keinen Grund dazu haben …«

»Verpflichtet vielleicht nicht, aber einen Grund habe ich schon.«

Ich ertappte ihn dabei, wie er seinen Blick einmal mehr über meine Kleidung schweifen ließ und vielleicht auch über das, was sich darunter befand, und verkrampfte ein wenig. Er muss das gesehen haben, denn als er weitersprach, klang er gleich etwas formeller.

»Mrs. Medford, ich kann mir vorstellen, was Sie durchgemacht haben. Ich habe die Akte gesehen, die angelegt wurde, als Sie Ihren Sohn zur Behandlung seines Armes ins Krankenhaus brachten. Ihre blauen Flecken und wie es bei Ihnen zu Hause aussieht, sehe ich auch. Verzeihen Sie mir, dass ich am Tag seiner Beerdigung so deutlich werde, aber Ihr Mann war ein Unmensch, und Sie können froh sein, dass Sie ihn los sind, vorausgesetzt natürlich, dass Sie darüber nicht auch noch Ihr Kind verlieren.«

Ich nickte dankbar. Wir verharrten noch einen Augenblick, und es schien mir, als wolle Sergeant Young mir noch etwas sagen, aber ohne dass sein Partner ihm dabei zusah. Er erwiderte mein Nicken und ging zu seinem Wagen zurück.

Als er und Private Church weggefahren waren, betrat ich das Foyer. Da kein Licht brannte und ich aus der Sonne kam, konnte ich einen Moment lang nichts sehen. Doch dann kam eine Kellnerin aus dem Restaurant geeilt und sagte: »Wir haben bis fünf geschlossen. Versuchen Sie es im *Abbey* am College Park.«

»Ich möchte Mrs. Rossi sprechen.«

»Worum geht es?«

»Wenn Sie nichts dagegen haben, sage ich ihr das selbst.«

»Ich muss wissen, was Sie von ihr wollen.«

Nun ist mein mitunter aufschäumendes Temperament, wie Sie vielleicht schon vermutet haben, eines der großen Probleme meines Lebens. Deshalb stand ich ein paar Sekunden lang stumm da und versuchte mich unter Kontrolle zu halten, als plötzlich eine Frau auftauchte. Sie war mittleren Alters, nicht größer als ich, aber breit und kräftig. Die Kellnerin sagte: »Mrs. Rossi, das Fräulein da möchte mit Ihnen sprechen, will aber nicht sagen, warum. Ich habe versucht, es aus ihr herauszukriegen, aber sie will einfach ...«

»Sue!«

Mrs. Rossis Stimme war schneidend, und Sue hielt prompt die Klappe. »Neugierige Kätzchen verbrennen sich die Tätzchen, Sue, und überhaupt, was geht es dich an, was sie von mir will?«

Sue verschwand, und Mrs. Rossi wandte sich an mich. »Also, was willst du?«

»Arbeit.«

»Was für eine Arbeit?«

»Die Tische bedienen.«

Sie musterte mich und sagte schließlich: »Ich kann ein Mädchen gebrauchen, aber ich fürchte, eines wie dich nicht, ich nehme keine ohne Erfahrung.«

»Nun also … ich habe nur drei Worte gesagt, und schon wissen Sie, dass ich keine Erfahrung habe.«

»Eben die drei Worte ›Die Tische bedienen‹, wenn du schon mal in dem Job gearbeitet hättest, hättest du gesagt: ›Die Gäste bedienen‹ … Also, hast du Erfahrung oder nicht?«

»Nein, aber …«

»Nun denn, ich nehme keine unerfahrenen Kräfte. Hast du zu Mittag gegessen?«

»Ich hatte heute Mittag keinen Hunger.«

»Gefrühstückt?«

»Mrs. Rossi, Sie sind zu gütig – das sage ich Sergeant Young, der mich ermutigt hat, mich bei Ihnen vorzustellen, weil Sie immerhin ein Herz haben.«

»Du kennst Sergeant Young?«

»Oh ja, ich glaube, ich kann ihn einen Freund nennen.«

»Und er hat dich zu mir geschickt?«

»Er sagte, Sie würden vielleicht jemanden brauchen.«

»Und wie kommt er darauf, dass ich dich gebrauchen könnte?«

Tja, was brachte ihn wohl darauf, dass sie mich brauchen könnte? Ich versuchte mir etwas einfallen zu lassen, und plötzlich kam ich wieder drauf: »Mein Namensgedächtnis hat ihn beeindruckt. Er glaubte, bei dieser Art Arbeit wäre das von Nutzen.«

»Wie heiße ich?«

»Mrs. Rossi. Mrs. Bianca Rossi.«

»Und das Mädchen eben?«

»Sue.«

Sie streckte den Arm aus, sodass man vom Restaurant aus ihre Hand sehen konnte, und schnalzte mit den Fingern. Als Sue wieder auftauchte, fragte sie mich: »Und wie heißt du?«

Ich wollte schon sagen: »Mrs. Medford«, fing mich aber noch und sagte stattdessen: »Joan. Joan Medford.«

»Miss oder Misses?«

»Ich bin Witwe, Mrs. Rossi. Misses.«

Mrs. Rossi sagte zu Sue: »Das ist Joan. Nimm sie mit nach hinten, zeig ihr einen Spind und such eine Uniform für sie raus. Aus dem Stapel, der vorhin aus der Wäscherei gekommen ist. Er liegt im Regal, im Vorratsraum.«

Dann, an mich gerichtet: »Wenn du dich umgezogen hast, kommst du wieder hierher, und ich sage dir, was als Nächstes zu tun ist.«

»Ja, Mrs. Rossi. Und danke auch.«

»Irgendetwas stimmt nicht mit dir.«

»Das wird schon noch, Mrs. Rossi, geben Sie mir etwas Zeit.«

Sue führte mich durchs Restaurant in eine Küche, wo ein Küchenchef und zwei Beiköche Zwiebeln hackten, Gemüse schnitten und in Töpfen rührten. Dann in einen Flur, der in einen Raum mit Spinden führte, vor denen eine Bankreihe stand. Sie nahm einen Schlüssel vom Brett und schloss mir einen auf. Dann verschwand sie, und bis ich mich ausgezogen hatte, war sie mit meiner Uniform wieder zurück, hielt den kurzen Rock mit der Schürze in der einen und die Bluse in der anderen Hand. Sie sah mir zu, wie ich meine Sachen in den Spind hängte und die Uniform anzog. Der Schlüssel war an einem Armbändchen befestigt, und als ich abgeschlossen und es übergestreift hatte, musste ich dabei auf meine Beine geschaut haben, die natürlich nackt waren, denn sie sagte: »Das ist schon okay, manche der Mädchen tragen keine Strumpfhosen. Bei manchen Dingen, wie den Fingernägeln zum Beispiel, ist mit Mrs. Rossi nicht zu spaßen, aber in anderen Fragen ist sie nicht so streng.«

Sie brachte mich zu Mrs. Rossi zurück, die mich im Restaurant erwartete. Bei ihr saß eine grauhaarige, etwa vierzigjährige gut aussehende Frau. Sie trug eine Bauernbluse, dazu purpurrote Shorts und hautfarbene Feinstrumpfhosen, die ein Paar überwältigende Beine betonten.

»Ich bin gleich bei dir«, rief Bianca mir zu und setzte ihre Unterhaltung fort. Doch die Frau unterbrach sie: »Hey, Moment mal, wer ist das denn?«

»Ein neues Mädchen«, erwiderte Bianca, »aber was den importierten Gin betrifft …«

»Moment, Moment! Warum trägt sie die Restaurant-Uniform?«

»Weil sie da arbeiten wird.«

»Oh nein, das wird sie nicht. Da versprichst du mir ein neues Mädchen, aber wenn es dann eintrifft, teilst du es für die andere Seite ein.«

»Sie ist neu, sie ist noch völlig grün hinter den Ohren, sie kann nicht in der Bar arbeiten, dazu fehlen ihr die Voraussetzungen.«

»Oh doch, die hat sie!« Und dann, zu mir gewandt: »Zeig ihr deine Voraussetzungen, dein Fahrgestell, meine ich.«

Ich drehte mich und präsentierte meine nackten Beine, und sie fuhr fort: »Und so wie sie aussieht, ist sie alles andere als grün hinter den Ohren.« Und wieder zu mir: »Nicht wahr, meine Liebe?«

»Wenn Sie das meinen, was ich glaube, dann ja. Ich bin Witwe. Seit Kurzem erst, mit einem Kind.«

»Also, Bianca?«

Es war nicht das erste Mal – so viel sah ich –, und bei Weitem nicht das letzte Mal, dass sie ihre Haltung änderte, wenn sie sich unter Druck gesetzt fühlte. »Okay, dann nimm sie mit.«

»Komm mit«, sagte die Frau und führte mich wieder in den Umkleideraum. »Den Namen, bitte.«

»Joan. Joan Medford.«

»Liz. Liz Baumgarten.«

Liz musste man einfach mögen, ich glaube, das ging nicht nur mir so, doch plötzlich fragte ich: »Wann schließt denn die Cocktailbar?«

»Um eins. Warum?«

»Weil ich mich frage, wie ich nach Hause komme. Das Restaurant schließt um neun, um die Zeit könnte ich noch gut zu Fuß nach Hause gehen. Aber um ein Uhr morgens …«

»Kein Problem. Ich fahre dich, Joan. Ich habe ein Auto.«

Wir waren im Umkleideraum angekommen, und Liz schloss die Tür hinter sich. Ich zog Rock, Schürze und Bluse aus und sie brachte mir die gleichen Hosen, die sie trug, dazu eine dieser Bauernblusen. Dann öffnete sie einen Spind und holte ein Paar noch eingepackte Strumpfhosen heraus. »Hier, hautfarben, ist das okay?«

»Oh mein Gott … danke, Liz.«

»In der Bar kriegst du um ein Uhr morgens vielleicht kalte Beine, aber wenn ich dir einen Vorschlag machen darf: Mit dem, was du da in der Bluse hast, würde ich den BH weglassen.«

»Meinst du wirklich?«

»Aber natürlich. Das macht sich bei den Trinkgeldern mehr als bezahlt.«

»Na dann mach ich's. Trinkgelder sind ja wohl die Hauptsache.«

»Für uns alle, Joan, für uns alle, deshalb musst du dich auch kein bisschen schämen.«

Und dann erklärte sie mir: »Falls du dich wunderst, warum ich mir Konkurrenz ins Haus hole, wenn ich doch alles für mich alleine haben könnte: Weißt du, alleine in der Cocktailbar zu arbeiten, das kann auch nach hinten losgehen. Wenn es nämlich richtig voll ist, komme ich mit den Bestellungen nicht nach, und das ist genau das, was du dir in einer Bar nicht erlauben kannst. Aufs Essen warten sie schon mal ein bisschen länger, aber der Drink muss sofort auf dem Tisch stehen. Wenn man da nicht hinterherkommt, werden die Typen direkt sauer. Und wenn sie sauer sind, geben sie kein Trinkgeld. Was ich sagen will, ab einem bestimmten Punkt nützt es nichts, wenn der Laden brummt, jedenfalls nicht, was das Trinkgeld angeht. Ganz im Gegenteil.«

Und dann, als ich die Strumpfhose anzog, die Shorts überstreifte und die Bluse, die vorne ziemlich spannte, meinte sie: »Das reicht. Ich würde sagen, es gibt mehr als einen guten Grund, dich hier arbeiten zu lassen.«

»Du siehst auch nicht schlecht aus.«

»Ganz okay für eine alte Frau – in einer Gruppe würde ich nicht unangenehm auffallen.«

Sie sah natürlich viel besser aus, und auf jeden Fall jünger, als sie tatsächlich war. Ich habe nie herausbekommen, wie alt genau, aber immerhin war sie alt genug, um gänzlich ergraut zu sein. Aber sie hatte wundervolles graues Haar, beinahe silbern, und es war gelockt und reichte bis knapp an die Schultern. Sie war mittelgroß, und ich muss sagen, ihr Gesicht war ein bisschen derb, aber nichtsdestotrotz sah sie verdammt gut aus. Ihre Augen waren leuchtend blau, erfahren, aber nicht hart. Ihre Beine waren ganz anders als meine. Wo meine weich und rund waren, waren ihre straff und muskulös, aber mit klaren Konturen und anmutig, wenn sie sie bewegte.

Sie ging voran. Über das Restaurant und das Foyer gelangten wir in die Bar, wo ein untersetzter Mann in einem weißen Jackett mit einem Leinentuch Gläser polierte und sie ordentlich im Regal aufreihte.

»Joan, Jake, Jake, Joan – unser neues Mädchen. Hab ein bisschen Geduld mit ihr, sie hat noch nie in einer Bar gearbeitet.«

Sprach's und verschwand in der Küche.

»Hallo, Joan.«

»Hallo, Jake.«

Wie sich herausstellte, begann mein Dienst jede zweite Woche bereits um vier statt um fünf, um für Jake die Ingredienzien vorzubereiten und die Tische zu richten. Das hieß die Stühle aufzustellen, die nachts immer hochgestellt wurden, damit die Bar gefegt werden konnte, und Schüsselchen mit Kartoffelchips zu verteilen. Weil gerade ein junger Bursche dabei war, den Boden zu fegen, kümmerte ich mich zuerst um Jakes Ingredienzien.

»Zuerst die für den Old Fashioned. Weißt du, was das ist?«

»Du meinst die Orangenschnitze und die Kirschen?«

»Genau die.« Er musterte mich eindringlich, dann fuhr er fort: »Und für die Martinis?«

»Packe ich die Oliven in eine Schüssel und stecke einen Zahnstocher durch.«

»Für die Gibsons?«

»Perlzwiebeln, keine Zahnstocher.«

»Okay, nun zum Manhattan ...«

»Kirschen.«

»Wenn sie noch die Stängel dran haben, brauchst du keine Zahnstocher, aber manchmal liefern sie die falschen, ohne Stängel, für die nimmst du Zahnstocher. Die Margaritas?«

»Salz? In einem tiefen Teller? Und Zitrone, eingeschnitten, damit man den Glasrand einreiben kann.«

»Da wir gerade von Zitronen sprechen ...«

»Scheiben? Wie viele?«

»So viele, wie drei Zitronen hergeben. Schneid sie ruhig dick, dann legst du sie in eine Schüssel und packst reichlich Eis drauf, damit sie mir nicht wabbelig werden. Ich hasse wabbelige Zitronenscheiben.«

Er sah mich an, als sei ich ein Dressurpferdchen oder sonst ein Wunderding.

»Bist du sicher, dass du noch nie ...«

»Meine Mutter pflegte immer Partys zu geben, und mein Vater mixte dann die Drinks. Und ich war Papas kleine Assistentin.«

»Himmel, du hast einen Vater ... na, ich hätte es wissen müssen, tja, es gibt solche und solche, nicht wahr?«

Die Bemerkung hätte ich ihm übel nehmen können, aber da er dabei lächelte, lächelte ich zurück. »Was noch?«

»Die Chips. Die sind umsonst, aber du musst darauf achten, dass die Schüsseln immer voll sind. Die sorgen dafür, dass die Gäste noch einen Drink wollen.«

»Du meinst, weil sie salzig sind?«

»Meine ich nicht und du auch nicht. Ich glaube, dass sie eine Aufmerksamkeit von Bianca sind, und wenn du weißt, was gut für dich ist, dann denkst du das auch.«

»Eine kleine Aufmerksamkeit von Mrs. Rossi.«

»Vergiss das nicht. Sie ist ganz besessen davon.«

Er warf sein Tuch auf die Bar, nahm die Schürze ab und kam nach vorne. »Komm, ich zeige dir den Rest.«

Er zeigte mir die Addiermaschine, meine Registrierkasse und mein Quittungsbuch, erklärte mir, wie man die Belege in unterschiedlichen Stapeln sortierte und wie man, wenn jemand eine Rechnung verlangte, sie auf der Addiermaschine ausrechnete, dem Gast die Summe zeigte, sein Geld zur Kasse trug, den Betrag eintippte, das Wechselgeld entnahm und es dem Gast brachte.

»Und mach um Himmels willen bloß keinen Fehler«, brummte er und sah mir in die Augen. »Manche Dinge lässt Bianca dir durchgehen, etwa wenn dir der Wind die Bluse aufbläht, aber bei anderen Sachen, sauberen Fingernägeln und vor allem beim Geld ist sie mehr als genau. Wenn du einen Fehler machst, musst du dafür geradestehen.«

»Ich werde keine Fehler machen.«

Ich hatte gerade die Stühle von den Tischen genommen und die Chips verteilt, als Liz aus der Küche zurückkam. »Dann lass uns mal die Tische aufteilen«, sagte sie. »Ich schlage vor, wir teilen einfach in der Mitte und wechseln uns ab. Eine Woche nehme ich die Hälfte von der Tür bis zu den Toiletten, und die andere Woche machen wir's umgekehrt. Klingt das fair?«

»Für mich schon. Aber dann solltest du diese Woche die Hälfte beim Eingang nehmen, damit du sie begrüßen kannst, die Gäste, meine ich, denn für mich sind das erst mal alles Fremde.«

»Genau so machen wir's. Aber jetzt muss ich los, da kommt Mr. Four-Bits, der ist immer der erste Gast. Und so wie er seine zwei Vierteldollars auf den Tisch rollt, könnte man meinen, sie seien aus reinem Silber, direkt aus der Prägeanstalt in Philadelphia.«

Ich sah auf und bemerkte, dass Mrs. Rossi einen Gast hereingeleitete, einen wichtig aussehenden Mann mittleren Alters, der

Gabardine-Hosen und ein Polohemd trug. Liz winkte ihr zu, und Mrs. Rossi wollte ihm in ihrem Bereich einen Tisch zuweisen. Doch als er mich sah, blieb er abrupt stehen, schaute mich an und sagte etwas. Bianca sah ihn verwundert an, brachte ihn aber zu mir herüber. So kam ich zu meiner ersten Begegnung mit Mr. Earl K. White, und ich war genauso verblüfft wie Liz.

4

His gaze wandered down to my legs.

Er war groß gewachsen, eher blass und offensichtlich ein bedeutender Mann. Ich ging zu ihm, händigte ihm die Weinkarte aus, natürlich mit der Liste der Cocktails obenauf, und fragte: »Darf ich Ihnen etwas bringen, Sir?« Ohne die Karte aufzuschlagen, bestellte er ein Tonic auf Eis, und als ich mich zur Bar umwandte, öffnete Jake bereits die Flasche und stellte sie neben ein Highball-Glas, in das er einen Eiswürfel gelegt hatte.

»Stell dein Tablett ab«, riet er mir, »und achte auf die Korkfläche in der Mitte. Eigentlich soll sie verhindern, dass dir die Gläser verrutschen, aber sie kann tricky sein, wenn man nicht daran gewöhnt ist.«

Ich ging wieder zum Tisch, stellte das Glas ab und goss ein. Die Flasche nahm ich wieder mit und warf sie in den Container unter der Bar. Dann ging ich an Mr. Four-Bits vorbei zu meinem Platz in der Nähe der Herrentoilette. Doch er drehte sich nach mir um und winkte mich heran.

»Sind Sie neu hier?«, fragte er.

»Ja, Sir – mein erster Abend heute … Wenn Sie es genau wissen wollen, Sie sind mein erster Gast.«

»Wie heißen Sie?«

»Mrs. Medford.«

Da rutschte es mir schließlich doch noch heraus, obwohl ich mich den ganzen Tag bemüht hatte, doch ich korrigierte mich sofort. »Joan.«

»Jetzt haben Sie sich verraten.«

»… ich sagte ja, es ist mein erster Abend.«

»Ich muss sagen, ich habe noch nicht viele Cocktailkellnerinnen getroffen, die Mrs. genannt wurden. Das klingt mehr, als würde sich eine Lady vorstellen.«

»Ich bin eine Lady, hoffe ich zumindest.«

»Das mag gut sein, aber nicht jede Kellnerin ist eine«, sagte er mit einem Blick in Liz' Richtung. Ich konnte mir nicht vorstellen, was er im Vergleich zu mir an ihr nicht ladylike finden sollte, außer vielleicht, dass ich ihn Sir genannt hatte. Immerhin trugen wir die gleiche knappe Uniform, mit derselben Anzahl offener Knöpfe an den Blusen.

»Die, die ich kenne, sind Ladys«, sagte ich. »Und ich denke, die meisten anderen auch. Kellnerin und Lady sind keine inkompatiblen Gegensätze.«

»Das ist aber ein gewaltiges Wort für eine Kellnerin.«

»Tut mir leid, Sir, wenn Sie ein gewöhnlicheres vorziehen, dann sage ich, eine Frau kann beides sein.«

»Nun, wie soll ich Sie denn dann nennen?«

»Wie immer Sie wünschen, Sir.«

»Mrs. Medford?«

»Ich gebe zu, in einer Bar klingt das ein bisschen blöd.«

»Das sehe ich genauso. Ich glaube, ich nenne Sie lieber Joan.«

»Ja, bitte, tun Sie das.«

Wir klangen beide selbstbewusst, und unsere Blicke hatten sich ineinander verhakt. Dann ließ er seinen über meine Beine schweifen, sah mir aber schnell wieder in die Augen. Ich spürte, dass dieser Mann trotz oder gerade wegen unseres kleinen Zwists sich zu mir hingezogen fühlte. Ich wartete einen Moment ab und fragte ihn dann auf verhalten vertrauliche Weise: »Wie wünschen Sie denn, dass ich Sie nenne?«

Er zögerte ebenfalls, indes sich seine Mundwinkel zu einem Lächeln formten, dann sagte er würdevoll: »Ich bin Earl K. White the Third.«

Er sagte es, als müsste ich wissen, wer Earl K. White the Third war, und vielleicht sogar vor Überraschung umkippen, doch ich hatte noch von keinem Earl K. White the Third gehört. Aber da ich keinen Mann enttäuschen wollte, der wohlgeboren genug war, dass es drei von ihm gab, ließ ich meine Stimme einen Tick schriller klingen, als ich erwiderte: »Ach was? Tatsächlich?«

»Ja, jetzt wissen Sie's.«

»Mr. White, ich fühle mich geehrt.«

»Ganz meinerseits, Mrs. Medford, äh, Joan.«

Und nachdem er mich ein weiteres Mal von oben bis unten, vor allem unten, gemustert hatte, fügte er hinzu: »Wenn ich Ihnen etwas Persönliches sagen darf, Joan, dann würde ich sagen, dass Ihr Gatte ein glücklicher Mann sein muss.«

Ich verstand, dass es als Frage gemeint war, deshalb ließ ich einen Augenblick verstreichen, ehe ich antwortete: »Ich habe keinen Gatten, Mr. White, ich bin seit Kurzem verwitwet. Tut mir leid, das sagen zu müssen, aber ich habe ein Kind, das ich versorgen muss, einen kleinen, drei Jahre alten Sohn, seinetwegen habe ich diesen Job angenommen und mir diese ausgefallene Tracht angezogen. Ich darf hinzufügen, dass ich mich für die Stelle im Restaurant beworben hatte, aber mir wurde gesagt, ich würde hier gebraucht oder wäre besser für den Job hier qualifiziert, was auch immer. Ich weiß den Grund nicht genau, warum sie mich hierher beordert haben, außer vielleicht, weil sie denken, ich würde mich gut in dieser Uniform machen, diesem Kostüm oder besser gesagt, diesem Nichts an Kostüm, wie immer Sie es nennen wollen.«

»Was immer es ist, es steht Ihnen vorzüglich«, entgegnete er. »Und Joan, ich nehme an, Sie haben einiges durchmachen müssen, darf ich Ihnen mein Mitgefühl aussprechen? Nachträglich, aber aufrichtig. Ich habe Ähnliches durchlebt. Ich bin selbst auch Witwer, meine Frau ist vor ein paar Jahren verstorben.«

»Oh? Dann möchte auch ich Ihnen mein tiefstes Mitgefühl aussprechen.«

»Ich danke Ihnen, Joan. Vielen herzlichen Dank.«

Es klang alles sehr steif und förmlich, doch wir brachten es heraus: Ich war frei und er war es auch. Dann sagte er, um das Thema zu wechseln: »Schönes Wetter haben wir, nicht?«

Und da kamen mir die Worte meiner Mutter wieder in den Sinn, die einmal zu mir gesagt hatte: »Alle Welt wird dir eintrichtern wollen, nicht übers Wetter zu reden, aber Joan, rede übers Wetter, wann und wo du kannst. Das Wetter ist das, was alle gemeinsam haben, und oft ist es das Einzige, worüber man sich unterhalten kann. Sich zu unterhalten ist nicht immer einfach, deshalb unterhalte dich über das, worüber man sich unterhalten kann.«

»Oh ja, ganz, ganz hervorragend«, entgegnete ich. »Irgendwo habe ich gelesen, dass über das Wetter im Juni häufiger geschrieben und gesprochen wird als über das jedes anderen Monats. An einem Tag wie heute weiß man, warum.«

»Interessant, Joan, ich werde es im *Bartlett* nachschlagen.«

Ich hatte keine Ahnung, wer oder was *Bartlett* war, aber am nächsten Tag sollte ich es herausfinden.

Indes unterhielten wir uns weiter über den Unterschied, den ein schöner Tag ausmachen kann, bis er unvermittelt nach der Rechnung verlangte. Ich ging zur Bar und stellte sie aus. Als ich sie ihm brachte, holte er einen Fünfdollarschein heraus und legte ihn daneben, doch als ich danach greifen wollte, legte er seine Hand auf die meine und zog ihn weg. Dann nahm er den Fünfer, steckte ihn wieder in seine Brieftasche und nahm stattdessen einen Zwanziger heraus, den er auf den Tisch legte. Ich trug ihn zur Kasse, tippte 85 Cents ein und nahm das Wechselgeld heraus, drei Fünfer, vier Einer und 15 Cent in Münzen. Dann erinnerte ich mich an seinen Spitznamen, Mr. Four-Bits, Mr. Fünzig-Cent, und legte einen Dollarschein wieder zurück und nahm vier Vierteldollarstücke heraus. Dann legte ich die Scheine und die Münzen auf ein Zinnschälchen, das neben der Kasse stand, und ging damit zurück zum Tisch. Ich gestehe, es schoss mir durch den Kopf, die zwei Vierteldollarmünzen, die er mir geben würde, abzulehnen – »aber Mr. White, doch nicht von Ihnen«. Denn ich scheue mich nicht zu sagen, dass ich einen reichen Witwer, der Gefallen an mir fand, nicht als Gast behandeln würde. »Ich betrachte Sie als einen Freund«, wollte ich murmeln, doch er kam mir zuvor. Als ich das Schälchen vor ihm hinstellen wollte, bremste er mich, bereits im Stehen, mit einer knappen Geste. »Das stimmt so, Joan, besten Dank für den überaus angenehmen Plausch. Ich schätze, ich schaue morgen wieder herein und freue mich schon, Sie wiederzusehen.«

Ich brachte es nicht über mich, ihm die 19,15 Dollar zurückzugeben. Ich brauchte sie so dringend.

Er ging, und zum ersten Mal bemerkte ich den Mann in der Chauffeurs-Uniform, der im Foyer auf ihn wartete. Mir war klar, dass ich einen Treffer gelandet hatte, der wichtig für mich werden konnte. Doch mir schoss nur durch den Kopf: Ich wünschte, ich fände ihn sympathischer.

5

Take it easy, Joan.

Falls Jake bemerkte, wie ich mir die Scheine in die Tasche schob, die man mir zugesteckt hatte, ließ er es sich nicht anmerken. Liz dagegen sah es und blinzelte mir auf eine Art zu, die offen ließ, was sie dazu meinte. Kein Wunder, auch ich wunderte mich, ein bisschen zumindest. Doch für mehr war keine Zeit, denn die Bar füllte sich, und plötzlich ging es nur noch um Drinks. Natürlich beschlossen manche Gäste auch, statt sich ins Restaurant zu begeben, direkt in der Bar zu essen, und so musste ich ihnen das Essen am Tisch servieren. Dazu musste ich mich mit dem Küchenchef auseinandersetzen, einem Litauer mit einem immensen Brustkorb, der zwar Bergovizi hieß, von allen aber nur mit Mr. Bergie angesprochen wurde. Er erklärte mir, wie die Sache in der Küche gehandhabt wurde, besonders wie ich die Bestellungen »nennen« sollte, wenn ich sie ihm übermittelte. Besonders wenn es um die Saucen ging, legte er Wert auf besondere Bezeichnungen, wenn der Gast sie getrennt verlangte, wie die »Meunière« beim Fisch, dann musste ich sagen »im Schiffchen« und nicht so etwas Kompliziertes wie »Servieren Sie die Sauce getrennt«. Wenn der Gast auf die Sauce verzichtete, hieß es »keine Sauce«. Mir war klar, dass es für all das gute Gründe gab, und ich mühte mich auch, mir alles zu merken, dennoch war es ziemlich anstrengend, und bald schon war ich – nach allem, was ich an diesem Tag durchgemacht hatte – erschöpft. Als Jake es bemerkte, flüsterte er mir zu: »Keine Hektik, Joan. Niemand hetzt dich. Lass sie ruhig ihre Chips mampfen.«

Ich musste lachen, und das half, und als Liz mir auf die Schulter klopfte, half das noch mehr, zumal sie noch sagte: »Um acht kannst du Pause machen und etwas zu Abend essen, Mr. Bergie macht dir was.«

Dennoch wurden es mehr und mehr Gäste, die Mrs. Rossi hereinführte, die als ihr eigener *Maître d'* fungierte oder besser gesagt als *Maîtresse d'*. Gegen halb neun ließ der Ansturm ein wenig nach, und Liz sagte mir, ich solle etwas essen, was ich auch machte. Ich setzte mich an einen Klapptisch zwischen dem sechsflammigen Gasherd und der aufgesperrten Tür zur Vorratskammer. Es war meine erste anständige Mahlzeit seit Monaten. Mr. Bergie schnitt mir eine dicke Scheibe Roastbeef ab, das ich zusammen mit einer Ofenkartoffel verschlang, danach holte ich mir aus der Tiefkühltruhe einen Schlag Vanilleeis und schenkte mir einen Kaffee ein. Das brachte mich wieder auf die Beine. Besonders der Kaffee gab mir das Gefühl, den Rest des Abends bewältigen zu können.

Bis kurz vor Feierabend klappte auch alles ganz gut, doch dann fing ein Mann, der in einer Sechsergruppe den Ton angab, an, über die Ölgesellschaften herzuziehen, und zwar mit einer solch ausladenden Geste, dass er dabei sämtliche Gläser vom Tisch wischte. Ich hätte am liebsten laut losgeschrien und fühlte mich unfähig, die Sauerei wegzuputzen. Doch da kam schon Jake mit einem Geschirrtuch, und Liz kniete sich hin und fing an aufzuwischen, bevor ich auch nur »Hoppla« sagen konnte. Ich kniete mich daneben und war plötzlich auch nicht mehr wütend. Als der Mann seine Rechnung bezahlte, die mit Essen und Getränken für sechs fast 50 Dollar ausmachte, ließ er 15 Dollar Trinkgeld da, die ich mit Liz und Jake teilte, und so fühlte ich mich am Ende gut aufgenommen und unter Freunden. Als wir fertig waren, schloss Mrs. Rossi die Eingangstür ab, leerte die Kassen und zählte das Geld. Meine Belege stimmten, und ehe ich mich versah, saß ich bei Liz im Wagen, und sie fuhr rückwärts aus der Parklücke. Ich hatte auf ihren Rat hin die Uniform angelassen, »damit du dich morgen zu Hause für die Arbeit anziehen kannst und nicht erst in den Umkleideraum musst«.

Wir hatten den halben Heimweg zurückgelegt, und sie hatte kaum etwas gesagt. Aber plötzlich sprudelte sie los.

»Joanie, heute Abend ist etwas vorgefallen, das mich ins Grübeln brachte. Über dich und wie du die Dinge siehst.«

»Liz, drück dich doch klar aus. Was ist heute Abend vorgefallen? Was meinst du?«

»Ich rede über Mr. Four-Bits. Die Trinkgelder der anderen Mädchen gehen einen definitiv nichts an, man erzählt auch nicht, was man bekommen hat, nicht einmal den Kolleginnen. Aber nichtsdestotrotz habe ich gesehen, was er dir zugesteckt hat – viel, viel mehr, als er mir je gegeben hat. Nun denn, du bist kaum einmal halb so alt wie er und höllisch hübsch dazu, da kann er schon mögen, was sich ihm präsentiert. Aber ich habe auch bemerkt, dass du es angenommen hast.«

»... und? Du nicht?«

»Machst du Witze?«

»Also was jetzt, hättest du, oder hättest du nicht?«

»Der Punkt ist doch, du hast es genommen. Und natürlich habe ich mich gefragt, warum. Ich meine, so bin ich eben. Deshalb mache ich mir meine Gedanken. Joan, du bist doch ein toleranter Geist? Ich meine, wenn er an dich herantritt und dir einen Antrag macht, dann lässt du ihn doch nicht abblitzen?«

»Darüber habe ich noch nicht nachgedacht.«

Sie schwieg und fuhr zunächst stumm weiter, fing aber bald schon wieder damit an.

»Worauf ich hinaus will, Joanie, ich werde auch gefragt. Ab und zu, meine ich. Und manche Anträge lehne ich nicht ab. Warum auch? Es sind immerhin 50 Dollar. Worauf ich also hinaus will: Manchmal hat der Kerl, der, dem ich gefalle, einen Kumpel und fragt, ob ich eine Freundin habe, ein Mädchen, dann wären wir zu viert. Also, Joanie, was meinst du? Nach dem, was ich heute Abend so gehört habe, hast du für jede Menge Wirbel gesorgt, das Thema wird eher früher als später zur Sprache kommen. Deshalb frage ich dich ohne Umschweife: Was sage ich, wenn die beiden fragen? Habe ich eine Freundin oder nicht? Mit anderen Worten, es ist ein hübscher Job, den du da kriegen kannst, die Frage ist, würde es dich reizen?«

»Das kommt ein bisschen überraschend. Ich habe noch nie darüber nachgedacht ...«

Ich hielt inne.

»Du machst das wirklich? Dich von einem Mann ausführen lassen und ...«

»Wenn sich die Gelegenheit ergibt, Joanie, und er mir gefällt.«

»Aber kriegst du dabei nie ... Probleme?«

»Wenn du meinst, was ich meine, was du meinst«, sagte sie und kehrte meine Worte gegen mich, »das kann jeder jungen Frau passieren, ganz egal ob Geld dabei im Spiel ist oder nicht. Du musst nur wissen, wie du Abhilfe schaffst, wenn es denn passiert ist.«

Ich musste an meine eigene Lage vor drei Jahren denken. Wie unbedarft ich in diesen Dingen war. Inzwischen hatte ich eine Menge erlebt, und nicht alles war angenehm gewesen, aber was manche Dinge anging, war ich noch immer ziemlich unschuldig.

»Das kann man hier erledigen lassen?«

»Hier? Nein, natürlich nicht. Aber in New York, wenn man weiß, welchen Arzt man anrufen muss. Und ich kenne einen. Aber wenn du aufpasst, kommst du erst gar nicht in die missliche Lage. Mir ist es erst einmal passiert.«

»Ich ... ich ... weiß nicht, was ich sagen soll.«

»Okay, lass dir Zeit. Überleg's dir, Joan.«

Aber nach vielleicht drei Sekunden fragte sie: »Okay, hast du es dir überlegt? Was meinst du? Ja oder nein? Willst du dich mit einem der Kerle verabreden?«

Inzwischen waren wir bei meinem Haus angelangt. Sie hielt an und sah mich an. Und ich sah sie mit einer Mischung aus Zuneigung und Mitleid an, dass sie überhaupt über so etwas nachdenken konnte. Ich fragte mich, warum. In der Bar musste sie doch gut verdienen, und sie sah auf jeden Fall gut genug aus, dass sie einen Mann hätte haben können, ohne sich mit Fremden zu treffen, die sie in der Bar angesprochen hatten, Männer, die sie kaum kannte. Deshalb sagte ich: »Liz, ich kann nicht. Ich habe heute erst meinen Mann begraben. Ich bin Joan Medford. Die, die in allen Zeitungen war, die ihren Mann rausgeworfen hat, und …«

Weiter kam ich nicht.

»Oh! Oh! Oh! Der bei dem Autounfall ums Leben kam? Und die haben gesagt, seine Frau sei … oh mein Gott.«

Sie war warm und zärtlich, nahm meine Hände in die ihren, küsste sie und streichelte mir übers Knie, spendete mir den Trost, den ich brauchte.

»Ich hab's gelesen«, sagte sie. »Du musst nicht weiter erzählen, und du bist es tatsächlich? Und kamst heute ins Restaurant, um zu arbeiten?«

»Liz, mir blieb wirklich nichts anderes übrig. Ich brauchte das Geld. Dringend.«

»Na, davon hast du ja reichlich bekommen, Joanie. Ich bin stolz auf dich.«

»Ich habe einfach nur versucht, mich an das zu halten, was du mich gelehrt hast.«

»Du warst großartig. Nun, Joanie, würde es dir helfen, wenn ich mit reinkomme? Ich meine, dich zu Bett bringe? Dir einen Tee koche? Oder – hast du Scotch im Haus?«

»Ich trinke nicht, Liz.«

»Ich auch nicht. Ich habe meine Schwächen. Schnaps zählt allerdings nicht dazu.«

»Lass mich nur einen Moment einfach dasitzen.«

»Wenn dir danach ist, kannst du gerne auch die ganze Nacht hier sitzen bleiben.«

Als ich ausstieg, gab sie mir einen Kuss und wartete ab, bis ich die Haustür aufgeschlossen hatte, ehe sie wegfuhr. Ich ging hinein, und weil der Strom abgestellt war, zündete ich eine Kerze an und zählte mein Geld. Urplötzlich brach ich in Tränen aus, als hätte mich ein

Weinkrampf überkommen, aber nicht, weil ich mich so elend fühlte, sondern vor Freude. Das mag vielleicht keinen Sinn ergeben oder irgendwie doch, denn noch vor ein paar Stunden war ich am Boden zerstört und unfähig, mir meine Zukunft anders auszumalen, als irgendwo Rasen zu mähen, und nun hatte ich einen Job und Freunde, die mir beistanden, und Geld, richtiges Bargeld, das die samtene Tasche dieser dämlichen Hose ausbeulte, die ich tragen musste. Im Kerzenschein kniete ich allein vor meinem Bett und zählte das Geld, das ich heimgebracht hatte. Mit den 19,15 Dollar von Mr. White und meinem Fünfdollaranteil am Trinkgeld des Mannes, der die Gläser umgeworfen hatte, hatte ich insgesamt 61 Dollar – eine Summe, die ich kaum glauben wollte. Und ich hatte die Aussicht, am nächsten Tag noch mehr zu verdienen, und am Tag darauf noch mehr und noch mehr, solange ich wollte. Das schien zu schön, um wahr zu sein. Ich versuchte mich an Ron zu erinnern, was ich einst für ihn empfunden hatte, damals, als wir uns das erste Mal begegnet waren und er sich von seiner charmantesten Seite gezeigt hatte – und ich schätze, ich beschwor eine dem Begräbnis eines Ehemanns angemessene Menge Erinnerungen herauf, aber dennoch konnte ich nicht aufhören, vor Freude zu weinen. Schließlich stopfte ich das Geld unters Kopfkissen, zog Hosen und Bluse aus und kroch nackt unter die Bettdecke.

6

It's ringing!

Am nächsten Morgen stand ich auf, machte mir auf einem Rechaud eine Tasse Kaffee, eine Kunst, die ich gelernt hatte, seit man mir das Gas abgedreht hatte, und zog derweil Hose und Bluse an. Dann setzte ich mich an den Kaffeetisch und schrieb drei Schecks aus, einen für die Gasgesellschaft, einen für die Elektrizitätswerke und einen fürs Telefon. Zwei davon legte ich in die Schublade, da ich noch nicht genügend Geld zur Deckung hatte, aber einen, den fürs Telefon, steckte ich in meine Handtasche und machte mich auf. Ich ging zur Bank, behielt zehn Dollar für mich und zahlte den Rest, mehr als 50 Dollar, auf mein Konto ein. Dann ging ich den Hügel hinauf zur Telefongesellschaft, deren Zweigstelle in der Nähe der Bank lag. Man schickte mich zu einem Mr. Wilson im ersten Stock. Ich überreichte ihm den Scheck, den ich in die letzte Rechnung eingewickelt hatte, die mit der Aufschrift »Dritte Mahnung« versehen war, und fragte ihn: »Mr. Wilson, wie schnell kann das Telefon wieder freigeschaltet werden?«

»... einen Augenblick bitte, ich sehe nach.«

Er ging hinaus, kam aber nach kurzer Zeit wieder zurück. Er setzte sich und schob mir sein Telefon hin. »Wählen Sie doch mal Ihre Nummer.«

Ich wählte. »Oh«, gluckste ich. »Es klingelt.«

»Hab ich mir gedacht.«

Er lachte und ich legte auf, damit ich in die Hände klatschen konnte, obwohl ich gern noch länger dem Klingeln gelauscht hätte. Er gab mir einen freundlichen Klaps auf den Arm, und wieder fühlte ich mich glücklich und zufrieden. Dann ging ich den Hügel hinunter, überquerte die Straße, lief noch einen halben Block weiter und betrat einen Diner, der sich inmitten eines riesigen Parkplatzes befand. Ich bestellte Frühstück – ein richtig großes Frühstück mit Orangensaft, Spiegeleiern, einer Scheibe Speck, Toast mit Butter und Kaffee. Für die schlanke Linie ist es nicht empfehlenswert, dafür aber umso mehr für die Seele, zumal wenn man seit weiß Gott wie lange nicht mehr so gegessen, nicht mehr so gefrühstückt hat. Dann ist es einfach wundervoll. Ich nahm mir Zeit und kaute genüsslich jeden Bissen. Als sie mir die Rechnung brachte, fragte mich die Bedienung: »Habe ich Sie nicht gestern Abend im *Garden* gesehen? Haben Sie uns nicht die Drinks serviert? Mir und meinem Freund?«

»Stimmt, ich erinnere mich. Sie trugen ein blaues Kleid.«

»Ja, bin zum ersten Mal seit Langem wieder ausgegangen.«

»Waren Sie mit dem Service zufrieden?«

»Ein bisschen zu sehr, tut mir leid, das sagen zu müssen, aber besonders mein Begleiter war sehr angetan. Er ist nicht mein fester Freund, wissen Sie, aber da er mich ausgeführt hat, hätte ich nichts dagegen gehabt, wenn er ein bisschen weniger geglotzt hätte. Nicht, dass es Ihr Fehler war.«

»Das tut mir leid. Ich hab's gar nicht bemerkt.«

»Na, er Sie dafür umso mehr. Der Bursche mochte Sie.«

»Wissen Sie, die verlangen von uns, dass wir diesen Aufzug anziehen.«

»So scheint es.«

Sie sah an sich herunter, betrachtete ihren Oberkörper und schüttelte den Kopf. »Und ich arbeite hier. Wenn ich hätte, was Sie haben …«

Ich ließ ihr einen Dollar Trinkgeld da. Es war nicht ihre Schuld, dass sie eine Bluse nicht so ausfüllen konnte wie Liz und ich.

Wieder zu Hause, schlug ich Elizabeth Baumgarten im Telefonbuch nach und rief sie an. Als sie abnahm, sagte ich: »Liz, Joan am Apparat. Man hat mir das Telefon wieder angestellt, und zur Feier habe ich dich als Erstes angerufen.« Sie war begeistert und riss ein paar Witze, dann sagte sie, sie würde gegen halb vier vorbeikommen und mich abholen.

»Sagen wir besser um drei, dann können wir noch ein Weilchen quatschen«, erwiderte ich, und sie war einverstanden.

Ich stellte den Wecker und legte mich, um das Frühstück besser zu verdauen, auf ein Nickerchen hin. Kurz nach zwei stand ich wieder auf, zog eine hellbraune Feinstrumpfhose an, dazu die Shorts, bequeme Schuhe mit flachen Absätzen und eine Bauernbluse von mir, da die von gestern nicht mehr frisch war und eine Wäsche benötigte. Ich hatte sie gerade über der Duschvorhangstange aufgehängt, als die Türklingel klickte, kurz darauf klopfte es, und ich eilte in die Diele, um zu öffnen. Doch es war nicht Liz, sondern Ethel. »Oh«, sagte ich. »Hallo, Ethel.«

»Ich komme wegen der Sachen von Tad«, eröffnete sie mir.

»Dann komm doch rein, oder willst du nicht? Das gehört sich doch.«

»Wenn er überhaupt Sachen hat.«

Diese Spitze gefiel mir gar nicht, trotzdem blieb ich höflich und überging sie. »Natürlich hat er seine Sachen«, versicherte ich und bedeutete ihr einzutreten.

»Ich sage das nur, weil ich sah, dass du selbst so wenig hast, als ich euch am Sonntag zum ersten Mal besuchte. Das war wirklich ein Schock.«

»Das hast du da schon gesagt.«

Sie fuhr fort, hielt es aber nicht für nötig, mich anzusehen, während sie an mir vorbei ins Wohnzimmer ging. »Ich meine nicht einmal Strom, Joan. Ich versteh nicht, wie du so leben kannst, wie du so ein Kind aufziehen willst.«

Ehe ich ihr folgte, warf ich einen Blick in ihren Wagen, um sicherzugehen, dass sie Tad nicht etwa in der glühenden Sonne eingeschlossen hatte. Er war nicht drin, und so ging ich ins Wohnzimmer. Sie hatte sich bereits gesetzt und starrte nun unverhohlen meine Kleidung an, besonders die Shorts.

»Ich sehe, dir fällt meine Uniform auf«, sagte ich. »Ich habe einen Job angenommen. Ich arbeite in einer Cocktailbar. Das *Garden of Roses*, unten an der Straße.«

»Joan, ich schäme mich für dich.«

»Wofür, dass ich für meinen Lebensunterhalt arbeite?«

»Es gibt Jobs, bei denen man sich nicht wie eine … eine Schlampe anziehen muss.«

»Find mir einen, den ich kriegen kann, und ich bewerbe mich. In der Zwischenzeit verdiene ich gutes Geld, und alles was ich tun muss, ist den Leuten ihre Drinks und ab und zu ein Essen zu servieren. Und freundlich dabei zu lächeln.«

»Und am besten dabei nichts weiter an dir haben als dein freundliches Lächeln.«

»Je mehr sie mögen, was sie sehen, Ethel, desto mehr Trinkgeld rücken sie raus. Und um Trinkgelder geht es bei diesem Job. Besonders, wenn man einen kleinen Jungen hat und für ihn aufkommen muss.«

»Du musst nicht für ihn aufkommen. Das habe ich dir doch gesagt.«

»Oh doch, Ethel, das muss ich. Ich will nicht in eurer Schuld stehen.«

Sie starrte mich wieder an, dann brach es aus ihr heraus: »Hast du gar keinen Stolz, Joan? Wenn nicht um deinetwillen, kannst du dann nicht wenigstens an Tad denken?«

»Du meinst, ihm eine anständige Mutter sein?«

»Genau! Genau das meine ich.«

»Da bist du nicht die Einzige, Ethel. Ob du es glaubst oder nicht, aber bei der Polizei hat eine Frau angerufen und versucht, die Beamten, die Rons Fall bearbeiten, dazu zu bringen, mich zur untauglichen Mutter zu erklären. Kannst du dir so etwas vorstellen? Diese Frau hat sich nicht einmal gescheut, Joe Pennington ins Spiel zu bringen – du weißt schon, diesen Kerl, über den du das Gerücht verbreitet hast, er sei mehr als nur ein Bekannter von mir. Kannst du dir vorstellen, wer zu so etwas fähig wäre?«

Sie erwiderte nichts, und ich saß da und stampfte mit dem Fuß. Dann klickte es wieder und als ich aufmachte, war es Liz. Sie kam herein und ich stellte sie vor. »Ethel, Mrs. Baumgarten, meine gute Freundin, Liz, meine Schwägerin Mrs. Lucas.«

Liz hob grüßend die Hand, und als Ethel nur mit einem Kopfnicken antwortete, warf sie den Übergangsmantel, den sie anhatte, ab und präsentierte ihre Cocktailbar-Uniform, die natürlich genauso aussah wie meine, nur unsere Blusen unterschieden sich ein wenig. Als sie Ethels Gesichtsausdruck sah, sagte sie: »Wenn die Kleidung Sie ein bisschen erschreckt, Mrs. Lucas, die passt schon, Joanie und ich arbeiten in einer Taverne, servieren die Drinks in einer Cocktailbar, und die Jungs dort, also die stehen irgendwie auf Beine. Das sollten sie zwar nicht, aber was will man machen. Dabei sind meine gar nicht so toll wie die von Joanie, aber für eine alte Lady sind sie noch ganz okay. Zumindest höre ich das ab und an.«

»Sie sind … ziemlich beeindruckend.«

»Ich hole Tads Sachen«, sagte ich, »und dann können wir eine Tasse Kaffee trinken.«

Ich ging in die Küche, setzte das Wasser auf dem Rechaud auf und betrat dann das kleine Zimmer, das ich als Kinderzimmer benutzt hatte, und holte Tads Sachen aus der Kommodenschublade. Die meisten waren sauber, aber in der Ecke lagen die Kleider, die er nach Rons Tod angehabt hatte. Ich nahm sie heraus und behielt sie in der Hand, während ich die sauberen in eine Einkaufstasche steckte, die ich Ethel gab. Dann schwenkte ich die Schmutzwäsche und sagte: »Die sind nicht sauber. Ich wasche sie und bringe sie dir am Sonntag, wenn ich mein Kind besuchen komme – natürlich nur, wenn ich willkommen bin.«

»Ich wasche sie«, sagte Ethel und griff danach.

»Nein, das mach ich schon.«

»Ich wasche sie«, bellte Ethel und riss sie mir aus der Hand. »Und was ist mit seiner Medizin? Wegen der Schmerzen?«

»Alles aufgebraucht. Hat nur zwei Wochen gereicht.«

»Aber Ron sagte, der Arzt hätte dir eine Monatsration gegeben.«

»Vielleicht war es das, aber wenn Ron die Dinge nicht immer noch schlimmer gemacht und Tad nicht ständig am Arm herumgezerrt hätte … oder ihn geohrfeigt, wenn er wütend wurde.«

»Und du hast keine mehr gekauft?«

»Mit welchem Geld?«

Unterdessen hatte Liz es sich auf dem Sofa gemütlich gemacht und betrachtete das abgebrochene Bein. »Das verstehe ich nicht«, verkündete sie. »Das ist nicht abgebrochen, Joan, es ist herausgerissen, ganz sicher, die Dübel sind ja noch alle dran, da ist nichts gebrochen. Das einzige Mal, dass ich so etwas gesehen habe, war in der Bar, als ein Betrunkener sich auf dem Boden wälzte und anfing, am Tischbein zu zerren.«

»Tja, so was kommt vor«, sagte ich.

Ethel verkniff sich eine Äußerung, denn Liz lag ziemlich nahe an der Wahrheit, die natürlich ihren Bruder betraf, meinen Gatten, und natürlich war es überhaupt nicht komisch.

»Ich schau mal, ob das Kaffeewasser so weit ist«, sagte ich und ging wieder in die Küche. Ich machte Kaffee, goss ihn in eine Kanne, schüttete Zuckerwürfel in eine Schale und öffnete die letzte Büchse Kondensmilch. Aber als ich alles ins Wohnzimmer brachte, war Ethel bereits im Begriff zu gehen, gab mir die Hand und verneigte sich kühl Richtung Liz. Liz saß immer noch im Schneidersitz vor dem Sofa und als Ethel weg war, sagte sie: »Nächstes Mal bringe ich meinen Werkzeugkasten mit und repariere das, das sollte nicht schwierig sein, ein bisschen Leim und vierundzwanzig Stunden in einer Zwinge, ich habe ein Handbuch. Den Kasten hat mir mein Freund geschenkt, mein fester Freund, meine ich, der immer sonntags kommt und meine Miete bezahlt und so. Meistens jedenfalls. Und wenn du es komisch findest, dass er mir so einen Kasten schenkt, dann hast du recht, ich finde es auch komisch, aber richtig komisch ist, dass er mir alles schenken würde, und deshalb bin ich auch für die kleinen Dinge dankbar.«

Als sie sah, dass ich etwas sagen wollte, fuhr sie schnell fort.

»Und wenn du es komisch findest, dass ich einen festen Freund habe und mich trotzdem manchmal mit anderen Männern einlasse, Männern, die ich in der Bar auflese, tja, ich finde es auch komisch. Ich behaupte gar nicht, ich würde es verstehen. Aber ich tu's eben, und ich würde nicht sagen, nur wegen des zusätzlichen Geldes.«

»Weshalb denn sonst noch?«

»Weil sie darum bitten, schätze ich. Manchmal sind sie so bemüht. Es nimmt den Fluch von den grauen Haaren. Du verstehst mich doch, Joanie? Ab einem gewissen Alter brauchen wir Bestätigung.«

Ich stellte das Tablett mit Kaffee und Zucker ab. »In jedem Alter, Liz.«

»Tja, wahrscheinlich hast du recht.«

Sie goss sich eine Tasse ein. Ich war regelrecht froh darüber, denn ich hasste es, Milch zu verschwenden.

»Joanie, erklär mir eins, bitte.«

»Wenn ich kann. Was denn?«

»Was ist mit deiner Schwägerin los?«

»Sie ist kein netter Mensch, Liz. Sie macht mich dafür verantwortlich, was ihrem Bruder zugestoßen ist – Ron, meinem Mann. Und dann ist da noch mein Sohn. Sie kümmert sich jetzt um ihn, angeblich um mir beizustehen, aber in Wirklichkeit würde sie ihn gerne behalten.«

Liz nickte, als hätte ich gerade bestätigt, was sie gedacht hatte.

»Sie hat geglaubt, ich würde es nicht sehen, aber ich hab's trotzdem mitbekommen, so aus dem Augenwinkel. Dieses Bündel Schmutzwäsche, das du waschen wolltest und das sie dir aus der Hand gerissen hat, sie hat es sich ins Gesicht gedrückt, richtig die Nase darin vergraben und daran gerochen, Joan. Ich schwör's, genau das hat sie getan, ich vertue mich nicht. Sie hat an den Kleidern deines kleinen Jungen geschnüffelt, nicht an den sauberen, an den dreckigen.«

»Das überrascht mich kein bisschen.«

»Und warum macht sie so was?«

»Weil sie vernarrt in ihn ist, Liz. Immer schon war. Aber noch mehr, seit Ron tot ist. Ich sage dir, sie versucht, ihn mir wegzunehmen.«

Ich erzählte ihr von Ethels Operation, dass es wahrscheinlich eine Hysterektomie war, und sie dachte einen Moment darüber nach.

»Und bist du bereit dazu, Joan? Willst du deinen Jungen aufgeben? Willst du es so?«

»Ich schwöre dir, unter gar keinen Umständen.«

»Dann hast du ein ziemliches Problem am Hals.«

»Das weiß ich, aber im Moment bin ich hilflos und kann nichts dagegen machen.«

»Warum hast du überhaupt zugelassen, dass sie ihn zu sich nahm?«

»Sie hat's erzwungen, machte deutlich, dass ich entweder freiwillig einwilligen solle, oder sie würde sich an die Behörden wenden, ihnen zeigen, wie wir leben, und dafür sorgen, dass man ihn mir für immer wegnimmt. Keine Rede davon, dass es Ron war, der uns das eingebrockt hat. Sie würde ihnen einfach vorführen, dass wir kein Gas haben, keinen Strom und kein Geld auf dem Konto, dass ich kein Einkommen habe und keine Aussicht, mir etwas zu verdienen …«

»Na, da hat sie sich schon mal geirrt.«

»Das stimmt zwar, aber jetzt, wo ich arbeite, bedeutet das, dass ich Tad gar nicht wieder zu mir nehmen kann, selbst wenn Ethel dazu bereit wäre. Nicht, wenn ich acht oder neun Stunden außer Haus bin, an sechs von sieben Tagen die Woche und Tad noch so klein ist … ich muss ihn bei ihr lassen, ob ich will oder nicht.«

»Sie ist aber schwer gestört, Joanie.«

»Als ob ich das nicht wüsste.«

Während ich mit meiner ersten beschäftigt war, trank Liz eine zweite Tasse, und als ich sie abgewaschen hatte, meinte sie, wir müssten los. »Damit du pünktlich um vier da bist, mit seinen Barvorbereitungen ist Jake eigen.«

»Okay, aber vorher muss ich noch eins erledigen.«

Was ich zu erledigen hatte, war, Earl K. White III. im Telefonbuch nachzuschlagen. Er war aufgeführt, zumindest sein Wohnsitz war es, er befand sich in einer der Straßen von College Heights Estates, dem vornehmeren Teil von University Park, allerdings war keine Telefonnummer angegeben. Ich schaute im Telefonbuch von Washington nach, und da war er auch schon, in fetten Lettern, und hinter seinem Namen stand Investment Secs. Was das genau bedeutete, wusste ich nicht, aber ich fand den Eintrag in den Gelben Seiten, und darunter war eine große Anzeige, in der etwa Folgendes stand:

Earl K. White III.
Investment Securities
Nachfolger von Earl K. White Jr. und Earl K. White
Drei Generationen Finanzaufsicht
Seit 1913 Mitglied der New Yorker Börse

Das erklärte eigentlich alles. Zumindest wusste ich jetzt, wer Earl K. White III. war. Ich gesellte mich wieder zu Liz und sagte: »Okay, dann wollen wir Jake mal nicht warten lassen.«

7

When did we get so rich
we don't need fifty bucks?

Mr. White kreuzte um Punkt fünf auf, und Mrs. Rossi, oder Bianca, wie sie mir jetzt erlaubte, sie zu nennen, brachte ihn direkt in meinen Bereich und gab ihm denselben Tisch wie am Tag zuvor. Wie gestern bestellte er Tonic, und natürlich hatte Jake, als ich an die Bar trat, die Flasche bereits geöffnet und goss gerade ein. Ich trug das Glas zum Tisch, stellte es vor ihn hin, entsorgte die Flasche und nahm meinen Platz in der Nähe der Herrentoilette ein. Alles in allem dauerte es nur ein paar Sekunden. Doch er winkte mich bereits wieder zu sich. »Wenn du nur wolltest, könntest du ein wenig geselliger sein, Joan.«

»Ich komme, wenn man mich ruft«, erwiderte ich.

Doch wir mussten beide lachen, wussten, dass wir ein Spiel spielten.

»Ich habe an Sie gedacht«, bemerkte er. »Die ganze Nacht.«

»Vielleicht habe ich da auch an Sie gedacht.«

»Wie lange sind Sie schon verwitwet, Joan?«

»… vier Tage.«

»Vier … was sagen Sie da?«

»Tage. Seit letzten Samstag. Sonntagmorgen, um genau zu sein.«

Er starrte mich entgeistert an, und ich hielt es für besser, ihm ein bisschen mehr zu erzählen, wenigstens kein Geheimnis daraus zu machen, wozu ich keine Veranlassung hatte.

»Ich bin die Joan Medford, über die Sie vermutlich in den Zeitungen gelesen haben, die, die ihren Ehemann vor die Tür gesetzt und am nächsten Morgen erfahren hat, dass er in einem geborgten Auto davongefahren und gegen einen Düker gefahren ist, oder genauer, eine Kanalmauer, glaube ich.«

»Oh tatsächlich? Ich habe es gelesen. Es tut mir leid.« Und dann, als erinnere er sich an weitere Einzelheiten: »Die Polizei wurde in dem Artikel, den ich gelesen habe, auch erwähnt. Es ist wohl nicht so angenehm, sich ihr gegenüberzusehen?«

»Das können Sie laut sagen, Mr. White.«

Und da ich schon so weit gegangen war, fügte ich noch hinzu: »Wir hatten einen Streit, ehe ich ihn vor die Tür setzte. Und von dem Auto, das ihm ein Freund geliehen hatte, bevor er sich ins Wochenende verabschiedete, wusste ich auch nichts. Er hatte schon seinen Schlafanzug an, deshalb hatte er keinen Führerschein bei sich und auch sonst nichts, womit man ihn hätte identifizieren können. Deshalb nahm die Polizei, als sie die Nummernschilder überprüfte, an, er sei Leland Brooks, der Eigentümer des Wagens. Doch als man Leland schließlich gefunden hatte, in Annapolis, wo er das Wochenende verbrachte, und er ins Bestattungsinstitut kam, wo Ron aufgebahrt war, und ihn identifizierte, war es Sonntagnachmittag. Daraufhin holten sie mich ab, und zwei Stunden lang musste ich alle möglichen Fragen beantworten. Ob ich etwas von dem Wagen gewusst hätte? Warum ich ihn wegfahren ließ? Ob ich nicht gewusst hätte, dass er getrunken hatte?«

Ich schüttelte den Kopf.

»Als ob ich das nicht gewusst hätte. Er hat es ja lauthals verkündet, als er zur Tür hereinkam und keine Ruhe gab, bis ich ihm ein Bier geholt hatte. Unseren Sohn hat er damit aufgeweckt, und dann hat er ihn angebrüllt. Und war kurz davor, ihn mit dem Gürtel zu verdreschen, nicht nur weil er weinte, sondern wegen eines Tonkrugs, den er zwei Wochen davor kaputt gemacht hatte, aber nicht absichtlich, es war auch kein besonderer Krug, nur so ein Topf, in dem wir unser Kleingeld sammelten, seinerzeit, als wir noch genügend Kleingeld hatten, das sich zu sammeln lohnte.«

»Und das haben Sie alles der Polizei erzählt?«

»Alles! Drei, vier Mal, wieder und wieder. Einem jungen Polizisten und einem Sergeant, ich sah, dass das keine üblen Burschen waren, sie hatten nur einen üblen Job zu erledigen, und das haben sie getan.«

»Ich fühle mit Ihnen, Joan. Ich kann mir nichts Schlimmeres vorstellen.«

»Oh, ich schon, und Sie könnten es auch, wenn Sie schon mal Hunger gelitten hätten und mit einem Dollar drei Leute satt kriegen müssten. Das Schlimmste war, dass ich ihn nicht selbst begraben konnte und seine Familie um Hilfe bitten musste. Und schließlich war da noch mein kleiner Junge, was sollte ich mit ihm anstellen? Meine Schwägerin hat ihn zu sich genommen, und wenn ich auch nur die Chance haben wollte, ihn zurückzubekommen, musste ich Arbeit finden. Und zwar sofort. Dass ich hier gelandet bin, war Zufall, der Polizist hat es mir vorgeschlagen, und ich danke ihm von Herzen. Für Sie klingt das vielleicht verrückt, aber für mich war es ein Geschenk Gottes. Selbst die Klamotten machen mir nichts aus.«

»Das sollten sie auch nicht. Sie stehen Ihnen ausgezeichnet.«

»Wenigstens passen sie.«

»Und ziemlich gut sogar.«

Wir mussten beide wieder lachen, doch dann schüttelte er plötzlich den Kopf, und seine Züge verdüsterten sich.

»So ein schmerzlicher Verlust ist eine schreckliche Sache«, sagte er mit einer Grabesstimme, als wolle er die Bedeutung seiner Worte noch extra betonen. »Dennoch ist es an sich nichts Schlechtes, ein dunkler Schatten zunächst, aber – nach einiger Zeit – verflüchtigt er sich, und zurück bleibt nur die Erinnerung. Trotzdem kann es Nachwirkungen geben, die sehr grausam sein können. Joan, meine Frau ist vor fünf oder sechs Jahren gestorben, und von diesem Schlag habe ich mich immer noch nicht erholt. Aber das Schlimmste war nicht ihr … sie zu verlieren, meine ich, das Schlimmste waren die Auswirkungen, die ihr Tod auf ihre Kinder hatte, meine Stiefkinder, die sich von scheinbar liebenden Söhnen und Töchtern in drei Aasgeier verwandelt haben, die nichts anderes denken können als Geld, Geld, Geld. Morgens, mittags, abends haben sie und ihre Anwälte nichts anderes im Kopf, als mich auszupressen, um ihren Anteil am Erbe ihrer Mutter zu bekommen. Wissen Sie, Joan, meine Frau hat ein Testament hinterlassen, in dem sie mir ein Viertel hinterlässt und ihren Kindern auch je ein Viertel, aber wir hatten alles zusammen investiert, und um es aufzuteilen, müsste ich meine Anlagen liquidieren, meine Besitztümer, meine verschiedenen Holdings, es würde ein Jahr dauern, das alles abzuwickeln, und würde mich total aus dem Gleichgewicht bringen, ich müsste mein Geschäft wieder von Grund auf neu beginnen, und das werde ich schlicht und einfach nicht tun. Sie können warten, bis ich sterbe.«

Und dann fügte er auf eine finstere, ja mysteriöse Art hinzu: »Joan, es gibt Dinge über mich, die Sie nicht wissen und vielleicht nie herausfinden werden. Aber ich habe einfach den Verdacht, dass die ständige Hetze, mit der mich die drei überziehen, die Schuld an dem Zustand trägt, mit dem ich mich wahrscheinlich für den Rest meines Lebens herumschlagen muss.«

Da er so über seine Stiefkinder redete, wurde mir langsam etwas ungemütlich zumute, deshalb entfuhr es mir, wie um das Thema zu wechseln: »Ach, das müssen Sie mir nicht sagen. Denn die Trauer, die Stunden auf der Wache, selbst die Demütigung, um Unterstützung bei der Beerdigung bitten zu müssen, waren nichts im Vergleich zu dem, was später kam.«

Dann erzählte ich ihm von Ethel und ihren Versuchen, mir Tad wegzunehmen. Ich endete damit, wie sie sich am Nachmittag aufgeführt hatte.

»Ich kann es ja verstehen«, sagte ich. »Mein Kind ist einfach ein Quell der Freude, und er ist ihr Fleisch und Blut und alles, was ihr von ihrem Bruder geblieben ist. Aber trotzdem, auch wenn ich ihr das alles nachsehe, die Vorstellung, dass sie ihn behalten will, dass sie ihn mir wegnehmen will, macht mich krank. Ich meine, ich weiß noch nicht genau, was ich machen soll. Für den Augenblick muss ich ihn ihr überlassen, ohne Geld kann ich ihn nicht zurücknehmen, und wenn ich es täte, könnte ich nicht für uns aufkommen. Nicht ohne ein paar Ersparnisse, auf die ich zurückgreifen kann, und dann noch die Hypothek, die wie ein Damoklesschwert über mir hängt, nun, da mein treu sorgender Ehemann von mir gegangen ist. Aber – man muss auch für die kleinen Dinge dankbar sein. Für den Augenblick habe ich einen Job, und ob Sie es glauben oder nicht, er lohnt sich. Ich meine, es gibt nicht viele, die so großzügig sind wie Sie, aber trotzdem komme ich gut zurecht. Verglichen mit anderen Dingen, anderen Jobs meine ich, bin ich, selbst wenn man die Uniform, die ich hier tragen muss, in Betracht zieht, besser dran, als ich gedacht hätte.«

Ich hätte noch viel mehr sagen können, besonders über Ethel, wobei ich mir gleichzeitig wünschte, ich hätte gar nicht erst angefangen, und er nicht mit dem, was er über seine Stiefkinder gesagt hatte, und was für Ratten sie wären, denn was ich mit als Erstes zu Hause gelernt hatte, war Familienwäsche nicht in aller Öffentlichkeit zu waschen, und schon gar nicht mit jemandem, der nicht zur Familie gehört. Und ich wünschte, ich könnte sagen, ich redete so, weil Ethel mich so nervte, aber das stimmte nicht. Ich tat es, weil ich aufgrund der Art und Weise, wie er sich ausdrückte, intuitiv wusste, dass er solche Gespräche schätzte. Deshalb wusste ich auch von Anfang an, dass da etwas an ihm war, das ich nicht akzeptieren konnte. Aber ich wusste auch, und ich hätte dumm sein müssen, es nicht zu merken, dass er eine Schwäche für mich entwickelte, dass er an mehr interessiert war, als sich zu unterhalten, und dass ich um einen hohen Einsatz spielte. Und für einen Jackpot wie diesen verschließt man schon einmal die Augen – Frauen jedenfalls tun das. Ich schmierte ihm Honig ums Maul, und was immer ich ihm dafür erzählen musste, erzählte ich ihm. Und als er seine Rechnung wieder mit einem Zwanziger bezahlte und mir das Wechselgeld zuschob, sagte ich: »Sie müssen das nicht tun. Ich komme schon zurecht, Mr. White. Und ich fühlte mich wohler, wenn ich Sie als meinen Freund hätte …«

»Ich bin Ihr Freund, Joan. Hoffe ich wenigstens.«

»Aber Freunde geben einander kein Trinkgeld.«

»Wenn es wirklich Freunde sind und einer mehr hat als der andere, dann versucht er das auszugleichen – ein bisschen zumindest. Aber machen Sie sich keine Sorgen, wenn es so wenig ist, wird man es schon irgendwie regeln können.«

Wir lachten beide, und ich nahm das Geld.

Das war am Mittwoch, und er kam am Donnerstag, am Freitag und am Samstag und ließ jedes Mal 19,15 Dollar da. Deshalb konnte ich schon am Donnerstag wieder Geld auf mein Konto einzahlen und meine beiden anderen Schecks abschicken, den einen für das Gas und den anderen für den Strom. Und ebenfalls am Donnerstag kam Liz mit ihrem Werkzeugkasten vorbei, leimte das Sofabein an und fixierte es mit einer Zwinge, damit es hielt, bis der Leim trocken war. Am Freitag kam sie wieder und nahm die Zwinge ab. Am Samstag kamen die Männer von den Gas- und Elektrizitätswerken und gaben meine Zähler frei. So hatte ich, nachdem ich am Dienstag noch ein armes Ding gewesen war, ohne Job und ohne Idee, wo ich einen finden würde, am Samstag plötzlich eine Arbeit, Geld auf der Bank, ein vorzeigbares Wohnzimmer, Gas, Licht und Telefon – das musste gefeiert werden. Ich meine, ich bin ja nicht aus Holz, sondern ein lebendiges Wesen. Ich nahm ein Taxi zu *Woodies,* dem großen Kaufhaus an der Prince George Plaza, und kaufte Tad ein Dreirad, ein schönes blaues, das mehr kostete, als ich mir leisten konnte, aber ich wollte, dass er das Beste bekam, was der Laden zu bieten hatte. Am Sonntag fuhr ich mit dem Taxi zu Ethel und betrat mit einem Lächeln ihr Haus.

Nicht, dass sie sich mir gegenüber freundlich gezeigt hätte. Sie protestierte gegen das Dreirad, als würde es sie ärgern, dass jemand es wagte, Tad Spielsachen zu kaufen, während er sich unter ihrem Dach befand. Und als ich mein Scheckbuch zückte, um ihr Tads Kostgeld für eine Woche zu erstatten sowie eine weitere Woche im

Voraus plus ein Extra, damit sie ihm neue Schmerztabletten verschreiben lassen konnte, wurde sie richtig kiebig. Erst weigerte sie sich, es anzunehmen, aber dann kam Jack Lucas, ihr Mann, herein und fragte sie: »Seit wann sind wir so reich, dass wir 50 Dollar nicht brauchen können? Nimm sie und bedank dich bei ihr, Ethel. Und hör endlich auf, dich ihretwegen so anzustellen.«

Da nahm sie es endlich.

Jack und Ethel wohnten vielleicht sechs Meilen von mir entfernt in Silver Spring in einem auf einer Terrasse errichteten Haus, und als ich hinaustrat, sah ich Tad, der mit zwei anderen Kindern in einem Planschbecken herumtollte, so einem Ding aus Plastik, das sie mit dem Gartenschlauch aufgefüllt hatten. Aber natürlich war das Dreirad neu und aufregend, deshalb rollten sie es alle drei vors Haus und fuhren abwechselnd damit herum. Dann setzten Ethel, Jack und ich uns im Hof hinten in die Gartenstühle, und Ethel und ich mühten uns, liebenswürdig zu sein, sie erfolglos, ich erfolgreich.

Ich war allen freundlich gesinnt, selbst ihr. Einmal hörten wir von der Straße aus Geschrei, und ich rannte ums Haus, um zu sehen, was los war. Das kleine Mädchen, das ein bisschen älter als die Jungs war, war mit dem Dreirad losgefahren und war unten an der Ecke, während die beiden Jungs aus Leibeskräften hinter ihr herschrien. Ethel, die hinter mir herkam, beschrieb das Mädchen als eine Pest, die ständig den anderen Kindern die Spielsachen wegnehme. Doch ich kniete nieder und nahm sie in die Arme und fragte sie, ob sie gerne ein Paar Rollschuhe hätte? Ihre Augen leuchteten auf, und ich versprach ihr, ihr welche zu schicken. Dem Jungen versprach ich einen Baseball und einen Fanghandschuh und Tad eine neue Mütze. Danach waren alle glücklich, und ich war die gute Fee und Patentante.

Deshalb fühlte ich mich, als wir uns wieder setzten, froh und war mit mir selbst zufrieden. Doch das hielt nicht lange an.

Mit Eisesstimme fragte Ethel mich: »Woher hast du eigentlich das Geld, das du so großzügig an alle Kinder verteilst, die dir unter die Finger kommen? Von der Arbeit in der Cocktail Lounge?«

»Richtig.«

»Mir war gar nicht klar, dass eine Kellnerin so viele Trinkgelder einstreicht, zumindest nicht fürs Kellnern. Oder machst du noch etwas anderes? So nebenbei?«

»Ich weiß nicht im Entferntesten, was du meinst.«

»Oh doch, das weißt du.«

»Meine Gäste sind großzügig zu mir, und ich habe beschlossen, es ebenso zu sein. Dafür werde ich mich nicht entschuldigen.«

»Du sollst dich auch nicht für deine Großzügigkeit entschuldigen, sondern für das, was du tust, um sie dir erlauben zu können.«

Ihr Mann machte ein Gesicht, als hätte er in eine Zitrone gebissen und wünsche sich irgendwo anders zu sein, um nicht mit anhören zu müssen, was seine Frau mir unter die Nase rieb.

Plötzlich war Tad da und kroch auf Ethels Schoß.

»Was ist, mein Liebling?«, fragte sie ihn.

Er zog ihren Kopf herunter und flüsterte ihr etwas zu.

Sie tätschelte ihm den Kopf und trug ihn ins Haus.

»Du musst jetzt gehen«, sagte Jack. »Du musst jetzt gehen.«

Danach fuhr er mich nach Hause, das war sehr anständig von ihm, und ich war ihm dankbar. Doch plötzlich fühlte ich mich nicht mehr beschwingt und zufrieden. Nicht wegen der Worte, die Ethel mir an den Kopf geworfen hatte, so etwas hatte sie schon früher gesagt, und ich war in der Lage, darüber hinwegzusehen. Nein, weil mein Sohn zu seiner Tante gekommen war, als er aufs Klo musste, und nicht zu mir, seiner Mutter.

8

Not every man's death is a crime.

Schwer zu sagen, ob das Bedürfnis, etwas dagegen zu unternehmen, mich übermäßig beschäftigt hat, als Mr. White das nächste Mal in die Bar kam. Aber ganz gewiss verlor ich keine Zeit, mich ihm von meiner besten Seite zu zeigen. Ich bot ihm wie immer die Cocktailkarte an, sagte jedoch: »Vielleicht brauchen Sie die ja gar nicht, wenn Sie das Gleiche nehmen wie sonst auch.«

»Bitte, Joan. Freut mich, dass Sie sich erinnern, was ich normalerweise bestelle.«

Jake hatte die Tonic-Flasche bereits geöffnet und gab gerade Eiswürfel ins Glas. Ich brachte beides zum Tisch, goss ihm ein und nahm die Flasche mit zurück an die Bar. Habe ich dabei mit einem kleinen Extra-Schwung meinen Gang betont, damit meine Hüften zur Geltung kamen und mein Po sich straffte? Vielleicht. Ich erinnere mich, dass ich einen weiteren Knopf an meiner Bluse öffnete, ehe ich mit einem Tablett zurück an seinen Tisch ging.

»Joan, da ist etwas, das ich Sie unbedingt fragen möchte.«

Ich stellte mich an seinen Tisch und tauschte die halb leere Chips-Schüssel gegen eine volle aus. Das Gleiche hätte ich auch an jedem anderen der zwölf Tische getan. Aber schon möglich, dass ich mich dabei etwas tiefer hinuntergebeugt habe als nötig.

»Und das wäre, Mr. White?«

»Earl, bitte.«

»Das wäre zu vertraulich.«

»Bitte.«

»Nun gut, Earl.«

»Ich …«

»Was ist, was wollen Sie mich fragen?«

»Normalerweise habe ich nicht so einen Knoten in der Zunge, Joan, aber irgendwie fühle ich mich im Augenblick ein wenig abgelenkt.«

Ich lächelte, senkte meine Lider und fragte leise: »Angenehm abgelenkt, hoffe ich?«

»Aufs Angenehmste.«

»Trotzdem will ich nicht schuld sein, wenn zwischen uns keine Unterhaltung in Gang kommt, Mr. ... Earl.« Mit diesen Worten knöpfte ich den untersten Knopf der Bluse wieder zu. »Besser?«

»Unter Umständen.«

Ich ging um ihn herum und stellte mich hinter ihn. »Noch besser?«

»Unter denselben Umständen, ja.«

Noch waren keine anderen Gäste da, und Jake war in die Vorratskammer gegangen, um etwas zu holen. Für den Augenblick waren wir allein. Ich dachte an das, was Ethel mir an den Kopf geworfen und was Liz mir vorgeschlagen hatte und wie physisch unattraktiv dieser Mann auf mich wirkte – hoch aufgeschossen, plump, blass und nicht mehr jung. Aber ich dachte auch an Tad, der in Ethels Haus schlief, den Ethels Küsse, nicht meine, wieder in den Schlaf wiegten, wenn er nachts weinend aufwachte, und an Ethels Gesicht, das ihn jeden Morgen beim Aufwachen begrüßte, und mir wurde bewusst, dass ich alles tun würde, um ihn zurückzubekommen.

Ich beugte mich von hinten über Mr. Whites Schulter und langte nach vorne, um mit der Serviette einen Fleck auf dem Tisch zu bearbeiten, als wischte ich eine verschüttete Flüssigkeit auf. Durch den dünnen Stoff seines Hemdes und den noch dünneren meiner Bluse drückten sich meine Brüste warm und schwer an seine Schulter.

Ich merkte, wie sein Atem sich beschleunigte, ja plötzlich stoßweise kam.

»War da nicht noch etwas, das Sie mir sagen wollten, Earl?«

Er schluckte. »Sie verwirren mich so sehr, dass ich nicht sprechen kann.«

Ich richtete mich wieder auf und stellte mich erneut vor ihn.

Sein Gesicht war rot, doch weniger als wäre er aus Schüchternheit errötet, denn nach einer übergroßen Anstrengung. Er nahm einen Schluck von seinem Tonic, aber es dauerte eine Minute, ehe seine normale Gesichtsfarbe zurückkehrte – seine anämische Blässe – und sein Atem sich wieder beruhigte.

»Ich mag Sie, Joan. Ich hoffe, Sie wissen das. Vielleicht zu sehr. Es ist nicht gut für mich, wenn ich mich zu sehr aufrege.«

»Warum nicht?«

»Sagen wir einfach, Anweisung vom Arzt und belassen es dabei?«

»Ich weiß nicht, ob ich es dabei belassen kann, wenn das bedeutet, dass ich mich auf Armeslänge von Ihnen fernhalten muss.«

»Sie müssen, Joan, Sie müssen.«

»Wir werden sehen«, sagte ich. »Was wollten Sie mich fragen?«

Er schluckte erneut. »Ihr Mann, der letzte Woche verstorben ist … wie lange waren Sie verheiratet?«

»Vier Jahre«, antwortete ich. »Fast.«

»… und Ihr Sohn ist drei, sagten Sie.«

»Genau. Drei und ein bisschen.«

»Und wie alt sind Sie?«

»Einundzwanzig.«

»Verstehe.«

»Was verstehen Sie?«

»Die Situation. Ich wollte einfach Ihre Situation etwas besser verstehen.«

»Und? Tun Sie es nun?«

»Sie waren siebzehn.«

»Etwas älter.«

»Und darf ich fragen, warum Sie ihn geheiratet haben?«

»Ich glaube, das können Sie erraten.«

Nach einer Weile sagte er: »Das ist kein guter Grund, Joan.«

»Das habe ich auch gemerkt.«

»… Sie wollen nicht darüber reden, nicht?«

»Wollen Sie denn?«

»Ich würde gerne erfahren, was passiert ist, vielleicht kann ich helfen.«

»Ich war in Washington und wartete darauf, eine Arbeit anzutreten. Ron war auch da. Wir wohnten beide im selben Apartmenthaus. Er besaß einen Plattenspieler, und wenn wir nichts anderes zu tun hatten, ging ich zu ihm in die Wohnung. Natürlich blieb es nicht beim Plattenhören – und dann musste ich heiraten. Das war's auch schon. Aber Sie müssen verstehen, dass ich damals glücklich darüber war. Doch dummerweise musste Ron ebenfalls heiraten, und er war überhaupt nicht glücklich darüber. Er hasste es. Er hasste mich, und er hasste unseren kleinen Jungen. Seine Familie hasste mich auch, aber wenigstens hassten sie Tad nicht, was Rons Schwester angeht, sogar ganz im Gegenteil. Deshalb ist er jetzt bei ihr, und ich bin hier.«

»Nun, Ihre Arbeit brauchen Sie nicht zu hassen.«

»Hassen? Ich habe Gott auf Knien dafür gedankt, dass ich den Job bekommen habe.«

»Immerhin haben wir uns so kennengelernt. Sie geben mir etwas, auf das ich mich jeden Tag freuen kann, etwas, das ich seit langer Zeit nicht mehr erlebt habe. Nicht seit dem Tod meiner Frau.«

Es entstand eine Pause, während der ich vor ihm stehen blieb, in der einen Hand die halb leere Chips-Schüssel, in der anderen das Tablett balancierend. Keiner sagte etwas.

»Ist die Situation wirklich so arg?«, fragte er. »Mit Ihrem Sohn und Ihrer Schwägerin, meine ich.«

»Ja«, sagte ich schlicht. Doch da ich mich nicht mit einem Misston zurückziehen wollte, lächelte ich und fügte hinzu: »Aber ich sehe Licht am Ende des Tunnels. Nicht zuletzt dank Ihnen. Jeder Abend hier bringt mich meinem Ziel einen Schritt näher.«

»Aber nur einen kleinen, Joan. Ich würde gerne mehr für Sie tun.«

»Dann geht's Ihnen wie mir, ich würde auch gerne mehr für Sie tun.«

Überrascht sah ich, wie ein Ausdruck des Schmerzes seine Züge verdüsterte. Doch ich konnte ihn nicht mehr danach fragen, denn eben tauchte Bianca mit einem Mann im Schlepptau auf, den ich sofort erkannte, auch wenn er keine Uniform trug.

Bianca setzte ihn an einen Tisch in meinem Bereich, den kleinen, ganz am Ende des Raums.

»Mrs. Medford.«

»Sergeant Young … ich will Ihnen noch einmal für Ihre Anregung danken, mich hier zu bewerben, und dass Sie mich Bianca empfohlen haben oder umgekehrt oder wie auch immer.«

Ich gab ihm die Wein- und Cocktailkarte, obwohl offenkundig war, dass er den *Garden* besser kannte als ich und wahrscheinlich bereits wusste, was er haben wollte.

»Ich bin froh, dass sie eine Stelle für Sie hatte und dass Sie sie angenommen haben.«

Er gab mir die Karte zurück. »Sie können Jake bitten, mir einen Smash zu mixen.«

Jake mixte einen Whiskey Sour, goss ihn in ein Highball-Glas, in dem er zuvor ein paar Minzblätter zermalmt hatte. Sergeant Young nahm einen tiefen Schluck, stellte das Glas ab und musterte mich von Kopf bis Fuß. Dieses Mal erstarrte ich nicht. Eine Woche kann einen ganz schönen Unterschied machen.

»Mrs. Medford, teils bin ich hier, um Jakes meisterhafte Arbeit zu genießen, teils um zu sehen, wie Sie zurechtkommen, aber da ist auch noch etwas, das ich Ihnen sagen möchte. Es betrifft Ihren Fall und den Tod Ihres Mannes.«

»Ich dachte, das hätten wir hinter uns«, sagte ich.

»Eigentlich schon, sollten wir zumindest, und ich wünschte, es wäre so. Wenn es nach mir ginge, wäre es das auch. Doch Church – Sie erinnern sich doch an Private Church – er ist noch jung, eifrig und stur und will sich unbedingt einen Namen machen. Und aus irgendeinem Grund gibt er sich nicht mit der Erklärung eines Unfalltodes zufrieden.«

»Warum nicht?«

»Auf der Akademie bringt man ihnen bei, Verbrechen aufzuspüren, Mrs. Medford. Und wenn man noch nicht lange im Beruf steht, dann will man nicht, dass die Antwort lautet, es gibt keines. Wenn erst einmal ein paar Jahre ins Land gezogen sind, weiß man es besser – dann ist man für jeden Fall dankbar, den man ohne großen Wirbel abschließen kann. Aber diese Jahre fehlen ihm noch, und er brennt noch darauf, einen Mord aufzuklären.«

»Und er denkt, Ron wurde …?«

»Er denkt, wir sollten die Ermittlungen offenhalten. Er wollte letzten Dienstag nicht einmal vorbeikommen, um Sie über den Anruf Ihrer Schwägerin zu informieren, aber ich habe ihn überzeugen können, dass dies nur recht und billig wäre, zumal man erkennen konnte, dass die Anschuldigung gegen Sie eindeutig falsch war.«

»Dafür danke ich Ihnen. Aber … was kann ich sonst noch tun?«

»Es geht nicht darum, dass Sie etwas tun, es muss Ihnen nur bewusst sein, dass, was die Polizei betrifft, der Fall nicht abgeschlossen ist.«

Obwohl ich wusste, dass ich nichts Unrechtes getan hatte, traf es mich wie ein Schlag, dass, ganz egal wie gründlich die Ermittlungen durchgeführt wurden, niemand eben das beweisen konnte. Man hört doch immer wieder, wie Leuten Verbrechen untergeschoben werden, wie unschuldige Männer und Frauen auf dem Stuhl landen.

Ich fragte: »Was gibt es, das ihn nicht zufriedenstellt?«

»Wenn Sie mich fragen, nichts. Aber er versteht nicht, wie die Tatsachen zusammenhängen. Ihr Mann war ein schwerer Trinker – das haben wir bei allen Vernehmungen, die wir durchgeführt haben, gehört, und er hatte in jener Nacht eine Menge getrunken, dennoch war er nüchtern genug, um eine vierzigminütige Strecke nach Hause zu bewältigen, mitten in der Nacht, auf einigen ziemlich kurvigen Straßen, ohne dass er einen Unfall verursacht hat. Warum knallt er dann – nachdem Sie ihn vor die Tür gesetzt haben – keine zehn

Minuten von zu Hause entfernt gegen eine Mauer? Er war doch weder müder noch betrunkener noch waren die Straßen dunkler?«

»Es hatte mittlerweile zu regnen begonnen. Und wir haben uns gestritten. Vielleicht war er abgelenkt.«

»Sehen Sie, genau das habe ich Private Church gesagt.«

Sergeant Young breitete die Handflächen aus. »Doch nichtsdestotrotz bestand Church darauf, dass man den Wagen auf Anzeichen von Manipulation untersuchte, und er fragte den Gerichtsmediziner, der die Autopsie vorgenommen hatte, nach möglichen Gewaltspuren am Körper, die nicht vom Unfall stammten ...«

»Und?«

»Und nichts. Keine dieser Nachforschungen hat irgendetwas erbracht. Aber er besteht immer noch darauf, dass wir den Fall nicht abschließen.«

»Sind Sie nicht sein Boss?«

»Sein Partner, Mrs. Medford. Das ist nicht dasselbe.«

»Und was heißt das für mich?«

»Sie werden vielleicht in nächster Zeit noch einige Fragen beantworten müssen. Und man könnte Sie auffordern, die entsprechenden Formulare zu unterzeichnen, die eine Exhumierung Ihres Gatten gestatten.«

»Exhumierung?«

»Es tut mir leid, Mrs. Medford.« Er schien es aufrichtig zu meinen.

»Das ist schrecklich, was Sie da andeuten«, erwiderte ich. »Aber wenn es denn sein muss ... Okay. Ich habe nichts zu verbergen. Er kann verlangen, was er will.«

Das Zittern in meiner Stimme strafte das Selbstvertrauen, das ich an den Tag zu legen versuchte, Lügen.

Sergeant Young beugte sich über den Tisch und senkte die Stimme.

»Ich wünschte, ich könnte Ihnen das alles ersparen, Mrs. Medford. Ganz ehrlich. Nach all dem, was Sie durchgemacht haben, haben Sie das nicht verdient. Ihr Mann trank, und er war allein im Wagen, als es geschah. Selbst wenn Sie irgendwie die Hand dabei im Spiel ...«

»Sergeant Young!«

»... ich sagte – selbst wenn ...«

»Habe ich aber nicht.«

»... aber selbst wenn Sie hätten, würde es mir nicht behagen, dass man Ihnen deswegen nachstellt, geschweige denn, Sie bestraft.«

»Bitte sagen Sie nichts mehr. Sie beunruhigen mich.«

»Das bedaure ich sehr, Mrs. Medford. Bezwecken wollte ich das Gegenteil.« Seine Augen bohrten sich in meine, und ich konnte Zuneigung darin erkennen. Oder was ich für Zuneigung hielt – sicher kann man nie sein. »Wie ich schon sagte, auf der Akademie bringen sie einem das nicht bei, aber man lernt es im Dienst: Nicht jedes Mannes Tod ist ein Verbrechen.«

Ich sah auf und stellte erleichtert fest, dass ich inzwischen andere Gäste hatte, die ich bedienen musste. Ich entschuldigte mich und ging zu einem Tisch, an dem drei Männer in Anzügen saßen. Noch erleichterter war ich, als sie Clubsandwiches zu ihren Drinks orderten, weil ich so einen Grund hatte, mich in die Küche zurückzuziehen und Mr. Bergie die Bestellung weiterzugeben.

Ich blieb dort, solange es ging. Als ich in die Bar zurückkehrte, war Sergeant Young verschwunden. Zurückgelassen hatte er die Minzblätter in seinem Glas und einen Dollar Trinkgeld.

9

I'll pay for it.

Ich komme nun zu Tom Barclay, doch ehe ich berichte, was er mir getan hat und was ich ihm, muss ich Ihnen von den Hotpants erzählen, die Liz für sich und für mich gekauft hatte, ohne Bianca etwas davon zu sagen. Prompt beschwor sie damit eine heikle Situation herauf. Es mag frivol klingen, damit direkt nach einer so ernsthaften Sache wie einer eventuell drohenden Mordanklage zu beginnen, aber letztlich ging es damit los, und so trivial es am Anfang aussah, lässt sich doch alles andere darauf zurückführen.

Es war die erste Juliwoche, und im *Garden* war es trotz Klimaanlage mörderisch heiß. Das war für Hyattsville ziemlich ungewöhnlich, denn in Prince George County wird es normalerweise nicht so drückend heiß wie in Washington, D.C., oder in Montgomery County, Maryland, das nördlich an Prince George County grenzt, wie es auch im Winter dort nicht so kalt wird. Und natürlich hatten alle Mädchen darunter zu leiden, besonders Liz. In einer ruhigen Minute hatte sie mich unlängst gefragt: »Joanie, ich will ja nicht in deine Privatsphäre eindringen, aber wirst du auch so feucht? An einer bestimmten, intimen Stelle? Die wir, wenn Männer dabei sind, nicht erwähnen, aber unter Mädchen Schritt nennen?«

»Liz, das sind diese samtenen Shorts …«

»Genau, die sind wirklich mörderisch …«

»Und Liz, die Strumpfhose macht es nur noch schlimmer.«

»Joanie, wir werden etwas dagegen unternehmen, aber frag Bianca gar nicht erst um Erlaubnis, denn sie könnte aus irgendeinem Grund Nein sagen, und ich weiß nicht, was ich dann mache. In die Luft gehen, vielleicht, und das möchte ich vermeiden. Verstehst du, Joanie. Ich mag meinen Job hier.«

»Und? Was willst du machen?«

»Du wirst schon sehen.«

Und das tat ich, denn am nächsten Abend kam sie mit vier Paar Hotpants aus Chambray-Stoff an, in derselben Farbe wie die samtenen. Karmesinrot. Oder fast derselben Farbe, denn sie waren mehr rotbraun, weil etwas Schwarz statt Blau beigemischt war. Als ich ihr meine zwei bezahlt hatte, zwei, damit man immer eine über Nacht waschen konnte, während man die andere trug, ging sie voraus in den Umkleideraum, wo wir den Hosentausch vornahmen. »Und Joanie«, flüsterte sie, »wir ziehen auch die Strumpfhose aus. Und ziehen sie nicht wieder an.«

»Bist du sicher, dass wir nicht Bianca fragen sollten?«

»Nein, Joanie, sollten wir nicht.«

»Warum nicht? Warum sollen wir uns Ärger einhandeln?«

»Weil sie vielleicht Nein sagen würde.«

Und als ich die Strumpfhose abgestreift und mich in die Hotpants gezwängt hatte, sagte sie: »Mit den Beinen, die du hast, Joanie, könnte das ein hübsches Plus sein. Es könnte das Geschäft beleben, wenn du verstehst, was ich meine.«

»Und deine? Doch auch!«

»Okay, okay.«

Wenn ich eine Strumpfhose trage, trage ich auch einen Schlüpfer darunter, ich weiß, dass es diesbezüglich zwei Schulen gibt, aber der Anstand wie auch die persönliche Hygiene erfordern die dünne Seidenschicht über den intimen Stellen. Also seidene Höschen und darüber die Chambray-Shorts, beide locker geschnitten, und nicht zu vergessen die Bauernbluse, die ich immer anziehe, ehe ich mich in meine Arbeit in der Bar stürze. Doch wer kam da herein – Bianca. Und zehn Minuten lang ging es ziemlich heiß her, und obwohl sie nicht wirklich etwas Vernünftiges einwenden konnte, bestand sie darauf, dass wir sie hätten fragen sollen.

Ich sagte: »Okay, dann fragen wir.«

»Und die Antwort, Joan, lautet Nein.«

Da mischte Liz sich ein: »Nein, Bianca, zu diesem Thema fragen wir dich nicht, wir stellen dich vor vollendete Tatsachen. Hast du gehört, was ich sage?«

Bianca funkelte uns wütend an, aber gleichzeitig spürte ich, wie ihre streitlustige Haltung mit ihrer natürlichen Neigung rang, nachzugeben, wenn sie unter Druck gesetzt wurde. Liz musste es ebenfalls gespürt haben, denn sie erhöhte den Druck.

»Okay, dann streiken wir. Wenn du verlangst, dass wir bei dieser Hitze diese samtenen Dinger tragen, treten wir unverzüglich in den Ausstand. Wir malen uns ein paar Schilder und marschieren draußen auf und ab. Und dabei werden wir die, die wir anhaben, tragen.«

»Aber diese Hotpants werden schnell faltig«, wandte Bianca ein. »Und die Falten werden alle auf euren Schoß deuten. Das wird unanständig aussehen.«

»Vielleicht wären Falten ja gut fürs Geschäft. Ich meine, die Art Falten, die du meinst. Aber die wird es nicht geben, Bianca, diese Hosen sind aus Chambray, Chambray, das ist das Material, aus dem man Hemden macht, genau damit sie keine Falten werfen.«

Sie pulte das Etikett aus dem ungetragenen Paar. »Da siehst du, das sind Burlington-Shorts. Wach auf, Burlingtons werfen keine Falten.«

Das gab ihr die Ausrede, die sie brauchte, um das Gesicht zu wahren. »Also gut, dann geht es wohl in Ordnung.«

»Dann«, erklärte ich hoheitsvoll, »blasen wir auch den Streik ab, Bianca.«

»Okay, Joan.«

Sie gab mir einen Kuss, und Liz entfuhr ein kleiner Freudenschrei, und damit war die Angelegenheit beendet.

Dachte ich zumindest.

Ich glaube, es war halb zwölf an jenem Abend, als Tom mit seinen Freunden auftauchte, drei anderen Typen und zwei Mädchen, die Männer jung und kräftig, die beiden Frauen echte Schönheiten. Als sie ankamen, waren sie allesamt schon halb betrunken. Liz hatte mehr als genug zu tun, deshalb brachte Bianca sie zu mir und setzte sie in eine Nische, wo es für Toms Freunde ziemlich eng wurde. So eng, dass Tom eines der Mädchen regelrecht reinpressen musste, damit er sich selbst danebenzwängen konnte. So saß er dann auf der – von mir aus gesehen – linken Seite der Nische, ganz in meiner Nähe also, ein Bein in den Gang zwischen den Tischen gestreckt, wo ich versuchte zu bedienen. Er grinste mich auf eine Art herausfordernd an, die eindeutig darauf abzielte, mein Herz höherschlagen zu lassen. Und es ärgerte mich, dass, weil es trotz allem ein hübsches Grinsen war, mein Puls tatsächlich ein bisschen schneller ging. Sie bestellten alle Doppelte – Bourbon und Ginger Ale, die schlimmste Mischung, die man sich – glaube ich – antun kann. Sie wurden nicht nur noch betrunkener davon, es würde ihnen garantiert auch schlecht werden. Dennoch meinte Bianca, ich solle ihnen geben, was sie verlangten.

»Dieser Tom Barclay ist ein alter Freund von mir, also tritt ihm bitte nicht auf die Zehen.«

Ich versuchte mir vorzustellen, wie dieser junge Bursche mit seinem verwegenen Grinsen ein alter Freund einer Frau in Biancas Alter sein konnte, und ich vermute, man hat es mir angesehen, denn Bianca sagte: »Sein Vater war Stammgast hier, als mein Mann das Geschäft aufgebaut hat. Tom ist praktisch hier aufgewachsen.«

Wie es schien, war er nicht besonders erwachsen geworden, jedenfalls, wenn man ihn danach beurteilte, wie er sich mit seinen Freunden benahm. Doch Liz kam hinzu und meinte, er sei eigentlich ziemlich nett, »außer wenn er voll ist, aber selbst dann ist er nicht schlimmer als die anderen. Wer ist schon nett, wenn er voll ist?«

»Niemand, denke ich.«

Betrunkene zu bedienen ist nichts, worüber man einen Brief an die Eltern schreibt, ganz egal wie nett sie im nüchternen Zustand sind. Die Mädels wurden lauter und lauter, und die Jungs mir gegenüber immer zudringlicher, soll heißen, sie sagten Dinge zu mir, die niemand niemals nirgendwo zu einem Mädchen sagen sollte. Und Tom, der am Gang und somit mir am nächsten saß, beließ es nicht bei Worten, sondern verstieg sich zu Taten und grapschte mich jedes Mal, wenn ich an den Tisch kam, an. Insbesondere auf meinen Hintern hatte er es abgesehen, den er ständig tätschelte. Ich entzog mich jedes Mal, indem ich einen Schritt zurücktrat, sodass weiter nichts passierte. Doch als ich mich über den Tisch beugte, um einem der Mädchen einzuschenken, spürte ich seine Hand an meinem nackten Bein, oberhalb des Knies, wie sie langsam an der Innenseite meines Schenkels hinaufglitt. Jetzt verstehen Sie, warum ich die Hotpants vorhin so detailliert beschrieben habe, wie locker sie und auch die seidenen Höschen saßen. Was ich sagen will, ich erstarrte zu Eis und reagierte ganz automatisch, klemmte meine Beine zusammen, damit er seine Hand nicht mehr bewegen konnte, und machte irgendwie gleichzeitig auf dem Absatz kehrt, wodurch wohl auch seine Hand herumgerissen wurde. Ich nehme an, er verlor dadurch das Gleichgewicht, denn Sekundenbruchteile später fiel er aus der Nische und lag am Boden. Liz war blitzschnell da und fast genauso schnell Bianca. Sie war es auch, nicht ich, die bemerkte, was sein Sturz ausgelöst hatte – nämlich seinen Magen in Aufruhr versetzt, denn jetzt hielt er sich die Hand vor den Mund, würgte und hustete und mühte sich, sich nicht auf den Boden zu übergeben. Ich trat zurück und fragte mich, was ich tun sollte, nun, nachdem ich mich wenigstens seiner Hand entledigt hatte.

Schließlich glitt einer seiner Freunde aus der Nische, stellte ihn auf die Beine und bugsierte ihn zügig in Richtung der Toiletten, während er auf ihn einredete: »Nicht hier, Tommy, nicht hier! Beherrsch dich, komm schon, noch drei Schritte, dann kannst du's rauslassen!«

Er schaffte es tatsächlich zum Klo, ohne die Lounge zu besudeln, und nach einem Augenblick der Stille hörte man jemanden lachen und wie die beiden sich unterhielten.

Diesmal immerhin zeigte Bianca Rückgrat, sie trat an den Tisch und herrschte die Bande an: »Ihr habt genug jetzt. Wenn ihr ausgetrunken habt, seht ihr … ich meine, seht ihr verdammt noch mal zu, dass ihr hier verschwindet.«

Dann stellte sie sich neben mich und wartete, bis Jake, der den beiden auf die Toilette gefolgt war, herauskam. »Wir haben Glück gehabt«, berichtete er. »Er hat alles rausgelassen, das schon, fünfeinhalb Gallonen, aber alles in die Schüssel. Er hat gespült, und zum Glück ging nichts auf die Fliesen.«

Dann ging er zurück hinter die Bar.

Der Freund kam aus der Toilette und gesellte sich wieder zu den anderen.

Und dann endlich kam auch Tom.

Er wollte sich ebenfalls wieder in die Nische zwängen, überlegte es sich dann aber anders und setzte sich an einen Tisch, den, an dem sonst immer Mr. White saß. Ich holte ihm eine Tasse heißen schwarzen Kaffee aus der Küche.

»Hier, das wird Ihnen vielleicht helfen.«

»Darauf können Sie wetten«, krächzte er. »Danke.«

Er nippte, zuckte zusammen, weil der Kaffee so heiß war, und nippte erneut, so lange, bis die Tasse leer war. Er stellte sie ab und wischte sich mit einer Cocktailserviette den Mund ab, zog einen Taschenkamm hervor und kämmte sich. Dann nahm er wieder die Serviette und fuhr sich damit übers Gesicht, das schweißbedeckt war.

»Jetzt fühle ich mich besser«, sagte er mit einem Lächeln, das im Vergleich zu seinem Grinsen vorhin eher verlegen, aber dennoch nett wirkte, und glauben Sie nicht, dass er das nicht genau wusste.

»Wollen Sie vielleicht noch ein bisschen Kaffee?«

»Nein, mir geht's gut jetzt.«

»Ganz sicher?«

»Oh ja, ich fühle mich blendend.«

»Na dann …«

Ich trat einen Schritt zurück und schmierte ihm eine, erst mit der rechten Hand auf die linke Backe, dann mit der linken Hand auf die rechte, und dann mit derselben noch einmal links, rechts. Und noch einmal, während er aufstand und versuchte, meine Hand zu packen, aber ich riss mich los und ohrfeigte ihn mit aller Kraft, die ich aufbrachte, weiter. Sein Freund, der ihn zur Toilette begleitet hatte, hechtete herüber und packte mich, »wickelte mich ein«, wie man so sagt, doch ich riss mich auch von ihm los und besorgte es ihm, bis er stolperte und stürzte. Dann wandte ich mich wieder zu Tom und wollte ihn wirklich fertigmachen, aber er versuchte sich wegzuducken, rutschte weg, stürzte ebenfalls und lag nun neben seinem Freund am Boden. Inzwischen war – wie Liz mir später sagte – der ganze Laden in Aufruhr, Bianca packte mich, Jake packte mich, alle wollten mich packen und wegziehen. Da Tom am Boden lag, musste ich wohl oder übel von ihm ablassen und ließ mich wegziehen. Doch es dauerte ein paar Augenblicke, bis ich merkte, was Bianca sagte, oder besser gesagt schrie, als sie mich von sich wegstieß, weil ich wohl noch ein- oder zweimal ausgeholt hatte.

»Du bist gefeuert!«, brüllte sie mich immer wieder an. »Du bist gefeuert! Mach, dass du rauskommst, hörst du nicht? Ich sagte, hau ab!«

Inzwischen war ich wieder zu Sinnen gekommen, und eine Welle der Empörung einerseits und der Scham andererseits überkam mich. Dies und eine Wut auf mich selbst, weil ich die Beherrschung verloren hatte und damit auch den Job, den ich so dringend brauchte. Ich hatte mir geschworen, alles zu tun, um meinen Sohn zurückzubekommen, doch die gierigen Hände eines Betrunkenen hatten gereicht, um mich Lügen zu strafen. Auf dem Weg in den Umkleideraum verfluchte ich mein schrecklich ungezügeltes Temperament. Ich war in der Uniform zur Arbeit gekommen, doch ich hatte einen Übergangsmantel dabei, der sie verbarg, außerdem hatte ich noch ein paar Sachen in meinem Spind, die Jeans, die ich am ersten Tag angehabt hatte, und eine schlichte weiße Leinenbluse. Ich zog mich gerade um, als Liz auftauchte und ebenfalls ihre Uniform auszog.

»Das kann sie nicht mit dir machen, Baby! Hörst du? Ich habe es ihr gesagt, es ihr ins Gesicht gesagt, dass das nicht geht. Also sind wir beide gefeuert, aber egal. So enden sie immer, diese verdammten Spelunkenjobs, aber morgen suchen wir uns einen anderen.«

Dann stand auch Bianca da, und Liz ging sie frontal an, etwa das, was sie auch mir gesagt hatte, aber mit viel deutlicheren, kraftstrotzenden Worten. Das konnte sie gut. Bianca stand einfach da und ließ es über sich ergehen, während ich mich weiter umzog.

Und dann – wer hätte das gedacht – stand plötzlich Tom in der Tür. Er sah zerknirscht aus und blass, wirkte aber nach dem Kaffee einigermaßen nüchtern, und vielleicht hatten meine Ohrfeigen ihm auch den Alkohol ausgetrieben.

»Was ist hier los?«, wollte er wissen.

»Was glaubst du, was hier los ist?«, erwiderte Bianca. »Es tut mir leid, Tom. Aber bei den Kräften, die man heutzutage kriegt, kann so was eben vorkommen. Bitte sieh drüber weg. Dieses eine Mal. Es wird auch nicht wieder vorkommen, das verspreche ich dir.«

»Ich habe gefragt, was hier los ist?«

»Sie ist gefeuert, das ist los.«

»Nein, Bianca, ist sie nicht. Nicht wegen einer Schelle oder zwei.«

»Einer Schelle? Sie hat auf dich eingedroschen wie Floyd Patterson in der fünften Runde, und nicht nur auf dich. Sie hätte auch mich umgehauen, wenn ich nicht rechtzeitig ausgewichen wäre.«

»Und ausgewichen bist du.«

»Dein Freund nicht, der fing sich eine Rechte zum Kinn ein.«

»Von einer Linkshänderin. Er wird's überleben.«

»Hör zu, Tom, ich kann so ein Mädchen nicht hier arbeiten lassen, nicht eine, die dich so behandelt, oder auch jeden anderen Gast, aber dich besonders. Das kann ...«

»Verdammt, Bianca, ich habe gesagt, sie wird nicht gefeuert.« Er ging einen Schritt auf uns zu, und Bianca wich zurück.

»Sie entschuldigt sich und es wird nicht wieder vorkommen. Nicht wahr?«

»Sie entschuldigt sich für gar nichts«, fauchte Liz, aber ich fiel ihr ins Wort.

»Ich war außer mir, Bianca, und es tut mir leid. Ich habe die Beherrschung verloren.«

Doch Liz wollte nichts davon hören. »Joanie! Ich habe gesehen, was der Kerl …«

»Oh, verdient hat er es. Und mehr noch. Aber ich hätte es trotzdem nicht tun dürfen.«

»Bianca?«, fragte Tom. »Ich bin zufrieden. Und du?«

»Da ist Geschirr zerbrochen und ein Fleck im Teppich …«

»Ich werde dafür aufkommen.«

»Ich kann dein Geld nicht annehmen, Tom …«

»Ich komme dafür auf!«

Einen Augenblick sah sie so aus, als wäre dies endlich der Punkt, an dem sie sich nichts mehr gefallen ließ, an dem sie nicht mehr bereit war nachzugeben. Doch schließlich murmelte sie nur: »Okay, okay, Tom, wenn du es so willst.«

»Sie kann bleiben?«

»Wenn sie in Zukunft ihr Temperament zügelt.«

Liz fauchte erneut: »Und was wäre, wenn Tom hier mal seine Hände zügelte? Und das, nachdem ich für ihn gebürgt habe.«

Damit ging es in die nächste Runde. Es dauerte sicher zehn Minuten, bis alles geklärt war und Tom Bianca zurück in die Bar geleitete, während Liz und ich wieder in unsere Uniformen schlüpften. Als Liz und ich zurückkamen, lief alles wieder wie gewohnt, nur dass Bianca die Drinks servierte, die Jake mixte. Eine halbe Stunde später schlossen wir, aber als Tom und seine Truppe abzogen, hatte er weder die Rechnung bezahlt noch den Schaden, den er verursacht hatte.

»Kümmere dich nicht darum«, sagte Bianca, immer noch wütend, zu mir. »Er hat versprochen zu zahlen. Und ich zieh dir nichts ab.«

»Da kannst du Gift drauf nehmen«, herrschte Liz sie an. »Hast du gehört?«

»Ach, Liz, halt die Klappe, für heute Abend habe ich genug von dir gehört.«

10

I? Blew you a kiss?

Am nächsten Tag fiel kein Wort über das, was am Abend zuvor passiert war, weder von Liz, als sie mich zur Arbeit fuhr, noch von Bianca, als ich ankam, und auch nicht von Jake, während ich die Bar für ihn vorbereitete. Zu meiner Erleichterung, wie ich gestehen muss, obwohl das bedeutete, dass ich noch nicht aus dem Schneider war. Der Abend verlief, als wäre nichts geschehen, bis ich gegen elf – wer hätte es gedacht –, am gleichen Tisch, dem von Mr. White nämlich, den Mann sitzen sah, der mein Bein betatscht hatte. Er sah mich an, doch ich fragte ihn nur: »Kann ich Ihnen etwas bringen, Sir?« – als hätte ich ihn noch nie gesehen.

»Bubbelwasser«, antwortete er. »Seltzer. Pur.«

Ich brachte es ihm, und er sagte: »Die Rechnung, bitte, und die von gestern Abend. Ich hätte zahlen sollen, aber ich hab's vergessen.«

Ich hatte sie am Ende der Bar unter einen Aschenbecher geklemmt und holte sie ihm. Sie betrug weit über 40 Dollar, fast 50. Er legte zwei Zwanziger und zwei Zehner darauf. Ich gab ihm einen der Zehner zurück, aber er schob ihn mir wieder hin.

»Sie habe ich gestern Abend auch vergessen. Zumindest habe ich vergessen, Sie zu entschädigen.«

Ich legte den Zehner hin und erwiderte: »Ich bringe Ihnen Ihr Wechselgeld.« Ich ging zur Kasse und packte einen Dollar und 60 oder 70 Cent in Münzen auf das Schälchen vor ihm. Er fügte erneut die zehn Dollar dazu und schob es mir hin.

»Ich sagte, das ist für Sie.«

»Sir, entschuldigen Sie, aber ich möchte nichts von Ihnen.«

»Behandelt man so einen alten Freund?«

»Sir, Sie mögen ein alter Freund von Bianca sein, aber nicht von mir. Kein alter Freund und auch sonst kein Freund. Ihr Geld ist mir egal, und offen gestanden, Sie sind es auch.«

Ich ging wieder an meinen Platz, doch er kam mir nach. Ich bemerkte, dass einige Gäste bereits zu glotzen anfingen, vielleicht war ich lauter gewesen als nötig. Deshalb sagte ich betont leise: »Würden Sie bitte wieder an Ihren Tisch gehen? Sie erregen Aufsehen.«

»Ich muss Ihnen etwas sagen.«

»Sie haben mir nichts zu sagen.«

»Als alter Freund habe ich das sehr wohl.«

Ich ging zurück zu seinem Tisch, und er folgte mir und setzte sich wenigstens wieder hin.

Um den Zank zu beenden, sagte ich: »Was wollen Sie mir sagen?«

»Ich möchte mich entschuldigen, weil ich Sie zuerst nicht erkannt habe, gestern Abend, meine ich. Ich habe Ihnen ja nie ins Gesicht geschaut, verstehen Sie, und ich wusste nicht, dass Sie es sind, bis ich einen Blick auf Ihre Beine erhaschte, vom Boden aus, wohin Sie mich befördert hatten. Sie sind so schön, da erkannte ich Sie. Es sind die schönsten Beine der Welt – zumindest die schönsten, die ich je gesehen habe.«

Ich spürte, wie ich rot wurde, und fragte: »Kann ich Ihnen noch etwas bringen, Sir?«

»Nach gestern Abend bleibe ich wohl besser eine Weile bei Seltzer.« Dabei starrte er wieder auf meine Beine, meine nackten Beine, nicht zu vergessen, denn ich trug wieder die Chambray-Shorts, die Liz mir am Tag zuvor gekauft hatte, und flüsterte, als wäre er wirklich schwer beeindruckt: »Die sind nämlich ziemlich unvergesslich, Mrs. Medford.«

»... woher kennen Sie meinen Nachnamen?«

»Wie gesagt, wir sind uns schon begegnet.«

»Sind wir nicht. Ich habe Sie noch nie gesehen.«

»Vielleicht haben Sie mich an jenem Tag nicht bemerkt. Aber wir sind uns begegnet, das kann ich Ihnen versichern. Sie wohnen in einem Bungalow, geradewegs die Straße hoch von hier. Ich habe Sie dort abgeholt und wieder nach Hause gebracht und bin zwischendurch nicht von Ihrer Seite gewichen.«

»Wann soll das gewesen sein?«

Er nannte einen Tag im Juni, und ich merkte, wie ich erbleichte, denn es war der Tag, an dem Ron beerdigt wurde. Ich sah ihn an und fragte ihn: »Wer sind Sie? Und was soll das Ganze?«

»Mein Name ist Barclay«, sagte er beiläufig. »Thomas Barclay. Tom. Ich bin für den Sohn eines Freundes eingesprungen, Jim Laceys Sohn Dan, der den Auftrag des Bestattungsunternehmers nicht annehmen konnte, weil er am Abend zuvor mit mir unterwegs gewesen war. Wir haben ganz schön gebechert – und Sie haben ja gesehen, wo das enden kann. Aber wenn Dan einfach ferngebelieben wäre, hätte er sich den einen schwarzen Punkt eingefangen, den er sich – wie ihn die Uni hatte wissen lassen – nicht mehr leisten konnte – sprich, er wäre rausgeflogen. Deshalb hatte mich sein Vater gefragt, ob ich einspringen könnte – Sie abholen, zum Friedhof fahren und wieder zu Hause abliefern. Ich gebe zu, große Lust hatte ich nicht, aber sein Vater ist ein wichtiger Mann, also erklärte ich mich bereit. Und war unglaublich froh, dass ich zugesagt hatte. Als Sie mir zum Abschied zuwinkten und mir von der Veranda aus diese Kusshand zuwarfen …«

»Ich? … Ihnen eine Kusshand zugeworfen? Soweit ich mich erinnere, waren Sie das, nicht ich.«

»Wenn ich es Ihnen sage. Ich konnte ja Ihr Gesicht nicht erkennen, da Sie einen Schleier trugen, aber ich sah, wie Ihre Hand darunterfuhr und wieder zum Vorschein kam.«

»Haben Sie nicht gehört? Ich habe Ihnen keinen Kuss zugeworfen.«

»Tut mir leid, ich war mir so sicher.«

»Vielleicht habe ich den Schleier gerichtet.«

»Aber haben Sie gesehen, wie ich Ihnen einen zuwarf?«

»Das war nicht zu übersehen. Und ich muss gestehen, dass es mich sehr überrascht hat. Ich hielt es für eine Unverschämtheit, sich einer trauernden Frau gegenüber so etwas herauszunehmen.«

»Ich hätte es nicht getan, wenn Sie nicht damit angefangen hätten. Ich wollte nur höflich sein und ihn erwidern.«

»Ah, verstehe, Sie wollten also nur höflich sein.«

»Wenn es Ihnen dann leichter fällt, ja, dann sagen wir einfach, es war reine Höflichkeit.«

»Ich würde Ihnen eher glauben, wenn Sie nicht so ein Theater darum gemacht hätten, wie unvergesslich meine Beine wären.«

»Kann ein Mann nicht mehr als einen Grund haben?«

»Er kann so viele haben, wie er will, es interessiert mich nur nicht.«

»Mrs. Medford, ich entschuldige mich. Ich muss einen fürchterlichen Eindruck auf Sie gemacht haben. Ich würde das gerne wiedergutmachen. Aber sehen Sie, hier ist nicht der Ort dafür, nicht, wenn Sie mich bedienen und die Leute uns beobachten. Was halten Sie davon, wenn ich Sie ausführe? Wenn Sie Feierabend haben. Irgendwohin, wo wir mehr für uns sein können, wo wir miteinander reden und uns besser kennenlernen können.«

»Danke, aber dem kann ich absolut gar nichts abgewinnen.«

Er hatte eine Art zu lächeln, eine Art, seinen Kopf leicht schief zu legen, die es einem schwer machte, ihn nicht zu mögen. »Vielleicht doch, man kann nie wissen.«

Ich kämpfte darum, keine Reaktion zu zeigen. Das kostete mich mehr Kraft, als es sollte. Seit ich ihn das erste Mal gesehen hatte, lag mein Herz mit meinem Verstand im Clinch, oder vielleicht war es auch etwas, das unterhalb des Herzens lag, etwas, das tiefer ging. Und der Kampf war noch lange nicht ausgestanden.

»Sonst noch etwas?«

Er hob die Hände, als wolle er sich ergeben. »Was schulde ich Ihnen?«

»Ich bringe Ihnen die Rechnung für das Seltzer.«

Als sie mich an jenem Abend nach Hause fuhr, brachte Liz das Gespräch auf ihn.

»Ich will nicht neugierig erscheinen«, begann sie, »aber hat Tom Barclay seine Rechnung bezahlt? Die, die er gestern Abend vergessen hat zu begleichen?«

»Der junge Mann, den ich geohrfeigt habe, meinst du?«

»Ich würde zwar sagen, du hast ihn mehr oder weniger zusammengeschlagen, aber ja, den meine ich.«

»Ja, er hat bezahlt.«

»Und ich habe gesehen, dass er zur Abwechslung einmal Seltzer getrunken hat.«

»Das ist doch ein großer Fortschritt, würde ich sagen.«

»Er ist wirklich in Ordnung«, sagte Liz und fuhr dann eine Weile schweigend weiter. »Schau, ich habe gesehen, was er getan hat. Und ich wäre auch auf hundertachtzig gewesen. Ich hasse dieses Benehmen, habe es immer gehasst, werde es immer hassen. Eine Sache ist es, wenn sie dafür zahlen, aber ...« Sie lächelte mich an. Es fiel mir schwer, ihr Lächeln zu erwidern.

»Aber so sind Jungs nun mal, zumindest sehe ich es so. Sie haben Hände, Gott hat sie ihnen geschenkt, damit sie sie benutzen, und benutzen werden sie sie immer, auf Teufel komm raus, wenn's sein muss, und machen wir uns nichts vor, nichts und niemand wird sie davon abhalten. Aber – wenn sie sich entschuldigen, uns ein bisschen Respekt zeigen, dann kann das Leben auch weitergehen, denn es bringt nichts, ewig beleidigt zu sein. Was ich versuche, dir zu sagen, Joan, ist: Nun, da der Kerl wiedergekommen ist und sich entschuldigt hat, kannst du ihn doch in einem anderen Licht betrachten. Ich meine, als festen Freund oder Begleiter, mit dem du nach der Arbeit noch ausgehen kannst, ihn vielleicht mit nach Hause bitten, vielleicht findest du es zur Abwechslung ja auch mal vergnüglich. Und wer weiß, vielleicht kommt ja etwas dabei heraus. Solche Dinge passieren – manchmal wenigstens. Ich jedenfalls würde ihm nicht die Tür vor der Nase zuknallen.«

»Versuchst du, mir diesen Burschen schmackhaft zu machen?«

»Er ist doch beileibe nicht hässlich, und er hat Perspektiven. Du könntest dir etwas Schlimmeres einhandeln, Joan.«

»Und wer sagt, dass er auf mich steht?«

»Vielleicht hat er ein bisschen geredet. Und das ist mir zu Ohren gekommen. Okay, dann lass ich's eben raus: Gestern Abend hat er einem der anderen Kerle erzählt, dass er dir schon einmal begegnet ist – und dass er schwer von dir beeindruckt war. Offenbar hat er dich im *Garden* erst gar nicht erkannt, erst, als er deine Beine gesehen hat. Ich kapier's nicht, Joanie, warum erkennt er dich an den Beinen und nicht am Gesicht?«

»Weil er mich zu Rons Begräbnis begleitet hat.«

»Und warum kennt er dann dein Gesicht nicht? Es ist ja wohl hübsch genug. Wenn ich ein Kerl wäre, würde ich es nicht so leicht vergessen.«

»Ich trug einen Schleier.«

»Ach so – das erklärt es natürlich.«

»Ja, er hat die Wahrheit gesagt, er hat mich nicht erkannt.«

»Okay, na dann würde ich ihm noch eine Chance geben, wenn ich du wäre.«

»Warum? Was ist so Besonderes an ihm? Oder ist es nur, weil du und Bianca ihn kennt, seit er ein kleiner Pups war?«

»Er ist niemand Besonderes. Noch nicht. Aber er zählt zu denen, die mal was werden, man spürt das einfach. Tom Barclay besitzt einen Ehrgeiz, der sich für ihn auszahlen wird. Und er hat jede Menge großer Ideen.«

»Wie was zum Beispiel?«

»Ich kann nicht mehr alle aufzählen. Bei einer ging es darum, die ganzen Quallen aus der Chesapeake Bay zu spülen. Mit dem heißen Wasser von diesen Atomkraftwerken.«

»Das ist seine Idee? Wir wären in Nullkommanix alle verseucht.«

»Na ja, er hat auch noch andere.«

»Und waren die erfolgreich?«

»Manche fast, sagt er.«

»Sagt er?«

»Schreib ihn nicht vorschnell ab, Joan. Unser Tom ist ein kluger Kopf, und früher oder später werden seine grauen Zellen etwas austüfteln, das die Welt aus den Angeln hebt.«

»Dann warte ich, bis das passiert.«

»Dann wird es zu spät sein. Er ist unglaublich begehrt.«

»Das Risiko gehe ich ein.«

»Du kannst ihn nicht leiden, was?«

»… ich kann seinen Anblick nicht ertragen.«

»Na, das ist mal eine Haltung.«

»Aber, Liz, er hat mich mit seiner Hand …«

»… da angefasst, wo du dich auch schon unzählige Male angefasst hast. Machen wir uns doch nichts vor. Es gibt Schlimmeres als einen hübschen Mann, der seine Hand da hat, wo er sie hatte.«

An jenem Abend lag ich im Bett und dachte über ihn nach. Wenn er wirklich so großartige Perspektiven hatte, erschien die Sache natürlich in einem neuen Licht, wenngleich ›Perspektiven‹ doch nur meinte, dass er eines Tages vielleicht einen Bruchteil dessen besitzen würde, was Mr. White ganz sicher schon heute besaß. Andererseits verfügte er natürlich im Überfluss über Dinge, die Mr. White nie besitzen würde, nämlich das, was wir Charisma nennen. Er sah nicht nur jung und gut aus, sondern hatte Ausstrahlung und versprühte etwas, das Frauen regelrecht in Wallung brachte. Und so dachte ich, vielleicht ergibt das, was Liz auf dem Heimweg gesagt hatte, ja doch einen Sinn, dass, wenn sie sich entschuldigen, das Leben weitergehen kann und es keinen Grund mehr gibt, beleidigt zu sein. Prompt wurden meine Gefühle ihm gegenüber ein bisschen zarter. Doch dann dachte ich: Wann hat er sich eigentlich entschuldigt? Ich ließ mir unsere ganze Unterhaltung noch einmal durch den Kopf gehen und erinnerte mich nur, dass er sich entschuldigt hatte, weil er mich nicht erkannt hatte, ehe er meine Beine zu sehen bekam, aber nicht für das, was er getan hatte, das hatte er nämlich nicht einmal angesprochen. Und ich fragte mich: Warum? Warum rückt er – wenn er etwas getan hat, was wie kaum etwas eine Entschuldigung erfordert – nicht damit heraus und spricht sie aus? Dafür musste es einen Grund geben.

Zumal, wenn man auch noch in Betracht zog, dass er danach einen Annäherungsversuch unternommen hatte und mich darum gebeten hatte, mich nach Feierabend ausführen zu dürfen. Da steckte mehr dahinter, das konnte kein Zufall sein, denn es war nicht so, dass ihm die Manieren fehlten oder dass er einfach vergessen hatte, etwas zu sagen, weil er abgelenkt gewesen war. Ich meine, er musste es mit voller Absicht getan haben, anders konnte ich es mir nicht erklären. Ich schlief trotzdem gut, grübelte nicht wach liegend darüber nach, doch jedes Mal, wenn ich an ihn denken musste, nagte es an mir.

11

Marriage, with you, for me,
would be a sentence of death.

Er kam noch mehrere Male, immer bestellte er Seltzer, und immer setzte er sich an den Tisch, an dem ein paar Stunden zuvor Mr. White gesessen hatte. Und jedes Mal versuchte er aufs Neue bei mir zu landen, dass wir nach Feierabend noch ausgehen sollten, um uns »besser kennenzulernen«, wie er sich ausdrückte. Ich wartete und wartete und wartete, dass er endlich darauf zu sprechen kam, was er mir angetan hatte, und sich dafür entschuldigte, doch er tat es nicht, nicht einmal. Und logischerweise war das nichts, was ich hätte ansprechen können. Doch was das Ausgehen anging, ließ ich ihn mit schöner Regelmäßigkeit abblitzen.

»Vielleicht ein andermal. Ich bitte Sie, in meinem Leben sind Dinge vorgefallen, die schmerzen, und ich bin noch nicht darüber hinweg. Vielleicht habe ich irgendwann Lust, mit Ihnen auszugehen. Doch im Augenblick gehe ich mit niemandem aus.«

So oder ähnlich vertröstete ich ihn, ich weiß es nicht mehr genau. Denn just zu diesem Zeitpunkt geschah etwas, das mein Leben völlig auf den Kopf stellte und mich immer mehr verwirrte, je mehr ich mir über das Wie und Warum den Kopf zerbrach.

Es war ein Nachmittag wie jeder andere, jedenfalls schien es damals so. Ich hatte eben die Chips-Schüsseln aufgefüllt, als Mr. White hereinkam, wie immer so pünktlich, dass man die Uhr danach stellen konnte. Ich brachte ihm seine übliche Bestellung und stellte mich zu ihm und erwartete die übliche Konversation, was für Zecken seine Stiefkinder wären, worauf ich ihm meine üblichen Sorgen ausbreiten würde, meinen Krach mit Ethel – was mich zwar alles nicht gerade mit Stolz erfüllte, was ich aber trotzdem immer wieder herunterleierte. Doch an diesem Nachmittag saß er nur da und nippte an seinem Drink, schaute Richtung Foyer und redete kaum, weder über seine Stiefkinder noch über sonst etwas. Doch dann sagte er plötzlich völlig unvermittelt: »Joan, könnten Sie morgen früh um elf angezogen und abmarschbereit sein, wenn mein Fahrer Sie abholt? Um Sie zu einer kleinen Besorgung zu fahren, die für Sie von Vorteil sein wird?«

»Was für eine Besorgung?«

»Sie werden schon sehen. Ich habe einen Grund, Sie nicht vorab einzuweihen, einen zwingenden Grund, über den ich besser nicht spreche, obwohl ich glaube, dass Sie ihn akzeptieren würden, wenn Sie wüssten, worum es geht.«

»Nun, zumindest klingen Sie ziemlich geheimnisvoll.«

»Ich bin sicher, Sie wären überhaupt nicht pikiert, wenn Sie wüssten, warum.«

»Ich soll mich um elf bereithalten?«

»Genau. Jasper wird Sie abholen.«

»Ich folge Ihnen blind, aber …«

»Sie werden es nicht bereuen, das verspreche ich Ihnen.«

»Nun, wenn Sie es sagen, dann in Ordnung.«

»Fein, fein. Und Joan, bringen Sie doch bitte ein Einzahlungsformular mit.«

»… was soll das geben, Mr. White?«

»Geduld, Geduld, Sie werden es zu gegebener Zeit herausfinden.«

Es klang, als wolle er mir Geld geben, aber wider Willen ärgerte ich mich über ihn. Warum diese Geheimnistuerei? Er sagte, er habe gute Gründe, die ich verstünde, wenn ich sie kennen würde, dennoch hätte ich sie gerne gekannt, ehe ich in seinen Wagen stieg. Doch obwohl ich ihn heftig, aber erfolglos bekniete, wäre ich dumm gewesen, Nein zu sagen. Geheimniskrämerei hin oder her. Deshalb sagte ich ihm, ich wäre bereit, wenn Jasper mich abholte. Und verbrachte den Rest des Abends damit, mich zu fragen, warum er sich so benahm. Wie sich herausstellte, hatte er aus seiner Sicht

durchaus einen Grund, der mich tatsächlich nicht brüskierte, doch das sollte ich erst am nächsten Tag herausfinden.
Ich zog ein Kostüm an, das ich mir gekauft hatte, ein dunkelgrünes, das gut zu meinen Haaren passte, und wartete auf der Veranda, als Jasper Punkt elf aufkreuzte. Er fuhr mich zu den Estates und bog in ein Anwesen ein, das mir den Atem raubte, so schön war es – fast wie ein Märchenschloss. Das Haus war im Kolonialstil erbaut, im für Maryland typischen Kolonialstil, mit Verbindungstrakten zwischen dem Haupthaus und den Flügeln – einstöckigen Verbindungstrakten, die die verschiedenen Teile des Hauses verbinden, damit die Silhouette durchbrochen wird und bessere Proportionen erzielt werden, als wenn die Flügel direkt an das Haus angebaut wären. Das ganze Haus war aus Ziegeln errichtet, in einem hellen Gelb gestrichen und hatte olivgrüne Fensterläden und weiß gestrichene Fresken. Aus dem Hauptgebäude ragten vier hohe Kamine, dazu jeweils zwei in den Flügeln, sprich insgesamt acht. Die Auffahrt war passend zu den Fresken ebenfalls in Weiß gehalten und wirkte irgendwie illuminiert, sodass sie richtiggehend leuchtete. Später, als wir wieder abfuhren, fragte ich Jasper danach, und er erklärte, das läge daran, dass man als Belag Austernschalen verwendet hätte.

Vorne waren keine Säulen, keine Kinkerlitzchen, nur ein schlichtes in Marmor gefasstes Portal auf einer leicht erhöhten Freitreppe, vor der wir anhielten. Noch ehe ich aussteigen konnte, stand bereits Mr. White bereit, er trug keinen Hut und klopfte an die Scheibe; als ich sie herunterließ, grüßte er mich und ließ einen Umschlag in meinen Schoß fallen, auf dem »Mrs. Medford« stand. Dann trat er zurück. Ich fühlte mich aufs Äußerste zurückgesetzt, weil ich nicht ins Haus gebeten wurde, aber er sagte nur: »Jasper wird Sie zu Ihrer Bank bringen, und da können Sie Ihr Einzahlungsformular ausfüllen. Ich hoffe, Sie haben eins dabei?«

Ich bejahte, und er gab Jasper das Signal zur Abfahrt. Ich winkte ihm ebenfalls zu, allerdings wohl etwas unterkühlt, denn ich muss gestehen, so etwas war mir in meinem ganzen Leben noch nicht widerfahren. Doch nun musste ich herausfinden, was hier vor sich ging, und deshalb schob ich meinen Finger unter die Umschlaglasche, machte ihn auf und nahm seinen Inhalt heraus. Ganz oben lag ein mit einer Büroklammer befestigter Scheck über 50.000 Dollar, ausgeschrieben auf Mrs. Joan Medford.

Zu behaupten, ich wäre verblüfft gewesen, wäre die Untertreibung des Jahrhunderts. Ich zwickte mich sogar, um festzustellen, ob ich nicht träumte. Als sich das Karussell in meinem Kopf wieder beruhigt hatte, verlangsamte Jasper die Fahrt und fragte mich, wohin: »Mr. Earl, er sagte, Sie wollten zu einer Bank. Wo? In College Park? In Hyattsville? Sie müssen nur sagen, wo, Mrs. Medford, im Moment fahre ich ziellos umher.«

Ich sah wieder auf den Scheck. Es stand immer noch das Gleiche darauf. Darunter befanden sich vier Duplikate, die alle mit »Kopie für die Steuererklärung« beschriftet waren. Unten links stand in Blockbuchstaben das Wort »SCHENKUNG«.

»College Park, bitte. *Suburban Trust.*«

»Autoschalter?«

»Nein, ich gehe hinein.«

»Okay, Mrs. Medford, ich weiß jetzt, wo das ist.«

Ich entschied mich für College Park, weil ich in dieser Filiale nicht bekannt war. Ich wollte dem überraschten Getuschel und den anerkennenden Pfiffen entgehen, die ich beim Einreichen eines solchen Schecks in meiner regulären Filiale in Hyattsville vielleicht ausgelöst hätte. Als wir ankamen, füllte ich das Formular, das ich mitgebracht hatte, aus und schob es unter der Glasscheibe durch. Ich sah zu, wie der Kassierer es abstempelte und mir eine Quittung ausstellte, als handelte es sich um eine ganz gewöhnliche Einzahlung – was es für ihn zweifellos auch war. Dann stieg ich wieder in den Wagen und bat Jasper, mich nach Hause zu fahren.

Ich saß im Wohnzimmer und schaute auf die Straße hinaus und versuchte, sacken zu lassen, was mir widerfahren war. Ich war noch immer wie betäubt. Als die Klingel läutete, war ich sicher, dass es Jasper war, der sagen würde, es täte ihm leid, aber es handle sich um ein Missverständnis und wir müssten das Geld wieder abheben.

Aber es war nicht Jasper, es war Private Church, der da in meiner Tür stand, die Uniform-Mütze in der einen Hand, in der anderen einen braunen Aktenordner. Sein Gesichtsausdruck war vollkommen unverbindlich, unmöglich zu sagen, was in ihm vorging, dennoch stockte mein Herzschlag, als würde er bereits die Handschellen hervorholen. Seit Wochen hatte ich seinen Besuch erwartet, und nie war er aufgetaucht, doch nun war er da, und es war mir unmöglich, seinen Besuch nicht mit dem Geld, das ich erhalten hatte, in Verbindung zu bringen, obwohl natürlich niemand außer Mr. White, Jasper und mir davon wissen konnte. Es sei denn, die Polizei hätte die Bank aufgefordert, sie zu informieren, wenn ich einen größeren Betrag einzahlte.

Und was würde das bedeuten? An dem, was Mr. White für mich getan hatte, war nichts Anstößiges – ich hatte nicht darum gebeten, und er konnte sein Geld ausgeben, wie er wollte. Aber wie konnte ich das den Polizisten erklären, wenn sie Verdacht schöpften? Konnte ich erklären, wofür ich das Geld bekommen hatte? Für eine allabendliche freundliche Unterhaltung bei einem Glas Tonic?

»Mrs. Medford, kann ich kurz hereinkommen?«

Am liebsten hätte ich ihm die Tür vor der Nase zugeschlagen, vielleicht auch seinen Partner angerufen, um zu fragen, was ich tun sollte, aber was ich tun musste und auch tat, war beiseitezutreten und ihn einzulassen.

»Tut mir leid, dass ich Sie belästigen muss, Mrs. Medford …«

»Ach, das macht gar nichts …«

»… aber ich fürchte, ich brauche Ihre Unterschrift unter einem Dokument, damit wir die Ermittlungen über den Tod Ihres Mannes vervollständigen können. Abschließen, wie man heutzutage sagt.«

Er platzierte seine Mütze auf der Sofalehne und zog ein einzelnes Blatt aus seinem Ordner, legte es darauf und reichte mir einen Stift, den er aus der Brusttasche seines Hemdes nahm.

Ich nahm ihn und stellte erleichtert fest, dass es nicht um die Bank oder das Geld ging. Aber die Erleichterung währte nur kurz. Als ich das Blatt Papier genauer inspizierte, verschwamm der Inhalt vor meinen Augen zu einer einzigen grauen Fläche, aus der sich – ziemlich weit oben – ein Wort abhob: EXHUMIERUNG.

In jener Woche war Liz dran, die Bar für Jake vorzubereiten, deshalb holte sie mich nicht ab. Ich ging zu Fuß, einen leichten Mantel über meiner Uniform. Den ganzen Weg zum *Garden* sprangen meine Gedanken ständig vom Geld zu dem Dokument, das Private Church mich genötigt hatte zu unterzeichnen. Von dem Geld wusste er nichts, noch nicht. Aber er konnte es jederzeit herausfinden, wenn ich dann keine gute Erklärung bereit hatte, konnte es schlimm für mich werden. Doch es gab keine gute Erklärung, nicht solange Mr. White und ich mehr oder weniger Fremde waren. Aber das ließe sich ja ändern. Doch wenn er es gar nicht ändern wollte? Konnte ich ihn dazu verführen? Für mich würde das ein neues Leben bedeuten, nicht nur eine Antwort auf Private Church, sondern ein neuer Anfang und ein Weg, Tad aus Ethels Klauen zu befreien. Eigentlich bedeutete es eine saubere Lösung für alle meine Probleme. Dennoch blieb ein Zweifel, der aus dem Wörtchen »wenn« aufstieg. Und in der Zwischenzeit würde die Polizei Rons Leiche ausgraben und alle möglichen Untersuchungen mit ihr anstellen – was genau, hatte Private Church mir nicht gesagt, aber ich konnte mir vorstellen, worauf es hinauslief. Um zu beweisen, dass ich etwas mit Rons Tod zu tun hatte, dass es kein gewöhnlicher Unfall war.

So gut ich konnte, verbannte ich Private Church und seine Papiere ins Hinterstübchen. Es gab sowieso nichts, was ich dagegen hätte tun können. Ich musste darauf vertrauen, dass die Polizei nicht etwas entdecken konnte, was gar nicht da war, obwohl ich natürlich wusste, dass solche Tests nie perfekt sind und manchmal Dinge zeigen, die sie nicht zeigen sollten. Doch ich schob das alles von mir und versuchte auf andere Gedanken zu kommen. Was aber nur bedeutete, dass ich wieder an Mr. White dachte und sein ebenso außergewöhnliches wie verwirrendes Geschenk.

Als ich im *Garden* ankam, kam es mir merkwürdig vor, dass alles noch genauso aussah wie am Tag zuvor. Und es war auch merkwürdig, dass ich – obwohl ich Liz für gewöhnlich fast alles erzählte – keinerlei Absicht hegte, ihr dies zu offenbaren. Ich war mir sicher, sie würde die falschen Schlüsse ziehen, an ihrer Stelle ginge es mir genauso. Aber – wären diese Schlüsse wirklich falsch? Und was wären die richtigen? Mr. White erwartete doch etwas für sein Geld? Oder nicht?

Ich sollte es bald herausfinden. Es war Punkt fünf als Mr. White kam. Jake stand schon mit der Tonic-Flasche da, und ich goss es Mr. White am Tisch ein. Er nippte daran, lehnte sich zurück, tupfte sich mit der Serviette die Lippen ab. »Nun«, sagte ich. »Ich bin immer noch ganz baff, Mr. White. Und überhaupt nicht sicher, ob das alles nicht nur ein Traum war. Wie kann ich Ihnen nur danken?«

»... das mit dem Danken überspringen wir lieber.«

»Aber ich muss Ihnen doch danken?«

»Aber ich bitte Sie ... bitte.«

Er schwieg und hob die Hand, als wolle er mich zum Schweigen bringen. Ich sagte: »Nun gut, aber ich kann nicht anders. Ich bin Ihnen zutiefst dankbar.«

»Okay, und nun wechseln wir das Thema.«

»... ein schönes Haus haben Sie.«

»Gefällt es Ihnen? Ich habe es selbst erbaut.« Er fand Gefallen an dem Thema und wohl mehr noch am Themenwechsel. »Ich habe den Architekten angewiesen, es nach dem Vorbild des Hammond-Harwood House in Annapolis zu gestalten – mit Ausnahme natürlich der achteckigen Flügel. Die erschienen mir unangemessen, aber alles andere, die Proportionen, der Grundriss und die Größe, ließ ich ziemlich genau nachbilden. Ich glaube, es macht sich ganz gut.«

Mit achteckigen Flügeln konnte ich nichts anfangen, aber es wäre unhöflich gewesen, das auszusprechen. Deshalb ließ ich ihn eine Weile weiterreden. Als er innehielt, erwartete er wohl eine Antwort von mir, deshalb sagte ich: »Es scheint nicht einfach nur dazustehen, es scheint zu schweben.«

»Ich glaube, das liegt an den weißen Türen und Fenstersimsen – sie passen zu den Austernschalen in der Auffahrt. Dieser glitzernde kieselweiße Effekt kommt vom Kalk. Er erleuchtet das Ganze und ruft tatsächlich den Eindruck hervor, den Sie geschildert haben. Sie sind eine gute Beobachterin, Joan, wenn Sie das bemerkt haben.«

»Ich bemerke so einiges.«

Das klang nun in der Tat überheblich und zickig, und wie üblich machte mir mein Temperament, meine große Schwäche, wieder einmal Schwierigkeiten. Schon hörte ich mich sagen: »Natürlich nur, wenn ich die Gelegenheit bekomme, mir etwas anzusehen. Heute war ich dazu nicht eingeladen. Ich durfte den Wagen ja nicht verlassen.«

»Ach, Joan, dafür gab es einen Grund.«

»Warum sagen Sie mir dann nicht, was der Grund war?«

Es rutschte mir heraus wie eine Kugel Eis, obwohl ich versuchte, mich im Zaum zu halten, aber es gelang mir nicht.

»Es würde mich über die Maßen aufregen, Ihnen den Grund zu nennen, Joan. Inzwischen werden Sie doch wohl gemerkt haben, dass ich ziemlich verrückt nach Ihnen bin und …«

»Und warum verhalten Sie sich dann nicht danach?«

»Ich dachte, das hätte ich getan. Heute Vormittag.«

Ich schluckte. Ich versuchte alles, um mir den Mund zu stopfen, aber da keine Seife zur Hand war, plapperte ich munter weiter, zumal ich niemanden entdecken konnte, der in Hörweite saß. »Okay, Sie haben mir heute Morgen 50.000 Dollar gegeben, und ich habe Ihnen gesagt, wie dankbar ich bin. Aber wenn ich Ihnen wirklich von Herzen danken will, schneiden Sie mir das Wort ab. Was also soll ich jetzt machen? Okay – ich wüsste wirklich gerne, was ich jetzt tun soll.«

»Nicht das, was Sie denken, Joan.«

»Woher wollen Sie wissen, was ich denke?«

»Dann sagen Sie es mir, Joan. Na kommen Sie.«

»Wenn Sie wissen wollen, was ich glaube, was Sie von mir für 50.000 Dollar erwarten, dann lautet die Antwort, ich weiß es nicht, aber ich bin auch nur ein Mensch und werde meine Nase schon nicht zu hoch tragen. Für 50.000 Dollar schlucke ich meinen Stolz hinunter. Aber wenn Sie wissen wollen, wie ich insgesamt darüber denke, was Sie wirklich tun sollten, um zu beweisen, wie verrückt Sie nach mir sind, dann gibt es nur einen Weg, Mr. White – den zu erwähnen ich eigentlich zu bescheiden sein sollte. Aber nicht bin. Wenn Sie eine Frau für eine Nacht wollten, hätten Sie eine für viel weniger Geld bekommen können, vielleicht sogar eines der anderen Mädchen, die hier arbeiten, was Sie ja wohl wissen, da bin ich mir sicher. Wenn Sie mich jedoch so mögen, dass Sie mir die Summe geben wollten, die Sie mir gegeben haben – nun, dann gibt es für einen Mann nur einen Weg, alles mit einer Frau zu teilen, was er besitzt, und nur eine Möglichkeit, die legitim und zulässig ist.«

Ich sah, wie sein Gesicht sich wieder wie zuvor schon schmerzhaft verdüsterte, nur diesmal schien auch ein Sehnen in seinen Augen aufzuscheinen, und obwohl ich wusste, dass es nicht richtig war, so draufloszusteuern, konnte ich nicht an mich halten und stürzte mich kopfüber hinein.

»Sie könnten mich bitten, Sie zu heiraten, das könnten Sie, und verdammt noch mal, warum tun Sie's nicht?«

»Ich würde alles dafür geben«, flüsterte er.

»Dann spucken Sie's aus. Warum tun Sie's denn nicht?«

Er sank in sich zusammen, und seine nächsten Worte waren so leise, dass ich sie kaum verstehen konnte.

»Ich habe Angina, Joan.«

Ich musste meinen ganzen Verstand zusammenkramen, um mich daran zu erinnern, was Angina noch mal bedeutete, schließlich dachte ich, es müsse sich um irgendwelche Herzprobleme handeln, und nachdem ich das geklärt hatte, sagte ich: »Das verstehe ich nicht, Mr. White. Was hat eine Angina damit zu tun?«

»Mit Angina ist eine Heirat nicht möglich. Nicht mit Ihnen und auch nicht mit jemand anderem. Ich kann nicht ... nicht ... mit einer Frau zusammen sein. Mein Arzt ist sich ziemlich sicher, dass mein Herz es nicht mitmachen würde. Oder anders gesagt, eine Heirat mit Ihnen wäre mein Todesurteil. Das ist diese irrsinnige Seelenpein, die ich durchmache, ich bin nie einer Frau begegnet, die ich mehr begehrt habe, ich begehre Sie, dass ich nicht mehr weiß, wer ich bin, ich könnte auch sagen, bis zum Wahnsinn, doch wenn ich täte, was jeder Mann tun würde, würde ich sterben.«

Ich stand da und konnte nicht glauben, was er mir erzählte, hielt es für eine Ausrede, etwas, das er sich ausgedacht hatte, um sich aus der Affäre zu ziehen, einen Grund, der mich davon abhalten sollte, mehr von Earl K. White III. zu erwarten, als einer Cocktailkellnerin zustand – doch plötzlich spürte ich, dass er die Wahrheit sagte, auch wenn ich nicht wusste, weshalb. Vielleicht war es sein Gesichtsausdruck: Noch nie hatte ich einen Mann so niedergeschlagen, so frustriert und so voller Scham gesehen. Und natürlich hatte er mir bereits mehr gegeben, als ich je das Recht gehabt hätte, mir zu erhoffen, und mehr noch, er hatte keine Gegenleistung verlangt, ja sogar das wenige, was ich angeboten hatte, zurückgewiesen. Und da erinnerte ich mich der kleinen Episode, als die Berührung meines Körpers ihn so außer Atem gebracht hatte, dass sein Gesicht rot angelaufen war, und plötzlich hatte ich Mitleid mit ihm. Ich meine, eine Woge des Mitgefühls schlug über mir zusammen, deshalb ging ich zu ihm hin und berührte ihn, legte ihm die Hand auf die Schulter und tätschelte ihm den Rücken.

»Es tut mir leid«, sagte ich. »Ich nehme alles zurück, was ich gesagt habe, ich habe es nicht gewusst.«

»Ich sagte doch, dass es einen Grund gäbe.«

»Das taten Sie, und ich akzeptiere es, es erklärt alles.«

Er saß da, und ich stand da, und einen Augenblick lang entstand eine merkwürdige Situation, wie bei zwei Menschen, die so sehr von ihren Gefühlen überwältigt werden, dass sie nichts mehr sagen können. Doch dann bekam mein Mundwerk wieder die Oberhand und spuckte aus, was mich zuvor verärgert hatte.

»Trotzdem«, rieb ich ihm zickig unter die Nase, »Sie hätten mich ins Haus bitten können. Sie haben ein wunderschönes Haus, und das Mindeste, was Sie hätten tun können, war mich einen Blick hineinwerfen zu lassen.«

»Auch dafür gab es einen Grund.«

»Ich habe so langsam genug von Ihren Gründen.«

»Casanova schreibt irgendwo in seinen Memoiren, dass eine Frau nur eine Art kenne, ihre Dankbarkeit zu zeigen. Wenn das auf Sie zugetroffen hätte, wären die Folgen katastrophal gewesen.«

»Casanova?«

»Er sollte es wohl wissen.«

»Sie meinen, ich hätte was in der Art angefangen?«

»Wenn ich Sie hereingebeten hätte, vielleicht.«

»Und Sie hätten nicht widerstehen können?«

»Nein, Joan, ich war mir keineswegs sicher. Und wenn nicht, dann wäre es tödlich ausgegangen.«

Er hielt einen Augenblick inne, damit ich die Tragweite seiner Worte erfasste, und fuhr dann fort: »Sie hätten mit einem Leichnam in Ihren Armen dagesessen und einem Scheck, den keine Bank der Welt eingelöst hätte – nicht, bis mein Nachlass geregelt gewesen wäre, und selbst dann wären angesichts der Sorte Stiefkinder, mit denen ich geschlagen bin, Ihre Chancen gering, ja sogar äußerst gering gewesen. Und ich weiß, wie dringend Sie das Geld brauchen, Joan. Ich wollte, dass Sie es haben. Deshalb ließ ich Sie im Wagen sitzen, um kein Risiko einzugehen.«

»Verstehe.«

»Es ist ein teuflisches Verdikt, mit dem ich leben muss. Ich weiß, dass wir uns noch nicht sehr lange kennen, doch über die Gefühle, die Sie in mir hervorrufen, kann es keinen Zweifel geben, und ich weiß, wie selten so etwas ist, und wäre es nicht wegen dieser einen Sache, dann würde ich mein Augenlicht dafür geben, Sie heiraten zu dürfen, um morgens, mittags und abends – die ganze Zeit mit Ihnen zusammen zu sein. Aber es kann nicht sein.«

»Ich möchte am liebsten losheulen.«

»Wenn Sie schon dabei sind, vergießen Sie auch eine Träne für mich mit.«

12

For sale.

Es dauerte eine Woche, bis ich damit klarkam und mich an die Wendung gewöhnt hatte, die mein Leben genommen hatte, diese gewaltige, unglaubliche Wendung. Jeden Nachmittag saß ich da und schaute aus dem Fenster und spielte in Gedanken durch, was ich mit dem Geld alles anfangen könnte. Es war wirklich ein Problem. Ich verfügte nun über die erforderlichen Mittel, meinen Sohn zu mir nehmen zu können – hatte aber keine Möglichkeit, die Herkunft zu erklären, jedenfalls keine, der Ethel oder das Gericht Glauben schenken würde, schon gar nicht, wenn Ethel andeuten würde, welch unmoralische Dinge ich getan haben musste, damit ein Mann mir so viel Geld zukommen lässt. Dinge, die mich in der Sicht des Gerichtes ungeeignet erscheinen ließen, mich um das Wohlergehen eines Kindes zu kümmern, und zwar nicht nur für den Augenblick, sondern grundsätzlich und auf Dauer. Ich konnte mir ihren Sermon richtig vorstellen: *Wo kannst du eine solche Summe wohl herhaben, Joan? Ich werde das Wort dafür nicht in den Mund nehmen, aber du und ich, wir wissen beide, dass du nichts anderes anzubieten hast.*

Gleichzeitig war es aber auch nicht klug, gar nichts mit dem Geld anzustellen, wenn ich schon darüber verfügte und es so dringend brauchte. Ich musste etwas finden, das mich aus dieser Zwickmühle befreite. Und eines Tages, als ich das Haus gegenüber bewunderte, dämmerte es mir. Ich hatte es schon oft bewundert. Ein eineinhalbgeschossiges Ziegel-Cottage, weiß gestrichen, mit einem ordentlich getrimmten Rasen und Zedern beiderseits der Auffahrt. Doch was mich richtig aufmerken ließ, war das »ZU VERKAUFEN«-Schild im Vorgarten, auf dem auch Adresse und Telefonnummer eines Maklers angegeben waren. Ich sprang auf, ging zum Telefon und wählte. Legte aber wieder auf, ehe jemand abnahm. Aus den Gelben Seiten suchte ich mir einen anderen Makler, Ross P. Linden, dessen Büro in Hyattsville nur ein paar Blocks entfernt war. Ich rief ihn an, vereinbarte einen Termin, und am nächsten Tag ging ich zu ihm. Er erklärte sich bereit, den Kauf zu übernehmen, und am Ende der Woche hatte er ihn bereits abgewickelt. Es war ihm gelungen, den Preis von den geforderten 35.000 Dollar auf 28.000 zu drücken. Er berechnete mir 1.000 Dollar für seine Arbeit, was ich angesichts dessen, was er herausgeschlagen hatte, angemessen fand. Dann zog ich los und kaufte Möbel. Ich erstand sie überwiegend auf Auktionen, allerdings finden diese Veranstaltungen meistens abends statt. Das bedeutete, dass ich mir einige Male freinehmen musste. Das sagte ich Bianca. Ich meine, ich fragte sie nicht, ich sagte es ihr, und natürlich fing sie an zu meckern. Doch wenn sie wollte, dass ich weiter für sie arbeitete, blieb ihr nichts anderes übrig, als Ja zu sagen. Auch wenn sie heftig schlucken musste. Nach zwei Wochen hatte ich das Haus für 1.200 Dollar ordentlich eingerichtet, Wohn- und Esszimmer unten, Schlafzimmer oben sowie überall schöne Teppiche. Zu den 1.200 kamen noch die 495, die ich für einen wunderschönen truhengroßen Farbfernseher ausgab, mit dem ich ein bisschen protzen konnte. Denn ich plante, das Haus an Leute zu vermieten, die vielleicht nur für kurze Zeit in Washington waren, aber nichtsdestotrotz ein Haus brauchten, wo sie es sich mit Freunden oder ihrer Familie gemütlich machen konnten. Und so ein Farbfernseher, dachte ich, könnte ein hübscher Köder sein, etwas, das den Ausschlag geben könnte, wenn sie sich zwischen meinem Haus und einem anderen entscheiden konnten und vielleicht gerne Steve Allen oder Perry Como sehen wollten oder Dinah Shore oder was jetzt noch so alles in Farbe ausgestrahlt wurde, vielleicht auch Howdy Doody, wenn sie ein Kind hatten. Und tatsächlich, eine Woche nach dem Kauf hatte ich es für 450 im Monat an ein Paar aus Akron, Ohio, vermietet, das irgendwie für das Wohnungsbauministerium arbeitete. Wenn Mann und Frau beide arbeiten, müssen sie nicht so genau auf die Kosten schauen und können sich ein hübsches Mietshaus leisten. Sie hießen Schroeder und hatten keine Kinder.

So hatte ich nun 31.000 von meinen 50.000 ausgegeben, hatte aber immer noch einiges zu erledigen. Die Hypothek von knapp 5.000 schwebte nach wie vor noch über mir, deshalb ging ich zur Bank und löste sie ab. Ich kann gar nicht beschreiben, wie erleichtert ich war, was für eine Last von meinen Schultern genommen wurde und was für ein Mühlstein von meinem Hals. Und ich hatte immer noch 14.000 Dollar übrig, deshalb ging ich los und kaufte mir ein Auto. Kein neues, sondern eines vom Gebrauchtwagenhändler, den ich einigermaßen kannte, weil er häufig ins *Garden* kam und in meinem Bereich saß. Für 1.100 hatte er einen hübschen, auf Hochglanz polierten Ford, der zwar zwei Jahre alt war, aber noch nicht viele Meilen runter hatte. Er war grün, was gut zu meinen Haaren passte, und als ich mit ihm probeweise um den Block fuhr, schnurrte er munter, als wäre mit dem Motor alles in Ordnung. Das einzige Problem war, dass er noch die Originalreifen hatte, die ziemlich abgefahren waren. Deshalb bat ich Mr. Goss, mir für etwas über 100 Dollar neue Weißwandreifen aufzuziehen, und so erstand ich ein praktisch nagelneues Auto zum halben Preis.

Nun also hatte ich ein schuldenfreies Haus, das nicht mehr monatlich 110 Dollar erforderte und außer Steuern und Reparaturen keine Kosten verursachte, und ein zweites vollständig bezahltes Haus, das mir monatlich 450 Dollar brachte, von denen ich natürlich ebenfalls Steuern und Reparaturen abziehen musste.

Mit anderen Worten, mit den 19,15 Dollar, die ich weiterhin jeden Abend im *Garden* als Trinkgeld einstrich, hatte ich jeden Monat etwa 1.500 Dollar vor Steuern und zusätzlich noch über 10.000 Dollar auf der Bank, die mir monatlich ungefähr weitere 50 einbrachten. Wenn man bedenkt, dass ich vor ein paar Monaten praktisch ein Fall für die Sozialhilfe war, ging es mir nicht so ganz schlecht. Von Private Church hatte ich auch keinen Pieps mehr gehört, woraus ich schließen konnte, dass weder meine jüngsten Transaktionen noch Rons Exhumierung bei der Polizei irgendwelche Bedenken ausgelöst hatten. Deshalb fühlte ich mich putzmunter und ziemlich mit mir selbst im Reinen, als ich am Sonntag zu meiner Schwägerin hinüberfuhr, um meinem Sohn Tad den wöchentlichen Besuch abzustatten. Ethel erklärte ich geradeheraus, dass der Wagen mir gehöre, machte mir aber nicht die Mühe, ihr zu erklären, wie ich dazu gekommen war. Ihr fielen fast die Augen aus dem Kopf, sie starrte erst das Auto an, dann mich und brachte nichts weiter heraus als: »Verstehe, verstehe.«

Ich wusste zwar nicht genau, was sie zu verstehen glaubte, aber es war mir auch herzlich egal. Es war ja nicht so, dass ich plötzlich mit 50.000 in der Hand aufgetaucht wäre. Ich hatte lange genug gearbeitet, um mir mit dem, was ich verdiente, ein gebrauchtes Auto leisten zu können.

Wie ich es mir erhofft hatte, war Tad ganz aus dem Häuschen, und ich verfrachtete ihn in den Wagen, um mit ihm, wie ich es geplant hatte, nach College Park zu fahren, wo es eine Molkerei gab, die Teil eines Farmbetriebs war. Dort konnte man Eiscreme in den unterschiedlichsten Geschmacksrichtungen kaufen, sie experimentierten wohl damit herum, aber die meisten schmeckten wunderbar, und es waren nicht die Sorten, die man für gewöhnlich in der Eisdiele bekam. Sie brachten mir ein Buch, damit Tad sich draufsetzen konnte, aber ich nahm ihn auf den Schoß und bestellte etwas mit kandierten Datteln für mich und wunderbar leckeres rosafarbenes Erdbeereis für Tad.

Er liebte es. Er aß es Löffelchen für Löffelchen, auf die vorsichtige, langsame Weise, die Kinder bei so etwas zutage legen, und ich schaute ihm entzückt zu. Als er fast fertig war, hielt er plötzlich inne, schloss die Augen und intonierte »Mmm! Mmh!« wie die Sängerinnen in der Campbell-Suppenwerbung. Mir ging das Herz auf. Es waren die schönsten Laute der Welt, und mein kleines Baby war so glücklich. Er beklagte sich nicht einmal, als ich, weil ich nicht an seine Schulter gedacht hatte, ihn fest an mich presste. Da wusste ich, sie war endlich verheilt. Ich ließ ihn sein Eis bis auf den letzten Klecks aufschlecken, dann bestellte ich ihm noch zwei Großportionen, einmal Erdbeer und einmal Vanille mit Schokoladenchips, die er mit nach Hause nehmen konnte. Als wir zurückkamen, wartete Jack bereits am Bordstein. Das war komisch, denn er hatte mir gegenüber nie besonders viel Respekt gezeigt, im Gegenteil, er hatte mich immer auf eine Art von oben herab behandelt, die mir gegen den Strich ging. Doch heute war er die Ehrerbietung in Person, er öffnete mir die Wagentür, half mir und Tad beim Aussteigen und benahm sich überhaupt so zuvorkommend, dass ich annahm, es sei aus Hochachtung vor dem neuen Auto oder etwas in der Art. Es stellte sich jedoch schnell heraus, dass dies nicht der Fall war.

»Würdest du hoch zu Ethel gehen?«, flüsterte er. »Sie liegt in einem furchtbaren Zustand da oben – glaub es oder nicht, sie ist einfach zu Bett gegangen. Du warst so lange weg, dass sie geglaubt hat, du hättest dich aus dem Staub gemacht. Mit Tad. Ihn wieder zu dir genommen. Du nimmst ihn doch nicht wieder zu dir?«

»Er ist mein Sohn, Jack.«

»Das weiß ich, und du hast ja auch das Recht, ihn, wann immer du willst, zu besuchen. Aber Ethel befürchtet …«

»Ich weiß, was sie befürchtet, und das sollte sie auch, denn irgendwann in nächster Zukunft hoffe ich, dass ich es einrichten kann. Ich bin seine Mutter, und er sollte bei seiner Mutter sein.«

»Ich dachte, du wärst noch nicht so weit, du könntest noch nicht für ihn sorgen, so ganz alleine …«

Ich schluckte heftig und verkniff mir, ihm – und Ethel – alles unter die Nase zu reiben, weil ich immer noch Angst hatte, sie würde es gegen mich verwenden. »Noch nicht. Aber bald, hoffe ich.«

»Sie steht da oben Todesängste aus.«

Und als er mich am Arm ins Haus geleitete, während ich Tad an der Hand nahm, fügte er hinzu: »Sie ist verrückt nach ihm, Joan, vollkommen verrückt. Nimm ihn nicht zu dir, bitte – noch nicht. Sie geht doch völlig für ihn auf.«

»Ich auch.«

»Ja, das wissen wir. Aber …«

»Ich rede mit ihr.«

Und das tat ich. Sie lag mit aufgedunsenen Wangen in ihrem Doppelbett, starrte mich aus geröteten Augen an, und als Tad, der an der Treppe meine Hand losgelassen hatte, um sich einen Strumpf hochzuziehen, hinter mir her hereingetrottet kam, stieß sie einen spitzen Schrei aus. Sie sprang aus dem Bett, schlang ihre Arme um ihn und presste ihr Gesicht an das seine, während er ihr erzählte: »Ähhbeeren, Ähhbeeren.«

»Ethel«, sagte ich ganz ruhig zu ihr. »Ich bringe ihn dir zurück. Für dieses Mal. Aber es geht mir jetzt wesentlich besser, finanziell meine ich, und ich *könnte* mir eine Frau leisten, eine, die kommt und auf Tad aufpasst, während ich arbeite. Ich habe bereits mit dem Gedanken gespielt, und auch wenn ich es noch nicht getan habe, solltest du darauf gefasst sein.«

Sie sah zu mir auf, während sie am Fußende ihres Bettes noch immer meinen Sohn in den Armen wiegte, und legte ihm eine Hand auf den Hinterkopf, als wolle sie ihn beschützen. Vor mir, seiner Mutter, beschützen.

»Das kannst du tun, wenn du ein anständiges Leben führst, Joan, und in Verhältnissen lebst, die der Mutter eines kleinen Jungen würdig sind. Nicht nächtens für Trinkgelder arbeiten, die von Männern kommen, die ein Etablissement besuchen, um Whiskey zu trinken und dafür bezahlen, deinen Busen zu begaffen, und es würde mich überraschen, wenn es denn nur fürs Gaffen wäre und nicht fürs Betatschen und wer weiß wofür noch.«

Das alles sagte sie mit einer süßlichen Stimme, als glaubte sie, der Ton würde meinen kleinen Sohn darüber hinwegtäuschen, welches Gift sie versprühte.

»Ich kenne Luke Goss, und mein Jack kennt ihn auch, und erst vorgestern posaunte er herum, was für ein Auto er dir verkauft habe, und dass er sicher sei, dich an einem der nächsten Abende auf dem Rücksitz zu haben, wenn die Art, wie du im *Garden* seinen Arm tätschelst und ihm Einblicke in deine Bluse gewährst, Rückschlüsse darauf zulässt, was du für ihn empfindest. Nun denn, Luke Goss kommt wohl ganz gut zurecht mit dem Laden, den er da hat, und ich behaupte nicht, dass er für manche keinen respektablen Ehemann abgäbe, zumindest für manche Frauen, wenn du dich also entschieden hast, einen Versuch zu wagen, dann von mir aus. Aber ich muss dich warnen, Joan, Heiratsanträge sind nicht unbedingt das, was man dir auf dem Rücksitz eines gebrauchten Autos anträgt.«

Ich erstarrte zur Salzsäule, nur die Ängste, die sich in Tads Augen abzeichneten, hinderten den Vulkan in mir auszubrechen. Er mochte vielleicht nicht jedes einzelne Wort verstanden haben, aber über ihre Bedeutung war er sich im Klaren, und er spürte, dass zwischen uns so etwas wie Hass existierte.

»Luke Goss ist ein Lügner«, erwiderte ich. »Ein schmieriger Verkäufer, der allen alles erzählen würde, um ihnen zu gefallen. Er bekommt von mir seine Drinks, und mehr ist nicht, wird auch nie sein, und wenn ich je seinen Arm berührt habe, dann, um ihn daran zu hindern, vom Stuhl zu fallen, weil er zu viele Manhattans in sich hineingeschüttet hat. Ich werde mir nicht durch ein paar Lügen meinen Sohn vorenthalten lassen, nicht seine, nicht deine, nicht die von sonst wem, und falls du das versuchst, dann wirst du dir wünschen, du hättest es nicht getan.«

»Wünschen, ich hätte es nicht getan? Was willst du damit sagen, Joan? Dass ich irgendwann einen Unfall haben werde, so wie Ron?«

»Keine Ahnung, aber das hängt davon ab, ob du so viel trinkst wie er.«

Sie stand auf. »Tut mir leid, Joan, aber ich glaube, es ziemt sich nicht, diese Unterhaltung vor dem Jungen fortzusetzen. Wenn du so freundlich wärst, jetzt zu gehen. Jack bringt dich hinaus.«

Ich beugte mich hinab, um meinen Sohn zu küssen, und er muss die Tränen in meinen Augen gesehen haben, denn er schlang seine Arme um meinen Hals und wollte nicht mehr loslassen, bis ich schließlich seine kleinen Hände nahm, sie sanft von mir löste und mich zwang, einen Schritt zurückzutreten.

»Mommy kommt bald wieder«, sagte ich ihm zum Abschied. »Nächsten Sonntag. Und den Sonntag darauf. Und bald noch viel öfter, das verspreche ich dir.«

»Öfter«, sagte er, doch seine Stimme zitterte, als wäre er sich nicht sicher. Und da wusste ich, dass ich Mr. White nicht aufgeben konnte, wie unmöglich es auch schien.

13

… and I was turning to water.

Die ganze Zeit über hatte ich weder Liz noch Bianca noch sonst jemandem im *Garden* gegenüber ein Wort verlauten lassen.

Und auch Mr. White erzählte ich nicht, was ich mit seinem Geld gemacht hatte, nicht, dass es mir etwas ausgemacht hätte, wenn er es gewusst hätte, doch ich fürchtete, er würde es nicht gutheißen, und scheute davor zurück, mir sein Veto einzuhandeln. Auch Tom gegenüber erwähnte ich nichts, Tom, der nach wie vor auftauchte, nicht jeden Abend, aber zwei, drei Mal die Woche, sich immer an Mr. Whites Tisch setzte und Seltzer bestellte. Stets blieb er völlig nüchtern, ich dagegen fühlte mich immer etwas schwindelig, wenn er ging. Er bemühte sich weiterhin, mich zu überreden, abends oder besser gesagt am frühen Morgen mit ihm auszugehen, er meinte, er kenne einen Laden, wo wir hingehen könnten und »ungestört wären«, was auch immer das heißen sollte. Doch genauso stur wies ich ihn ab und sagte: »Bald, hoffe ich – wir müssen es noch eine Weile verschieben«, doch von Mal zu Mal fiel es mir schwerer. Trotz des Eklats, mit dem unsere Bekanntschaft begonnen hatte, fing ich an, ihn zu mögen. Wobei »mögen« vielleicht das falsche Wort ist, aber ich fühlte mich zu ihm hingezogen, und langsam verstand ich besser, was Liz mir an unserem ersten Abend erzählt hatte, wie schmeichelhaft es sei, umworben zu werden, zumal, wenn es von einem attraktiven Mann kommt.

Eines Abends allerdings kam er früher als gewohnt und verzichtete darauf, das Thema anzusprechen. Er schien niedergeschlagen, als laste etwas auf ihm.

»Was ist los, Tom?«, fragte ich ihn. »Habe ich dir Essig in deinen Drink geschüttet? Oder was hast du auf der Seele?«

»Einiges. Ein Freund von mir steckt in Schwierigkeiten.«

»Jemand, den ich kenne?«

»Jim Lacey.«

»... ach der. Für dessen Sohn du bei Rons Begräbnis eingesprungen bist?«

»Genau der. Vielleicht hast du es in der Zeitung gelesen. Er muss mit einer Anklage rechnen.«

»Einer Anklage? Weswegen?«

Als Antwort griff er in seinen Aktenkoffer und warf eine Zeitung auf den Tisch zwischen uns. Die Nachricht fand sich am Fuß von Seite eins. James E. Lacey, Ingenieur in Diensten des County, wurde beschuldigt, in eine Bestechungsaffäre im Zusammenhang mit der Kanalisierung neuer Stadtentwicklungsgebiete verwickelt zu sein. Es handelte sich um einen dieser Fälle, die im Prince George County ständig vorkommen, bei denen man über Nacht Millionen verdienen kann, wenn neue Baugebiete ausgewiesen werden und dafür Aufträge für Kanalisation, Strom und Straßenbau vergeben werden.

»Nun, das tut mir leid«, sagte ich, so freundlich wie möglich. »Es ist immer schlimm, wenn ein Freund in Schwierigkeiten gerät.«

»Wirklich schlimm ist, dass ich ihm nicht helfen kann.«

Ich sagte nichts, da ich nicht wusste, um welche Art Hilfe es sich handeln mochte, doch gleich darauf erklärte er es: »Er ist ein Idiot. Ein Spieler, der bis über beide Ohren in Schulden steckt. Niemand leiht ihm auch nur einen Cent, und sein Problem ist, dass er die Kaution nicht zahlen kann. Sie wurde auf 12.000 Dollar festgelegt, und eine Bürgschaft kostet über 1.000 Dollar, und nicht einmal die hat er. Kannst du dir das vorstellen? Ein Mann mit seiner Macht und seinen Verbindungen sitzt in einer Zelle, weil er keine 1.000 Dollar aufbringen kann. Wenn ich das Geld hätte, würde ich für ihn bürgen – aber das geht leider nicht.«

»... soll das heißen, du hast keine 1.000 Dollar?«

Er lächelte, als wollte er sagen: »Ach, was bedeutet Geld schon«, aber in Wirklichkeit hieß es: »Nein, ich habe keine 1.000 Dollar.«

»Wenn eines der Projekte, an denen ich arbeite, ausgereift ist, habe ich mehr als genug – aber im Augenblick bin ich etwas knapp bei Kasse, zumindest wenn es um solche Beträge geht, sprich, ich muss passen.«

Kautionen waren etwas, von dem ich weniger als nichts verstand. Ich hatte schon von Kautionsbürgen gehört, aber was genau sie waren und wie sie arbeiteten, entzog sich meiner Kenntnis. Tom schwieg eine Weile, nippte an seinem Seltzer und fuhr dann fort: »Ich habe natürlich ein Haus. Mein Vater hat es mir hinterlassen, und ich wohne noch da. Es ist sicher doppelt so viel wert wie die Kaution. Dummerweise habe ich Geld darauf aufgenommen, das kommt also auch nicht infrage. Sonst würde ich nur zu gern eine weitere Hypothek aufnehmen. Aber was nicht geht, geht nicht. Das ist es, was mich bekümmert. Er weiß von dem Haus, aber nicht von der Belastung, und fragt sich jetzt, warum ich nicht seine Kaution stelle. Und irgendwie will ich ihm auch nicht die Wahrheit erzählen, das klänge, als würde ich mir eine Ausrede ausdenken.«

»Noch mal, bitte. Wie ist das mit dem Haus?«

Er erklärte es mir, in einfachen Worten, wie die Bürgschaftssteller ein Haus wieder und wieder benutzen und so ein Dutzend Kautionen stellen können und jedes Mal eine hübsche Gebühr kassieren. Voraussetzung allerdings sei, dass das Haus unbelastet ist. »Wenn schon eine Hypothek draufliegt, kann man es nicht mehr beleihen.«

»Und es ärgert dich, dass du ihm nicht helfen kannst?«

»Tja, würde es dich nicht ärgern?«

Daraufhin ging er ein bisschen aus sich heraus und erzählte, dass Mr. Lacey mehr war als nur ein Freund. »Er ist auch jemand, auf den ich bei einer Sache, die ich vorhabe, dringend angewiesen bin. Ich habe ein Auge auf einen Posten in der Verwaltung – ich würde gerne die Abteilung für natürliche Ressourcen leiten, und seine Cousine in Annapolis könnte das für mich arrangieren. Ich bin jedenfalls ziemlich sicher, dass sie das könnte. Sie steht dem Gouverneur nahe und hätte ein Interesse daran.«

Ich sah ihn verständnislos an, und er ergänzte: »Ich würde alles geben, um Chesapeake Bay unter meiner Verwaltung zu haben, weil ich diesbezüglich eine Idee habe.«

Und dann verklickerte er mir dieselbe Idee, von der Liz mir schon erzählt hatte, dass er die Bucht von den Quallen befreien könnte. »Chesapeake Bay«, dozierte er, als übe er eine Rede ein, »ist das Wasserparadies der Welt, zumindest von diesem Teil der Welt, das Wasserparadies der USA, bestens geeignet zum Segeln, Schwimmen und Planschen, alles könnte man da machen, wären da nicht die verdammten Quallen. Ihretwegen kann man mit der Bucht nichts anfangen. Aber ich bin sicher, wir könnten die Dinger loswerden. Und ich bin sicher, die Atomkraftwerke könnten dafür nützlich sein. Die ganze Bevölkerung ist gegen sie, steht Todesängste aus, was da alles passieren könnte. Aber stell dir vor, ich finde eine Möglichkeit, sie auf eine positive Art zu nutzen. Das Abwasser nutzen, das sie ausscheiden. Das heiße Wasser, das sie herauspumpen? Wenn alles von der Temperatur abhängt, und wenn ein kleiner Anstieg der Wassertemperatur die ganzen Quallen ausmerzen würde, dann wäre das die Lösung. Und den Staat würde es keinen Cent kosten. Und statt gegen diese Atomkraftwerke zu sein, würden die Leute sie gut finden, und schon hätten wir ein ganzes Bündel Probleme gelöst, die Quallen, die Atomkraftwerke, die Energie, die wir brauchen – alles auf einen Schlag.«

Während er redete, wurde er immer aufgeregter, und ich musste mir regelrecht das Lachen verkneifen, denn es war unverkennbar, dass er an das glaubte, was er mir da verklickerte. Er war weit davon entfernt, einen Witz zu machen. Das Ganze löste bittersüße Gefühle in mir aus, weil es ihn in einem anderen Licht erscheinen ließ. Wie wenn man ein schönes Haus, das man zuvor nur im Mondschein gesehen hat, plötzlich bei Tag betrachtet und feststellt, dass die Fensterläden dringend gestrichen werden müssten und das Dach sich in einem katastrophalen Zustand befindet. Tom glaubte, er hätte das hübscheste Haus in der Stadt, und hatte keine Ahnung, wie hinfällig und windschief es in Wirklichkeit war. Denn abgesehen von der Strahlung wollte ich ihn auch fragen, ob das heiße Wasser nicht alle Fische töten würde. Und das waren nur zwei von tausend Argumenten gegen seinen Plan, und deshalb fragte ich erst gar nicht, sondern sah nur zu, wie er sein Herzblut in dieses abstruse Vorhaben vergoss, und auf eine merkwürdige Art fühlte ich mich durch die Hoffnungslosigkeit seines Unterfangens noch mehr zu ihm hingezogen. Nicht zu seiner Idee natürlich, sondern zu ihm, dem hübschen jungen Mann mit dem beliehenen Haus, der keine 1.000 Dollar sein Eigen nannte und Luftschlösser baute, die er nie würde verkaufen können, höchstens vielleicht zwei Frauen in einer Bar in Hyattsville, die ihn von klein auf kannten und ins Herz geschlossen hatten.

Und nicht einmal denen, denn mitten in seiner Rede tauchte Bianca hinter mir auf und flüsterte mir ins Ohr: »Schenk ihm nur nicht zu viel Aufmerksamkeit, er hat sich ein bisschen in die Sache verrannt.«

Dann kam Liz dazu und meinte: »Schenk ihm einen Drink ein.«

Die beiden verschwanden wieder, aber Tom war nicht zu bremsen. In seinen Augen erkannte ich die felsenfeste Überzeugung, hinter der schon ein Hauch Verzweiflung hervorlugte. Und mein Herz schmolz dahin. Ich sah die Gelegenheit, etwas für jemanden zu tun, nicht ganz so, wie Mr. White es für mich getan hatte, aber auf eine bescheidenere Art, und vielleicht spürte ich wieder jenen Impuls, der mich auf Ethels Veranda dazu getrieben hatte, allen Kindern Spielsachen zu versprechen. Deshalb sagte ich: »Du brauchst jemanden? Darum geht's doch. Jemanden mit einem Haus, das nicht belastet ist? Angenommen, ich hätte so ein Haus?«

Er sah mich ungläubig an. »Joan, das ist eine ernste Angelegenheit. Versuch nicht, komisch zu sein. Nicht in dieser Frage jedenfalls.«

Ich ließ ihn spüren, dass ich eingeschnappt war, ein ganz kleines bisschen zumindest, und da merkte er, dass ich es ernst meinte.

»... du? Du könntest die Bürgschaft übernehmen?«

»Wenn man ein Haus dafür braucht.«

»Das hätte ich nicht gedacht.«

»Ich müsste allerdings gebeten werden. Höflich.«

»Ich würde dich nicht fragen. Dazu habe ich nicht das Recht.«

»Na gut, für dich tu ich's auch so.«

Er sah mich eine Weile lang schweigend an und sagte dann: »Das würdest du für mich tun, Joan?«

»Warum nicht? Es ist doch nur dieses eine Mal, oder? Wenn er zu seinem Gerichtstermin erscheint, ist die Bürgschaft hinfällig.«

»Natürlich, aber es besteht ein Risiko.«

»Ein Risiko besteht immer. Aber wenn du ihm vertraust und dein Haus ...«

»Das würde ich, wenn ich könnte.«

»Und warum sollte ich dann nicht?«

»Wäre es also in Ordnung? Dass ich seinen Anwalt anrufe, damit er kommt? Denn wenn ich's recht verstehe, könnte Jim heute Abend noch auf freiem Fuß sein. So was lässt sich schnell erledigen, habe ich gehört. Wenn, falls und ...«

»Du brauchst ein unbelastetes Haus. Und ich habe eins.«

Er ging ins Foyer, telefonierte und kam wieder zurück an den Tisch. Sah auf die Uhr. Eine halbe Stunde später kam ein glatzköpfiger Mann herein, setzte sich zu ihm, breitete ein Blatt Papier auf dem Tisch aus und flüsterte Tom etwas zu. Tom winkte mich heran, und der Glatzkopf, der sich als Mr. Lackman vorstellte, fragte mich nach meinem Haus. Ob ich ein Haus besitze, das hypothekenfrei sei – nicht anderweitig beliehen, vermietet oder verpachtet. Ich sagte, ich hätte, und er wollte wissen, wo. Ich schrieb ihm die Adresse des Hauses, das mir nach Rons Tod zugefallen war, auf meinen Bestellblock an der Bar und brachte ihm den Zettel. Er notierte sie auf das Blatt, das vor ihm lag, klopfte mit dem Kugelschreiber an die Zähne und bedeutete mir, mich zu setzen und es mir gemütlich zu machen. Ich erwiderte, das sei mir nicht gestattet.

Er meinte, er müsse noch jemanden anrufen, ich weiß nicht mehr, wo, bei Gericht oder im Liegenschaftsamt, um sich bestätigen zu lassen, dass mein Name tatsächlich im Grundbuch eingetragen sei und dass es keine ausstehenden Ansprüche gegen das Haus gebe. Ich meinte, es würde mich überraschen, dass dort noch jemand so spät arbeitete. Darauf entgegnete er: »Sie arbeiten doch auch. Glauben Sie, die Justiz schließt um zehn ihre Pforten?«

Er telefonierte fast zwanzig Minuten lang, dann kam er zurück, setzte sich und winkte mich wieder heran. Diesmal hatte er ein anderes Dokument in der Hand, ein amtliches Formular, dessen Inhalt er mir vorlas. Es war eine Erklärung, dass das Anwesen an der unten angegebenen Adresse mir gehörte und dass ich es hiermit als Bürgschaft für den benannten Häftling oder so ähnlich verpfändete. Als er zu Ende gelesen hatte, sagte er mir, ich solle unterschreiben. Das tat ich, und er wedelte mit dem Papier kurz in der Luft herum, als wolle er die Tinte trocknen, dann sprang er auf und verschwand.

Es dauerte beinahe zwei Stunden, und wir dachten schon, wir müssten schließen, ehe er zurückkam. Doch da war er und schoss, einen anderen Mann im Schlepptau, auf den Tisch zu. Der andere – ein klobiger, rotgesichtiger Mann in einem zerknitterten Anzug – schüttelte Tom die Hand und ließ sich auf einen Stuhl fallen. Als Tom in meine Richtung nickte, stand er auf, reichte mir die Hand und sagte, er sei Jim Lacey und wie dankbar er wäre, dass ich ihm aus der Patsche geholfen hätte.

»Das werden Sie nie bereuen, das verspreche ich Ihnen«, sagte er. »Wie ist es, Mrs. Medford, wollen Sie sich nicht zu uns setzen? Tom, Mel und ich würden gern mit Ihnen bei einem Drink meine Freilassung feiern.«

»Danke, Mr. Lacey, aber ich trinke nicht.«

»Dann ein Seltzer, so wie Tom.«

»Außerdem wäre es gegen die Vorschriften.«

»Nein, nicht heute Abend.«

Er rief nach Bianca, um zu fragen, ob es okay sei, wenn ich mich zu ihnen setzte, fügte aber gleich hinzu: »Ich hoffe, das ist es, Bianca, und du weißt, was gut für dich ist.«

»Für dich machen wir eine Ausnahme, Jim«, erwiderte Bianca ergeben.

Also setzte ich mich zu ihnen, und er bestellte bei Liz eine Flasche Champagner.

»Für mich ein Ginger Ale«, sagte ich. Sie nickte, sah mich aber befremdet an. So ging es vielleicht eine halbe Stunde, und ich fühlte mich recht selbstbewusst, bis Mr. Lacey erklärte, er müsse nun gehen. »Kommen Sie, Mel, Zeit, dass wir uns verdrücken und die beiden hier allein lassen.«

Und schon waren sie weg, und ich sprang auf und wurde wieder zur Kellnerin, doch so spät waren nur noch zwei Tische besetzt, um die sich Liz bereits gekümmert hatte. So blieb ich neben Tom stehen und sah auf ihn hinab. Er äugte mit einem merkwürdigen Gesichtsausdruck zurück, und ich schätze, ich genoss seine Reaktion.

»Ich weiß nicht, wie ich dir danken soll«, sagte er. »Absolut großartig, was du da für Jim getan hast. Und für mich ebenfalls, du hast mir mehr geholfen, als du denkst.«

»Nun, wenn du mir wirklich danken willst, gäbe es schon die eine oder andere Möglichkeit.«

»Sag nur, was du willst, Joanie.«

»Als Erstes könntest du dich endlich entschuldigen.«

»Wofür?«

Ich gab keine Antwort, sondern blieb hart und ließ es ihn selbst herausfinden. Ich dachte, dass er vielleicht errötete, als es ihm schließlich aufging, aber ich schätze, Männer erröten wohl nicht wegen so etwas, und alles, was er am Ende zustande brachte, war ein Lächeln ohne auch nur eine Spur Scham dahinter.

»Du meinst den ersten Abend, hier im *Garden*? Für das, was ich getan habe?«

»Schau an, da denkt einer mit.«

»Wenn du darauf bestehst, Joan, entschuldige ich mich dafür, betrunken gewesen zu sein und der Versuchung nachgegeben zu haben, aber nicht für die Versuchung selbst, denn just in diesem Moment gerate ich schon wieder in Versuchung und womöglich sogar noch stärker.«

Das war nicht die Entschuldigung, auf die ich gewartet hatte, aber sie brachte mein Blut auf eine Weise in Wallung, wie es eine Entschuldigung niemals vermocht hätte.

»Wer weiß, vielleicht gerate ich jetzt auch in Versuchung, aber wenn ja, dann habe ich dich inzwischen wenigstens kennengelernt. Und außerdem gibt es wohl einen klitzekleinen Unterschied zwischen Versuchung und Grapschen, und du müsstest eigentlich wissen, wo die Grenze liegt.«

»Dann entschuldige ich mich, diese Grenze überschritten zu haben.«

»Danke.«

»Oder dafür, sie zu früh überschritten zu haben, wenn es das ist, was du meinst. Und was weiter?«

»Wie? Was weiter?«

»Womit kann ich dir noch danken?«

»Ah so. Tja, da waren doch ständig diese Sprüche, von wegen mich auszuführen und so. Nun, da ich weiß, dass bei dir Ebbe ist, erwarte ich auch nichts Superelegantes, aber wenigstens könntest du …«

»Du meinst, du würdest mitkommen?«

»Ich wüsste nicht, warum nicht. Wir hätten ja etwas zu feiern.«

»Du bist unglaublich, Joan. Und ich dachte schon, du würdest …«

Er brach ab und tat, was immer er sagen hatte wollen mit einer Handbewegung ab. »Egal, was immer ich mir gedacht haben mag, ich habe mich ganz offensichtlich geirrt. Ich brenne darauf, dich auszuführen. Bin praktisch Feuer und Flamme.«

Er meinte, wir könnten in einen Laden namens *The Wigwam* gehen, von dem ich noch nie gehört hatte, was aber auch nichts heißen musste, denn wann hatte ich früher schon mal Gelegenheit gehabt, das Nachtleben der Stadt kennenzulernen. Ich erklärte ihm, dass ich mit meinem Auto hinfahren würde und er nachkommen könne. Er müsse mir also die Adresse geben und mich dann von meinem Auto abholen und hineingeleiten. Er schrieb sie mir auf einem Bestellzettel auf, und als wir schlossen, folgte er mir zu meinem Wagen, ließ mich einsteigen und wartete, bis ich losgefahren war. Der Wagen schien ihn zu überraschen, denn es war ein ziemlich fesches Auto, ein kleiner Ford zwar nur, aber auf Hochglanz poliert und gut in Schuss. Ich fuhr los, folgte seinen Angaben und fand *The Wigwam* prompt an der angegebenen Adresse auf der New Hampshire Avenue. Kurz darauf hielt er neben mir und geleitete mich zur Tür. Niemand sah, dass ich noch meine Kellnerinnenuniform aus dem *Rose Garden* anhatte, denn ich trug meinen leichten Übergangsmantel, der mir bis zu den Knien reichte, sodass es wirkte, als wäre ich ganz normal angezogen.

Von außen wirkte *The Wigwam* ganz normal, ein Neonschild, darunter Doppeltüren, die Tom aufstieß, als wäre er nicht zum ersten Mal hier. Doch innen war es ganz anders als alle Clubs, die ich jemals betreten hatte, wobei das natürlich nicht allzu viele waren. Statt der zu erwartenden hell erleuchteten, lärmgeschwängerten Atmosphäre, empfing mich ein zwielichter großer Raum, der von einem hohen Leder-Wigwam an der Stirnseite dominiert wurde, während sich links und rechts Nischen befanden, die man mit schweren Vorhängen abschotten konnte. Auch die Mädchen waren komisch angezogen, wenn man sie überhaupt als angezogen bezeichnen konnte. Die Hostess, die Tom Rhoda nannte, trug einen unten mit Fransen verzierten Hirschledermantel, was noch einigermaßen manierlich aussah, doch die Kellnerinnen, die Rhoda als »Pocahontas« titulierte, waren praktisch nackt, sie bedienten oben ohne, und unten herum hatten sie, abgesehen von einem knappen Badehöschen im französischen Bikini-Stil, auch nichts an. Außerdem trug jede von ihnen eine Feder im Haar, die mit einer Spange über der Schläfe festgesteckt war und kokett über das Ohr hing. Man brauchte sie nur anzusehen, um zu wissen, dass diese Mädchen käuflich waren, aber ich schätze, es war mir ziemlich egal, da mir nicht verborgen geblieben war, dass solche Dinge gang und gäbe waren und ich überdies aus Gesprächen mit Liz wusste, dass Frauen, die ich mochte und achtete, zu diesen Dingen bereit waren. Dennoch wurde ich ein wenig nervös, mein Magen schien ein bisschen zu rebellieren, mir wurde nicht gerade übel, aber doch flau, weil mich das Gefühl überkam, in etwas hineingeraten zu sein. Aber ich wollte mir nichts anmerken lassen, wollte als Frau von Welt auftreten und nicht als Kellnerin. Deshalb setzte ich eine unbewegte Miene auf, verzog meine Lippen zu einem kühlen, schmalen Lächeln und verstärkte den Griff um Toms Arm.

Rhoda rief uns eine Pocahontas und geleitete uns zu einer Nische. Sie öffnete den Vorhang und zog den Tisch heraus, damit wir hineinrutschen konnten. Doch der Tisch war nicht wie üblich an drei Seiten von Stühlen oder Sesseln umgeben, sondern hatte lediglich eine Sitzgelegenheit an der hinteren Seite. Allerdings eine ziemlich lange Sitzgelegenheit, wie eine Couch. Sie dürfte gut und gerne zwei Meter gemessen haben, mit einer gepolsterten Rückenlehne und einem Kissen am einen Ende. Ich rutschte hinein und Rhoda fragte: »Kann ich Ihren Mantel haben?«

Ich zögerte einen Moment, händigte ihn ihr dann aber aus. Sie hängte ihn auf einen Bügel an der Vorhangstange, und als sie meine Uniform sah, bedachte sie mich mit einem prüfenden Nicken. Plötzlich war ich dankbar, dass es hier drin so düster war. Sie fragte, was wir trinken wollten, und zu meiner Erleichterung bestellte Tom ein Seltzer und ich daraufhin ein Ginger Ale. Rhoda schien nicht besonders überrascht, und als sie sich zurückzog, sagte sie: »Amy wird es euch gleich bringen.«

Als sie weg war, saßen wir einfach nur ziemlich selbstgewiss da und redeten nicht viel. Irgendwo lief eine Schallplatte, auf der ein

Orchester *Three O'Clock in the Morning* spielte, und Tom meinte, das sei einer der größten Walzer aller Zeiten. So hatte ich es noch nie gesehen, dennoch sagte ich: »Ja, nicht wahr?«

Dann brachte eines der Mädchen unsere Getränke. Als sie sie abgestellt hatte, sagte sie: »Ich ziehe jetzt den Vorhang zu und werde Sie nicht mehr stören – niemand wird. Wenn Sie die Kerze löschen wollen, blasen Sie sie einfach aus, Streichhölzer, um sie wieder anzuzünden, liegen daneben. Wenn Sie mich brauchen, ich meine, um etwas zu bestellen, noch einen Drink oder so, dann drücken Sie auf den beleuchteten Knopf da.«

Sie zeigte ihn uns, er war auf dem Tisch neben der Kerze.

»Einfach drücken, dann geht draußen ein Lämpchen an, und ich komme. Oder wenn nicht ich, dann ein anderes Mädchen. Falls ich gerade anderweitig zu tun habe – Sie verstehen, was ich meine. Kann sein, dass ich mehr oder weniger beschäftigt bin, aber dann kommt ein anderes Mädchen, okay? Lassen Sie ihr einfach einen Moment Zeit. Ich meine, werden Sie nicht zu schnell ungeduldig. Früher oder später kommt sie ganz sicher eines der Mädchen bedienen.«

»Sie könnten beschäftigt sein, sagen Sie«, warf Tom ein. »Womit?«

»Nun, so ein Gast fühlt sich manchmal etwas einsam.«

»Und dann leisten Sie ihm Gesellschaft?«

»So in der Art.«

Sie war mir herzlich egal, deshalb konnte ich der Versuchung nicht widerstehen und fragte sie: »Und das Bikini-Höschen, behalten Sie das an? Oder ziehen Sie's aus?«

»Das kommt ganz drauf an.«

Dann sah sie mir direkt in die Augen. »Für einen Kerl zum Beispiel, der mit einer Freundin hier ist, die sich weigert, die Beine breit zu machen, also wenn der möchte, dass ich ein bisschen aushelfe, dann zieh ich's aus. Das geht ganz schnell. Siehst du?«

Sie hakte es auf und gestattete Tom einen Blick auf ihren Busch und wandte sich dann wieder an mich. »Also, wenn Sie wollen, dass ich ein bisschen aushelfe, dann knipsen Sie einfach das Lämpchen draußen an, einmal drücken – dann komme ich und sehe, was ich tun kann. Sonst noch Fragen?«

»Nein – zisch ab.«

Das war Tom, aber sie entgegnete nur: »Bin schon weg.«

Und ging.

»Na, das war mal deutlich«, sagte ich.

»Kundenfang, würde ich sagen«, erwiderte Tom.

»Immerhin, hübsch ist sie, das muss ich zugeben.«

»Ist mir gar nicht aufgefallen.«

Er klang geradezu theatralisch, und ich schätze, ich zog eine Schnute. Er sagte nichts dazu, bis er plötzlich die Kerze ausblies. Draußen erklang wieder der Walzer. Kurz darauf im Halbdunkel sagte er: »Okay, wo waren wir stehen geblieben?«

»Keine Ahnung, waren wir überhaupt irgendwo?«

»Ja. Wir waren irgendwo. Ich erinnere mich, dass du verlangt hast, dass ich mich entschuldige. Und das habe ich. Vielleicht können wir da weitermachen, wo wir aufgehört haben.«

Damit legte er mir den Arm um die Schultern und schob seine andere Hand exakt dorthin, wo er sie an jenem Abend gehabt hatte, und ich klemmte exakt wie neulich die Beine zusammen. Doch er drängte mit seiner Hand einfach weiter nach oben, weiter und weiter, wobei er mich mit dem Zeigefinger streichelte, bis er seine Hand in meinen Hotpants hatte sich seitlich vorwärts tastete. Und dann war sie so schnell, dass ich kaum merkte, wie, an meiner intimsten Stelle angelangt, und ich zerfloss. Anstatt mit aller Macht die Beine zusammenzupressen, wurden sie mir schlaff, und ich muss gestehen, ich genoss, was seine Hand dort machte. Es war schon eine Weile her, nicht erst seit Rons Tod, sondern länger, fast ein Jahr, und ich hatte vergessen, wie sehr ich es vermisste. Toms starke Hand gab mir das Gefühl, mein Brustkorb würde jeden Moment bersten, so heftig schlug mein Herz. Dann plötzlich zog er seine Hand zurück und begann meine Hose aufzuknöpfen, seitlich am

Latz, und ich schlängelte mich so gut ich konnte, um ihm zu helfen, sie mir abzustreifen. Als Nächstes war meine Bluse dran, dann sein Hemd, und dann drückte er mich gegen das Kissen und legte sich mit seinem ganzen Gewicht auf mich, seine nackte Brust an der meinen.

Doch dann, im letzten Augenblick, dachte ich an Mr. White und wie wichtig die Pläne, die ich mit ihm hatte, für mich waren. Und wie das alles den Bach runtergehen könnte, wenn ich es mit Tom geschehen ließe. Ich dachte an Ethel und ihre Anschuldigungen, dass ich mit meinen Kunden genau das vollführte, was ich im Begriff war zu tun, und an Private Church, von dem ich Gott sei Dank seit Wochen nichts mehr gehört hatte, der aber vielleicht auch wieder aufkreuzen könnte, wenn er von dieser Geschichte hier Wind bekam. Dass ich einen Liebhaber hatte, wenn auch nicht Joe Pennington. An all das dachte ich und kämpfte gegen meine Instinkte an, bis ich meine Hände frei hatte und Tom beiseitestieß. Er wehrte sich, packte mich spielerisch, doch ich meinte es ernst und kämpfte verbissen, bis ich ihn am Ende in die Wange biss. Er stöhnte auf, und ich drückte ihn weg, bis ich mich aufsetzen konnte. Mein Drücken und Rutschen hatte den Tisch verschoben, der nun gegen den Vorhang kippte. Ich sprang auf, erwischte Tom dabei aus Versehen mit dem Knie im Gesicht, strampelte mich frei, schnappte meinen Mantel und rauschte, den Mantel verzweifelt gegen meine Brust gepresst und nur mit einem Höschen bekleidet, aus dem Nachtclub. Dann fiel mir meine Tasche ein, ich merkte aber, dass ich sie unter den Arm geklemmt hatte, keine Ahnung, wie sie dahin gekommen war. Draußen sprang ich in meinen Wagen, drückte die Türverriegelung hinunter und kurbelte die Fensterscheibe hoch. Den Zündschlüssel fand ich in meiner Tasche, doch da war auch schon Tom, sein Hemd hing heraus, und seine Gürtelschnalle schepperte gegen seine Hüfte. Er hämmerte gegen die Scheibe.

»Verdammt, Joan, mach die Tür auf«, schrie er mit unterdrückter Wut, doch ich blieb stocksteif sitzen, drehte den Zündschlüssel, legte, als der Motor ansprang, den Rückwärtsgang ein und fuhr aus der Parklücke. Doch um vom Parkplatz zu kommen, musste ich wenden. Er sprang um den Wagen, versuchte mich aufzuhalten und stellte sich wie ein Verkehrspolizist mit ausgebreiteten Armen vor den Wagen. Ich fuhr direkt auf ihn zu, sodass ihm nichts anderes übrig blieb, als auf die Kühlerhaube zu springen und sich, weil ich nicht anhielt, dort festzuhalten. Doch als ich unvermittelt scharf bremste, verlor er den Halt und rutschte hinunter. Ich riss das Steuer herum, um ihn nicht zu überfahren, und gab Vollgas. Ich raste nach Hause, der Mantel war auf meinen Schoß gerutscht, sodass meine nackten Brüste unter jeder Straßenlaterne hell aufblitzten. Doch es war mir egal, ich hielt nicht an, um mir den Mantel anzuziehen, sondern sandte lediglich ein Stoßgebet gen Himmel, dass niemand mich so sehen möge. Und so weit ich sehen konnte, hatte ich Glück.

Als ich in meiner Auffahrt zum Stehen kam, zeigten die Uhrzeiger am Armaturenbrett auf drei.

»Einer der besten Walzer aller Zeiten«, dachte ich und stieg aus, schloss die Haustür auf und ging hinein.

14

I didn't know where I was at.

Ich lag schreckensstarr im Bett und fürchtete, jeden Moment könnte es an der Tür klingeln, und wenn es Tom wäre, würde ich ihn hereinlassen. Es klingelte nicht – und so schlief ich schließlich ein. Am nächsten Tag benutzte ich das zweite Paar Hotpants, das Liz mir gekauft hatte, und meine Ersatzbluse, um meine Uniform zu vervollständigen, und konnte zur Arbeit gehen, als wäre nichts geschehen. Liz war mit der Bar dran, deshalb tauchte ich erst kurz vor fünf auf, und als ich, nachdem ich meinen Mantel und meine Handtasche im Spind verstaut hatte, in die Bar kam, saß da bereits Mr. White an seinem angestammten Platz.

Ich ging zu ihm hin und fragte: »Das Übliche?«

Doch statt des freundlichen Nickens, mit dem er mich sonst bedachte, sah er mich nicht einmal an, sondern saß nur da und starrte finster vor sich hin. Ich spürte, dass etwas nicht stimmte, ging aber trotzdem zur Bar, wo Jake die Bestellung schon vorbereitet hatte. Ich brachte sie ihm an den Tisch und fragte, als hätte ich sein Verhalten nicht bemerkt: »Darf es sonst noch etwas sein?«

»… nein … Nichts.«

»Schönes Wetter haben wir«, bemerkte ich, sodass es ziemlich idiotisch klingen sollte, und hatte vollen Erfolg damit.

Schließlich sah er auf.

»Wie konnten Sie mir das antun?«, fragte er mit halb erstickter Stimme. »Wie konnten Sie nur? Wie konnten Sie?«

»Konnte ich was, Mr. White? Warum sagen Sie es mir nicht?«

»Sie wissen genau, was ich meine, stehen Sie doch nicht so da, als ob Sie es nicht wüssten. Wie konnten Sie nur in ein solches Etablissement gehen? Dieses … *Wigwam*? Dieses Hurenhaus?«

»Woher wissen Sie, dass ich dort war?«

»Behaupten Sie nicht, Sie wären nicht da gewesen. Man hat gesehen, wie Sie hineingingen. Um zwei Uhr in der Frühe!«

»Hat man auch gesehen, wie ich herauskam?«

»Antworten Sie! Wie konnten Sie?«

»Antworten Sie mir, Mr. White. Sie haben mir offensichtlich einen Spion hinterhergeschickt, jemanden von der CIA oder jemanden, den Sie bezahlen. Nun, Sie sollten ihn feuern, weil er nicht dortgeblieben ist, denn wenn er auch nur fünfzehn Minuten abgewartet hätte, hätte er mich wieder herauskommen sehen, aber das hat er garantiert nicht, denn wenn er mich gesehen hätte, hätte er den Anblick nicht so schnell vergessen. Ich kam nämlich herausgerannt, einen Mantel an mich gepresst, um zu verbergen, was nackt war, also praktisch alles oder jedenfalls fast alles, weil ich mich drinnen gegen einen Kerl wehren musste, der glaubte, er könne mich haben, wenn er es nur schaffte, mir die Kleider vom Leib zu reißen. Aber da hatte er sich gründlich getäuscht, das versichere ich Ihnen, ich bin nämlich da rausgekommen, ohne dass das, was wir mit einem schallenden Lachen meine Ehre nennen könnten, verletzt worden wäre. Ich gebe Ihnen recht, das ist ein Hurenhaus, aber das merkte ich erst, als ich drinnen war, ich dachte, ich würde in eine nette Bar ausgeführt, wo man noch in Ruhe einen Drink nehmen kann. Aber jetzt, wo ich weiß, was für ein Laden das ist, werde ich natürlich keinen Fuß mehr hineinsetzen. Gibt es sonst noch etwas, was Sie wissen müssten?«

»… sagen Sie auch die Wahrheit?«

»Ihr Mann hat nichts von meinem Abgang erwähnt?«

»… nein.«

»Nun, dann muss er vorher gegangen sein, denn sonst hätte er mich bemerkt, weil ich, wenn ich nichts anhabe, durchaus ins Auge steche, wenn man meinem verschiedenen Gatten Ron Glauben schenken kann, und Ihr Mann hätte Ihnen die Geschichte mit Sicherheit berichtet. Vielleicht sogar Bilder gezeigt. So! Und wenn Sie mich nun bitte entschuldigen würden?«

Ich erwischte Liz' Blick und winkte sie herüber. »Das hier ist Miss Baumgarten«, eröffnete ich ihm. »Liz, wie ihre zahlreichen Freunde sie nennen. Sie wird Ihnen bringen, was immer Sie wünschen.«

Ich ging in den Umkleideraum und streckte mich auf der Bank aus. Kurz darauf kam auch schon Liz hereingerauscht. »Er will mit dir reden, sagt er.«

»Ich bin gerade ein bisschen beschäftigt.«

»Joanie, der Bursche ist verrückt nach dir – die ganze Bar weiß das, und zwar nicht erst seit gestern, falls du das noch nicht bemerkt hast. Und so gerne ich dir sagen würde, dass ich dich lieber mit Tom sähe, den da draußen solltest du dir nicht vergraulen.«

»Wer sagt, dass ich ihn vergraulen will? Bitte richte ihm einfach aus, was ich gesagt habe.«

»... dass du gerade beschäftigt bist?«

»Genau. Sag's ihm einfach.«

Ich wusste nicht genau, warum ich es so anging. Einen Moment lang, als ich ihm seinen Drink servierte, hatte ich das schreckliche Gefühl, ich hätte Mr. White verloren, hätte unrettbar zerstört, was wir gemeinsam gehabt hatten, weil das zum Teil zumindest darauf basierte, dass ich eine »Lady« war oder zumindest mehr »ladylike« als Liz. Doch fiel mir auf, dass sich hinter den harschen Worten etwas Wachsweiches verbarg, und dass ich, wenn ich meine Karten richtig ausspielte, ihn immer noch mein nennen konnte. Doch was um nichts in der Welt passieren durfte, war dass ich bei ihm angekrochen kam, er musste ankommen, sonst würde er auf ewig auf mich herabsehen. Deshalb schickte ich Liz mit der Nachricht los und rührte mich nicht von der Stelle. Kaum zwei Minuten später war sie wieder da. »Er ist weg. Und es gefiel ihm gar nicht, dass du nicht rausgekommen bist. Wenigstens um dich zu verabschieden.«

»Das soll ihm auch nicht gefallen.«

»Joanie, so einen Fisch an der Angel ...«

»… muss man langsam einholen und die Schnur immer schön straff halten.«

»Ich würde nicht so mit ihm spielen, aber …«

»… es ist auch nicht dein Fisch.«

Was ich Tom sagen sollte, wusste ich beim besten Willen nicht. Überlegt und die ganze Nacht eingeübt hatte ich, ihm zu sagen, dass ich hoffte zu heiraten und nicht riskieren konnte, mich mit ihm einzulassen. Doch nun, da ich kalt erwischt worden war, nun, da Mr. White wusste, was ich getan hatte oder fast getan hätte, und sich verhalten hatte, wie jeder Mann sich verhalten würde, wusste ich nicht, wo ich stand. Und deshalb hatte ich nicht die geringste Lust auf die Nummer mit Tom. Doch schau an, er tauchte gar nicht erst auf. Als die Stunde nahte, zu der er gewöhnlich hereinschaute, wurde ich richtiggehend nervös, denn »ich hatte guten Grund« war nicht wirklich ein Grund, und so erwartete ich einen gewaltigen Schlamassel. Doch zur Sperrstunde war er immer noch nicht aufgetaucht, und so hatte ich nicht nur keine Erklärung, sondern auch niemanden, dem ich sie geben konnte. Und so ging es eine ganze Weile lang, weder sah ich ihn noch hörte ich, wo er steckte – nichts. Er kam einfach nicht mehr, und niemand wusste etwas.

Mit Mr. White dagegen lagen die Dinge anders, und nach und nach änderte sich die Lage ein bisschen, bis sie sich plötzlich dramatisch änderte. Schon am nächsten Nachmittag tauchte er wieder auf, immer noch verstimmt, aber ohne das hysterische Gehabe vom Vortag. Er bestellte und saß dann da und blickte stur geradeaus, ohne etwas zu sagen. Und auch diesmal war ich nicht um ein klares Wort verlegen und kam ohne Umschweife zur Sache: »Als Erstes sollten Sie diesen Schnüffler loswerden, diesen Spion.«

»Ich habe keinen Schnüffler.«

»Tut mir leid, Mr. White, aber Sie haben sehr wohl einen.«

»Zweifeln Sie mein Wort an?«

»Wollen Sie eine ehrliche Antwort darauf? Ich zweifle nicht nur Ihr Wort an, ich nenne Sie einen verdammten Lügner. Sie haben einen Schnüffler, und wenn Sie wissen wollen, woher ich das weiß, dann sage ich Ihnen, das kann ich Ihrem Blick entnehmen. Also, geben Sie's zu, Mr. White. Sie haben einen Schnüffler, stimmt's?«

»Ich habe jemanden beauftragt, okay. Aber um Gottes willen nicht, um Ihnen nachzuspionieren.«

»Ein Schnüffler ist ein Schnüffler ist ein Schnüffler.«

»Aber das war ein Mann, der für mich arbeitet, einer aus dem Büro in der Stadt, den habe ich gebeten, ein Auge auf Sie zu haben – nicht, um Sie auszuspionieren, das schwöre ich, sondern um darauf zu achten, dass Ihnen nichts passiert, wenn Sie nachts nach Hause gehen. Nichts weiter, ehrlich.«

Ich ließ ihn ein Weilchen schmoren, dann zeigte ich mich versöhnlich: »Okay, ich glaube Ihnen.«

Ich glaubte ihm tatsächlich, denn ich wusste, er hatte die Wahrheit gesagt oder zumindest das, was er für die Wahrheit hielt.

»Aber dafür, dass ich Ihnen glaube«, fuhr ich fort, »möchte ich Ihr Wort haben, dass damit Schluss ist, dass er mir nicht mehr hinterherschnüffelt, dass Sie ihn abziehen. Wie finden Sie das?«

»... Joan, wenn Sie darauf bestehen, dann okay, natürlich, aber ...«

»Ich brauche keinen Beschützer. Dank Ihrer Großzügigkeit kann ich mir jetzt ein Auto leisten. Ich muss nicht mehr mit Liz fahren, nach Feierabend kutschiere ich direkt nach Hause, schließe mein Haus auf und könnte, falls nötig, die Polizei anrufen. Habe ich also Ihr Wort, dass Sie diese Beschattung aufgeben?«

»Joan, das habe ich doch schon gesagt.«

»Gut. Okay. Dann können wir zum nächsten Punkt kommen.«

Er sah mich überrascht an, und ich ließ ihm keine Verschnaufpause, sondern kam geradewegs zum Punkt: »Sie und mich betreffend. Und unsere Heirat. Da haben Sie ja schon gesagt, Sie könnten sich nichts Schöneres vorstellen und würden mir nur zu gerne das Jawort geben, aber Ihr Arzt habe es Ihnen verboten, weil es Ihr sicheres

Todesurteil bedeutete. In Ordnung, Mr. White, aber wessen Leben ist es? Das Ihres Doktors?«

»Was meinen Sie, Joan? Dass ich den Tod in Kauf nehmen muss, um zu beweisen, was ich für Sie empfinde?«

»Nein, Mr. White, natürlich nicht. Aber es gibt einen Ausweg.«

»Was meinen Sie mit ‚einen Ausweg'?«

»Einen Weg hinein ins Glück sollte ich vielleicht sagen. Mr. White, Sex ist nicht alles. Es gibt keinen Grund, dass Sie mich nicht heiraten können, und dann schlafen Sie in Ihrem Zimmer und erlauben mir, in meinem zu bleiben. So hätten Sie mich immer um sich, wenn es stimmt, dass Sie das gerne hätten, und ich hätte Sie immer bei mir, was mir, wie ich gestehe, eine Menge bedeuten würde. Außerdem könnte ich dann diesen Kellnerinnenjob aufgeben, der zwar ein Geschenk Gottes für mich war, auf den ich aber herzlich gerne verzichten könnte. Und am wichtigsten wäre mir, dass ich dann meinen Sohn zurückhaben und ihm das Zuhause bieten könnte, von dem ein kleiner Junge träumt: in Ihrem herrlichen Haus mit seinem wunderbaren Garten, in dem er spielen könnte oder mit seinem Dreirad auf Ihrer tollen Auffahrt herumrollen. Was nutzt so ein schönes Haus mit seinem Garten und allem, wenn Sie ganz alleine da wohnen? Sie haben mir erzählt, wie einsam Sie sind, wie viel lieber Sie hier sind, wo wir uns unterhalten und beieinander sein können. Um Himmels willen, Earl, warum sollte ein Mann wie du in eine Bar gehen müssen, um etwas Gesellschaft zu haben? Oder in anderen Worten und klipp und klar gesagt: Wer bestimmt über dein Leben?«

»Ich hätte nichts lieber, als wenn du mir dabei helfen würdest.«

»Okay. Was sagst du also zu alledem, was ich dir eben gesagt habe?«

»Ich würde sagen, ich denke darüber nach.«

»Das ist es, was ich von dir erwarte.«

Es dauerte zwei oder drei Wochen, bis Mitte September würde ich sagen, denn es war schon fast herbstlich, ehe er mit einer Antwort aufwartete – wenn man es denn so nennen konnte. Er kam herein, bestellte und sagte dann so beiläufig wie nur irgend möglich: »Meine Antwort wird Ja lauten, aber ich muss zuerst noch nach New York.«

»New York? Jetzt direkt?«

»Ich wollte morgen abreisen.«

»Und für wie lange?«

»Einen knappen Monat, vielleicht etwas länger.«

Irgendetwas kam mir komisch vor, deshalb fragte ich: »Was ist in New York? Weshalb musst du dahin fahren?«

»Mein Anwalt. Er ist einige Zeit oben und bereitet einen Abschluss für mich vor, ein wichtiges Geschäft.«

»Und was hat das mit dir und mir zu tun?«

»Bei einer solchen Ehe wie der unsrigen, ich meine, so wie sich das Zusammenleben gestalten würde, da gibt es einige rechtliche Fragen zu klären. Ich weiß nicht genau, worum es sich handelt, allenfalls die grobe Richtung. Deshalb sollte ich mit meinem Anwalt sprechen. Außerdem muss ich vor Ort sein, um das Geschäft abzuschließen.«

»Verstehe.«

»Du könntest ebenfalls einen Anwalt zurate ziehen.«

»Das ist vielleicht keine schlechte Idee.«

Ich ging zur Bar, um zwei, drei Dinge zu erledigen, und überdachte, was er gesagt hatte. Dann ging ich zurück und sagte: »Ich gebe dir recht, so ist es wirklich am besten. Fahr du nur, gönn dir deinen Monat New York, und wenn du mich darüber vergisst, mach dir keine Sorgen, ich habe noch andere Möglichkeiten.«

»Hör auf! Rede nicht so!«

»Ich sagte doch, fahr nur, dann wissen wir, wo wir stehen.«

15

You mean, I lose my house?

Er reiste also ab, und eine Weile lief es so lala, man könnte sogar sagen, es war alles ziemlich eintönig. Ich vermisste seine allabendlichen Besuche, zumindest vermisste ich seine Neunzehndollartrinkgelder. Das ging so zwei, drei Wochen, bis in den Frühherbst. Inzwischen war es bereits Ende September, und ich ersetzte die sommerlichen Hotpants wieder durch Samtshorts und Strumpfhosen. Eines Nachmittags, ich hatte mich gerade fertig gemacht, klingelte es an der Tür, und als ich öffnete, war es Tom. Ich hatte ihn seit jener Nacht nicht mehr gesehen und reagierte ohne Zweifel ziemlich kühl.

»Oh, sieh an. Tom. Was kann ich für dich tun?«

»Joan.« Er stammelte fast. »Ich muss mit dir reden.«

»Worüber?«

»Ich denke, das weißt du, und für mich ist es absolut kein Vergnügen, das schwöre ich. Aber trotzdem, nicht zwischen Tür und Angel.«

»Dann komm rein, bitte.«

Ich geleitete ihn ins Wohnzimmer und fragte: »Und woher sollte ich wissen, weshalb du hier bist?«

»Hast du das nicht gelesen?«

Jetzt erst bemerkte ich die Zeitung, die unter seinem Arm klemmte und die er jetzt aufrollte und schwenkte.

»Ich lese keine Nachmittagszeitungen. Was steht da, was mich betreffen müsste? Worum geht es überhaupt?«

Er drückte sie mir in die Hand, und auf Seite eins, nicht der Aufmacher, aber groß genug, um es auf den Titel zu schaffen, stand etwas über Mr. Lacey, den Mann, für dessen Kaution ich bürgte.

FALL LACEY VOR GERICHT
LACEY NICHT ERSCHIENEN

Oder etwas in der Art. Der Artikel berichtete schlicht, dass, als der Fall des beschuldigten städtischen Ingenieurs Lacey am Morgen aufgerufen worden war, »Mr. Lacey nicht wie erforderlich vor Gericht erschien«. »Mr. Laceys Anwalt, Melvin T. Lackman«, hieß es weiter, »informierte das Gericht, dass Mr. Lacey nicht zum vereinbarten Zeitpunkt bei ihm im Büro erschienen sei, um ihn zum Gericht zu begleiten, und dass er keine Informationen über seinen Verbleib habe. Das Gericht, unter Vorsitz von Richter T. D. Enos, ordnete daraufhin einen Haftbefehl für Mr. Lacey an.«

Das war alles, daneben befand sich noch ein Foto von Mr. Lacey, der so aussah, wie ich ihn in Erinnerung hatte, nur etwas jünger und nicht so fett. Mein Magen signalisierte mir, dass dies ganze schlechte Neuigkeiten waren, aber ich wollte es immer noch nicht ganz begreifen. Deshalb fragte ich: »Und? Was hat das mit mir zu tun?«

»Joan, du hast für seine Kaution gebürgt.«

»Du meinst, ich verliere jetzt mein Haus? Man nimmt es mir weg und versteigert es, um die Kaution zu bezahlen?«

»Ob es so weit kommt, weiß ich noch nicht, mich hat die ganze Angelegenheit genauso überrascht wie dich. Und viel mehr weiß ich auch nicht. Aber was ich weiß: Ich werde hundertprozentig hinter dir stehen. Du bist für mich in die Bresche gesprungen, und ich lass dich nicht damit im Stich.«

»Das ist nett von dir, Tom, aber ich wüsste nicht, was du tun kannst, außer natürlich eines deiner Projekte ist so weit ausgereift, dass du nicht 1.000, sondern 12.000 Dollar erübrigen kannst.«

»Ich glaube, das brauche ich nicht, und du auch nicht. Wenn wir den Hurensohn aufstöbern und vor Gericht zerren, können wir alles Weitere dem Gericht überlassen. Aber das ist nur das, was ich denke. Und ich habe keine Ahnung von diesen Dingen. Deshalb brauchen wir als Erstes einen Anwalt.«

»Ich kenne keinen Anwalt.«

»Aber ich.«

Er nannte mir einen, von dem ich schon gehört hatte, als ich mein Haus kaufte, Dwight Eckert, sein Büro lag drüben in Marlboro, und Tom bot an, mich hinzufahren. Ich dachte, es wäre besser, erst anzurufen, um zu sehen, ob er überhaupt da ist, er war, aber erst ab vier, und es war erst kurz vor drei. Dadurch hatte ich Zeit, mich aus meiner Kellnerinnenuniform zu schälen und ein Kostüm anzuziehen, das für das kühlere Wetter jetzt genau richtig war. Ich entschuldigte mich, ging ins Schlafzimmer und begann mich umzuziehen, als er hereinkam.

»Wer hat dir erlaubt hereinzukommen?«

Er lehnte sich gegen den Türrahmen und verschränkte die Arme vor der Brust. »Ich dachte, wir könnten uns dabei unterhalten. Es wäre ja nicht das erste Mal, dass ich dich ohne Kleider sehe, so kurz es auch war beim letzten Mal.«

Ich war ebenso nackt wie damals und trug nur noch mein Höschen. Ich drehte mich herum und hielt die Hand auf.

»Das macht dann 25 Dollar, bitte.«

»Wie bitte? Was?«

»Ich sagte: zahlen. Da mich kürzlich jemand in ein Hurenhaus mitgenommen hat, habe ich mir ein paar Tricks abgeschaut. Und wenn du zugucken willst, wie ich mich ausziehe, dann musst du zahlen. 25 Dollar. Und zwar sofort.«

Er stand da, musterte mich und holte seine Brieftasche heraus. Er zählte zwei Zehner und einen Fünfer ab und ließ sie aufs Bett fallen. Ich schnappte sie mir und warf sie ihm ins Gesicht.

»Mach, dass du rauskommst, Tom«, sagte ich, und zwar so, dass er kapierte, dass ich keinen Spaß verstand. »Hörst du? Mach, dass du auf der Stelle rauskommst!«

Er sammelte das Geld auf, steckte es zurück in seine Brieftasche und wandte sich zum Gehen. In der Tür drehte er sich um.

»Ich verstehe dich nicht. Angefangen mit der Nacht im *Wigwam*. Wenn du mich gleich nach den ersten Berührungen weggestoßen hättest, okay.. Aber das hast du nicht. Du kannst mir nicht erzählen, dass du mich nicht wolltest. Beziehungsweise, erzählen kannst du viel, aber ich weiß, was ich weiß ... du warst heiß und feucht, und lass mich dir eins sagen, eine feuchte ...«

»Tom!«

»Okay, dann sagen wir eben, der Körper einer Frau lügt nicht.«

»In diesem Augenblick, Tom, wollte ich dich tatsächlich mit jeder Faser meines Körpers. So sehr, dass es mir sogar egal war, dass du mich in einen so verkommenen Laden geschleppt hast, solange das passieren würde, was wir beide wollten. Doch eins musst du wissen, Tom, es gibt etwas, das ich noch mehr will, und beides kann ich nicht haben.«

»Und das wäre?«

»Einen anderen Mann. Einen, der mich heiraten will ...«

»Wer sagt denn, dass ich dich nicht heiraten würde?«

»... und für mich sorgen wird, und wichtiger noch für meinen Sohn sorgen wird, auf eine Art, wie du es nie könntest. Es tut mir leid, Tom, aber so sieht es aus. Du könntest es nicht, nicht einmal annähernd, nicht einmal, wenn alle deine Projekte Erfolg hätten.«

Er nickte, sagte kein Wort mehr, verließ das Schlafzimmer und schloss leise die Tür hinter sich. Ich zog mich vollends um und ging dann ins Wohnzimmer zurück. Er saß da und wartete, und als er mich sah, stand er auf und sagte extrem förmlich: »Sind wir so weit?« Dann fiel mir Bianca ein, und ich rief sie an, um ihr zu sagen, dass ich nicht kommen könne. Ich hätte sagen können, ich käme ein bisschen später, denn das Treffen mit dem Anwalt würde sicher nicht länger als eine Stunde dauern, aber mit dem, was mir alles im Kopf herumschwirrte, hätte ich einen Abend in der Bar nicht ertragen. Sie war natürlich stocksauer, musste aber klein beigeben.

Auf der Fahrt nach Marlboro fiel, abgesehen von seinen Antworten auf meine Frage, wer Mr. Eckert genau sei und was ich ihn fragen sollte, kaum ein Wort – ich konnte an nichts anderes denken, als dass ich vielleicht mein Haus verlieren würde. Tom erinnerte mich daran, auch zu fragen, wie viel Zeit uns bliebe und wie das Ganze dann »Spielzug für Spielzug«, wie er es nannte, abliefe.

»Ich würde annehmen, der Sheriff hat auch noch ein Wörtchen mitzureden«, meinte er zögerlich. Und hielt sich überhaupt ziemlich bedeckt. »Wir sollten erst mal herausfinden, was er vorhat und wie er gedenkt vorzugehen«, sagte er enigmatisch. »Vielleicht müssen wir ja kooperieren oder so ...«

Ich musste mir unweigerlich vorstellen, wie ich aufs Polizeirevier kam und einem wie immer Verdacht schöpfenden Private Church in die Arme lief, der nur darauf wartete, mir etwas anzuhängen. Nur die Entfernung zwischen Hyattsville und Marlboro beruhigte mich ein wenig, aber mir wäre es lieber gewesen, wenn auch noch die County-Grenze dazwischengelegen hätte. Fast hätte ich gesagt, wir sollten umkehren, und wenn es denn sein musste, würde ich riskieren, mein Haus zu verlieren, doch da waren wir bereits da.

Mr. Eckert erwies sich als jungenhafter Typ, der ein Jackett zu grauen Gabardine-Hosen trug. Er schüttelte mir die Hand und sah mich prüfend an, kam aber hinter seinem Schreibtisch hervor und rückte mir den Stuhl zurecht. Als er Tom bedeutet hatte, sich ebenfalls zu setzen, las er die Zeitungsnotiz, die Tom ihm hinhielt.

»Ja«, sagte er und nickte. »Davon habe ich gehört und auch von der jungen Frau, die naiv genug war, Jim Laceys Kaution zu stellen, was sonst keiner gemacht hätte, wenn man überlegt, was für ein Bursche er ist. Ich meine, das Freundlichste, was man über ihn sagen kann, ist dass er ein wilder Geselle ist, und am besten belässt man es auch dabei und hält Abstand. Aber nun denn, ihr verhaltet euch mal still, während ich herausfinde, wie die Dinge stehen.«

Er nahm das Telefon, wählte und sagte dann: »Ist das das Büro des Sheriffs? Dwight Eckert am Apparat – es geht um den Fall Lacey. Können Sie mich zu jemanden durchstellen, der Bescheid weiß?«

Offenbar kam jemand an den Apparat, ein Deputy, nach dem, was Eckert sagte, der den Mann längere Zeit mit Fragen bombardierte. Wann der Haftbefehl ausgestellt worden sei, was unternommen werde, um zu vollstrecken, wer die Ermittlungen leite und schließlich: »Also, was glaubt ihr, wo er steckt?«

Und dann: »Oh, ihr habt keine Ahnung. Dabei kanntet ihr Lacey doch ziemlich gut ...«

Kurz darauf legte er auf und wandte sich an uns: »Sie sind an dem Fall dran, haben den Haftbefehl übermittelt bekommen, den der Richter heute Morgen unterzeichnet hat, und wenn sie wissen, wo er steckt, nehmen sie ihn fest. Aber genau das ist der springende Punkt: Sie wissen nicht, wo er steckt, und da sie ›unterbesetzt‹ sind, wie der Deputy meinte, haben sie auch niemand darauf angesetzt es herauszufinden. Nun überlasse ich es euch zu beurteilen, ob das wirklich der Grund ist, oder ob die Tatsache, dass Lacey der Ingenieur war, der für ihr neues Polizeigebäude zuständig war, etwas damit zu tun hatte. Jedenfalls hing er ständig auf dem Revier herum, schüttelte jede Hand, die er zu fassen bekam, und schmeichelte sich überall ein. Die kennen ihn alle da unten.«

»Sie meinen, die lassen ihn davonkommen?«

Eckert zuckte mit den Schultern. »Wer weiß? Vielleicht nicht, vielleicht mögen sie ihn da unten überhaupt nicht. Das geht jedenfalls den meisten Leuten so, die mit ihm zu tun hatten. Aber wenn ja, und wenn sie tatsächlich unterbesetzt sind, dann kann es natürlich sein, dass sie die wenigen Männer, die sie haben, nicht unbedingt auf seinen Fall ansetzen. Das kann ihnen nicht einmal jemand vorhalten, denn letztlich geht es ja nicht um ein reguläres Verbrechen. Trotzdem ...«

Er musterte mich auf eine Art, dass ich mich fühlte, als hätte ich meine Kellnerinnen-Uniform an und nicht ein graues Kammgarn-Kostüm.

»... würde es mich nicht überraschen, wenn man ihnen ein bisschen Feuer unten dem Hintern machen könnte, ich meine, wenn eine gut aussehende Lady hinginge und ein paar Sätze mit dem Diensthabenden redete, ihm klarmachte, was für sie auf dem Spiel steht. Das sind ja keine Unmenschen.«

»Ich danke Ihnen, Mr. Eckert. Was bin ich Ihnen schuldig?«

»Für die kleine Unterhaltung eben, nichts. Wenn Sie wollen, dass ich an dem Fall dranbleibe und mich regelmäßig darum kümmere – sagen wir 250.«

»250 ist in Ordnung. Danke.«

Ich stellte ihm einen Scheck über 250 Dollar aus, dankte ihm noch einmal und verließ mit Tom im Schlepptau sein Büro.

»Und wo geht's jetzt zu dem neuen Polizeirevier, das dein Freund gebaut hat?«, fragte ich ihn.

»Es ist gegenüber vom Gerichtsgebäude.«

»Dann können wir ja zu Fuß gehen.«

Das Büro des Sheriffs befand sich in einem weitläufigen Raum zur Straße hin, wurde aber von einem brusthohen Tresen abgeschirmt, hinter dem eine Reihe von Schreibtischen stand, an denen zum Teil Stenotypistinnen, zum Teil uniformierte Männer saßen. Wir beugten uns über den Tresen, und Tom klopfte mit den Knöcheln auf das Holz. Eines der Mädchen kam und rief, nachdem es gehört hatte, worum es ging, nach einem der Deputys hinten im Raum. Als er herankam, erinnerte ich mich an Mr. Eckerts Worte und zog ein bisschen eine Schau ab, spielte das arme, aufgescheuchte Mädchen, das sich dazu überreden hatte lassen, seinen Besitz aufs Spiel zu setzen – was ja gar nicht so weit von der Wahrheit entfernt war.

»Ich habe Kaution für einen Mann gestellt, der sich abgesetzt hat«, sagte ich mit meinem freundlichsten Lächeln. »Und nun bin ich hier, um zu erfahren, was ich tun kann, was der Sheriff tun kann, um mir zu helfen, um ihn einzufangen, damit ich nicht mein Haus verliere.«

»Oh«, erwiderte er, »das würde ich sehr ernst nehmen.«

»Ich nehme es ernst«, versicherte ich ihm. »Sie würden es auch ernst nehmen, wenn Ihr Haus auf dem Spiel stünde. Aber mir scheint, Sie wollten noch mehr damit sagen. Was bitte? Wie war Ihr Name?«

»Harrison.«

»Ich bin ganz Ohr, Deputy Harrison.«

»Mrs. Medford, es kommt so selten vor, dass eine Kaution tatsächlich eingezogen wird, dass ich mich nicht erinnern kann, wann das zuletzt der Fall war. Die meisten Kautionen werden von Bürgen gestellt, professionellen Bürgen, meine ich, die über allerbeste politische Beziehungen verfügen. Das sollten sie zwar nicht, aber sie haben sie. Im Fall einer Frau, die aus Freundschaft für eine Kaution gebürgt hat, einer Frau, die über keine besonderen Beziehungen verfügt – oder irre ich mich?«

»Nicht im Geringsten.«

Ich sah Tom an, der sich unter meinem Blick wand.

»In diesem Fall also«, fuhr Deputy Harrison fort, »würde ich sagen, dass Sie in Schwierigkeiten stecken. Sie könnten das Opfer sein, das erbracht wird, um zu demonstrieren, dass dem Recht Genüge getan wird – ordnungsgemäß und ohne Mauscheleien und Gefälligkeiten.«

»... und das ist so? Sie meinen, das Recht nimmt seinen Lauf ohne Gefälligkeiten?«

»Was wollen Sie damit sagen?«

»Ich höre, Jim Lacey ist ziemlich bekannt hier, hat dieses Gebäude für Sie errichtet.«

Als er das hörte, schnaubte er auf. »Oh ja, der war in der Tat bekannt hier. Der Sheriff musste ihm dreimal sagen, er solle aufhören, den Männern kistenweise Whiskey für ›nach Dienstschluss‹ zu spendieren. Machen Sie sich mal keine Sorgen, dass er hier Freunde hätte. Hat er nämlich nicht.«

»Okay.«

»Aber das ist trotzdem nicht ganz so gut für Sie, wie Sie vielleicht denken.«

»Oh?«

»Wenn er nämlich Freunde gehabt hätte, hätten die vielleicht gewusst, wo er zu finden ist. Wir tun zwar, was wir können, aber das ist kein Fall, auf den wir Männer ansetzen, dass sie richtiggehend nach ihm fahnden. Dazu haben wir einfach nicht genug Leute. Was letztlich heißt, dass Sie ihn selbst finden müssen. Die gute Nachricht ist aber, dass Ihnen das vielleicht leichter fällt als uns. Denn irgendwo wird er schließlich ein paar Freunde haben, die uns vielleicht nicht weiterhelfen würden, aber Ihnen gegenüber etwas herauslassen. Sie verstehen, was ich meine? Wenn Sie die dazu bringen, Ihnen etwas zu verraten, sind wir sofort zur Stelle, uns reicht schon der kleinste Hinweis. Um einer jungen Frau zu helfen, die einen Fehler gemacht hat und nun in der Klemme sitzt, tun wir unser Möglichstes, unser Menschenmöglichstes – aber wir brauchen etwas, womit wir anfangen können.«

»Tja, dann stecken wir in einer Sackgasse, denn ich habe nicht den geringsten Hinweis, den ich Ihnen geben könnte.«

»Äh, wieso nicht?« Er wirkte aufrichtig verblüfft. »Warum sollten Sie nicht wissen, wo wir diesen Kerl finden können oder zumindest seine Freunde?«

»Ich? … Warum sollte ich?«

»Sie haben doch seine Kaution gestellt, nicht wahr?«

Ich muss wohl eine reichlich verwirrte Figur gemacht haben, jedenfalls dauerte es einen Moment, bevor mir dämmerte, was er meinte.

»Sie nehmen an, es hätte eine persönliche Beziehung zwischen mir und Mr. Lacey bestanden?«

»Tja, das sollte man doch annehmen?«

»Lacey ist ein Freund von mir«, mischte sich Tom ein.

»Okay, von mir aus, dann müssen Sie doch wissen …«

»Nein.«

Deputy Harrison warf Tom einen komischen Blick zu, und daran, wie Tom ihm auswich, merkte ich, dass er tatsächlich etwas wusste, auf jeden Fall mehr, als er uns wissen ließ. Doch wenn ich ihn zum

Reden bringen wollte, musste ich ihn hier rausbringen. Deshalb dankte ich Deputy Harrison und reichte ihm vertraulich beide Hände zum Abschied. Er schüttelte sie etwas länger als nötig, nickte und lächelte, als wolle er mir zu verstehen geben, dass er mir wirklich helfen wollte.

Als Tom mich nach Hause fuhr, fragte ich ihn: »Was sollte das eben? Du verheimlichst mir doch etwas?«

»Mir ist jemand eingefallen, weiter nichts. Jim hat eine kleine Freundin. Heimlich, ohne dass seine Frau etwas weiß. Ich bin ihr einmal begegnet; als ich ihn abholte, kam sie gerade aus seinem Büro gerauscht.«

»Und Deputy Harrison dachte, ich wäre sie?«

»Ich weiß nicht, ob er überhaupt von ihr weiß. Wahrscheinlich eher nicht. Und ich wollte es ihm nicht stecken. Aber ja, ich schätze, er dachte, du wärst vielleicht Jims Freundin oder so etwas. Immerhin hat er durchblicken lassen, warum er das dachte, und man kann nicht sagen, dass es unsinnig war – jedenfalls nicht, bis ihm deine Rolle in dieser Sache klar wurde. Deine Verbindung zu Jim, durch mich.«

»Und? Wer ist nun dieses Mädchen?«

»Das genau ist das Problem. Ich kenne sie nicht. Ich weiß nichts über sie. Nicht ihren Namen, nicht, wo sie wohnt, nichts.«

»Und was soll ich jetzt machen?«

»Joan, wenn ich das wüsste, dann würde ich es dir sagen. Ehrlich.«

Auf meine Bitte hin machte er einige Anrufe oder besser gesagt immer denselben Anruf bei mindestens einem Dutzend Leuten. »Jack«, oder wie er auch heißen mochte, »wo steckt Jim? Ich habe gute Gründe, es zu erfahren. Okay, aber wenn du etwas hörst, ruf mich unter dieser Nummer an. Oh, und hast du eine Ahnung, wie ich dieses Mädchen erreichen kann? Nein, nicht seine Frau. Du weißt schon, wen ich meine …«

Nach dem fünfzehnten Anruf ging ich hinaus in die Diele und legte meine Hand auf die Gabel, damit er es nicht weiter probieren konnte.

»Tut mir leid«, sagte ich. »Ich kann nicht mehr.«

»Tja, mehr kann ich nicht tun. Diese Leute sind seine Freunde, und einer von ihnen weiß vielleicht etwas – wenn er es mir denn verraten würde.«

»Okay, aber noch ein Anruf und ich schreie.«

»Denk dran, ich mache das für dich«, sagte er und schob meine Hand weg und wählte.

Ich schrie nicht, aber wie er so am Telefontischchen saß und wartete, dass jemand abnahm, da schlug ich auf ihn ein wie damals an jenem Abend im *Garden*. Diesmal stand er auf, schlang seine Arme um mich und hielt mich fest, bis ich mich beruhigt hatte.

»Tut mir leid«, sagte ich immer noch zitternd, »aber manchmal geht mein Temperament mit mir durch – aber das weißt du ja schon.«

»Dann sieh zu, dass du dich besser unter Kontrolle hast, Joan, zumindest, wenn's mich betrifft. Es ist nicht mein Fehler, dass Jim abgehauen ist.«

Das reichte, um mich wieder auf hundertachtzig zu bringen. »Nicht dein Fehler?«, schrie ich. »Nicht dein Fehler?«

Und dann las ich ihm die Leviten, vom ersten Abend an, was er sich mir gegenüber herausgenommen hatte und wie ich darauf reagiert hatte, wie ich die Kaution für seinen Freund, Mr. Lacey, gestellt habe und zum Dank dafür in einen sogenannten Nachtclub geschleppt wurde, der in Wirklichkeit ein kaum getarnter Bumsschuppen war – ich schrie ihn an, bis ich völlig heiser war und kaum mehr sprechen konnte. Als ich schließlich in einen Sessel sank und zu weinen begann, holte er sein Taschentuch heraus, putzte mir die Nase und fragte: »Bist du fertig?«

»Glaub schon. Bitte, würdest du jetzt nach Hause gehen?«

»Nein, jedenfalls nicht so einfach. Erstens, Joan, zu dieser Tirade, die du an mir ablässt: Wenn eine Frau wirklich sauer auf einen

Mann ist, wenn sie ihn für das hasst, was er ihr angetan hat, dann geht sie nicht Abend für Abend auf seine Einladungen ein, dann sagt sie es ihm und fertigt ihn ab.«

»Nicht, wenn es ein langjähriger Gast ist und sie eine Kellnerin, die auf ihren Job angewiesen ist.«

»Okay – von mir aus. Aber wenigstens lädt sie ihn nicht an dem einen Abend, an dem er sie einmal nicht versucht hat einzuladen, selbst ein, darüber sind wir uns doch wohl einig.«

Ich sagte nichts.

»Und was Jim Lacey angeht und warum du seine Kaution gestellt hast: Nun, das würde ich gerne wissen.«

»Weil du mich darum gebeten hast.«

»Ich habe dich um gar nichts gebeten.«

»Na gut, dann vielleicht, damit du kapierst, dass ich nicht so ein armer Schlucker bin, damit du aufhörst, mich wie so eine Cocktail-Maus zu behandeln.«

»Aber ... du bist eine Cocktail-Maus.«

»Von mir aus, dann bin ich eben eine Cocktail-Maus, und um dieser armen Maus zu danken, schleppst du sie in einen Bumsschuppen.«

»Auch dafür hatte ich meine Gründe.«

»Die musst du mir mal erklären.«

»Ich hatte das Gefühl, dass du mich mochtest, dass du mehr von mir wolltest als nur das Geplauder im *Garden*. Aber dafür wollte ich dich an einen besonderen Ort ausführen, irgendwo, wo die Musik leise spielt und das Licht gedämpft ist, wo die Leute hingehen, um sich zu vergnügen. Ein Ort, wo wir zusammen sein konnten, ohne belästigt zu werden, aber auch ein Ort, der ein bisschen Nervenkitzel versprach. Du magst einen Pups auf das *Wigwam* geben, aber Tatsache ist, dass es ein äußerst exklusiver Club ist – in dem die berühmtesten und wichtigsten Leute der Stadt verkehren, sogar der eine oder andere Präsident soll schon mal aufgetaucht sein.«

»Das ist mir völlig egal.«

»Jedenfalls dachte ich mir, dass es netter sei, als mich hierher einzuladen oder dich zu fragen, ob du zu mir nach Hause kommen willst. Das wäre zu – ich weiß nicht, das röche zu sehr nach Liz, wenn sie's für Geld tut, und nicht, weil zwei Leute sich so sehr wollen, dass sie es kaum mehr aushalten.«

»Du glaubst, so sehr wollte ich dich?«

»Das weiß ich. Und du hast es zugegeben.«

»In dem Moment vielleicht. Ich habe zugegeben, dass ich für einen Augenblick den Kopf verloren habe. Aber ich bin noch rechtzeitig wieder zu mir gekommen. Und dann bin ich praktisch nackt aus dem Laden geflüchtet, bloß um von da wegzukommen.«

»Es war ein bisschen mehr als nur ein Augenblick. Als ich deine Shorts aufgeknöpft habe, wer hat mir da geholfen? Wer hat deine Bluse ausgezogen? Und mein Hemd aufgeknöpft? Wenn nicht der unsichtbare Dritte am Werk war, dann musst du das gewesen sein, Joan.«

Schritt für Schritt rieb er mir unter die Nase, was ich seit Rons Begräbnis getan hatte. »Und willst du es endlich zugeben?«

»Okay, okay, okay, ich wollte dich, ich gebe es zu. Ich bin auch nur ein Mensch, und die Art und Weise, wie du mich berührt hast, da konnte ich eben nicht anders und …«

»Na wunderbar, so langsam sehen wir klarer, die Frage ist also nur, warum bist du weggelaufen? Warum hast du nicht stillgehalten, wenn du es gewollt hast und ich es gewollt habe, wir beide es gewollt haben? Ich kann es dir sagen. Mit drei Worten: Earl … K. … White. Ich kann ein viertes oder fünftes hinzufügen, wenn du willst …«

»… der Dritte.«

»Von mir aus der Dritte. Eine abgehalfterte, ausgemusterte Vogelscheuche, alt genug, dein Vater zu sein, und potthässlich obendrein, ganz zu schweigen davon, wie es wäre ihn anzufassen. Aber er hat Geld.«

Er hielt inne und wartete, dass ich etwas entgegnete. Was ich schließlich auch tat.

»Reite nicht auf dem Geld herum. Ich brauche es, du brauchst es. Zeig mir jemanden, der keins braucht.«

»Ich würde nicht mit einem alten Greis ins Bett gehen, um es zu kriegen.«

»Oh doch, das würdest du. Wenn er dich denn haben wollte. Wenn er den Gouverneur kennen würde und dir den Vertrag für deine verdammten Quallen besorgen könnte. Du weißt genau, dass du es dann tun würdest.«

Eine halbe Stunde verging, er stand schweigend da und starrte aus dem Fenster. Nicht einmal klingelte das Telefon.

Dann sagte er plötzlich: »Ich wollte eigentlich vorschlagen, dass wir essen gehen, aber im Augenblick ist mir nicht danach. Wenn du mich brauchst, lass es mich wissen. Ich stehe im Telefonbuch.«

Dann ging er.

16

We'd fly away together.

Gegen sieben ging ich ins *Royal Arms*, aß etwas, fuhr wieder nach Hause und ging ins Bett. Ich verbrachte eine ganz elendige Nacht, die Situation raubte mir den Schlaf, die Sache mit Lacey machte mich ratlos, und was Tom und ich einander an den Kopf geworfen hatten, zerriss mich. Um drei schreckte ich hoch und dann wieder um sechs, danach war es sinnlos, noch an Schlaf zu denken, also setzte ich mich ins Wohnzimmer und schaute auf die Straße hinaus, bis die Sonne aufging.

Am Tag zuvor hatte Tom mit jedem telefoniert, der etwas über den Verbleib von Lacey wissen könnte, mit Ausnahme einer Person, die er aus guten Gründen nicht angerufen hatte, doch keines der Telefonate hatte etwas ergeben, sodass nur noch eine Strippe blieb, an der man ziehen konnte. Ich machte mir etwas zum Frühstücken, zog ein dunkles Kostüm an und kämmte mich und steckte mir die Haare streng zurück, dann holte ich das Telefonbuch aus der Kommode und schlug es bei L auf. Ich fürchtete schon, sie wären gar nicht verzeichnet, weil er ja so eine Art öffentlicher Person war. Doch da waren sie. Ich schrieb mir die Adresse heraus, stieg in mein Auto, und eine halbe Stunde später hielt ich vor ihrem Haus an, einer modernen Split-Level-Konstruktion mit Ziegeldach und hochgewachsenen Sträuchern, die die Veranda säumten.

Die Tür ging auf, noch bevor ich den Motor abstellen konnte. Die Frau, die im Türrahmen erschien, war mittleren Alters und korpulent, sie hatte graues Haar und hellblaue Augen, die mich eindringlich musterten, als ich mich näherte.

»Guten Morgen, Mrs. Lacey«, begrüßte ich sie.

»… ja, ich bin Pearl Lacey … aber …?

»Mein Name ist Joan Medford, Mrs. Lacey, Ihr Mann und ich haben …«

… einen gemeinsamen Freund, hatte ich sagen wollen, aber so weit kam ich nicht.

»Großer Gott, Medford! Ich hätte nicht erwartet, dass Sie es wagen, hier aufzutauchen. Und ganz bestimmt müssen Sie mir nicht sagen, was Sie und mein Mann haben … ich kann es mir nur zu gut vorstellen.«

»Das können Sie nicht, es geht nicht um eine …«

»Auch das habe ich schon des Öfteren gehört, und zwar von Lärvchen, die hübscher waren als Sie. Was ist passiert? Hat er Sie nicht mitgenommen? Ist es Ihre zarte Konstitution? Vertragen Sie die tropische Hitze nicht? Oder sagen Sie mir's, hat er uns beide betrogen?«

Ich war nicht wütend. Ich hatte mich darauf eingerichtet, dass sie dieselben Schlüsse wie Deputy Harrison zog, aber dass sie meinen Namen kannte, verblüffte mich. Doch ihre nächste Bemerkung erklärte alles.

»Sie armes Ding. Stellen seine Kaution und stehen plötzlich mit leeren Händen da. Und das nach all den Abenden, die ihr miteinander verbracht habt, während ich dachte, er sei mit seinem Kloakenprojekt beschäftigt. Na auf eine gewisse Art war er das ja.«

»Mrs. Lacey, Sie müssen zur Kenntnis nehmen, dass es keine gemeinsamen Abende gab, keine Nächte und auch keine Tage. Ich bin Ihrem Mann nur einmal begegnet, und alles, was wir austauschten, war ein Händedruck.«

»Ach, meine Liebe, Sie brauchen nicht mehr zu lügen, und schon gar nicht, um ihn zu beschützen.«

»Das tue ich auch nicht.«

Etwas in meiner Stimme ließ sie aufhorchen, jedenfalls sah sie mich plötzlich mit anderen Augen an.

»… aber Sie haben meinem Mann die Kaution gestellt.«

»Das habe ich, Mrs. Lacey.«

»Warum sollten Sie seine Kaution übernehmen, wenn Sie nicht …«

Wie gesagt, mein Temperament ist meine größte Schwäche, und am liebsten hätte ich ihr an den Kopf geworfen, dass sie das nichts anginge, aber ich zwang mich, an mein großes Vorhaben zu denken, nämlich so viel wie möglich herauszufinden, und das würde ich nur, wenn ich freundlich blieb, sogar dieser Frau gegenüber.

Ganz besonders dieser Frau gegenüber, denn offenbar wusste sie etwas über Laceys Verbleib, warum sonst hätte sie das mit der tropischen Hitze erwähnt.

»Ich tat es, um einem Freund einen Gefallen zu tun«, erklärte ich ihr, nachdem ich zwei-, dreimal geschluckt hatte.

»Was für einem Freund?«

»Eben das wollte ich Ihnen sagen, als Sie mich unterbrochen haben. Ihr Mann und ich haben einen gemeinsamen Freund, Mr. Thomas Barclay.«

»Tom? Sie kennen ihn?«

»Ich sagte, ich betrachte ihn als Freund.« Wenigstens bis gestern Abend, dachte ich, sagte es aber nicht.

Sie trat ein bisschen zurück, nicht genug, um mich einzulassen, aber weit genug, um nicht mehr den Eindruck zu erwecken, sie wolle mit ihrem massigen Körper die Tür blockieren.

»Jim dachte, Tom selbst würde die Kaution stellen. Warum hat er das nicht gemacht?«

»Er konnte nicht.«

»Er hätte doch sein Haus verpfänden können. So wie Sie, nehme ich an.«

»Da lastet schon eine Hypothek drauf.«

»Das höre ich zum ersten Mal.«

»Zumindest hat er mir das gesagt.«

»Und nur um ihm einen Gefallen zu tun, haben Sie unterschrieben?«

»… vielleicht … Ich hatte noch andere Gründe.«

»Sie meinen, Sie schlafen mit ihm?«

»Nein, tue ich nicht!«

Ich wurde fuchsteufelswild, und ich glaube, das hat sie bemerkt, aber trotzdem sagte sie: »Okay, dann schlafen Sie mit Jim. Welchen Grund könnten Sie sonst haben?«

Ich musste mich gewaltig beherrschen, um ihr nicht das zu verpassen, was ich Tom nun schon zweimal verpasst hatte. Ich stand da und funkelte sie an, während sie zweimal wiederholen musste, was sie gesagt hatte, bevor es zu mir durchdrang: »Nun sagen Sie schon, welchen anderen Grund gab es?«

»Ich wollte etwas für ihn tun, etwas Nettes. Für Tom. Weil ich jemand anders heirate – zumindest habe ich das vor.«

»Und wer ist dieser andere?«

»Das ist nun wirklich nicht mehr Ihre Angelegenheit, Mrs. Lacey. Ich habe Ihnen alles erzählt, was Sie wissen müssen. Ihr Mann und ich hatten nichts miteinander, wir waren nicht mal Bekannte, geschweige denn Freunde. Ich habe ihm geholfen, um damit einem Freund zu helfen, und das ist nun schiefgegangen, und ich laufe Gefahr, etwas zu verlieren, das ich mir nicht leisten kann zu verlieren, wenn Sie mir nicht helfen, eine Spur Ihres Mannes zu finden, was Sie doch sicherlich nur zu gerne tun werden, wenn Sie wissen, wo er ist oder hinwill.«

»So einfach ist das nicht. Wenn er nicht mit Ihnen durchbrennt, dann mit einer anderen …«

Das Wort, das ihr auf der Zunge lag, war offensichtlich unanständig und sie spürte wohl, dass meine Geduld erschöpft war.

»… mit einer anderen Frau«, stieß sie schließlich hervor. »Und wenn man sie erwischt und herauskommt …«

Sie verzog das Gesicht. »Die Schande, die Frau eines Verbrechers, eines Flüchtigen zu sein, könnte ich noch ertragen, aber in der Zeitung lesen zu müssen, dass er mich wegen eines Fräuleins verlassen hat, das so alt ist wie unser Sohn …«

»Okay, das verstehe ich.«

Sie beugte sich vor und musterte mich wieder, starrte mir auf eine Art in die Augen, die mich aus der Fassung brachte.

»So, so, Sie verstehen das. Aha.«

»Ja, denn ich muss leider sagen, ich weiß so einiges über die Männer. Ich bin vielleicht jünger als Sie, aber einigen bin ich schon begegnet. Und ich habe selbst ein Kind. Und keinen Vater dafür, obwohl ich mich in meinem Fall glücklich schätzen kann, dass er weg ist.«

»... eine andere Frau?«

»... eine Kanalmauer mit hundert Sachen in der Stunde.«

Sie nickte bedächtig.

»Mrs. Medford«, sagte sie. »Als ich Sie gesehen habe, dachte ich, Sie seien schlimmer, als Sie tatsächlich sind.«

»Dann tut es mir auch leid, dass ich mich so ereifert habe. Aber mir lastet zurzeit so einiges auf der Seele.«

»Es scheint, als hätten wir beide es mit Männern zu tun gehabt, die, um es unverblümt auszudrücken, Hurensöhne sind oder waren.«

»Das können Sie laut sagen.«

»Nun, Sie haben recht, ich will, dass dieser Hurensohn geschnappt wird und den Marsch geblasen bekommt. Nun, da ich weiß, dass Sie nicht mit ihm schlafen, sondern ihn zur Strecke bringen wollen, bin ich gern bereit, Ihnen zu helfen. Vorausgesetzt, Sie sind bereit, etwas für mich zu tun. Zwei Dinge. Lassen Sie diese Frau aus dem Spiel – aus der ganzen Geschichte heraus, meine ich. Stellen Sie sicher, dass die Fotografen ihn nur allein erwischen, ohne die Dame an seiner Seite. Es ist mir egal, wie Sie das anstellen, Hauptsache Sie schaffen es. Und lassen Sie mich auch außen vor, ich meine, wenn Sie die Polizei einschalten.«

Sie merkte, dass sie mich verwirrte. Sie sah sich draußen um, schaute auf die Straße, auf den Gehweg, wo die Fußgänger der morgendlichen Stoßzeit wegen vorbeihasteten, völlig desinteressiert zwar, aber gleichwohl in Hörweite, und trat dann einen weiteren Schritt zurück und bat mich endlich herein. Sie schloss die Tür, und selbst dann senkte sie die Stimme, als sie weitersprach.

»Da gab es nämlich Dinge, die ich der Polizei nicht erzählen konnte, als die mich wegen Jims Verschwinden verhört haben. Ob ich gewusst hätte, dass er das alles von langer Hand vorbereitet hatte? Ob ich irgendwelche Anzeichen bemerkt hätte? Ich hab verneint. Welche Ehefrau weiß schon, dass ihr Mann im Begriff ist, sie zu verlassen?«

»Aber Sie haben etwas bemerkt?«

»Als er am Dienstagabend unter der Dusche stand, am Abend, bevor er am Mittwoch hätte vor Gericht erscheinen müssen, habe ich in seinem Aktenkoffer zwei Tickets entdeckt – auf falsche Namen ausgestellte Flugtickets. Auf Mr. und Mrs. James Barnaby, die am Freitag um zwölf nach Nassau fliegen, mit anderen Worten morgen Mittag. Als ich sie ihm unter die Nase hielt, sagte er, die seien für uns. Wir würden zusammen auf die Bahamas fliegen. Tja, es war nur die halbe Wahrheit. Am nächsten Morgen war er verschwunden – und die beiden Tickets ebenfalls. Aber wie hätte ich das der Polizei erzählen können? Dass ich von den Tickets wusste und nichts unternahm, weil ich dachte, er würde mich mitnehmen?«

»Hätten Sie denn überhaupt alles zurückgelassen? Ihr Haus, Ihren Sohn, Ihr Leben …?«

»Mein Sohn lebt seit Jahren sein eigenes Leben, eigentlich schon, seit er sechzehn geworden ist. Mein Leben existiert nicht mehr, in dieser Gegend zumindest, wo ich mich, seit Jim verhaftet wurde, nicht mehr blicken lassen kann, nicht einmal mehr bei Leuten, die einmal unsere Freunde waren. Und was das Haus angeht und unsere anderen Besitztümer, tja, die Tickets waren nicht das Einzige, was ich in seinem Koffer entdeckt habe.« Sie sah mich durchdringend an. »Ich habe es nicht gezählt, Joan, aber vor meiner Ehe habe ich in einer Bank gearbeitet, und ich kann immer noch mit bloßem Auge erkennen, wie viel ein Bündel wert ist. Und in dem Koffer lagen mindestens fünfzig Riesen, damit konnte er sich gut nach Nassau verdrücken und sich eine Weile die Sonne auf den Bauch scheinen lassen. Und was weiß ich noch alles anstellen.«

»Aber wenn er das Geld gehabt hat, dann hätte er doch jederzeit seine Kaution bezahlen können.«

»Sicher, aber dann hätte er nicht mehr so viel mit auf die Insel nehmen können. Warum sollte er, wenn er jemand anderen dazu bringen konnte, für ihn zu bürgen?«

»Und wo kommt das ganze Geld her, das in seinem Koffer war?«

Ihre Wangen röteten sich, und ich erinnerte mich an die Zeitungsartikel über die Bestechungsgelder, die er mutmaßlich angenommen hatte.

»Ich will nicht spekulieren«, sagte sie. »Alles, was ich sagen kann, da lag das ganze Geld, da lagen die Flugtickets, die Alternative hätte bedeutet, kein Geld, sondern eine öffentliche Gerichtsverhandlung und danach die Sintflut, und da habe ich mir gesagt, manchmal muss man einfach abhauen.«

»Nur, dass er ohne Sie abgehauen ist.«

»Da haben Sie's. Und nun verstehen Sie auch, warum ich das nicht der Polizei erzählen konnte.«

»Natürlich nicht«, erwiderte ich und verstand sie völlig. Ein Polizist wie Young hätte vielleicht fünfe gerade sein lassen, aber einer wie Church hätte sie in Nullkommanix dazu verdonnert, sich selbst jemanden zu suchen, der ihr die Kaution stellte.

»Nun, die müssen ja nicht wissen, dass ich das mit den Tickets von Ihnen weiß. Tom hat gestern eine Menge Leute angerufen, all die Freunde Ihres Mannes. Einer von denen könnte es ihm gesagt haben.«

»Mrs. Medford, Joan, wenn Sie das so handhaben können, dann haben Sie nicht nur meinen Segen, sondern auch meinen Dank. Sie müssen nichts weiter tun, als morgen Vormittag am United-Airlines-Terminal nach Mr. und Mrs. Barnaby Ausschau zu halten, dann werden Sie ihn finden.«

Ich stand einen Moment da und zwinkerte, um mir klarzumachen, dass sie es möglich machte, mein Haus zu behalten. Ich wollte ihr danken, aber nichts, was mir einfiel, wäre wirklich angemessen gewesen. Deshalb sagte ich nur: »Das werde ich«, und wandte mich zum Gehen.

Als ich die Tür öffnete, sagte sie noch: »Wenn Sie Tom sehen, bestellen Sie ihm liebe Grüße. Er hat das Herz am rechten Fleck, wenn er auch manchmal etwas blauäugig ist.«

»Herzlich gern.«

»Er wollte das Atomkraftwerk dazu zu nutzen, die Quallen zu vertreiben? Also wenn das nicht bekloppt ist, dann weiß ich auch nicht. Hat er Ihnen das erzählt?«

»Ja, hat er.«

Und ehe ich mich versah, saß ich plötzlich in Toms Wagen, und wir rauschten mit dieser wertvollen Information, die Mrs. Lacey mir gegeben hatte, Richtung Upper Marlboro. Ich muss ihn wohl angerufen haben, obwohl ich mich nicht mehr daran erinnere. Wir unterhielten uns, ziemlich aufgeregt und ohne den vorhergehenden Abend und unser missgestimmtes Auseinandergehen wieder aufzuwühlen, darüber, was wir als Nächstes tun sollten. Dann waren wir auch schon in Upper Marlboro und parkten hinter dem Gerichtsgebäude und betraten das Büro des Sheriffs. Deputy Harrison kam sofort auf mich zu und wirkte recht freundlich.

»Na, dann ist ja alles bestens«, sagte er. »Damit ist der Keks gegessen. Wir werden da sein, mit Haftbefehl versteht sich, und ihn festnehmen. Wir übernehmen das jetzt, Sie brauchen sich keine Sorgen mehr zu machen.«

»Fühlst du dich jetzt besser?«, fragte Tom, als wir heimfuhren.

»Ein bisschen erleichtert vielleicht, aber richtig besser fühle ich mich erst, wenn er wieder hinter Gittern sitzt.«

17

All we want is the money.

Als wir bei mir ankamen, bat ich ihn natürlich herein. Er ließ sich in den Sessel fallen, in dem ich für gewöhnlich saß, und starrte aus dem Fenster, so wie auch ich es oft tat.

»Stimmt etwas nicht?«, fragte ich nach einer Weile.

»Nein, alles bestens.«

Und dann, fünf Minuten später: »Ich denke nach.«

»Joan, ich mache mir Sorgen«, fuhr er nach einer Weile fort. »Und ich weiß noch nicht einmal, worüber. Aber irgendwie erscheint mir plötzlich alles zu verdammt einfach.«

»... und?«, fragte ich nach einer kleinen Pause. »Das Problem war doch, dass sie nicht wussten, wo sie ihn finden sollten. Jetzt wissen sie's. Damit ist doch alles geregelt.«

Er schwieg wieder, sagte dann aber: »Jim Lacey ist kein Heiliger, aber ein Trottel ist er auch nicht. Korrupt zu sein oder kriminell bedeutet nicht, dass man dumm ist. Wenn Jim Lacey also wusste, dass seine Frau die Tickets gesehen hatte und weiß, was er vorhat, dann muss er doch annehmen, dass sie alles tun wird, um ihm die Suppe zu versalzen. Und was macht er dagegen?«

»... das fragst du mich?«

»Das frage ich mich. Ich weiß es nur nicht.« Doch kurz darauf schnippte er mit den Fingern. »Ich an seiner Stelle würde mit der Freundin zum Flughafen fahren, mich dort aber von ihr trennen, damit man uns nicht als Pärchen erkennt. Dann würde ich mich geschickt irgendwo platzieren, vielleicht in der Cafeteria, von wo ich die Wartehalle überblicken und sehen kann, wer hereinkommt. Und wenn die Polizei von Maryland auftaucht, vielleicht sogar in Uniform, aber selbst wenn nicht, ich kenne sie ja alle, denn ich habe ihr Revier errichtet ...«

»Okay, und was dann?«

»Ich weiß nicht. Hast du eine Idee?«

»Nein, aber meine Erleichterung ist weg.«

»Nun, ich weiß es auch nicht. Aber mal sehen. Ich sehe, wie sie reinkommen, und verdrücke mich. Steige in ein Taxi und fahre zum Busbahnhof. Dort warte ich auf meine Freundin, die sich auch aus dem Staub gemacht hat. Wir nehmen den Bus nach Miami und fliegen einen Tag später von dort nach Nassau. Die Kosten für die ersten Tickets schreibe ich in den Wind. Was soll's. Besser, als im Knast zu landen.«

»Jetzt ist das gute Gefühl völlig weg.«

»Tut mir leid, wenn ich dich runterziehe.«

»Und was machen wir jetzt?«

»Oh, wenn du ‚wir' sagst, hast du plötzlich wieder diesen Ton in der Stimme. Ich jedenfalls muss über etwas nachdenken.«

»Was meinst du jetzt damit?«

»Du weißt schon, was ich meine. Stimmt's?«

Ich fühlte mich schwach und komisch und platt, und ich bin mir nicht sicher, ob ich ihm geantwortet habe.

Inzwischen lief er rastlos herum, war ganz aufgeregt, bis er plötzlich wieder mit den Fingern schnippte und ausrief: »Ich hab's, ich hab's!« Ich sagte nichts, und er kniete sich neben meinen Sessel und fuhr fort: »Wir brauchen Hilfe, und zwar von jemandem, der eine Festnahme vornehmen kann, jemandem, den er nicht erkennen würde. Die Flughafenpolizei scheidet aus, denn die untersteht dem Bund und kümmert sich nicht um irgendwelche lokalen Kautionsflüchtlinge. Aber ich glaube, ich habe eine andere Möglichkeit. Er will sich mit fünfzig Riesen vom Acker machen, und ich bin ziemlich sicher, dass er darauf keine Steuern gezahlt hat, was bedeutet, dass wir den IRS ins Spiel bringen können, wenn wir ihnen einen Tipp geben. Die wiederum können von der Flughafenpolizei Unterstützung anfordern. Los komm, wir fahren nach Wheaton.«

Wir nahmen wieder seinen Wagen und fanden uns bald darauf in einem dieser Büroräume wieder, in denen sich hinter einem gewaltigen Tresen Schreibtisch an Schreibtisch reiht, an denen kurzberockte junge Frauen sitzen, Kaugummi kauen und wirken, als wären sie en gros aus dem *Sears*-Katalog bestellt worden. An einem der Schreibtische saß ein Mann, der sich erhob und fragte, was wir wünschten. Tom überließ das Reden mir, und ich erklärte kurz, wer ich war und weshalb ich Laceys Kaution gestellt hatte, und kam dann ohne Umschweife zur Sache: »Er hat vor, sich mit fünfzig Riesen aus dem Staub zu machen, zumindest habe ich das aus verlässlicher Quelle, und wenn er damit nach Nassau fliegt, dann wette ich, dass er seine Scheinchen nicht versteuert hat und das möglicherweise auch nicht mehr vorhat. Also, Sir, interessiert das unter Umständen den IRS?«

»Lady, machen Sie Witze?«

»Wollen Sie damit sagen, das interessiert den IRS nicht?«

»Im Gegenteil. Und wie.«

»Und was gedenken Sie dann zu unternehmen? Und was für eine Rolle spiele ich dabei?«

»Augenblick bitte, ich muss mich kurz besprechen.«

Er ging an seinen Schreibtisch, nahm den Hörer von der Gabel und wählte. Kurz darauf tauchte ein zweiter Mann auf. Sie flüsterten eine Weile miteinander, sagten etwas zu einer der jungen Frauen, die daraufhin aufstand und hinausging. Als sie wiederkam, überreichte sie den Männern eine Karte, die diese eingehend studierten, ehe sie wieder an den Tresen kamen.

»Okay«, sagte der, den wir schon kannten. »Das hier ist Mr. Schwartz, der mit mir zusammen den Fall bearbeiten wird. Mein Name ist Christopher, und wir haben Lacey soeben überprüft, er hat letztes Jahr eine Erklärung abgegeben, aber nur eine so geringe Summe deklariert, dass wir ihn überprüft haben. Wir haben nichts Wesentliches gefunden, deshalb liegt bei uns so weit nichts gegen ihn vor. Aber sich mit fünfzig Riesen nach Nassau zu verdrücken stellt für uns ein Risiko dar, das wir schlichtweg nicht ignorieren können.«

»Ja, Mr. Christopher, aber was ...?

»Dazu komme ich gleich, Mrs. Medford. Wir schnappen ihn uns am Flughafen, zählen das Geld, das er mit sich führt, berechnen anhand der Tabelle seine Steuerschuld und konfiszieren den entsprechenden Betrag.«

»In der Wartehalle oder wo?«

»Im Büro der Flughafenpolizei. Es befindet sich im Untergeschoss. Von der Haupthalle führt eine Treppe hinunter.«

»Und nachdem Sie sein Geld eingezogen haben?«

»Nichts weiter. Wir stellen ihm natürlich eine Quittung aus. Wenn ihm etwas nicht passt, kann er uns verklagen.«

»Aber Sie meinen, danach lassen Sie ihn laufen?«

»Da spricht von unserer Seite nichts dagegen.«

»Ja aber was mich interessiert, ist, dass die Maryland-Polizei, also dass Sie ihn so lange festhalten, bis die kommen und ihn verhaften.«

»Ich verstehe, was Sie meinen, aber wir können Ihnen dabei nicht direkt helfen. Wenn die Kollegen aus Maryland allerdings kommen, während wir noch mit ihm beschäftigt sind, sprich, wenn die wissen, wo sie hinkommen müssen, ins Büro der Flughafenpolizei ...«

»Sie meinen also, ich sollte ihnen Bescheid geben.«

»Wenn alles hübsch synchron abläuft, ich meine, wir arbeiten nicht direkt zusammen, aber das Resultat dürfte dasselbe sein.«

»Verstehe, verstehe. Dann danke ich Ihnen.«

»Nicht so schnell. Einen Augenblick noch.«

Er und Mr. Schwartz steckten die Köpfe zusammen, dann fragte Mr. Schwartz: »Kennen Sie den Mann, Mrs. Medford?«

»Ja, ich bin ihm einmal begegnet.«

»Und kennen Sie auch seine Begleiterin?«

»Nicht mal den Namen, nein. Aber Tom, er hat sie einmal gesehen. Und Lacey kennt er auch, sogar viel besser als ich.«

»In Ordnung, dann machen wir Folgendes«, wandte er sich an Tom. »Sie können ihn für uns identifizieren und sie natürlich auch. Denn der Gedanke, dass wir ihn erwarten, muss ihm ja gekommen sein, und wenn er dann seine Freundin die Tasche tragen lässt, kommt er locker davon. Während wir sie schnappen, macht er sich aus dem Staub.«

»Dazu müsste er ihr trauen«, meinte Tom.

»Nicht im Geringsten«, sagte Mr. Schwartz mit dem Grinsen einer Katze, die mit einer Maus spielt. »Er braucht ihr bloß die Tasche zu geben und aufzutragen, sie für ihn an Bord zu bringen. Er muss ihr ja nicht sagen, was sich darin befindet.«

»Deshalb brauchen wir Sie vor Ort«, insistierte Mr. Christopher. »Wenn er die Tasche nicht hat, dann schnappen wir sie und beschlagnahmen die Steuer auf diese Art.«

»Und lassen Sie das Mädchen dann ebenfalls gehen?«, warf ich ein. »Ich habe der Person, die uns verraten hat, wo wir ihn finden können, versprochen, dass wir das Mädchen außen vor lassen.«

»Warum nicht? Wir sind lediglich am Geld interessiert.«

Daraufhin begannen wir, »die Fallen auszulegen«, wie Mr. Christopher es ausdrückte, und unser Vorgehen für den kommenden Tag zu besprechen. Sie waren beunruhigt, dass er – Jim Lacey meine ich –, wenn er Tom sah, genau das tun könnte, was Tom prophezeit hatte, nämlich abzuhauen, und zwar schleunigst und mitsamt seinem Geld und seinem Mädchen. Ich schlug vor, Tom solle eine dunkle Brille tragen, aber Tom verwarf meine Idee sofort.

»Wenn du so in einem Gebäude herumläufst, bindest du praktisch jedem auf die Nase, dass du nicht erkannt werden willst. Jim braucht bloß etwas genauer hinzuschauen, und schon hat er mich erkannt.«

Mr. Christopher hatte schließlich die Idee, Tom zu verkleiden, ihm ein zu großes Jackett anzuziehen, eine graue Perücke zu verpassen und ein paar dunkle Falten ins Gesicht zu schminken, damit er älter wirkte. Wir sahen in den Gelben Seiten nach und fanden einen Perückenladen in Wheaton, der sowohl Frauen als auch Männer bediente. Tom und ich fuhren rüber, allerdings nicht, bevor uns Mr. Schwartz eingeschärft hatte, noch einmal zurückzukommen, damit sie ein Bild davon bekamen, wie Tom aussehen würde.

Der Perückenladen hieß *Helga von Schweden*, und der Verkäufer war schrecklich nett. Allerdings war ich doch ein bisschen schockiert, dass die einfache graue Perücke, die er ausgesucht hatte, 30 Dollar kosten sollte, aber Tom bestand darauf, ohne sie würde er seinen Auftrag nicht erfüllen können, und so kam ich schließlich für die Rechnung auf. Ich hatte einen Eyeliner in meiner Tasche und malte Tom ein paar Falten auf die Stirn und verstärkte die Falten links und rechts von seinen Mundwinkeln. Plötzlich war er sechzig. »Abgesehen von Ihrem Gang«, wie der Verkäufer lachend bemerkte. »Denn gehen tun Sie immer noch wie ein junger Mann.«

»Er meint, du musst dir etwas Blei in den Hintern packen«, meinte ich.

»So vielleicht?«, erwiderte Tom und ließ sein Hinterteil etwas absinken.

»Genau so.«

Als er probeweise an mir vorbeiging, flüsterte er: »Vielleicht hätte ich das schon eher tun sollen, denn wie es scheint, ziehst du ja Männer im gesetzten Alter vor.«

Ich tat so, als hätte ich es nicht gehört. Es war der einzige Satz, den er den gesamten Tag über fallen gelassen hatte, der noch einmal unsere Auseinandersetzung des zurückliegenden Abends heraufbeschwor. Was zeigte, dass es in seinem Innern immer noch kochte, auch wenn er es geschafft hatte, den Deckel draufzuhalten.

Auf dem Weg zurück ins IRS-Büro spendierte ich noch mal 20 Dollar für ein lose sitzendes Jackett und weitere fünf für eine Brille mit Fensterglas und einem altmodischen Rahmen. Ich schickte

Tom allein voraus, und zumindest von seinem Platz aus hatte Mr. Christopher ihn nicht erkannt.

»Ja bitte, Sir«, sagte er höflich und kam an den Tresen. »Was können wir für Sie tun?«

»Wir wollen nur das Geld«, knurrte Tom, und Mr. Christopher riss erstaunt die Augen auf. Dann rief er Mr. Schwartz, doch der erkannte ihn sofort, nickte aber ernst und meinte: »Reicht.«

Dann skizzierten wir, wie wir am kommenden Morgen am Flughafen vorgehen würden. Und wie Tom sich vor den Schalter von United Airlines setzen, eine Zeitschrift aufschlagen und so tun sollte, als würde er lesen, während er über den Rand hinweg die Halle im Auge behielt. Die beiden IRS-Männer würden sich links und rechts in der Halle positionieren, und sobald Tom entweder Mr. Lacey oder das Mädchen sah, sollte er aufstehen, an ihm oder ihr vorbeigehen und dabei die Zeitschrift zuschlagen. Wenn Lacey mit seiner Freundin unterwegs war, wäre alles ziemlich einfach. Wenn nicht, konnte es schwierig werden. Ich würde unterdessen im hinteren Teil der Halle warten und das Ganze aus der Ferne beobachten. Für mich hielt man eine dunkle Sonnenbrille für ausreichend, da sie bei Frauen auch drinnen durchaus nichts Ungewöhnliches war. »Außerdem«, erklärte Tom, »hat er dich nur einmal gesehen. Nach Mitternacht in einer Bar und nur für ein paar Minuten, nachdem man ihn aus dem Gefängnis entlassen hat und er überhaupt die meiste Zeit damit beschäftigt war, dir in den Ausschnitt zu glotzen.«

Und das Mädchen hatte mich sowieso noch nie gesehen.

Nachdem wir alles geklärt hatten, wollten Tom und ich aufbrechen, aber Mr. Schwartz erinnerte uns noch einmal daran, unbedingt das Polizeirevier in Marlboro anzurufen und Deputy Harrison die Lage zu erklären, damit er direkt ins Büro der Flughafenpolizei kam und nicht mit seinen Männern die Halle durchsuchte und dabei die »Beute« – wie er Lacey nannte – aufschreckte.

18

We're not the police.

Um kurz nach vier waren wir zu Hause und überlegten, was wir tun könnten. Tom setzte sich ans Fenster, und nach einer Weile legte er los: »Als Erstes, Joan, müssen wir, zumindest meiner Meinung nach, dorthin, wo die Sache vonstatten geht, in ein Motel in der Nähe des Flughafens, damit wir uns morgen nicht durch den Verkehr quälen müssen und womöglich zu spät kommen. Deshalb – warte mal, ich bin gleich wieder da.«

Er holte das Branchenbuch und suchte ein großes Motel heraus, das vielleicht aufgrund dessen, was am nächsten Tag geschah, hier nicht genannt werden möchte, weshalb ich den Namen auch nicht erwähne.

Dann fuhr er fort: »Okay, da fahren wir hin, aber nicht zusammen. Wir fahren in getrennten Autos und treffen zu unterschiedlichen Zeiten dort ein. Ich nehme ein Einzelzimmer mit Bad. Du nimmst eine Suite.«

»Eine Suite? Warum?«

»Damit wir uns treffen können, ohne gesehen zu werden. Nimm mal an, Jim übernachtet ebenfalls dort. Wenn er uns in der Lobby oder sonst wo zusammen sieht …«

»Aber warum eine Suite? Wozu soll das gut sein?«

»In eine Suite kannst du einladen oder mitnehmen, wen du willst. Die gehen davon aus, dass in einem Wohnzimmer nichts passiert, wozu man vielleicht versucht wäre, wenn man von der Tür direkt aufs Bett fällt.«

»Bist du sicher, dass das die Vorschriften sind?«

»Tja. Warum rufst du nicht einfach an und fragst?«

»Nein, nein, schon gut, ich vertraue deinen einschlägigen Motelkenntnissen.«

Er fuhr los, um ein paar Sachen zu holen, und nachdem ich ebenfalls eine Tasche gepackt hatte, fuhr ich zum Motel. Es war groß und in drei Bereiche aufgeteilt. An der Rezeption fragte ich nach dem Preis für eine Suite: »Schlafzimmer, Wohnzimmer und Bad.«

Der Mann am Empfang schien überhaupt nicht überrascht, dass eine Frau allein eincheckte, und sagte: »Ab 37,50 aufwärts.«

»Liegt 37,50 nach draußen?«

»Alle unsere Suiten liegen nach draußen. Die zu 37,50 gehen Richtung Flughafen. Für 45,75 kriegen Sie eine mit Blick auf den Fluss.«

»Flughafen reicht.«

Er gab mir den Schlüssel und erklärte mir den Weg. Ich trug meine Tasche zum Fahrstuhl und fuhr nach oben und ging seinen Anweisungen folgend den Gang hinunter. Ich fand meine Tür, schloss auf und stand plötzlich in meiner Suite. Ich fühlte mich schuldig und aufgeregt und bekam eine trockene Kehle. Ich besichtigte die Räume; sie waren in einem pastellfarbenen Grün gehalten, das sich gut mit dem dunklen Mobiliar vertrug. Man konnte riechen, dass eben erst sauber gemacht worden war. Ich versuchte nicht auf die Betten zu schauen – es waren zwei – wobei der Preis für zwei Personen, wie der Rezeptionist erklärt hatte, »natürlich 42,50« betragen hätte.

Nachdem ich meine Habseligkeiten in der Kommode verstaut hatte, ging ich wieder ins Wohnzimmer. Durch das Fenster konnte ich die Flugzeuge starten und landen sehen, doch sie waren weit genug entfernt, sodass man sie nicht hörte. Auf einem der Tische stand ein Telefon, das ich benutzte, um im *Garden* anzurufen.

»Hallo, Sue, Bianca bitte. Danke.« Als Bianca abnahm, sagte ich: »Ich kann heute Abend wieder nicht kommen und morgen vielleicht auch nicht. Ich weiß es noch nicht.«

Schweigen am anderen Ende.

»Ich kann nichts dafür, Bianca. Es ist etwas Persönliches. Und es ist wichtig.«

»Liegst du krank im Bett? An der Schwelle des Todes?«

»Nein, nichts dergleichen.«

»Dann kannst du mich nicht schon wieder hängen lassen, nicht zwei Abende hintereinander, und schon gar nicht drei. Sieh zu, dass du herkommst, Joan.«

»Ich kann nicht.«

Wieder Schweigen.

»Könntest du mir erklären, warum ich dich dieses Mal nicht feuern sollte? Zumal Tom nicht in der Nähe ist, um es mir auszureden.«

»Ich weiß, er ist hier bei mir.«

»Oh!«

»Er und ich haben etwas zu erledigen, das keinen Aufschub duldet. So oder so, morgen sind wir damit durch, und dann komme ich pünktlich wie immer und bin zu Diensten. Aber heute …«

»… kannst du nicht. Das habe ich verstanden. Ich hoffe, du weißt, was du tust, Joan«, sagte Bianca immer noch aufgebracht.

»Diesmal ja.«

»Gut, ich sage Liz Bescheid.«

Kaum hatte ich aufgelegt, klingelte es schon und Tom war am Apparat. »Ich habe gerade eingecheckt. Wollen wir das Ganze vielleicht noch mal durchgehen?«

»Nicht nur vielleicht.«

»Bin schon unterwegs.«

Sobald er da war, rief ich den Zimmerservice an, ließ mir die Abendkarte vorlesen und gab sie laut an Tom weiter. Vielleicht lag es an dem, was uns bevorstand, aber wir waren beide wie ausgehungert und bestellten Salat mit French Dressing, Hühnerfrikassee, Backkartoffeln, Erbsen, Eiscreme und Kaffee. Kurz darauf schob ein Kellner unsere Bestellung auf einem Servierwagen herein und sagte beim Hinausgehen: »Wenn Sie fertig sind, schieben Sie den Wagen einfach vor die Tür, ich hole ihn dann ab.«

Als wir unser Mahl beendet hatten, goss ich uns Kaffee ein, ich trank den meinen schwarz, Tom seinen mit Milch und zwei Stücken Zucker.

»Das fühlt sich ja fast schon häuslich an«, bemerkte Tom. »Als spielten wir Mann und Frau.«

Er hatte recht, das tat es. Bequem, warm und kuschelig kam es mir vor, aber dass er es so sagte, machte mich nervös.

»Reden wir besser über morgen.«

Wir gingen alles noch einmal durch. Am Morgen würde ich ihm helfen, sein Gesicht zu schminken und die Perücke aufzusetzen, dann wollten wir in getrennten Wagen zum Flughafen fahren. Wir überlegten, wo er sitzen sollte und wo ich, was er tun würde, wenn er die beiden zusammen entdeckte, und was, wenn er nur einen sah. Dann gingen wir es ein zweites Mal durch.

»Was, wenn die Flughafenpolizei dich fragt, was du hier machst?«, fragte er.

»Warum sollten sie?«

»Nur für den Fall.«

»Ich warte auf einen Freund, der die Tickets bringt.«

»Okay, in Ordnung. Aber was, wenn sie hartnäckig sind?«

»Ich bleibe dabei, schätze ich. Oder ich flüstere ihnen ins Ohr, sie sollen mir helfen, eine kautionsflüchtige Ratte einzufangen.«

»Vielleicht – aber eher nicht.«

»Ist dir eigentlich klar, Tom, dass du dir damit unweigerlich alle Chancen verbaust, Lacey zu bitten, dich dabei zu unterstützen, bei seiner Cousine vorzufühlen? Die ganze Mühe, die du auf dich genommen hast, um seine Bekanntschaft zu machen, die Gefälligkeiten, die du ihm erwiesen hast, alles wäre vergebens. Auch dass du für seinen Sohn eingesprungen bist.«

»Nun, ich bin froh, dass ich das getan habe, wenn auch aus ganz anderen Gründen.«

Wir mussten beide lächeln. Dennoch insistierte ich.

»Ich meine es ernst.«

»Ja, das ist mir bewusst.«

»Und, macht es dir etwas aus?«

»Ja, es macht mir etwas aus. Aber wir können ihn mit dem, was er hier abzieht, nicht durchkommen lassen. Wenn mein Haus nicht schon bei der Bank verpfändet wäre; wäre ich es, dem er das antut, dann säße ich auf der Straße. Der einzige Grund, dass du es bist, ist, weil du mich kennst und mir einen Gefallen tun wolltest. Also – wenn ich ihn verliere, verliere ich ihn eben. Es führen immer mehrere Wege zum Ziel, und ich werde schon einen anderen finden.«

»Wenn du ihn verlierst? Tom, sei doch mal realistisch.«

»Wieso? Ich trage die Perücke, die du mir besorgt hast, und die Brille. Wer weiß, vielleicht merkt er nicht einmal, wer ihn ans Messer liefert.«

Da dämmerte mir, weshalb er so auf die Perücke bestanden hatte. Aber ich erinnerte mich gleichzeitig daran, wie schnell Mr. Schwartz ihn erkannt hatte, und deshalb fehlte mir der Mut, ihn in seiner Hoffnung zu bestärken.

»Nun gut – danke jedenfalls«, sagte ich.

Einen Augenblick lang schien keiner von uns zu wissen, was er sagen sollte. Tom stellte seine Kaffeetasse ab und stand auf.

»Dann wäre ja alles geklärt, schätze ich«, sagte er. »Es wird Zeit, dass wir ins Bett kommen.«

Mein Magen verknotete sich, aber er hauchte mir nur einen Kuss zu und ging.

Am nächsten Morgen kümmerte ich mich sorgfältig um sein Gesicht, schminkte ihm drei dünne Krähenfüße um jedes Auge und jeweils eine etwas tiefere Magenfalte auf die Wange links und rechts des Mundes, wobei ich darauf achtete, die bereits in Andeutungen vorhandenen Linien zu benutzen, sodass es selbst aus der Nähe nicht als Make-up zu erkennen war. Dasselbe machte ich mit den Fältchen auf seiner Stirn. Dabei schärfte ich mir immer wieder ein, es ja nicht zu übertreiben, und das gelang mir auch. So richtig merkte ich es erst, als ich ihm die Perücke zurechtrückte und er aus einer Entfernung von zwei Metern exakt wie ein Sechzigjähriger wirkte – und näher sollte er auch niemanden an sich heranlassen. Er setzte die Brille auf, schlüpfte in das Jackett, und auf dem Weg zur Tür probte er die etwas abgehackten Bewegungen eines alten Mannes. Es war merkwürdig, ihn so hinausgehen zu sehen, für den Bruchteil einer Sekunde war es wie eine Vision davon, wie es wäre, mit Mr. White verheiratet zu sein, ihn am Morgen zu verabschieden und am Abend wieder willkommen zu heißen. Ich erschauderte.

Sobald er weg war, zog ich mich an, wählte unauffällige und praktische Kleider, ganz so, als würde ich eine Reise im Flugzeug unternehmen. Dann ging ich hinunter und frühstückte, zuvor allerdings kaufte ich mir am Kiosk eine Zeitschrift, das *Ladies' Home Journal* erschien mir die passende Lektüre. Tom saß am anderen Ende des Saals und beendete gerade sein Frühstück. Unsere Blicke trafen sich, aber wir sprachen nicht miteinander. Er brach auf, noch ehe mein Frühstück serviert wurde. Ich aß schnell, zahlte meine Rechnung und ging zu meinem Wagen, der in Sichtweite des Eingangs stand. Als ich zum Flughafen kam, parkte ich, fügte meiner Staffage eine dunkle Brille hinzu und betrat das Hauptgebäude.

Die Wartehalle war riesig, ich durchquerte sie gemächlich vom Fuß der Treppe bis zum Restaurant, an den Ticketschaltern vorbei bis ans andere Ende. Mr. Lacey konnte ich nirgends entdecken, dafür aber Mr. Christopher und kurz darauf, auf der Bank gegenüber, Mr. Schwartz. Sie nickten mir beide fast unmerklich zu, Mr. Schwartz neigte den Kopf in Richtung einer Sitzreihe am Ende der Halle. Dort setzte ich mich hin, direkt gegenüber vom *United-Airlines*-Schalter, aber auch mit freiem Blick auf den Eingang. Ich schlug die Zeitschrift auf, hielt sie aber so, dass ich über den Rand hinwegsehen konnte. Die Zeiger der Uhr standen auf 10:30 Uhr, sprich, sie mussten jeden Augenblick eintreffen, denn wenn das Flugzeug um 12 Uhr startete, mussten die Passagiere spätestens um elf einchecken. Lacey mochte zwar versuchen, bis zum letzten Moment zu warten, doch dabei lief er auch Gefahr, als Mr. Barnaby ausgerufen zu werden und unliebsame Aufmerksamkeit auf sich zu ziehen. Aber letztlich blieb uns nichts anderes übrig, als zu warten, und das machte mich von Minute zu Minute nervöser.

Um 10:55 Uhr stolperte jemand beinahe über meine Beine und blockierte meine Sicht auf den Eingang. Ich musste mir fast den Nacken verrenken, um an ihm vorbeisehen zu können. Es war ein alter weißhaariger Mann, der sich auf einen Stock stützte, und er brauchte eine Ewigkeit, sich an mir vorbeizuschleppen. Ich fluchte lautlos in mich hinein, just in diesem Moment konnte Lacey hereinkommen und ich würde ihn nicht sehen. Alles nur wegen dieses Alten …

Doch dann sah ich ihn mir etwas genauer an. Er hatte sein Gesicht abgewandt, deshalb konnte ich nur sein Profil betrachten, trotzdem erkannte ich ihn sofort. Die prominente Nase verriet ihn, auch die schwulstigen hängenden Wangen rechts und links des Kinns waren nicht zu verwechseln – es war Lacey! Er hatte dieselbe Idee gehabt wie wir – nur war er noch einen Schritt weitergegangen und hatte sich den halben Schädel rasiert, damit es wirkte, als habe er eine Glatze. Nur einen Haarkranz hatte er stehen lassen, den er weiß gepudert hatte. Dazu noch der Stock und der schleppende Gang, und fertig war der harmlose Opa, den niemand für Mr. Lacey halten würde, zumindest nicht, wenn man nicht ganz genau hinsah, und selbst dann musste er einem schon so nahe kommen wie mir in diesem Moment.

Das Gute war, er hatte mich nicht bemerkt oder wenigstens nicht erkannt. Doch mittlerweile war er an mir vorbei und steuerte langsamen und gemessenen Schrittes auf den Schalter zu, während ich mich verzweifelt umblickte und feststellen musste, dass weder Tom noch Mr. Christopher noch Mr. Schwartz ihn wahrgenommen, geschweige denn erkannt hatten. Ich wollte aufspringen und mit dem Finger auf ihn zeigen oder ihnen zurufen oder mich sonst irgendwie bemerkbar machen, doch dann wäre die Sache gelaufen gewesen, denn da Lacey nichts bei sich trug außer seinem Stock und einem leichten Mantel, den er über den Arm gehängt hatte, war klar, dass seine Freundin das Geld hatte, und wenn ich Alarm schlug, würde sie sich davonmachen.

Doch wo war sie? Wo? Ich spähte durch die Halle, ließ meinen Blick von links nach rechts schweifen und hielt Ausschau nach einer weiblichen Person, die irgendwie fehl am Platz wirkte. Obwohl mir eigentlich klar war, dass es nicht so sein musste. Sie konnte ebenso selbstverständlich den übrigen alleinreisenden Frauen gleichen, die schwere Koffer trugen. Und da es auf Mittag zuging und Hochbetrieb herrschte, gab es ein ziemliches Gedränge in der Halle, und es lief tatsächlich mindestens ein Dutzend Frauen herum, die allein und mit schwerem Gepäck reisten.

Dann wandte ich meinen Blick zum Schalter. Auch dort standen mehrere Frauen, doch eine von ihnen fiel mir auf. Sie trug einen großen Aktenkoffer und hatte wie ich eine dunkle Sonnenbrille auf. Keine dieser Auffälligkeiten bewies etwas, doch als ich sie beobachtete, sah ich, wie Lacey zu ihr hinblickte und ihr Kinn sich zu einem Nicken senkte.

Oder hatte ich mir das nur eingebildet? Hatte sie vielleicht jemand anderem zugenickt? Aber nein – er steuerte direkt auf sie zu, und obwohl ich ihre Augen hinter den getönten Gläsern nicht erkennen konnte, spürte ich instinktiv, dass sie ihn direkt anschaute. Ihre Lippen waren zu einem nervösen Strich zusammengepresst, und als ich sie von oben bis unten musterte, bemerkte ich, wie ihre Fußspitze ungeduldig wippte.

Ich sah zu Tom hinüber, der hinter seiner hochgehaltenen Zeitung zum Eingang schaute, in die völlig falsche Richtung, während Mr. Christopher und Mr. Schwartz einander ansahen, bis einer einen Blick auf seine Armbanduhr warf und mit den Schultern zuckte.

Nun war keine Zeit mehr für Feinheiten. In ein paar Augenblicken würde er am Gate sein, und dann war es zu spät. Ich stand auf und eilte mit laut klappernden Absätzen durch die Halle, sah Laceys Rücken vor mir und betete zu Gott, er möge sich nicht umdrehen.

Was er auch nicht tat. Er ging stattdessen weiter geradewegs auf das Gate zu, hinter dem das Flugzeug wartete, das ihn in die Freiheit bringen sollte.

Ich ging ein paar Schritte, erreichte Mr. Schwartz, beugte mich zu ihm hinunter und flüsterte ihm ins Ohr: »Das ist er, der alte Mann mit dem Stock, der gerade vorbeiging. Er hat die gleiche Idee gehabt wie Tom und ich!«

Schwartz sah auf und erhob sich. Auch Mr. Christopher stand auf, es sollte beiläufig aussehen, aber seine schnellen Bewegungen zeugten vom Gegenteil. Sie wechselten einen Blick, und ich sah, wie Mr. Christopher Laceys Weg abmaß und sein Ziel einschätzte. Und schließlich sah auch Tom herüber und verfolgte von seinem Platz aus, was sich auf unserer Seite abspielte.

Binnen Sekunden tauchte Mr. Schwartz an Laceys Seite auf und fasste ihn am Oberarm, während Mr. Christopher an ihnen vorbeischoss und mit seiner Hand die der Frau umklammerte, die den Koffer hielt. Ich konnte nicht hören, was sie sagte, aber ihr aufgeschreckter Gesichtsausdruck sprach Bände, sie versuchte noch, sich seinem Griff zu entziehen, aber als er ihr die Marke zeigte, die er in der anderen Hand bereithielt, sackten ihre Schultern nach unten.

Die vier steuerten an mir vorbei auf die Tür mit der Aufschrift PRIVAT – ZUTRITT VERBOTEN zu, vorneweg Mr. Schwartz mit Lacey, der sich nicht länger auf seinen Stock stützte, dann Mr. Christopher mit der Frau. Ich fragte mich, was wohl die unbeteiligten Passanten über die plötzliche Genesung des humpelnden alten Mannes denken mochten.

»Kommen Sie mit«, sagte Mr. Christopher im Vorbeigehen, und es dauerte einen Augenblick, bis ich bemerkte, dass er mich meinte. Ich sah mich kurz um, in die Richtung, wo Tom saß, der sich nicht gerührt hatte. Vielleicht war er dankbar, dass die Sache gelaufen war, ohne dass er sein Gesicht hatte zeigen müssen. So oder so stand ich näher, und Zeit war Geld.

»Ma'am, bitte«, drängte Mr. Christopher, und so folgte ich ihm schnell.

Er und die Frau gingen durch die Tür, dann eilten sie eine steile Treppe hinunter bis zu einer weiteren Tür mit der Aufschrift FLUGHAFENBÜRO.

Drinnen befanden sich einige Uniformierte, denen Mr. Schwartz seine Marke zeigte, und natürlich auch Lacey, der verängstigt wirkte, aber auch streitbar. Mr. Christopher hielt seine Marke ebenfalls hoch, und dann kam Mr. Schwartz ohne weitere Umschweife zur Sache.

»Wir wollen Ihnen keine Unannehmlichkeiten bereiten, wollen nicht, dass Sie eventuell Ihr Flugzeug verpassen oder so, aber wir haben Informationen über einen größeren Geldbetrag, den Sie außer Landes schaffen wollen.«

»Wer behauptet das? Das ist gelogen.«

Mr. Schwartz wandte sich an mich. »Ist das der Mann?«

»Ja«, sagte ich.

»Wer sind Sie?«, blaffte Lacey, der mich immer noch nicht erkannte. »Was soll das?«

»Wir sind nicht die Polizei«, erklärte ihm Mr. Schwartz. »Wir sind von der Steuerfahndung. Uns interessiert nicht, wo das Geld herkommt oder was Sie angestellt haben, um in seinen Besitz zu kommen. Wir sorgen nur dafür, dass Uncle Sam seinen gerechten Anteil erhält.«

Inzwischen hatte Mr. Christopher der Frau den Koffer entwunden, und wir sahen zu, wie er eine Lage Kleidungsstücke und Toilettenartikel herausnahm, ehe er ihn umdrehte und dicke Geldbündel herausschüttelte. Die Bündel wurden, wie ich erkennen konnte, von Papierstreifen zusammengehalten, auf denen, wie es schien, jeweils der Notenwert und die Anzahl der enthaltenen Scheine aufgedruckt war. Einige Fünfziger, reichlich Hunderter und ein paar Zwanziger.

Plötzlich ließ die Frau sich erschöpft auf einen Stuhl fallen. Ich gestehe, dass ich Mitleid mit ihr empfand.

Mr. Schwartz blätterte ein Notenbündel durch und Mr. Christopher ein anderes. Sie rissen die Banderolen nicht ab, sondern notierten nur auf einer Karteikarte den jeweiligen Betrag, ehe sie das Bündel beiseitelegten.

»Okay«, sagte Mr. Schwartz, als sie fertig gezählt und ihre Karten addiert hatten. »Sagen wir glatte 50.000, das heißt, die Steuer darauf beträgt 20.000, die wir hiermit als auf den Betrag entrichtete Steuer einziehen. Sie erhalten natürlich eine Quittung, und wir weisen Sie darauf hin, dass die Summe ganz oder in Teilen zurückgezahlt wird, wenn sich dies aus Ihrer rechtzeitig eingereichten Steuererklärung ergeben sollte.«

Mr. Schwartz entnahm seiner Aktentasche ein Büchlein, das wie ein Scheckbuch aussah, und schrieb. Er wird sicherlich nicht länger als ein paar Minuten benötigt haben, die Quittung auszustellen, doch für uns war es wie eine gefühlte Ewigkeit, in der wir dastanden und einander anstarrten. Dann riss Mr. Schwartz die Quittung ab, kontrollierte die Durchschläge, zwei davon waren es, und überreichte das Original Mr. Christopher. Mr. Christopher besah es sich ebenfalls und händigte es dann Lacey aus. Danach ließ er Mr. Schwartz einen Stapel Geldbündel nachzählen und packte sie dann in sein Köfferchen.

Plötzlich erkannte ich mit Schrecken, dass sie beinahe fertig waren und ich Laceys noch immer nicht habhaft werden konnte. Hier stand er direkt vor mir, aber in zehn Minuten startete sein Flugzeug, und es gab nichts, womit ich ihn hätte hindern können, es zu besteigen.

Plötzlich fragte Lacey Mr. Schwartz: »Sind wir jetzt fertig?«

»Alles erledigt.«

»Dann, Flo …?«

Doch Flo machte keine Anstalten, sich von ihrem Stuhl zu erheben.

»Ach komm, Jim, lass es gut sein«, grummelte sie. »Wach endlich auf, das war's, du bist erledigt.«

»Was ist los, hast du Schiss, oder was?«

»Wenn du es so nennen willst, ja.«

»Tja, aber ich nicht. Ich gehe.«

Er schnappte den Aktenkoffer, schmiss hastig die verbleibenden Geldbündel und die Kleider hinein. Er machte sich nicht einmal die Mühe, die Schlösser einschnappen zu lassen, ehe er zur Tür stürmte.

Vor Enttäuschung hätte ich beinahe laut aufgeschrien.

»Sie lassen ihn einfach so gehen?«, fragte ich.

»Er hat seine Außenstände bezahlt, Mrs. Medford«, erwiderte Mr. Christopher. »Wir haben keine Handhabe, ihn festzuhalten.«

Aus den Augenwinkeln sah ich, wie Lacey bei der Erwähnung meines Namens kurz stehen blieb und erbleichte. Doch dann hastete er umso schneller zur Tür und packte die Klinke. Ich sprang ihm nach, doch ehe ich ihn zu fassen kriegte, hatte er die Tür aufgerissen. Meine letzte Chance war dahin.

Doch da blieb er abrupt stehen und ich mit ihm.

»Hallo allerseits«, sagte Tom und blockierte die Tür. Er trug noch seine Verkleidung, doch jetzt beendete er das Versteckspiel. Mit der einen Hand nahm er die Brille ab, während er sich mit der anderen die Perücke vom Kopf riss. »Wohin willst du denn so plötzlich?«

»Geh mir aus dem Weg, sonst …!«

»Versuch's doch, Jim.«

Lacey versuchte sich an ihm vorbeizudrängen, doch Tom hielt dagegen, und die Sache war klar. Toms Kraft gegen Laceys, der Jüngere gegen den Älteren. Und dann endlich tauchten auch die blauen Uniformen auf, und die Polizisten aus Maryland bauten sich hinter Tom auf.

»Ich übernehme das«, sagte Deputy Harrison, griff nach dem Aktenkoffer und entriss ihn Lacey.

»Sie bekommen ihn natürlich zurück«, klärte er ihn auf. »Zumindest das, was legal ist, aber für den Augenblick muss ich es beschlagnahmen. Tut mir leid, Jim, aber Sie sind wegen Kautionsflucht vorläufig festgenommen.«

Lacey hob abwehrend die Arme. »Okay, okay.«

»Ist das alles, was du zu sagen hast?« Das kam von der Frau namens Flo, die noch immer da hockte, wo sie vorhin hingesunken war.

»Was soll ich noch sagen?«

»Wenn das die Mrs. Medford ist, die deine Kaution gestellt hat, dann könntest du dich wenigstens bei ihr entschuldigen.«

Da wandte Lacey sich recht theatralisch an mich.

»Mrs. Medford«, hub er an. »Ich versichere Ihnen, gebe Ihnen mein Wort, dass ich dafür gesorgt hätte, dass Sie nicht hätten für die Kaution aufkommen müssen, die Sie für mich gestellt haben. Ich wollte lediglich etwas Zeit gewinnen, um meine Verteidigung vorzubereiten, und sobald mir das gelungen wäre, wäre ich zurückgekehrt, lange, ehe Sie gezwungen gewesen wären ...«

»Du bis ein gottverdammter Lügner, Jim«, herrschte Tom ihn an. Er hatte inzwischen eine Stinkwut.

Deputy Harrison ging dazwischen. »Das können Sie dann vor Gericht klären. Los jetzt – gehen wir.«

Er nickte seinen beiden Cops zu, die Lacey in ihre Mitte nahmen.

»Und was wird aus mir?«, fragte Flo.

»Besteht ein Haftbefehl gegen Sie?«, fragte Deputy Harrison.

»Nicht, dass ich wüsste.«

»Sind Sie noch Einkommensteuer schuldig?«, fragte Mr. Christopher.

»Dazu müsste ich erst mal ein Einkommen haben.«

»Nun denn«, befand Deputy Harrison, »dann steht es Ihnen frei zu gehen. Vielleicht suchen Sie sich künftig Ihre Männer etwas sorgfältiger aus, aber das ist nur ein Ratschlag, und der ist umsonst und exakt das wert, was Sie dafür bezahlt haben.«

Sie stand auf, bedachte mich in einer Anwandlung schwesterlicher Solidarität mit einem verdrucksten Nicken und marschierte hinaus. Mir fiel das Versprechen, das ich Mrs. Lacey gegeben hatte, wieder ein, doch ich ging davon aus, dass Flos Selbsterhaltungstrieb ausreichen würde, sämtlichen Reportern und Fotografen aus dem Weg zu gehen, die möglicherweise von der Sache Wind bekommen und sich oben an der Treppe postiert hatten.

»Vielen herzlichen Dank«, sagte ich zu den beiden Steuerfahndern, die sich ebenfalls bedankten. Dann gestattete ich es Tom, mich am Arm zu nehmen und hinauszuführen. Plötzlich fühlte ich mich erschöpft und fürchtete mich, die Treppe hinaufzusteigen. Tom ließ mich für einen Moment an die Wand lehnen und legte dann den Arm um mich, um mich zu stützen. Wir nahmen die Treppe, sechs Stufen auf einmal, und hielten nur einmal kurz inne. Dann waren wir oben und auf dem Weg zum Parkplatz und erreichten meinen Wagen.

»Ich bin okay«, sagte ich, obwohl mein Herz noch immer wie verrückt hämmerte. »Hoffe ich jedenfalls.«

»Okay ist nicht das richtige Wort«, meinte Tom. »Du bist einfach ein verdammtes Weltwunder.«

Ich sah ihm in die Augen.

»Gib mir fünf Minuten Vorsprung, und wenn du im Motel bist, kommst du gleich in mein Zimmer, ohne vorher anzurufen oder sonst was. Ich meine, das heißt, wenn du überhaupt hochkommen willst ...?«

»Was glaubst du?«

Ich war klar genug im Kopf, um zurückfahren zu können, und als ich parkte und den Lift nahm, wusste ich, was ich zu tun hatte. Ich schlüpfte ins Schlafzimmer und zog mich splitterfasernackt aus. Dann zog ich die Bettdecke von einem der Betten heraus und schlug sie zurück, sodass das Laken bloß lag. Dann ging ich zurück ins Wohnzimmer und sah aus dem Fenster. Als es klingelte, ging ich zur Tür, spähte durch das Guckloch, und als ich sah, dass es Tom war, öffnete ich.

»Ziemlich hübsch da draußen«, sagte ich und deutete auf das Fenster, hinter dem sich der Flughafen erstreckte. »Oder ... willst du vielleicht lieber, dass wir da reingehen?«

Ich ging voraus ins Schlafzimmer, legte mich aufs Bett und zog die Decke über mich, jedoch nur bis zur Taille. Er stand da und sah mich an, und ich schloss die Augen. Als ich sie wieder öffnete, lagen seine Kleider auf dem Stuhl. Dann schlüpfte er zu mir unter die Decke und nahm mich in die Arme.

19

Love, thanks, and goodbye.

Als es vorbei war, fühlte ich mich wie unter Drogen. Ich lag ermattet da und ließ zu, dass er mich an sich presste. Dann hob sich der Nebel in meinem Kopf und ich merkte, dass es nicht nur das Gefühl der Erleichterung war, dass ich mein Haus nun doch nicht verlieren würde, nachdem ich eben erst die Hypothek abgelöst hatte. Oder mein Gefühl der Dankbarkeit Tom gegenüber, oder – sagen wir's ruhig – die ganz gewöhnliche Freude an gutem, aufrichtigem Sex. Nein, es waren auch die vielen Monate der Entsagung. Deshalb dauerte es auch nicht lange, bis seine Lippen wieder meinen Mund fanden und wir die »Szene wiederholten«, wie wir es flüsternd nannten, als wäre es ein schmutziger Ausdruck. Danach schmiegte ich mich wieder an ihn, er sagte erneut die magischen Worte, und seine Lippen fanden meinen Mund. So ging es den ganzen Nachmittag, bis wir schließlich aufstehen mussten, um etwas zu essen. Dafür mussten wir uns anziehen. Doch sobald wir den Servierwagen vor die Tür geschoben hatten, gingen wir wieder ins Bett. Diesmal allerdings – sei es, weil unsere Bäuche voll waren oder einfach nur, weil wir erschöpft und ausgelaugt waren, schafften wir es kaum, es zu Ende zu bringen. Als ich die Augen wieder aufschlug, schlug irgendwo eine Uhr drei.

Ich spürte seine Wärme neben mir, doch sein Atem bedeutete mir, dass er ebenso eingeschlafen war wie ich. Ich lag da und hatte zum ersten Mal, seit ich den Flughafen verlassen hatte, einen völlig freien Kopf. Dann nisteten sich langsam wieder die Gedanken ein. Und der erste war: Ich wollte diesen Mann, wie ich noch nie etwas im Leben gewollt hatte – mit Ausnahme meines kleinen Jungen – und ich wollte bis in alle Ewigkeit neben ihm liegen. Doch der nächste Gedanke galt schon dem Gras vor jenem Anwesen – weich, grün, glatt – und wie mein kleiner Junge aussehen würde, wenn er darauf herumtollen, sich in ihm wälzen und vor Freude jauchzen würde. So lag ich eine lange Weile da, die Glocke schlug erst halb vier und schließlich zur vollen Stunde.

Plötzlich, ohne dass ich es geplant hatte, rollte ich mich aus dem Bett und begann in der Dunkelheit herumzutasten. Ich fand die Kleider, die ich ausgezogen hatte, schlüpfte wieder hinein und zog leise die Kommodenschublade auf. Ich fand das Nachthemd, das ich getragen hatte, meinen Toilettenbeutel und frische Unterwäsche. Ich nahm den Stift und das Briefpapier des Motels und kritzelte eine Nachricht für Tom: »Liebe, danke und adieu.« Es erschien mir ein bisschen seicht, aber letzlich war es das, was ich sagen wollte.

Ich schlich aus dem Zimmer, unten sah der Nachtportier erstaunt von seinem Buch auf, checkte mich aber kommentarlos aus: 75 Dollar für die Suite, 22 Dollar fürs Essen und 40 Cents für ein Telefonat, an das ich mich nicht erinnern konnte.

Ich zog meinen Mantel an, nahm meine Tasche, ging zum Wagen und fuhr davon – in die heraufziehende Dämmerung eines anderen Lebens.

20

A feeling that I might be playing with fire.

Am Abend war ich wieder im *Garden of Roses*, und fünf Minuten, nachdem ich angefangen hatte, war es, als wäre ich nie weg gewesen. Bianca gab anfangs noch die beleidigte Leberwurst, aber als ich das Wort »Geld« fallen ließ und meinte: »Bianca, es hätte mich zu viel gekostet, wenn ich einfach zugesehen hätte«, beruhigte sie sich, und gleich darauf war wieder alles beim Alten.

»Baby, ich habe dich vermisst«, meinte Liz, »aber egal, Hauptsache du bist zurück. Und wie geht's deinem Tom?«

»Dem geht's gut«, erwiderte ich, ohne auch nur das kleinste Gefühl zu offenbaren. »Bei der Sache, mit der wir beide zu tun hatten, hat er mich toll unterstützt.«

»Eine Sache, die sich über Nacht hinzog, wenn ich richtig verstanden habe, über drei Nächte am Stück – ich wusste doch, dass der Junge es drauf hat. Nun erzähl schon, Joan. Und lass ja nichts aus.«

Es fiel mir schwer, nur zu gerne hätte ich ihr alles erzählt, aber ich sagte nur: »Da gibt's nichts zu erzählen, Liz. Eine rechtliche Angelegenheit, und die hat sich erledigt.«

»Eine rechtliche Angelegenheit.«

»... und erledigt.«

Eine Stunde später, als das Geschäft zu brummen anfing, kam sie zu mir und flüsterte: »In der Ecke da sitzen zwei große Fische, die wissen wollen, ob ich eine Freundin habe und ob wir uns später noch treffen können, wenn die Bar hier dichtmacht. Sie haben bereits Motelzimmer reserviert und winken mit Hundertdollarscheinen. Wenn es also stimmt, dass du und Tom kein Pärchen geworden seid ...«

»Ein andermal Liz«, unterbrach ich sie. »Heute muss ich erst mal eine Mütze Schlaf nachholen.«

»Schon gut«, erwiderte sie. »Dann kümmere ich mich eben um beide. Sind Beine nicht dafür da, sie ab und an mal breit zu machen?«

»In erster Linie sogar, vermute ich.«

»Wie wahr.« Dann schürzte Liz die Lippen und sagte: »Kein Pärchen ...!«

Der nächste Abend unterschied sich nicht von hundert anderen, aber am Abend darauf kam Mr. White.

Ich sah ihn zuerst und wandte mich zur Bar, wo Jake ihn ebenfalls entdeckt hatte und seinen Drink mixte. Als ich ihn auf meinem Tablett abstellte, saß Mr. White schon an seinem Tisch, am selben wie immer. Ich servierte ihm seinen Drink, ohne ein Wort zu sagen.

»Nun? Sprichst du nicht mehr mit mir?«

»Die Frage ist doch, sprechen Sie noch mit mir? Es ist immerhin eine ganze Weile her, Mr. White. Ich war mir nicht sicher, ob Sie mich wiederkennen.«

»Selbstverständlich erkenne ich dich wieder.«

»Selbstverständlich ist für mich nichts. War Ihr Geschäft denn erfolgreich?«

»Oh ja, sehr sogar. Es wird demnächst unterzeichnet.«

»Und die andere Angelegenheit?«

»Die gestaltet sich etwas schwieriger. Aber mein Anwalt sagt, es ließe sich arrangieren ... wenn Sie es immer noch wollen. Tun wir doch nicht so, als wären Sie nicht auch einen Monat lang verschwunden, um zu versuchen, mich zu vergessen.«

»Ich streite es gar nicht ab, Joan, ich habe es versucht.«

Ich setzte schon an, um ihm noch einen Spruch reinzudrücken, doch als ich seinen Blick sah, merkte ich, dass es Zeit war, einen anderen Ton anzuschlagen. Ich war nicht auf seinen Schoß gehüpft, ich hatte nicht vor Freude gejuchzt, als ich ihn sah, sondern hatte so getan, als fühlte ich mich vernachlässigt und wäre nicht besonders begeistert darüber. Doch nun dachte ich, dass es das Beste wäre, es etwas ruhiger angehen zu lassen und an die Dinge zu denken, die zwischen uns vorgefallen waren. Deshalb schwieg ich mindestens eine Minute lang, ehe ich ihn ganz sanft und leise fragte: »Und konntest du?«

Und dann: »Hast du?«

Er ließ ebenfalls eine lange Minute verstreichen, ehe er hauchte: »Nein.«

»Warum fragst du nicht, wie es mir ergangen ist, als du weg warst?«

»Okay. Wie?«

»Ich habe auch versucht, dich zu vergessen.«

»Und? Konntest du?«

Ich ließ ihn einen Augenblick zappeln und sagte dann: »Nein.«

Und dann sagte er das, weshalb ich ich mich von Tom weggeschlichen hatte: »Joan, wir müssen heiraten.«

»Auf deine Art?«

»Es ist nicht so, dass ich es so will, die Ärzte schreiben es mir so vor. Es muss so sein.«

Ich stand da, und das Herz schlug mir bis zum Hals, denn ich wusste, was die Ärzte ihm vorschrieben, und ich wusste, dass ich mich nur aufgrund dessen auf die Sache einlassen konnte. Seit jenem schicksalhaften Abend hatte ich mich ungezählte Male gefragt, ob ich ihn bewusst dahin gebracht hatte und ihm nur etwas vormachte. Die Antwort lautet Ja. Was ich an jenem Abend in der Bar wirklich fühlte, war das unfassbare Glück darüber, dass mein gewaltiger Plan endlich aufgegangen war, der Plan, der mir meinen kleinen Liebling zurückbrachte, in ein Haus, in dem wir beide leben konnten, auf einen Rasen, auf dem er spielen konnte, als Teil einer Welt, auf die wir stolz sein konnten. Ich versuche, die Dinge zu schildern, wie sie sich zutrugen, ohne etwas Wichtiges auszulassen, oder etwas, das nicht stimmt, hinzuzufügen. Ja, ich hatte zwei Gesichter und gebe es jetzt zu. Aber, wenn Sie eine Frau wären, was hätten Sie getan? Wenn Sie in meiner Situation gewesen wären und sich Ihnen diese Gelegenheit eröffnet hätte. Wenn auch Sie einen kleinen Jungen hätten, an den Sie denken müssten, dann glaube ich, hätten Sie genau das getan, was ich getan habe. Aber weiter nichts und sicher nicht das, dessen mich die Zeitungen später bezichtigten. Und das – und das schwöre ich beim Leben meines geliebten Sohnes – habe ich auch nicht getan.

»Wann?«, fragte ich.

»Nicht vor einer Woche. Mein Anwalt hat noch ein paar Fragen aufgeworfen, die beantwortet sein wollen – oder zumindest geklärt. Ich möchte, dass du geschützt bist – vollständig geschützt, und zwar vom Gesetz.«

»Oh, da vertraue ich dir voll und ganz.«

»Das weiß ich zu schätzen, Joan – doch selbst mit den besten Absichten der Welt könnte ich dich in eine verzwickte Lage bringen, falls ein gewisser Fall eintreten sollte.«

»Was für ein gewisser Fall?«

»Darüber möchte ich lieber nicht sprechen.«

»Ich auch nicht, wenn du das meinst, was ich denke, das du meinst. Ich ziehe meine Frage zurück.«

»Du klingst wie ein Anwalt, Joan.«

»Ich bin damit aufgewachsen, mein Vater ist einer.«

»Ich habe mich oft gefragt, was mit ihm ist.«

»Darüber möchte ich lieber nicht sprechen.«

Die Bitterkeit, die ich verspürte, musste in meiner Stimme mitgeklungen haben, denn er tat etwas, was er höchst selten tat, er streckte die Hand aus und tätschelte sanft meine Hüfte. Dann rief er plötzlich aus: »Wir werden heiraten, Joan. Aber sobald wir unsere Leben in geregelte Bahnen bringen, werde ich wie ein Vater zu dir sein. So können wir immer zusammen sein. Ich kann dich ständig um mich haben und die Lücke füllen, die es in deinem Leben zu geben scheint.«

Ich ergriff seine Hand und besiegelte unseren Pakt.

In der Nacht fiel mir ein, dass, wenn er einen Anwalt brauchte, ich mir besser auch einen besorgte, und so rief ich am Morgen noch einmal bei Mr. Eckert in Marlboro an und fuhr gegen Mittag hin. Als ich ihm einen weiteren Vorschuss anbot, wiegelte er ab und meinte, die 250, die ich ihm gegeben hätte, würden »noch eine gute Strecke reichen«, zumal er »bisher nichts getan habe, um sie sich zu verdienen«.

»Sie haben quasi schon bezahlt, Mrs. Medford, was also kann ich für Sie tun?«

Ich erklärte es ihm.

Als ich fertig war, stand er auf und ging erregt auf und ab.

»Das gefällt mir nicht. Das gefällt mir kein bisschen. Natürlich sind Sie dann verheiratet, aber wenn er seine Meinung ändert, sind Sie es plötzlich nicht mehr. Nehmen wir an, er verlangt eine Annullierung. Ohne Vollzug keine Ehe – das wissen Sie doch sicher? Also sagen wir, Sie wären bereit, die Ehe zu vollziehen, dann könnten Sie annehmen, dass sein Anspruch sich damit erledigt hat. Aber nicht, wenn der Nicht-Vollzug Teil des Vertrags war, dann fürchte ich, würde ein Gericht befinden, dass Sie nicht die Torte essen und gleichzeitig behalten können. Wenn Sie sich zu einer Ehe bereit erklären, die gar keine Ehe ist, sprich die Ehe, die das Gericht als faktisch gegeben ansehen wird, nicht die Ehe, die Sie bereit wären zu führen. Und wenn ich Richter wäre, würde ich die Auffassung vertreten, dass eine Ehe, die einen Vollzug ausschließt, von vornherein nie eine rechtskräftige Ehe war.«

»Also? Was soll ich tun?«

»Sie meinen, um an sein Geld zu kommen?«

»Müssen Sie es so ausdrücken?«

»Wenn Sie meinen rechtlichen Rat wollen, muss ich wissen, worauf Sie hinaus wollen.«

»Nun gut … Natürlich denke ich auch an das Geld, ich nehme an, jeder tut das. Aber das ist nicht alles, Mr. Eckert. Ganz gewiss nicht.«

So redete ich wie ein Wasserfall über zehn Minuten lang auf ihn ein, und als ich endlich zum Ende kam, sagte er: »Mit anderen Worten, Sie wollen, dass ich Ihnen sage, wie Sie an das Geld kommen und gleichzeitig so tun, als wäre es nicht das, was Sie im Kopf haben?«

»Wenn Sie so wollen … dann ja.«

»Okay, so kommen wir einen Schritt weiter.«

Ich verbrachte weitere zehn Minuten damit, ihn über Tad aufzuklären und wie er ins Bild passte. Er ließ mich reden, schien aber nicht zuzuhören. Doch urplötzlich unterbrach er mich.

»Also, Sie haben ein Kind und möchten, dass es in einem schönen Garten spielen kann. Dann spielen auch Sie einfach mit – heiraten Sie ihn gemäß seiner verrückten Vorstellungen und versuchen Sie so gut wie möglich damit zurechtzukommen. Aber, Mrs. Medford, es gibt da eine Möglichkeit, die Sie, glaube ich, nicht in Betracht gezogen haben: Vielleicht will er die Ehe ja doch irgendwie vollziehen – es darauf ankommen lassen, dass die Ärzte sich geirrt haben. Deshalb rate ich Ihnen, wenn er vollziehen will, vollziehen Sie. Denn die Aufforderung dazu könnte ein Weg sein, Sie in eine Falle zu locken. Wenn Sie sich weigern, ist seine Position vor Gericht unanfechtbar.«

»Warum sollte er das tun?«

»Er hat sich mir nichts, dir nichts in Sie verliebt, nicht wahr? Nun, damit kann es auch wieder vorbei sein, und zwar genauso plötzlich.«

»Und wie kommen Sie darauf, dass ich mich weigern könnte?«

»Das habe ich nicht gesagt. Ich habe lediglich darauf hingewiesen, dass Sie es nicht tun sollten. Wenn es Ihnen tatsächlich um das Zusammenleben mit diesem Mann ging, würde mein Rat anders lauten. Aber ich schätze, es geht Ihnen lediglich um sein Geld.«

Ich fühlte mich beschämt und stand auf, um zu gehen. Doch er hielt mich auf.

»Ich bin noch nicht ganz fertig. Wie immer Sie sich auch entscheiden, Mrs. Medford. Fixieren Sie nichts schriftlich. Unterschreiben Sie keinen wie auch immer gearteten Ehevertrag oder sonst eine Vereinbarung, die diese Einschränkung enthält – unterschreiben Sie nichts außer den üblichen Papieren, das Aufgebot, aber sonst nichts. Denn wenn es dann passiert, wenn es denn überhaupt passiert, haben Sie das einzige Pfand, mit dem Sie Erfolg haben können: In seinem Schließfach wird sich nichts finden, was Sie vor dem Nachlassgericht in die Bredouille bringt.«

»Welches Argument meinen Sie?«

»Das, das Sie auch meinen.«

»Zumindest nehmen Sie kein Blatt vor den Mund.«

Er stand da und sah auf mich herab, und ich stand da und sah zu ihm auf. Sein Blick erinnerte mich an Sergeant Young, nur fehlte ihm die Wärme. Schließlich sagte er: »Wenn Sie nach der Heirat irgendwelche Hilfe benötigen, rechtliche oder auch anderer Art, hoffe ich, dass Sie es mich wissen lassen.«

»Anderer Art? Was meinen Sie damit?«

»Eine platonische Ehe könnte sich für eine gut aussehende Frau wie Sie als recht anstrengend erweisen. Sollte es so sein, könnten Sie es mich wissen lassen, kommen Sie einfach vorbei und ich sehe dann, was ich machen kann. Sie sind ein verdammt gut aussehendes Goldschätzchen, und ich würde nur zu gern danach graben.«

Er hob die Hand und strich mir mit einem Finger über die Wange. Ich wollte ihn packen, nach hinten biegen, glatt durchbrechen, doch stattdessen setzte ich mein hübschestes Lächeln auf und schob den Finger sanft beiseite.

»Wenn ich Ihrer bedarf, Mr. Eckert, werde ich es Sie gewiss wissen lassen.«

Ich fuhr zurück nach Hyattsville. Ich hatte Schmetterlinge im Bauch und das Gefühl, mit dem Feuer zu spielen.

21

Your lips are like ice.

Die Woche verging nicht, sie flog förmlich vorüber. Und dann kam der große Tag, aber schon beim Aufwachen geriet ich in Panik, fürchtete, ich könnte es mir anders überlegen, vor dem zurückschrecken, was ich tun musste. Außerdem war ich wütend auf Tom, rasend vor Wut, weil er nicht angerufen hatte und sich nicht ein einziges Mal in der Bar hatte blicken lassen. Er muss es gewusst haben, gleich beim Aufwachen musste ihm klar gewesen sein, weshalb ich ihn verlassen hatte – ich hatte ihm gesagt, dass ich vorhatte zu heiraten. Und er musste auch wissen, wann, denn er hatte mit Liz gesprochen, was sie die letzten zwei oder drei Abende nicht verhehlen konnte, nicht bei den Fragen, die sie mir stellte, und denen, die ich ihr stellte und die sie gewissenhaft überhörte. Folglich musste sie es ihm gesagt haben, und warum war er dann nicht gekommen? Um sich zu verabschieden, mich vielleicht nach der Schicht nach Hause zu bringen. Aber nein, nichts, nicht einmal ein freundlicher Blick. Er hielt sich absichtlich vom *Garden* fern.

Ich stand auf, zog mich an und stieg in mein Auto. Und ehe ich mich versah, fand ich mich in Marlboro wieder, fuhr an Eckerts Kanzlei vorbei und fragte mich, was ich hier zu suchen hatte. Ging es mir um rechtlichen Beistand, oder ging es mir um das Angebot anderer Art, das er mir gemacht hatte? Der Gedanke ließ mich erschaudern. Und dennoch war ich hier. Die Aussicht, mich an Mr. White zu ketten, ging mir ganz offensichtlich an die Nieren, auch wenn ich selbst Ingenieur und Architekt dieses Vorhabens war und mich schwerlich über das Resultat beklagen konnte.

Ich wendete und fuhr nach Hause.

Um eins rief ich bei *Blue Bird* an und bat sie, ein Taxi zur Parkgarage zu schicken, fuhr hin und stellte meinen Wagen ab. Als das Taxi eintraf, fuhr ich wieder nach Hause und fühlte mich schräg. Ehe ich aufbrach, klingelte ich bei Mrs. Stringer nebenan und gab ihr meinen Ersatzschlüssel sowie die zehn Dollar, die ich ihr anbot, damit sie jeden Tag nach dem Rechten schaute, abends ein Licht anmachte und sich um meine Post kümmerte. Dann ging ich zurück, warf noch einmal einen Blick ins Schlafzimmer, kontrollierte meine Reisetasche, ob ich auch alles hatte. Die Tasche war riesig, ich hatte sie noch aus Pittsburgh mitgebracht, und mehr nahm ich nicht mit, denn das hatte ich von meinem Vater gelernt, eines der wenigen Dinge, für die ich ihn respektierte: »Nimm immer nur eine einzige Tasche mit, da passt alles hinein, was du brauchst, und wenn du dort, wo es dich hinführt, die Angebote nutzt – Wäscherei, Reinigung, Schuhputzer, Friseur, Schönheitssalon, dann kommst du zurecht. Versuch nicht, den ganzen Kleiderschrank mitzunehmen.«

Ich überprüfte meine Geldbörse. 500 Dollar in bar, die ich abgehoben hatte, und 2.000 in Form von Travellerschecks.

Um zwei fuhr Mr. Whites Wagen vor, und ich wartete, bis Jasper ausgestiegen und an der Tür geläutet hatte, damit er meine Tasche tragen konnte, die ich nicht schleppen wollte.

Mr. White erwartete mich auf der Freitreppe seines Hauses, und dahinter schien es, als habe sich das gesamte Personal aufgebaut. Ich hatte gar nicht gewusst, dass es so viele Angestellte waren. Ich zählte drei Frauen, zwei davon in Dienstmädchen-Uniform und eine mit einer Küchenschürze, und daneben drei Männer in Arbeitskleidung, die ebenso gut Gärtner sein konnten wie Handwerker oder was auch immer. Sie alle bedachten mich mit freundlichen Blicken, aber sie so vor mir aufgereiht zu sehen, so als wären sie zur Inspektion angetreten, zog den Knoten in meinem Innern noch ein wenig fester. Jasper sprang aus dem Wagen, schnappte sich Mr. Whites Koffer und verstaute sie im Kofferraum. Mr. White hielt vor seinen Bediensteten noch eine kleine Ansprache, dass er allein abreise, aber als verheirateter Mann mit seiner Frau zurückkehren werde, und dass er darauf vertraute, dass sie mich alle in meiner neuen Rolle als Hausherrin willkommen heißen würden. Seine Worte wurden von heftigem Kopfnicken begleitet, und ich konnte nicht viel mehr tun, als ebenso freundlich zurückzunicken und dankbar zu lächeln, anstatt Hals über Kopf die mit Austernschalen gepflasterte Auffahrt hinunterzustürzen.

Ich folgte ihm zum Wagen, und schon schlug die Tür hinter uns zu und der Wagen setzte sich in Bewegung.

»Hallo, Joan«, sagte er.

Ich sagte ebenfalls Hallo, spürte aber an seinem Blick, dass etwas mehr von mir erwartet wurde. Deshalb zog ich sein Gesicht an mich heran und küsste ihn. Er erwiderte meinen Kuss und flüsterte dann: »Unser erstes Mal.«

Und dann: »Aber Joan, deine Lippen sind ja eiskalt, stimmt etwas nicht?«

»Ich habe nur ein kleines bisschen Angst, und ich glaube, unsere Lippen wissen, was das Herz fühlt.«

Ich versuchte, so blass, schüchtern und nett wie möglich zu klingen, und prompt schloss er mich in seine Arme. Sie waren mager, und ich konnte die Knochen spüren. Ich begann, lautlos zu schluchzen.

»Angst?«, fragte er. »Wovor?«

»Einfach nur so. Immerhin tue ich so etwas nicht jeden Tag.«

»Aber nicht vor etwas, das ich getan habe?«

»Aber nein, natürlich nicht.«

Ich tätschelte ihn und wischte die Tränen ab, die geflossen waren, ehe ich meine Selbstbeherrschung wiedergefunden hatte. Doch angesichts meiner Lippen unternahm ich keinen weiteren Versuch ihn zu küssen. Schweigend fuhren wir dahin, aber ich schmiegte mich an ihn, auch wenn es das Letzte war, was ich wollte.

Wir fuhren durch Annapolis und dann hinauf auf die Brücke und über die Bucht. Dann waren wir am Eastern Shore, in einer Gegend, wo man mit dem Auto die Meilen regelrecht abspult, selbst wenn es gar nicht so schnell fährt. Bald darauf erreichten wir Delaware, und wenige Minuten später überquerten wir die Stadtgrenze von Dover. Er sagte etwas zu Jasper, der erwiderte: »Ja, Sir, ich weiß.« Kurz darauf hielt er vor einem recht hübschen Motel. Jasper stieg aus, hielt uns die Tür auf und folgte uns mit den Taschen nach drinnen.

»Wir sind zu dritt«, erklärte Mr. White dem Portier. »Reserviert für Earl K. White, Mrs. Ronald Medford und Jasper Wilson.«

Der Portier beäugte uns und reichte Mr. White einen Stift, der ihn an mich weiterreichte. Ich füllte die Karte aus, die der Portier mir hinschob, dabei überkam mich wieder die Panik, weil mir klar wurde, dass ich zum letzten Mal mit »Joan Medford« unterschreiben würde. Motels haben keine Pagen, deshalb trug Jasper unser Gepäck. Und schon war ich in meinem Zimmer, allein mit meiner nackten Angst.

*

Wir hatten vereinbart, uns in der Lobby zu treffen, und als ich hinunterkam, wartete er bereits. Wie auch Jasper, der hinausging und den Wagen holte. Als ich fragte, wo wir hinführen, sagte er: »Ins Labor – wir müssen einen Bluttest machen. Wenn wir ihnen jetzt eine Probe geben, haben wir morgen früh das Resultat und bekommen ohne weitere Wartezeit unsere Papiere.«

»Oh« war alles, was mir dazu einfiel.

Jasper hielt vor einem Bürogebäude. Die Rezeptionistin schien ohne weitere Fragen zu wissen, was wir wollten, und war so schüchtern, dass mir ungemütlich wurde. Der Arzt lächelte ebenfalls, verlor aber keine Zeit, und schnell saßen wir da und pressten Wattebäusche auf unsere Venen, während der Arzt nur noch sagte: »Fragen Sie einfach morgen früh bei meiner Sprechstundenhilfe nach, sie hat die Dokumente dann vorliegen.«

Im Motel gingen wir direkt in den Speisesaal, und das ganze Abendessen über erzählte er mir, wie glücklich er war, endlich mit mir zusammen sein zu können, ohne wieder gehen zu müssen oder den Blick des Barkeepers auszuhalten, »der mich ansieht, als wäre ich ein Dieb, der einen ganzen Tisch besetzt hält, ohne etwas Teureres zu bestellen«.

Ich erklärte ihm, dass Jake ihm deshalb nicht böse war und vom ersten Tag an äußerst nett zu mir gewesen sei, aber es nützte nichts, denn es war mir entgangen, dass Jake offenbar seine bevorzugte Zielscheibe war. Nach dem Abendessen ließen wir uns in der Lobby in einer kleinen Sitzgruppe nieder und unterhielten uns bei einer Tasse Tee. Gegen neun sagte ich, ich wäre müde und würde mich gerne hinlegen, also geleitete er mich auf mein Zimmer. Einen entsetzlichen Augenblick lang stand ich im Flur und überlegte, was ich wohl tun würde, wenn er versuchen würde mit hereinzukommen, aber das tat er nicht. Er stand nur da, sah aber, wie schon am Nachmittag, so aus, als wartete er auf etwas. Deshalb hob ich den Kopf und ließ ihn mich küssen.

»Gute Nacht, Earl«, flüsterte ich und schlüpfte hinein, zu aufgeregt, um noch zu fragen, ob meine Lippen diesmal wärmer gewesen waren. Nicht, dass es mich interessiert hätte.

So grau, langweilig und fad sie sich ausbreitete, so endlos lang, wie sie sich hinzog, werde ich jene Nacht mein Leben lang in Erinnerung behalten. Dennoch habe ich, soweit ich mich erinnere, nicht einmal daran gedacht, einen Rückzieher zu machen. Das möchte ich betonen. Ich hätte sehr wohl noch abspringen können, meine Tasche packen, den Schlüssel abgeben, mit dem Taxi zum Bahnhof fahren und einen Bus nach Hause besteigen können – für mich wäre das nichts Neues gewesen, sondern genau das, was ich mit Tom veranstaltet hatte. Doch egal wie verängstigt, aufgewühlt und taub ich mich fühlte, es kam mir nicht eine Sekunde in den Sinn. Was mich anging, hatte ich erreicht, was ich wollte, und ich habe nie daran gezweifelt, dass ich es wollte.

Am Morgen kleidete ich mich für die Hochzeit an; ich wählte das schlichte glänzende Kammgarn-Kostüm, das ich extra gekauft hatte. Zum Dunkelgrün des Kostüms, übrigens meine Lieblingsfarbe, wählte ich eine beige Bluse und dunkelbraune Schuhe sowie passende Handschuhe und einen entsprechenden Hut. Ich wollte eigentlich keinen Hut tragen, dachte aber, dass ich es aus Respekt für ihn tun sollte. Deshalb hatte ich ein kleines Samthütchen eingepackt, das nicht viel Platz in meiner Tasche beanspruchte, mir aber ein etwas klassischeres Aussehen verlieh.

Er erkannte meine Absicht sofort und meinte: »Ich hatte gehofft, dass du einen Hut aufsetzen würdest, du hast zwar wunderschönes Haar, aber es ist auch ein besonderer Anlass. Aber ach, ich hätte mir denken können, dass du einen trägst. Du musst nicht im *Who's Who* stehen, um zu wissen, was sich geziemt und was nicht.«

»Aber ich stehe im *Who's Who.*«

»Du stehst ... was sagst du da, Joan?«

An seiner Reaktion merkte ich, dass er glaubte, ich würde ihn veralbern, denn trotz des Reichtums seines Vaters und Großvaters war er nämlich nicht aufgeführt. Ich dagegen schon, wenn es auch eine Hinterlassenschaft meiner Eltern war, das und die Tasche, die ich für die Reise gepackt hatte und die in meinen Augen nicht weniger wert war. Aber ich sah, was es ihm bedeutete, dass seine neue Frau, die er bisher nur als jemanden kennengelernt hatte, der ihm mit halb entblößten Brüsten ein Tonic servierte, auf der sozialen Leiter höher angesiedelt war als er selbst. Und so genoss ich, dass dieser Umstand, der mir ansonsten nichts bedeutete, ihm ein paar quälende Momente bescherte.

»Oh – nur in Pittsburgh natürlich, mein Vater und meine Mutter sind gelistet und ich deshalb auch, als eins ihrer Kinder. Zumindest war ich es. Nicht, dass es mir etwas bedeutet, aber wahrscheinlich stehe ich immer noch drin.«

»Das wusste ich nicht.«

Während des gesamten Frühstücks warf er mir immer wieder musternde Blicke zu, als müsse er sich neu an etwas gewöhnen, an etwas, das für mich keinerlei Bedeutung hatte, für ihn offenbar aber eine sensationelle Neuigkeit war. Aber wenigstens redete er deshalb nicht so viel, und ich konnte in Ruhe meine Eier essen.

Dann fuhren wir in das Labor, holten unsere Bluttests ab und betraten wegen des Aufgebots das Gerichtsgebäude. Als die Frau Mr. Whites Namen las, verkündete sie ihm sofort ganz aufgeregt: »Wir haben Ihren Brief erhalten, Mr. White, der Richter ist bereit, wenn Sie es sind.«

Daraufhin erschien ein Mann mittleren Alters, der uns händeschüttelnd gratulierte und fragte, ob wir seine beiden Sekretärinnen als Trauzeugen akzeptierten.

»Nur eine, einen haben wir selbst mitgebracht«, erwiderte Mr. White und legte den Arm um Jasper, der davon äußerst angetan schien.

Dann gingen Mr. White, eine Sekretärin, Jasper und ich ins Büro des Richters, der uns ein wenig nervös anwies, wo wir uns aufzustellen hätten. Dann begann er mit der Zeremonie, und als mir klar wurde, was das bedeutete, bekam ich keine Luft mehr. Mr. White streifte mir einen Ring über den Finger und wiederholte die Worte des Richters.

»Mit diesem Ring nehme ich dich zu meiner Frau.« Er versprach mich zu lieben, zu ehren und für mich zu sorgen, und dann küsste er mich. Ich dachte an meine Lippen, hoffte, dass sie nicht so kalt waren wie gestern, doch für mich fühlten sie sich noch kälter an.

Kurz darauf waren wir schon wieder draußen und Jasper lief los, den Wagen zu holen. Ich sah an mir herab und entdeckte das Bouquet, das an meiner Jacke heftete, ein wunderschönes Ansteckssträußchen aus Orangenblüten, und ich schwöre, ich habe bis heute keine Ahnung, wie es da hingekommen ist und wann. Wir stiegen in den Wagen und fuhren Richtung Norden, wohin, wusste ich nicht. In der Ferne konnte ich bereits New York ausmachen, und nach einigen Tunneln merkte ich, dass es zum Kennedy Airport ging. Er hatte also eine Überraschung für mich parat, aber erst als wir am Schalter standen und er Jasper etwas Geld in die Hand drückte, wurde mir klar, dass wir nach London flogen.

22

I wanted to cry out, to bite, to rear away.

Ich hatte einen Fensterplatz in einer Dreierreihe, er saß eigentlich vor mir, wechselte aber auf den freien Platz neben mir. Obwohl ich im Flugzeug lieber meine Ruhe habe und mich beim Anblick von Wolken und Himmel und dem Geräusch der Motoren gerne meinen Träumen hingebe, tat ich so, als wäre ich erfreut. Und da er es liebevoll gemeint hatte, erwiderte ich seine Geste so gut ich konnte. Allerdings merkte ich plötzlich an seiner unaufhörlichen Fragerei, dass er annahm, ich hätte noch nie zuvor in einem Flugzeug gesessen. Folglich musste ich ihn wie schon beim *Who's Who* einmal mehr enttäuschen.

»Oh nein«, erwiderte ich auf seine besorgte Anteilnahme. »Fliegen macht mir überhaupt nichts aus – hat es auch nie. Schon als Kind, als wir jedes Jahr nach St. Louis flogen, hatte ich meinen Spaß, sogar bei den Turbulenzen, bei denen sich alle zu Tode erschreckten. Einmal juchzte ich sogar lauthals auf, als das Flugzeug absackte, aber damit handelte ich mir eine Backpfeife meiner Mutter ein. Und mein Vater musste natürlich auch so tun, als wäre er zutiefst verärgert.«

»Ich denke übrigens schon eine ganze Weile über deinen Vater nach, Joan. Was für ein Mensch ist er?«

»Anwalt. Habe ich dir doch gesagt.«

»Lebt er noch?«

»Ich weiß nicht … und es ist mir auch egal.«

Er erkannte den Wink mit dem Zaunpfahl und ließ die Fragerei sein – eine Weile lang.

Aber nachdem wir vielleicht zwei Stunden in der Luft waren, fing er wieder davon an, und ich dachte, am besten bringe ich die

Geschichte, wie meine Eltern und ich uns zerstritten, auf den Tisch, und dann ist sie ein für alle Mal erledigt.

»Ich hatte Streit mit meiner Mutter«, erklärte ich. »Über einen jungen Burschen, den sie für mich ausgesucht hatte, den reichen Sohn aus einer der Stahlfamilien. Aber er langweilte mich zu Tode, und als ich mich weigerte, mich mit ihm zu verloben, schmiss sie mich raus, und anstatt dass mein Vater für mich eingetreten wäre, hat er sich auf ihre Seite geschlagen. Seitdem bin ich meinen eigenen Weg gegangen, das Ergebnis kennst du ja. Wenn ich auf dem gesellschaftlichen Parkett nicht so sicher wirke, wie ich aufgrund meines Hintergrunds vielleicht sollte, dann weil ich seit ich siebzehn war auf mich allein gestellt bin und nicht immer die glücklichsten Momente erlebt habe.«

Er sah mich mitfühlend an, aber ich zuckte nur die Schultern.

»Als ich schwanger war, schrieb ich meiner Mutter einen Brief, aber sie hat nie geantwortet. Und er auch nicht, wie sich wahrscheinlich von selbst versteht. Da wusste ich endgültig, dass sie mich verstoßen hatten. Natürlich kann man nicht erwarten, dass Eltern freudig auf die Nachricht reagieren, dass ihre ledige Tochter schwanger ist. Und alle anderen waren ja auch nicht gerade begeistert. Rons Freude war jedenfalls mit bloßem Auge nicht zu erkennen, seine Eltern wurden fast ohnmächtig, und seiner Schwester blieb der Mund offen stehen. Ob es der Grund für Rons Trinkerei war, weiß ich nicht, möglich ist es, und am Ende hat ihn die Trinkerei das Leben gekostet, insofern könnte man sagen, das Ganze ist nicht besonders gut ausgegangen. Trotzdem, eines hat mir der ganze Schlamassel geschenkt: meinen kleinen Liebling Tad.«

»Dann wird es dich freuen, dass ich Vorsorge für ihn getroffen und im Haus neben deiner Suite ein Kinderzimmer eingerichtet habe.«

Als er das sagte, fühlte ich zum ersten Mal seit der Hochzeit – ja zum ersten Mal, seit er aus New York zurückgekehrt war – so etwas wie Zuneigung für ihn. Ich nahm seine Hand in meine, drückte sie heftig, hob sie zu meinen Lippen und küsste sie. Und diesmal kam der Kuss von Herzen.

Wir waren um die Mittagszeit vom Kennedy Airport abgeflogen, von daher war es nach New Yorker Zeit etwa sieben, als wir in Heathrow landeten. Wir hatten gerade noch im Flugzeug gegessen, und so schien es für uns noch früh am Abend zu sein, aber nach Londoner Ortszeit war es bereits später Abend. Dennoch versuchte ich mich bereits auf das einzustellen, was vor mir lag. Die Formalitäten am Zoll nahmen nicht mehr als ein paar Minuten in Anspruch, und schon saßen wir in einem Taxi Richtung Innenstadt. Außer der Straßenbeleuchtung gab es nicht viel zu sehen, aber nach den Dämpfern, die ich ihm verpasst hatte, als er im Flugzeug den Mentor spielen wollte, strengte ich mich an, mich so erfreut wie möglich zu geben.

Ständig sagte ich, wie sehr mir alles gefiel, aber das traf erst zu, als wir schon in der City waren und plötzlich über eine Brücke fuhren. Um diese Uhrzeit waren auf dem Fluss keine Boote mehr zu sehen, nichts bewegte sich auf dem Wasser, doch die Lichter spiegelten sich auf seiner Oberfläche auf eine so geheimnisvolle, wunderbare Art, dass ich ganz überwältigt war.

»Wie aufregend«, flüsterte ich. »Als wär's nicht von dieser Welt.«

Da lächelte er selig, weil er mich schließlich doch noch erfreut hatte.

Wir stiegen im *Savoy* ab, das etwas von der Straße zurückgesetzt liegt, mit einem kleinen Platz davor, auf dessen einer Seite sich ein Theater befindet und auf der anderen Geschäfte; ein eleganter, ruhiger Hafen, nur wenige Schritte von *The Strand* entfernt, einer der geschäftigsten Straßen der Hauptstadt. Ein Portier kam heraus und kümmerte sich um unser Gepäck, während Earl den Taxifahrer mit englischem Geld bezahlte, das er noch in Washington getauscht hatte. Dabei öffnete er meine Tasche und steckte ein paar Scheine hinein, die gut und gerne die Größe von Servietten hatten.

Dann waren wir in der Lobby, und ich bemerkte, dass Earl seinen Hut abnahm, während man ihn in amerikanischen Lobbys auflässt. Er meldete uns an, und als der Mann am Empfang sah, um wen es sich handelte, wurde er gleich ganz servil.

»Jawohl, Mr. White«, rief er, »Ihre Suite ist wie verlangt vorbereitet, Salon, zwei Schlafzimmer, zwei Bäder. Wir bringen Sie sofort nach oben.«

Während wir darauf warteten, kamen mehrere Gäste aus dem Speisesaal, immerhin ging es gegen eins, und die Theaterbesucher machten sich langsam auf den Heimweg. Sie trugen alle Abendkleidung, und ich fühlte mich in meinem Reisekostüm ein kleines bisschen fehl am Platz, denn es war zwar respektabel, aber doch auch gewöhnlich. Er bemerkte meinen Gesichtsausdruck und beugte sich zu mir.

»Morgen kaufen wir dir ein Abendkleid.«

Da konnte ich nicht anders und blaffte ihn an: »Ich habe schon eines, es ist nur eingepackt.«

»Na dann kaufen wir dir eben noch eins«, flüsterte er ungerührt von meinem barschen Ton. Vielleicht hatte man ihm irgendwo erklärt, frisch vermählte Frauen neigten dazu, etwas zickig zu sein, vielleicht erinnerte er sich auch an seine ersten Flitterwochen.

In diesem Moment kam ein Page und begleitete uns nach oben. Höflich wartete er ab, bis wir die Suite in Augenschein genommen hatten.

»In den USA«, sagte Earl, »bekommt man ein Zimmer zugewiesen und muss es nehmen. Hier zeigen sie es dir vorher, und wenn es dir nicht behagt, offerieren sie dir ein anderes. In der Regel gefällt den meisten Leuten, was sie sehen, trotzdem ist es schön, gefragt zu werden.«

Dann, an den Mann gewandt: »Die Suite ist in Ordnung, vielen Dank.«

Als wir allein waren, sagte er: »Nun, ich weiß nicht, wie es dir geht, Joan, aber nach einer Hochzeit, einer langen Autofahrt und einem Flug könnte ich ein bisschen Bettruhe vertragen.«

»Oh, ich bin auch ziemlich müde.«

Der Knoten in meinem Magen meldete sich wieder, denn ich wusste nicht genau, was er von mir erwartete.

Aber das sollte ich schnell herausfinden.

Unsere Schlafzimmer grenzten beide an den Salon, und ehe er sich in seines zurückzog, flüsterte er mir vertraulich zu: »Ich werde mich jetzt ausziehen.«

Das klang eindeutig, deshalb brachte ich es nicht über mich, mich in meinem Raum ebenfalls auszuziehen. Ich verstaute meine Sachen, dann setzte ich mich und versuchte nachzudenken, fühlte mich aber wie betäubt. Dann klopfte es an der Tür und ich rief: »Komm herein.« Aber ich klang gequetscht, komisch, wie erstickt. Er trug einen Pyjama, Slipper und einen Hausmantel.

»Oh«, rief er freudig aus. »Danke, dass du gewartet hast. Dann kann ich jetzt ja die Show genießen.«

Meinen Jähzorn habe ich bereits erwähnt, und auch jetzt versuchte ich, ihn im Zaum zu halten, schaffte es aber nicht.

»Welche Show?«, entfuhr es mir, und es klang nicht schön.

»Nun, als dein Ehemann würde ich dir gerne beim Entkleiden zusehen. Tatsächlich habe ich mich schon sehr darauf gefreut.«

Ich wollte ihn ohrfeigen, wie ich Tom geohrfeigt hatte, ihm die Ohren plätten, bis er genug hatte, doch zunächst blieb ich einfach nur sitzen, schluckte und versuchte mich unter Kontrolle zu bringen.

»Bist du sicher, dass das empfehlenswert ist?«, fragte ich ihn. »Immerhin bin ich anatomisch normal, und das könnte auch auf deine Körperfunktionen die normale Wirkung haben.«

»Na und? Ich bin auch normal. Alle Kinder Gottes sind normal. Ich kann zwar nur bis zu einem bestimmten Punkt gehen, aber bis dahin zumindest will ich auch gehen können – komm, ich nehme deinen Mantel.«

Er nahm ihn mir ab und hängte ihn in den Schrank.

»Und jetzt lass mich dich von diesem Kostüm befreien.«

Ich gehorchte. Routiniert half er mir aus dem Jackett, legte es mir in die Hände und zog dann den Reißverschluss meines Rockes auf, zupfte daran, bis er über die Hüften glitt und zu Boden fiel. Ich hängte Rock und Jackett auf einen Bügel neben den Mantel und schloss die Schranktür. Nun stand ich in BH und Strumpfhose vor ihm und ich wusste nicht, was ich zuerst ausziehen sollte. Ich stieg aus meinen Schuhen und machte die Schranktür wieder auf. Ich nahm die Schuhspanner heraus, die ich zuvor dort abgelegt hatte, schob sie in die Schuhe und stellte die Schuhe mit der Spitze zu mir unter das Kostüm.

Dann nahm ich den BH ab und legte ihn auf das Regal über den Bügeln. Noch während ich mich hochreckte, umfasste er mich und wog meine Brüste in seinen Händen, und ich spürte seinen Atem heiß und stoßend in meinem Nacken. Ich wollte aufschreien, ihn beißen, davonrennen. Doch ich musste an meinen kleinen Tad denken und an das, was Mr. Eckert geraten hatte: nämlich niemals etwas zu verweigern, worauf ein Ehemann von Rechts wegen Anspruch hat.

»Du kannst doch nicht ... dein Zustand!?«

Er vergrub sein Gesicht in der Mulde meines Nackens, presste mich an sich und knetete mit seinen Fingern meine Brüste. Ich musste zweimal heftig schlucken, um das Flugzeugdinner nicht im Schrank zu verteilen.

»Ich würde mich gerne vollends ausziehen«, sagte ich nach ein paar Augenblicken. *»Falls du nichts dagegen hast.«*

»Ganz im Gegenteil.«

Er trat einen Schritt zurück, und ich drängte mich an ihm vorbei vom Schrank weg ins Zimmer. Sein Gesicht war gerötet und sein Atem ging keuchend, aber er lächelte selig und streckte mir die Hände entgegen wie suchende Münder. Ich zog meine Strumpfhose aus und hatte sie kaum neben den BH geworfen, da war er schon wieder über mir, eine Hand legte sich auf mein Herz, die andere über meine intimste Stelle, die intimste, empfindlichste, verborgenste

Stelle einer Frau, und ich musste in meine geballte Faust beißen, um nicht loszuschreien. Ich wusste, ich konnte es mir nicht erlauben ihn wegzustoßen, aber ich wusste auch, dass dies ein Ende haben musste, sonst würde ich doch noch die Beherrschung verlieren. So schob ich eine Hand unter die seine an meiner Brust und die andere unter die weiter unten und sagte: »Bitte, ich bin auch nur ein Mensch, und es gibt Grenzen dessen, was ich auszuhalten vermag.«

Er ließ tatsächlich von mir ab. Ich fischte mein Nachthemd aus der Kommode, ein kurzes schwarzes mit einer Kragenborte, und streifte es über. Als ich ihn wieder ansah, hechelte er förmlich und auf seiner Stirn standen schwere Schweißtropfen. Es war kein schöner Anblick.

»Also wenn dein Arzt recht hatte, wenn er wusste, wovon er redet, dann solltest du jetzt besser in dein Zimmer gehen. Zeit, ins Bett zu gehen.«

»Aber Joan, sag mir bitte, du wolltest mich doch auch, nicht wahr? Du willst mich jetzt? Sag es bitte, damit ich sicher bin.«

»*Das* sage ich nicht.«

Ich versuchte so streng und brüsk zu klingen wie eine Lehrerin. »Wenn ich dir je sagte, was ich empfinde, würdest du Gott weiß was machen. Du bist ein wunderbarer Mann, Earl K. White, aber ich vertraue dir nicht. Nicht das kleinste bisschen. Und hier in London mit einer außergewöhnlichen Leiche aufzuwachen, wie du es einmal formuliert hast, entspricht ganz und gar nicht meinen Vorstellungen von glücklichen Flitterwochen.«

Damit schmeichelte ich ihm dann doch ein wenig, und schließlich gab er nach: »Okay, okay, okay.«

»Du kannst mir einen Kuss geben. Einen Gutenachtkuss. Aber nur einen.«

Er küsste mich, sehr schnell, sehr spröde, sehr züchtig.

»Nun …«, sagte ich bestimmt.

Er ließ mich in Ruhe, stolperte davon, als würde er gleich kollabieren.

Ich kroch ins Bett und konnte endlich das Licht ausmachen. Und wie ich so dalag und in die Londoner Nacht hinausstarrte, spürte ich die Dimension dessen, was ich mir eingebrockt hatte.

23

If I die –.

Ob ich geschlafen habe, vermag ich nicht mehr zu sagen. Ich schätze schon, aber im Morgengrauen lag ich wach und beschloss aufzustehen. Doch als ich meine Beine aus dem Bett schwang, bemühte ich mich, leise zu sein. Vorsichtig öffnete ich die Tür zum Badezimmer und quetschte mich hindurch. Ich wusch mir das Gesicht, kämmte meine Haare und zog meine Strumpfhose an. Auf Strümpfen ging ich zurück ins Schlafzimmer. Meine Schuhe zog ich erst an, als ich es verließ. Ich öffnete einen Spaltbreit die Tür zum Wohnzimmer, um zu schauen, ob er dort war. Er war es nicht, und so schlich ich auf Zehenspitzen hinaus auf den Flur. Geräuschlos schloss ich die Tür hinter mir und ging zur Treppe, weil ich befürchtete, wenn ich erst den Fahrstuhlknopf drückte, müsste ich vielleicht zu lange warten. Unsere Suite befand sich im dritten Stock, ich ging die Treppen hinab in die Lobby. An der Rezeption befand sich nur ein Angestellter, der irgendwelche Papiere durchging. Ich bedachte ihn mit einem schlichten »Guten Morgen«, als wäre es das Normalste der Welt, dass eine junge Braut nach verbrachter Hochzeitsnacht um sechs Uhr morgens durchs Hotel schleicht. Ich trat hinaus auf die Straße und spazierte los.

Die Sonne war noch nicht aufgegangen, der Platz vor dem Hotel lag in Nebel gehüllt und war menschenleer. Dennoch fühlte ich mich schnell besser. Ich ging zum Trafalgar Square, den ich von Fotos kannte, passierte ein Standbild der Königin Victoria und ein großes hässliches Gebäude, das ich nicht erkannte. Ein Polizist stand davor und auch eine Wache, und als ich sie fragte, sagte einer der Wächter: »Buckingham Palace, Ma'am.«

Ein leichter Schauer lief mir den Rücken hinunter, ich stand vor der Residenz der Königin, aber wenn ich sie je beneidet hatte, dann war damit jetzt Schluss. In so einem schrecklichen Kasten zu wohnen musste einem doch alle Lebensfreude rauben.

Ich entschied, dass mein Spaziergang lange genug gedauert hatte, wandte mich um und ging zurück. Inzwischen waren auch mehr Menschen auf der Straße, vorwiegend Frauen, bei denen es sich, wie man an ihrem Äußeren erkennen konnte, um Dienstboten handelte. Es war noch keine sieben – und es machte mich plötzlich und unversehens wütend, dass Menschen, um ihren Lebensunterhalt zu verdienen, so früh aufstehen mussten. Auf dem Rückweg zum Hotel fiel mir auf, dass ich dieses Land einerseits sehr mochte, es in mancherlei Hinsicht aber auch hasste.

Zurück im Hotel ging ich zur Rezeption, um Ethel ein Telegramm zu schicken. Inzwischen durften die Zeitungen wohl über die Heirat von Earl K. White berichtet haben, aber die Höflichkeit gebot es, ihr ein persönliches Telegramm zu schicken. Ich schrieb also: »Überraschung!« und berichtete von der Hochzeit und endete mit einem Satz, der freundlich klingen sollte: »Alles Liebe, auf bald, Joan.«

Ich ließ es nicht auf die Zimmerrechnung schreiben, sondern bezahlte es selbst. Dann fuhr ich hoch in die Suite, um meinem Herrn und Meister gegenüberzutreten.

Er kam, das Gesicht eingeseift und mit einem Rasiermesser in der Hand, aus dem Badezimmer und wollte wissen, wo ich gewesen sei.

Ich sagte nur »Aus.« und gab ihm einen Kuss so wie am Abend zuvor, ein Küsschen mit geschürzten Lippen. Er reagierte so heftig, dass ich richtiggehend überrascht wurde, seine Verärgerung wich erstaunter Zuneigung und leise erflehte er »noch einen, bitte«, als wäre ein Kuss von mir ein Geschenk des Himmels. Ich erfüllte ihm seinen Wunsch und bemerkte plötzlich etwas, was ich mir vorher nie wirklich überlegt hatte. Seine Gefühle mir gegenüber waren, sosehr sie mich auch anwiderten, aufrichtig und echt. Mit anderen Worten, wenn ich es nur wollte, konnte ich diesen Mann voll und ganz besitzen, ihn um den Finger wickeln, bis er exakt das machte, was ich wollte und wann ich es wollte. Und deshalb sagte ich still zu mir: »Dann mach doch. Er verfügt über alles, was du dir vom Leben erhoffst, nicht nur für dich, sondern auch für dein Kind. Also reiß dich zusammen, nimm ihn hin, nimm ihn dir, und dein Leben wird sich von seiner besten Seite zeigen.«

Das war leichter gesagt als getan.

Den ganzen Tag verbrachte ich damit, mein großes Vorhaben zu verwirklichen und nett zu ihm zu sein. Auf dem Tisch befanden sich drei Knöpfe, neben denen jeweils ein Kopf abgebildet war: Kellner, Zimmermädchen, Page.

»Viele Gäste hier«, klärte er mich auf, »sprechen kein Englisch, deshalb macht man es ihnen einfach.«

Ich drückte den Knopf für den Kellner, und schon tauchte er mit einer Serviette über dem Arm und der Speisekarte in der Hand auf.

»Ich nehme nie etwas anderes als Brötchen, Buttermilch und schwarzen Kaffee zum Frühstück«, erklärte Earl. Ich dagegen hätte gern Eier mit Speck und Toast bestellt, aber ich schloss mich seinem Wunsch an, der recht eigentlich seine abendliche Tonic-Bestellung spiegelte. Wir frühstückten zusammen im Wohnzimmer, er immer noch im Schlafanzug, ich in meinem Kostüm. Als alles aufgegessen war, zog er sich an, verzichtete aber zu meiner Erleichterung darauf, mich zu bitten ihm zuzusehen. Dann begann, was ein interessanter Tag hätte werden können, wenn er nicht geendet hätte, wie ich befürchtete.

Zum Mittagessen gingen wir zu *Simpson's*, von dem ich schon gehört hatte. Es war nur ein paar Schritte vom Hotel entfernt. Da ich vom Frühstück noch hungrig war, bestellte ich »ein kleines Delmonico-Steak«, aber der Kellner erklärte mir, dass sie das nicht hätten, und sagte: »Wir sind ein britisches Restaurant, Ma'am.«

Britisch schien zu bedeuten, dass sie kein gebratenes Fleisch servierten, sondern nur Roastbeef, also bestellte ich das. Er brachte ein ganzes Stück, schnitt mir aber nur eine Scheibe davon ab. Ich glaube, ich wurde ganz blass, zumindest knurrte mein Magen. Earl steckte dem Kellner eine Münze zu, worauf dieser sich erfreut bedankte und mir noch eine Scheibe abschnitt.

»Man soll wohl glauben«, sagte Earl, nachdem der Kellner sich zurückgezogen hatte, »dass noch keiner auf die Idee mit dem Shilling gekommen ist, aber tatsächlich ist es ein Ritual. Wenn ich ihm nichts gegeben hätte, hätte er einen Weg gefunden, mich daran zu erinnern. Diese Engländer sind schon ein komisches Völkchen. Immer müssen sie einem etwas vorspielen.«

Inzwischen schlang ich mein Fleisch hinunter, das zart war und hervorragend schmeckte. Ich wollte wissen, wie es zubereitet wird, deshalb verschwand Earl nach dem Essen für eine Minute, ehe er mit dem Manager zurückkehrte, der mir die Küche zeigte, während mein neuer Gatte am Tisch noch einen Kaffee trank. Ich muss sagen, ich war fasziniert. Das Fleisch hing an Ketten vom Haken, die langsam um einen Berg glühender Kohlen kreisten. Um zu verhindern, dass es anbrennt, wird es zudem in Packpapier gehüllt.

Als ich wieder ins Restaurant ging, hatte ich das Gefühl, etwas gelernt zu haben.

*

Es war nach drei, als wir ins Hotel zurückkamen, und er beeilte sich, in die Suite zu kommen. »Zeit für mein Nickerchen«, sagte er. »Anordnung meines Arztes – aber eigentlich sollten alle sich nachmittags hinlegen, dann würden sie sich besser fühlen und wahrscheinlich auch länger leben. Warum legst du dich nicht auch hin, Joan?«

»Ja, warum eigentlich nicht?«

Mir war es ziemlich egal, und wenn es ihm gefiel, konnte ich es ja versuchen. Er ging in sein Zimmer, ich in das meine. Ich zog mich aus und langte gerade nach meinem Nachthemd, als er in der Tür stand und mich anstarrte.

»Ich hoffe, es stört dich nicht«, stammelte er. »Du bist so schön, da musste ich einfach kommen und dich anschauen.«

»Ich mag es nicht, wenn man mich anstarrt. Jedenfalls nicht am helllichten Tag – das gehört sich irgendwie nicht.«

»Tag oder Nacht, es macht keinen Unterschied. Du siehst zu jeder Tageszeit einfach großartig aus, Süße.«

Inzwischen war er zu mir herübergekommen und ich wandte ihm instinktiv den Rücken zu, was sich als Fehler erwies. Als er seine Arme um mich schlang, kamen seine Hände automatisch auf meinen Brüsten zu liegen, und sofort wiederholte er die Prozedur vom Abend zuvor und begann sie in den Händen zu wiegen und mit den Fingern zu kneten. Ich hasste das und versuchte ihn wegzuschieben. Ich hakte meine Finger in die seinen und zerrte sie weg, sodass er meine Brüste loslassen musste. Wir lieferten uns einen regelrechten Ringkampf, er schien Spaß daran zu haben, lachte und keuchte. Doch ich bin ziemlich kräftig und hatte schnell seine Hände gepackt, die ich von mir weghielt, während ich ihm mit der Hüfte einen Stoß versetzte. Da fing er plötzlich an zu japsen, und ehe ich mich versah, lag er auf dem Bett und presste die Hände an die Brust.

»Joan, schnell, hol mir bitte meine Pillen – meine Nitro-Pillen – aus meinem Schlafzimmer. Sie sind in einem Fläschchen, es steht auf meinem Nachttisch. Ein kleines Glasfläschchen, und beeil dich bitte!«

Ich hastete los, machte mir nicht einmal die Mühe, mir etwas überzuwerfen, und fand das Fläschchen auch gleich; wie er gesagt hatte, stand es auf seinem Nachttisch. Ich eilte zurück und schraubte noch im Laufen den Deckel ab.

»Das ist es«, keuchte er. »Schnell, gib mir eine – schüttle sie einfach auf deine Handfläche.«

Er nahm die Pille, die ich ihm hinhielt, steckte sie in den Mund und schob sie mit dem Finger unter die Zunge.

»Joan, gib mir noch eine«, krächzte er gleich darauf, und auch die steckte er sich unter die Zunge. Dann lag er mit geschlossenen Augen da, als würde er auf etwas warten. Tatsächlich, nach einer Weile entspannten sich seine verzerrten Gesichtszüge.

»Es tut mir ja so leid, Joan«, sagte er, »aber ich kann nichts dagegen tun. Dieser Schmerz ist unbeschreiblich, die Pillen helfen zwar, aber der Schmerz geht dadurch nicht weg. Wenn ich sterbe ...«

»Earl!«

»Wenn ich sterbe«, wiederholte er, obwohl ihm das Sprechen sichtlich Schwierigkeiten bereitete, »will ich, dass du weißt, was du zu tun hast. Bitte sorg dafür, dass ich verbrannt werde. Bitte, Joan, hör mir zu. Die Asche nimmst du mit zurück nach Maryland, damit sie in der Familiengruft auf dem College-Park-Friedhof beigesetzt werden kann. Mein Testament ist verfasst und unterschrieben, es liegt in meinem Bankschließfach. Von einigen Zuwendungen an mein Personal abgesehen, bist du die alleinige Erbin. Mein Anwalt hat alles geregelt.«

»Earl! Rede doch nicht so.«

»Ich muss der Wirklichkeit ins Auge sehen.«

Ich glaubte nicht, dass er gleich sterben würde. Das wollte ich auch gar nicht, ganz egal was er mir eben offenbart hatte. Mir schoss lediglich durch den Kopf, dass ich nun eine stichhaltige Entschuldigung hatte, falls er wieder glaubte, sich etwas herausnehmen zu können, während ich mich auszog.

24

Negative.

Unglücklicherweise hielt der Schreck nicht lange vor. Er dachte an den Schmerz nur so lange, wie er ihn spürte und sich verzweifelt an die Brust fasste. Sobald er nachließ, war er schnell vergessen, oder wenn nicht vergessen, dann wurde er zumindest ignoriert, und trotz all meiner Warnungen stand er jeden Abend aufs Neue in meiner Tür.

»Ich schaue nur«, versuchte er sich einzuschmeicheln. Natürlich blieb es nicht dabei, denn mich nackt zu sehen schien ihn magnetisch anzuziehen, und so landeten seine Hände unweigerlich ein ums andere Mal auf meinem Körper. Dann meinte er stets: »Ich möchte dich nur in den Armen halten« – aber wenn ich ihm dies gestattet hätte, hätte er es nie und nimmer dabei bewenden lassen.

Einmal kam er mir sogar mit Casanova als Beleg für die Schwäche der Frau und ihre Unfähigkeit, dem Akt körperlicher Liebe zu widerstehen, weil sie einfach nicht anders könne. Nun denn, auch er schien einfach nicht anders zu können, und ich hatte alle Hände voll zu tun, ihn abzuwehren. Zweimal benötigte er seine Nitro-Pillen, und ich fürchtete schon, sein Vorrat würde nicht bis zum Ende der Flitterwochen reichen. Doch er versicherte mir, wenn es sein müsste, hätte er einen britischen Apotheker an der Hand, der ihn mit Nachschub versorgen würde.

Eine gute Woche hielt ich den abendlichen Stress aus. Tagsüber konnte ich abschalten und London genießen, was ich auch ausgiebig tat, frühmorgens zumeist, wenn ich mich wie am ersten Tag hinausschlich, ehe er aufstand. Ich fand sogar eine Freundin, eine junge Frau, der ich zufällig vor der National Gallery begegnete. An ihrer Kleidung erkannte ich, dass sie Amerikanerin war, und wir verstanden uns sofort bestens. Sie hieß Hilda Holiday, stammte aus Texas und war nur ein wenig älter als ich. Sie war mit *ihrem* frischgebackenen Ehemann im *Charing Cross* abgestiegen, das ebenfalls am *The Strand* lag, und dort holte ich sie jeden Tag ab. Sie wollte nicht ins *Savoy* kommen, weil ihr dazu, wie sie meinte, »der Mut fehle«. Ich sagte ihr, dass man keinen Mut brauche, um durch das Portal zu marschieren, sondern lediglich Geld, aber darauf antwortete sie: »Auch davon habe ich nicht genug.«

Ihr Ehemann lümmelte lieber im Bett, zumindest vormittags, und hatte nichts dagegen, dass sie durch die Stadt streifte, was wir denn auch gemeinsam taten. Wir verstanden uns blendend und hatten eine Menge Spaß, lachten über die Wachen vor dem Buckingham Palace und versuchten, sie zum Lachen zu kriegen. Ohne Erfolg, aber einmal merkten wir an der Art, wie ein junger Wächter in unsere Richtung blickte, dass er uns gehört hatte. Wir amüsierten uns über die Parkplätze, die man anscheinend an den unmöglichsten Orten eingerichtet hatte. »Die haben ja mehr Parkplätze als Autos«, spotteten wir, denn wir hatten schon bemerkt, wie wenig Verkehr selbst in der Rushhour auf den Straßen herrschte. Nicht einmal ein Zehntel dessen, was in New York unterwegs ist oder in jeder anderen amerikanischen Stadt. Dann bemerkten wir eines Tages neben einem Parkplatz eine Mauer aus losen Steinen. Wir lachten und scherzten, dass »hier eine kleine Granate Wunderdinge verrichten« würde. Doch der Parkplatzwächter klärte uns auf: »Das ist alles nur vorübergehend, wissen Sie, das stammt alles noch vom Blitzkrieg, das war alles, was die Bomben übrig gelassen haben. Was soll man mit dem ganzen freien Platz denn machen, außer ihn zu vermieten? Das bringt ein bisschen Geld, und das können wir alle gut gebrauchen.«

Das erklärte also die vielen Parkplätze, die auf einmal nicht mehr so komisch wirkten.

An den Nachmittagen und Abenden musste ich ohne Hildas Gesellschaft auskommen, dafür verbrachte ich sie mit meinem Gatten, mit dem sich jedes Mal ein zähes Ringen entspann, bis er endlich einschlief, und selbst dann war ich nicht sicher, ob er nicht mitten in der Nacht aufwachte und von der Idee überwältigt würde, sich zu mir ins Bett zu legen. Die Schlafzimmertüren waren nicht abschließbar, deshalb behalf ich mir mit einem Stuhl, den ich unter die Klinke klemmte. Ich wusste nicht, ob ihn das fernhalten würde oder wie ich es ihm erklären sollte, wenn doch, aber zumindest würde das Geräusch, wenn er ihn wegzustoßen versuchte, mich wecken, und ich wäre gewarnt.

Als ich eines Morgens die Lobby des *Charing Cross* betrat, muss ich wohl ziemlich müde gewirkt haben oder vielleicht auch nervös und ein bisschen eingefallen obendrein, mit dunklen Augenringen, die kein Make-up der Welt völlig überdecken konnte, denn Hilda nahm mich, ehe wir wie gewohnt loszogen, beiseite und fragte, ob alles in Ordnung sei. Natürlich bejahte ich, ließ aber ein bisschen was durchblicken, da ihr Mann ebenfalls älter war, wenn auch nicht umso vieles älter als meiner. Auch hatte sie mir zuvor schon gestanden, dass sie im Vorfeld der Hochzeitsnacht einige Ängste ausgestanden hatte. Allerdings war sie noch Jungfrau gewesen, eine Entschuldigung, die ich nicht vorbringen konnte. Aber Angst bleibt Angst, und sie hatte die Anzeichen an meinem Gesicht abgelesen, deshalb gab ich zu, unter einer gewissen Anspannung zu leiden, und als sie nicht lockerließ, auch dass diese Anspannung auf das Verhältnis zu meinem Mann zurückzuführen war.

Sie griff in ihre Handtasche und zog ein Pillendöschen hervor, eines dieser runden aus Metall mit einer Blumenapplikation auf dem Deckel, damit sie femininer wirken und nicht so pharmazeutisch. Darin befanden sich auf einer Gazeschicht fünf breite flache Tabletten, und sie drängte mich, eine davon zu nehmen. Als ich eine nahm, drückte sie mir den ganzen Inhalt in die Hand; meinen Einwand beiseitewischend sagte sie, dass sie auf dem Zimmer noch mehr davon habe und ich die auch haben könnte, sollte ich sie brauchen.

»Ein Beruhigungsmittel, das mein Arzt mir gegeben hat, vor der Hochzeit, als ich ihm gesagt habe, wie ich mich fühle. Wegen des …

du weißt schon. Das Mittel heißt Contergan. Er meint, es schade nicht, nicht wie Miltown oder was man sonst so verschrieben bekommt.«

Ich musste schlucken, aber sie bestand darauf, dass ich auch die anderen nehme, für später, und sie sagte: »Ich brauche sie ja nicht mehr, nun da es zwischen mir und Tom so gut läuft.«

Ich bedankte mich und fühlte mich schon besser.

»Eigentlich kannst du das ganze Fläschchen haben, Joan, ich bringe es dir morgen mit. Es freut mich, wenn jemand sie gebrauchen kann. Und du siehst echt mitgenommen aus.«

Das Angebot kam zur rechten Zeit, denn gleich der folgende Tag brachte einen neuen Anlass zur Unruhe, der alle vorherigen Zwischenfälle verblassen ließ. Earl, der im Wohnzimmer am Schreibtisch saß und ein Bankformular ausfüllte, sah auf und fragte mich, welches Datum wir hätten. »Es steht auf der Zeitung, bist du so nett und schaust schnell nach?« Ich warf einen Blick auf die Zeitung, wir hatten den 22. Oktober. Er bedankte sich und schrieb weiter. Dies hätte man als eine unserer weniger beängstigenden Unterhaltungen werten können, doch urplötzlich ging mir die Bedeutung des Datums auf, und es war, als hätte mich jemand in den Bauch getreten. Am Tag als wir Lacey schnappten, waren wir auf dem Rückweg zu meinem Wagen am Informationsstand mit seiner riesigen Uhr vorbeigekommen, die auch Tag und Monat anzeigte. Und ich erinnerte mich noch, wie ich zu Tom sagte: »Der 30. September wird uns immer in Erinnerung bleiben.« Das war also drei Wochen her – drei Wochen und einen Tag. *Und wie viele Tage davor hatte ich meine letzte Periode gehabt?* War sie vielleicht längst überfällig? Wenn ja, hieß das, ich war schwanger. Und plötzlich verwandelte sich die Reise nach London, von der ich immer geträumt hatte, in einen Albtraum.

Was sollte ich tun? Ich war kein naives Mädchen mehr. Ich wusste, wie Frauen mit so einer Sache umgingen. Aber ich kannte mich mit den englischen Gesetzen nicht aus, hatte keine Ahnung, wo ich wegen einer Abtreibung hingehen oder wie ich es herausfinden könnte. Zu Hause hätte ich Liz um Rat fragen können, aber von den allzeit hilfsbereiten Ärzten, die sie mir hätte nennen können, praktizierte ganz bestimmt keiner auf dieser Seite des Atlantiks.

Deshalb gab es nur eine Antwort. Wir mussten zurück auf meine Seite des Atlantiks. Und zwar so schnell wie möglich.

Ich ging zu Earl hinüber, stellte mich hinter ihn und legte ihm die Hand auf die Schulter.

»Was ist, Joan?«, fragte er, und dann im selben besorgten Ton wie Hilda: »Ist alles okay?«

Ich hatte gedacht, dank des Contergans würde man mir meine Nervosität nicht mehr so anmerken, doch seine Wirkung war offensichtlich begrenzt.

»Nein, Earl, ich fürchte nicht.«

Er versuchte, meine Hand zu ergreifen und zu streicheln, doch ich entzog mich.

»Ich möchte nach Hause, Earl. Ich werde hier noch verrückt.«

»Gefällt dir das Hotel nicht?«

»Doch, das Hotel ist hübsch. Auch die Restaurants waren toll, das ganze Land ist toll, aber es ist eben nicht zu Hause.«

»Ich dachte, das sei der Sinn der Flitterwochen, mal von zu Hause wegzukommen. Ich dachte, es würde dir gefallen.«

»Oh, das hat es auch, Earl, wirklich, und ich bin dir auch dankbar, du warst unglaublich großzügig. Aber genug ist genug. Ich möchte wieder Leute sehen, die auf der richtigen Straßenseite fahren, und richtiges amerikanisches Essen essen, den altgewohnten amerikanischen Tonfall wieder hören …«

Er sah mich befremdet an. »Darum geht es? Stimmen und Essen? Oder liegt es vielleicht daran, dass du es nicht mehr aushältst, in einer Suite mit mir zu wohnen?«

»Nein! Nein! Stimmt, ich mache mir Sorgen um dich, du gehst solche gefährlichen Risiken ein, obwohl du mir versprochen hast, du würdest dich beherrschen. Aber das ist es nicht, ich möchte zurück nach Hyattsville und unser normales Leben beginnen. Wir könnten vielleicht noch ein paar Tage in New York verbringen, nach der Landung, in einem Hotel.«

»Da habe ich nichts reserviert.«

»Aber du könntest doch? Ich bin sicher, in einem der Hotels dort werden sie zwei Zimmer für uns haben.«

»Was gibt es in New York für dich denn zu sehen? Oder zu tun?«

»Dasselbe wie in London. Wir könnten uns am Broadway ein Stück ansehen. Oder das eine, von dem alle Welt redet, *The Fantasticks,* unten in Greenwich Village.«

»Ich wusste gar nicht, dass du dich fürs Theater interessierst.«

»Ach komm, vor zwei Wochen wusstest du auch noch nicht, dass ich schon mal mit dem Flugzeug geflogen bin. Es gibt noch vieles, was du nicht über mich weißt.«

Er sah mich wieder so komisch an, etwas Herausforderndes lag in seinem Blick, aber ich spürte, wie sein Widerstand nachließ. Vielleicht hatte er selbst auch genug von England, immerhin hatte er ja ständig irgendwelche Geschäfte, um die er sich kümmern musste, was er sicher besser konnte, wenn er nicht fünf Stunden später dran war als die Leute, mit denen er zu tun hatte.

Und tatsächlich sagte er: »In Ordnung. Das gibt mir eine Ausrede, noch mal mit Bill – meinem Anwalt – zu reden. Vielleicht kann ich ihm helfen, dieses Geschäft endlich über die Bühne zu bringen.«

»Welches Geschäft?«

Er machte eine abschätzige Handbewegung. »Nur so ein Verkauf. Anteile meiner Firma. Es gibt da einen Kerl, der uns schon seit einer Weile in den Ohren liegt, und nun habe ich beschlossen, ihn mit reinzunehmen. Das bringt mir ein paar zusätzliche liquide Mittel, für die wir sicher eine angemessene Verwendung finden, die ganzen zusätzlichen Kosten, die Ausbildung deines Sohnes und alles.«

Ich ergriff seine Hand. »Danke, Schatz, vielen, vielen Dank, dass du meinen Wunsch erfüllst.«

»Schon gut, schon gut.«

Ich rief Liz bei der ersten Gelegenheit an, bat die Vermittlung, mich zu ihr nach Hause durchzustellen, weil es noch zu früh war, sie im *Garden* zu erreichen.

»Aber das ist doch wunderbar, Joan. Kaum vom Start weg, und schon hat es geklappt. In Rekordzeit.«

»Ja, vielleicht, wenn man von der Hochzeitsnacht an rechnet. Eher nicht, wenn man von der Nacht an zählt, die ich mit Tom verbracht habe.«

Meine Eröffnung hatte ein langes Schweigen von Liz zur Folge, das so lange anhielt, dass ich fast befürchtete, sie habe aufgelegt.

»Oh Joanie«, sagte sie schließlich. »Es tut mir ja so leid.«

»Ich brauche deine Hilfe. Oder könnte sie vielleicht brauchen, ich weiß noch nicht.«

»Ich kann dir einen Namen geben. Jemand, den du aufsuchen kannst, aber nur, wenn du ganz sicher bist, dass du es auch musst.«

»Warum? Kann er mir nicht sagen, ob es sein muss oder nicht?«

»Nein, da kannst du ihm nicht vertrauen, er wird einfach Ja sagen und dich ausschaben, ganz gleich, ob es nötig ist oder nicht, bloß um den vollen Betrag zu kassieren. Nein, nein, du gehst in ein Labor, ein ganz normales Labor, und erst dann rufst du meinen Burschen an.«

Ihr Bursche entpuppte sich als Dr. Ernst Fleischer, der eine Praxis drüben in Yorkville betrieb, zumindest hatte er da eine Adresse, ich wusste ja nicht genau, ob Abtreibungsärzte überhaupt Praxen betrieben. Ich notierte mir sie und bedankte mich bei Liz.

»Bitte, Joanie, halt mich auf dem Laufenden. Du kannst jederzeit anrufen. Tag und Nacht.«

»Ich versprech's dir.«

*

Am nächsten Tag saßen wir in einem Flugzeug, und Jasper erwartete uns am Kennedy Airport, um uns abzuholen. Earl hatte von London aus einige Anrufe getätigt, und als wir im Fond Platz nahmen, sagte er: »Zum *Waldorf Astoria*, Jasper. Du weißt, wo es ist?«

»Ja, Sir.«

Wir fuhren über Long Island nach Manhattan, überquerten eine der Brücken – welche, weiß ich nicht – und hielten vor dem Hotel. Es war drei Uhr nachmittags, und ich hatte einiges zu erledigen. Ein Labor heraussuchen, hingehen, Blut abnehmen lassen oder was sie sonst noch benötigten, und wieder bei Earl zu sein, ehe er sich fragte, was mit mir los war.

Ich ließ mir von Jasper beim Aussteigen helfen, betrat mit Earl die Lobby, und als er uns angemeldet hatte, sagte ich: »Wenn du mich jetzt für eine Weile entschuldigst, ich habe etwas zu erledigen. Aber sehen wir uns später?«

Er schaute mich verblüfft an, öffnete den Mund, um etwas zu sagen, aber ich ließ ihn stehen und ging einfach zum Eingang und hinaus. So schnell ich konnte.

Als Erstes brauchte ich ein Telefonbuch, ein Branchenbuch genauer gesagt, sonst war ich verloren. Ich ging die Avenue hinunter, an der sich das Hotel befand, die Park Avenue, wie ich inzwischen weiß, weil ich an der 49th Street ein Schild sah, bevor ich endlich einen Block weiter einen Drugstore entdeckte. Ich ging hinein, fand das Telefonbuch mit dem roten Einband, schlug die Seiten mit den Laboren auf und konnte nichts finden. Da merkte ich, dass ich unter »Medizinische Labore« nachsehen musste. Ich fand eins nur zwei Blocks entfernt auf der 50th Street und machte mich auf den Weg. Die Frau am Empfang war freundlich, gab mir einen Becher und geleitete mich in einen Raum. Ich gab meine Urinprobe ab, wobei mich schreckliche Schuldgefühle überkamen, bezahlte in bar und fragte, wann ich das Ergebnis bekommen könnte.

»Morgen früh«, erwiderte sie. »Wir haben ab neun geöffnet.«

Um halb fünf war ich wieder im Hotel und benahm mich so normal wie möglich. Earl begrüßte mich mit einem kleinen Umschlag in der Hand.

»Die Concierge hat's möglich gemacht«, sagte er, und als ich nicht antwortete, »unsere Tickets, das heißt, falls du immer noch gehen möchtest?«

Ich nahm den Umschlag und sah hinein. Darin befanden sich zwei Tickets für die Abendvorstellung von *The Fantasticks*.

»Ach so, ja natürlich. Tut mir leid, ja, das oder die oder wie man sagt, schaue ich mir gerne an.«

»Bist du sicher? Du siehst nicht gut aus.«

Ich zwang mich zu einem Lächeln und nickte.

Also gingen wir hin, in diesen Schuhkarton von Theater in der Sullivan Street. Aber fragen Sie mich nicht, wie die *Fantasticks* waren, wer sie waren oder welche Kostüme sie trugen, ich habe so viel davon mitgekriegt wie der Mann im Mond. In der Pause nahm ich eine von Hildas Pillen und überstand damit den zweiten Akt und sogar die Taxifahrt zurück nach Uptown, während Earls Hand keine Sekunde von meinem Schenkel abließ.

Am nächsten Morgen schlich ich mich wie schon in London hinaus, ehe er aufwachte. Ich schlenderte Richtung Osten zur Lexington Avenue, wo ich in einem Diner eine Stunde lang über einer Tasse Kaffee brütete und dem Koch zusah, wie er am Tresen Mortadella-Sandwiches machte. Ich hatte mehr als genug Zeit mir vorzustellen, in was für einer Gegend von Yorkville Dr. Fleischer wohl praktizieren würde und wie seine Räumlichkeiten beschaffen waren. Ich stellte ihn mir in einem weißen Kittel vor, der an den Rändern vom vielen Waschen leicht ausgefranst war, und sah einen gepolsterten Behandlungstisch, dessen schwarzes Leder an manchen Stellen abgenutzt glänzte und an dessen Fußende ein Paar metallene Stützen angebracht waren, vor meinem geistigen Auge. Auf dem Tisch stand ein Tablett mit Klammern und anderen Utensilien, deren Namen ich zwar nicht wusste, die ich aber vom Sehen kannte. In meiner Vorstellung half mir Dr. Fleischer ruhig und freundlich auf den Tisch, doch seine Hände zitterten, und als er nach der Ätherflasche griff, fiel sie zu Boden und zerschellte …

Langsam ging es auf neun zu, aber nur langsam, langsamer als je zuvor in meinem Leben. Der Kellner, ein grobgesichtiger Grieche, auf dessen Wangen sich trotz der frühen Tageszeit bereits die ersten Bartschatten abzeichneten, füllte meine Tasse dreimal nach, wobei er bei der dritten witzelte, bald müsse er mir eine weitere Tasse in Rechnung stellen.

Die Wanduhr hatte einen Sekundenzeiger, der eine Ewigkeit benötigte, seine Runde zu drehen. Dräuend starrte ich darauf und versuchte, ihn dazu zu bringen, sich schneller zu bewegen, eine Umdrehung noch und noch eine, und dann würde ich es wissen. Dann würde ich es wissen.

Ich ließ den Gegenwert eines zweiten Kaffees als Trinkgeld, erwiderte aber nichts mehr, als der Kellner mir seinen Dank hinterherrief, sondern eilte nach draußen und den Block hinunter, einen endlos langen Block, wie mir schien, und dann war ich im Fahrstuhl und fuhr nach oben, und wie langsam der Fahrstuhl hochruckelte machte mich wahnsinnig. Ich war überzeugt, vor verschlossener Tür zu stehen, der Korridor dunkel und ausgestorben. Oder vielleicht war meine Probe verloren gegangen oder verunreinigt worden oder ohne eindeutiges Ergebnis, sodass weitere Tests nötig wurden, oder …

Aber nein – die Lichter waren an, die Tür unverschlossen, und die Sprechstundenhilfe hatte mein Ergebnis bereits in einem Umschlag vorliegen.

Mit zitternden Händen riss ich ihn auf. Darin nur ein Wort, handschriftlich:

Negativ

Man musste mir angesehen haben, wie ich mich fühlte, denn sie lachte und sagte: »Ich dachte mir, dass Sie das freut.«

Auf dem Weg zurück zum Hotel wollte ich vor Erleichterung loslaufen. Und nicht nur vor Erleichterung. Soweit ich weiß, kann großer Stress das verursachen, aber mir passierte es zum ersten Mal, und ich schaffte es gerade noch rechtzeitig zurück ins Zimmer. Ich ließ ihn sehen, wie ich mir eine Binde schnappte, und verschwand im Badzimmer.

Als ich wieder herauskam, küsste ich ihn auf die Stirn und flüsterte: »Tut mir leid, dass ich so abscheulich war, aber das hatte seinen Grund. Ich neige einfach dazu zu vergessen, welche Auswirkungen es auf mich hat – diese besondere Zeit im Monat. Ich hoffe, du verzeihst mir.«

Er tat, als wäre er schockiert, sagte aber, natürlich würde er verstehen.

25

And my belly began to tell me how deep my fear was.

Am Wochenende reisten wir aus New York ab, Jasper kam, um uns abzuholen. Die Fahrt zurück verlief glatt, die meiste Zeit sah ich durchs Fenster nach draußen, wo der Highway an mir vorbeirauschte. Earl ließ mich, wie schon seit meiner kleinen Verkündung, in Ruhe, weil er wie die meisten Männer auf die Geheimnisse des weiblichen Körpers etwas verwirrt und verängstigt reagierte.

Als wir gegen fünf Uhr nachmittags ankamen, die Austernauffahrt hochfuhren und durch die Tür gingen, die uns von einem der Dienstmädchen, begleitet vom Koch und ihrer Kollegin, aufgehalten wurde, betrat ich zum ersten Mal mein neues Heim.

Ich bin selbst auch nicht in einem Stall zur Welt gekommen, sondern umgeben von schönen Dingen aufgewachsen, aber ich muss sagen, dieses Haus war wohl fünfmal so luxuriös wie alles, was ich bisher kennengelernt hatte. Die Eingangshalle war riesig, eine Treppe schwang sich hinauf zur Balustrade im ersten Stock. Hinter der Treppe befand sich eine Tür, die auf den »Patio«, wie er es nannte, hinausführte. Die Türen linker und rechter Hand standen offen, hinter einer lag ein großes Speisezimmer, hinter der anderen Tür ein Wohnzimmer, oder sollte ich besser Salon sagen? Durch Speisesaal und Salon hindurch konnte ich weitere Türen erkennen, dahinter schienen mir, ich erkannte es nicht genau, weitere von Fenstern gesäumte Flure zu liegen.

Sie verbanden die Seitenflügel mit dem Haupthaus. Das Mobiliar war, soweit ich erkennen konnte, fantastisch luxuriös. Schwere Tische, Stühle und Bänke aus Mahagoni, vornehm gepolsterte Sofas und Teppiche, die aus dem Orient stammen mussten. In der Diele standen schwere Truhen mit gepolsterten Sitzflächen und entlang der einen

Wand verlief eine Messingstange. Eine »Besonderheit«, wie er mir später erklärte, »die ich mir in Irland abgeschaut habe. Für Betrunkene, scherzen sie dort, die sich daran festhalten können, wenn sie spätabends das Haus verlassen, aber in Wirklichkeit ist es für Mäntel und dergleichen gedacht und viel praktischer als ein Garderobenschrank. Man wirft einfach seine Gewänder darüber, den Hut obendrauf, und schon kann man sich ins Vergnügen stürzen.«

An jenem Nachmittag tat ich nichts anderes, als zu starren und zu staunen. Auch noch, als eines der Dienstmädchen mich in mein Zimmer geleitete, meine Suite, um genau zu sein, da ich sowohl über ein Schlaf- als auch über ein Wohnzimmer verfügte. Mein Herz schlug heftiger, als ich durch die geöffnete Tür das Kinderzimmer erkannte, das Bettchen mit den zwei Gitterseitenteilen sah, ein elektrisches Schaukelpferd und Tapeten mit Peter-Rabbit-Motiven. Sobald ich meine Tasche abgestellt hatte, machte ich auf dem Absatz kehrt und stürmte die Treppe hinunter.

»Earl«, rief ich, »ich bin ja so aufgewühlt, das wundervolle Kinderzimmer, das du für Tad hast einrichten lassen – ich will ihn auf der Stelle zu mir holen. Ich möchte, dass er heute Nacht bei mir schläft. Wäre es zu viel verlangt, wenn wir …?«

»Ich habe mir schon gedacht, dass du ihn zu dir holen möchtest.«

»Ich hatte gehofft, dass du das sagen würdest.«

Bei all dem wirkte er sehr ernst, ernster als nötig, schoss mir durch den Kopf, und dass er vielleicht gar nicht hinfahren wollte, aber einwilligte, weil er so seinen Teil einer Abmachung einhielt, die wir gar nicht getroffen hatten, denn wir hatten nie über diesen Augenblick gesprochen, der aber nichtsdestotrotz immer präsent war und dicht unter der Oberfläche lauerte.

Ich rief Ethel an und fragte, ob ich mit meinem frischgebackenen Ehemann vorbeikommen könnte. Ich schätze, einen Moment lang genoss ich die Verblüffung, mit der sie es aufnahm. Eine Weile lang herrschte tödliches Schweigen, dann meinte sie: »Ich bin natürlich daheim. Was mit Jack ist, kann ich nicht sagen, es kann später werden, bis er nach Hause kommt. Aber nun gut – ich erwarte euch.«

Earl und ich stiegen in den Wagen und Jasper fuhr uns. Als wir vor dem Haus hielten, erwartete uns niemand; wir waren bereits ausgestiegen, als Ethel herauskam – in Levi's. Das war wohl ihre Art, uns unseren Platz zuzuweisen, denn sie hätte genügend Zeit gehabt, nach oben zu gehen und sich ein Kleid anzuziehen, und indem sie uns diese Geste der Höflichkeit verweigerte, zeigte sie, was sie von uns hielt. Als ich Earl vorstellte, nickte sie und sagte theatralisch: »White heißen Sie also. In Joans Telegramm aus London haben sie es ‚What' geschrieben, aber wir haben uns schon gedacht, dass das ein Fehler sein muss, aber genau wussten wir es natürlich auch nicht. Warum kommt ihr nicht mit nach hinten?«

Earl hatte nur gelächelt und ihre zickige Vorstellung unkommentiert über sich ergehen lassen. Jetzt ließ er sich neben mir von ihr am Haus vorbei in den Hinterhof führen, wo mein Herz wieder einen Sprung machte, denn hinten am Zaun tollte Tad mit zwei anderen Kindern auf einer Rutschbahn herum. Er schien mich nicht zu bemerken, was mir zunächst ganz recht war, weil es mir Gelegenheit gab, Ethel zu eröffnen, weshalb wir gekommen waren, was ich auch sofort in Angriff nahm.

»Nun, Ethel, Tad scheint ja gesund und munter zu sein, und ich werde dir auch ewig dankbar sein, dass du dich so wunderbar um ihn gekümmert hast – aber wenn du nichts dagegen hast, nehme ich ihn jetzt zu mir. Endlich, dank meines neuen Mannes habe ich ein herrliches Plätzchen für ihn, darum musst du dich auch nicht weiter mit ihm herumschlagen.«

»Ich muss mich nicht mit ihm herumschlagen, wie oft soll ich dir das noch sagen? Er ist keine Last, Joan, zumindest mir nicht.«

»Was soll das denn heißen?«

»Nun, wie es scheint, war er für dich eine ziemliche Last, aber wenn sich die Dinge jetzt geändert haben ...«

»Er war mir nie eine Last, was du, glaube ich, genau weißt ...«

Ich hätte ihr noch mehr an den Kopf geworfen, aber Earl hob die Hand und unterbrach mich, indem er besänftigend einwarf: »Ich bin sicher, er war Ihnen und auch sonst niemandem jemals eine Last, Mrs. Lucas, und wird es auch uns künftig nicht sein. Sagen Sie mir, was wir Ihnen schuldig sind.«

Das war genau das richtige Mittel, sie zum Schweigen zu bringen, und in diesem Moment hätte ich nicht stolzer auf Earl sein können. Sie protestierte, meckerte, wir würden ihr nichts schulden, doch Earl hatte bereits achtlos eine Handvoll Scheine aus der Hosentasche gezogen, zählte 150 Dollar ab und legte als Zeichen guten Willens noch einmal 20 dazu.

»Hier, bitte nehmen Sie es, uns wird es nicht fehlen, und ich bin sicher, Sie können es gut gebrauchen.«

Ihr Gesicht hätten Sie sehen sollen! Aber sie nahm das Geld, natürlich.

Dann sagte ich: »Ich denke, dass es nun an der Zeit ist, dass Mr. White meinen Tad kennenlernt.«

»... ja, natürlich.«

Während Ethel sich in einen der Gartenstühle fallen ließ, führte ich Earl zu den Schaukeln. Als Tad mich sah, kam er immerhin herübergetrottet, nicht gerade rennend, aber mit einem Lächeln, als würde er sich freuen, mich zu sehen. Ich ging in die Knie und küsste ihn und beging dann einen Fehler. Anstatt ihm ruhig und ohne große Erklärungen Earl vorzustellen und abzuwarten, bis sie sich beschnuppert hatten, ließ ich vor Aufregung allen gesunden Menschenverstand fahren.

Erst drückte ich ihn noch an mich, bedeckte ihn mit Küssen und sagte: »Ja, es ist deine Mami, wirklich, sie ist es, und sie freut sich so, so sehr, dich zu sehen. Freust du dich auch?«

Er nickte, und seine Schüchternheit legte sich, er streckte mir sogar den Mund für einen weiteren Kuss entgegen. Ich gab ihm noch einen und kam dann zur Sache: »Und nun zu Mamis großer Überraschung, der tollen Überraschung, die sie für dich hat. Tad, das hier ist Mr. White, der ab jetzt dein Vater sein wird – und gleich fahren wir in seinem großen Auto zu unserem wunderschönen neuen Haus, wo wir alle zusammen wohnen werden und …«

Dabei hob ich ihn auf und hielt ihn Earl entgegen. Doch ehe noch jemand etwas sagen konnte, warf er einen Blick auf Earl, der lächelnd dastand und ihm die Hand entgegenstreckte, und stieß einen fürchterlichen Schrei aus – nicht nur einen Angstschrei, sondern einen Schrei schieren Schreckens. Gleichzeitig begann er, um sich zu treten und sich zu winden, sodass ich ihn absetzen musste. Sofort rannte er zu Ethel, die sich bei dem Schrei aus ihrem Stuhl erhoben hatte. Sie schloss ihn in die Arme, küsste und herzte und besänftigte ihn, bis er wieder ruhig war. Ich musste dabeistehen und zusehen und wusste nicht, was ich hätte sagen können, denn was hätte sie sonst tun sollen. Ich nehme niemandem etwas übel, selbst heute nicht, aber es gibt Grenzen dessen, was der Mensch ertragen kann.

Irgendwann stammelte ich: »Na gut, Ethel, wenn du ihn noch ein paar Tage bei dir behalten kannst …«

Ihre Augen funkelten, hämisch blitzte sie mich über den Kopf meines Sohnes hinweg an.

»Aber ja, Joan, du brauchst gar nicht erst zu fragen.«

»Nur so lange, bis wir halbwegs geklärt haben, wie wir …«

»Joan, wenn er denn will, wird er mir willkommen sein, solange er lebt.«

Sie schluckte, dann stieß sie hervor: »Und wie sehr er das will, hättest du dir vielleicht vorher überlegen können, bevor du diesen grandiosen Einfall hattest.«

»Ethel, ich glaube, es ist besser, wir gehen jetzt.«

»In der Tat wäre das das Beste.«

Und so gingen wir – Earl und ich – am Haus entlang zurück zum Wagen, stiegen ein und fuhren los.

Ich muss sagen, er hat sich äußerst rücksichtsvoll benommen, meine Hand gestreichelt und gesagt: »Nimm es dir nicht zu Herzen, diese

Dinge geschehen eben, auch wenn wir nicht wissen, warum. Ich versichere dir, ich habe nichts getan, um es heraufzubeschwören. Ich dachte, was für ein hübscher kleiner Kerl, was für ein wunderbares Kind.«

Ich versicherte ihm, dass es nicht sein Fehler war, sondern meiner, weil ich nicht richtig mit der Situation umgegangen sei, aber die Worte kamen mechanisch, und ich wusste nicht einmal richtig, was ich da sagte. Nachdem wir ausgestiegen und wieder ins Haus gegangen waren, hörte ich mich plötzlich sagen: »Earl, ich gehe nach oben. Ich will allein sein. Ich muss allein sein.«

»Aber natürlich, Joan, in Ordnung.«

So ging ich nach oben, zog mich aus, warf mich aufs Bett und schloss die Augen. Immerhin kannte ich jetzt die Wahrheit: Mein schöner Traum, den ich mir zurechtgelegt und für den ich gearbeitet hatte, bis er wahr geworden war, war in einem entsetzlichen, grausamen Augenblick zerplatzt wie eine Seifenblase.

Weiter dachte ich in diesem Moment, als ich allein auf meinem Bett lag, noch nicht. Die Auswirkungen, die es auf die Zukunft haben würde, auf Tads Zukunft, auf mein künftiges Verhältnis zu Earl, daran dachte ich nicht, zu geschockt war ich, zu betäubt, um es auch nur zu versuchen. Als sich mein Kopf endlich klärte, fragte ich mich, was eigentlich Tads Reaktion hervorgerufen hatte – was ich getan hatte, was Earl getan hatte, was Ethel vielleicht getan hatte, um etwas zu provozieren, was dann scheinbar völlig instinktiv aus Tad herausgeplatzt war. Eine Weile gab ich mir weiterhin die Schuld, die Dinge überstürzt zu haben, indem ich ihm in einem Atemzug einen neuen Vater und ein neues Zuhause verheißen hatte, als wäre es eine tolle Überraschung. Wenn ich nur mehr Geduld gehabt, ihm eins nach dem anderen erklärt hätte, sodass es in sein Köpfchen hätte einsickern können, wäre die Sache vielleicht anders ausgegangen. Einen Moment lang glaubte ich sogar, ich könnte es noch einmal versuchen, einfach Tad ins Auto setzen und herbringen, ihm die Überraschung präsentieren, die Earl für ihn bereithielt, ein neues Dreirad vielleicht oder ein Tretmobil oder das Schaukelpferd. Doch plötzlich fuhr ich hoch und starrte aus dem Fenster, weil mir dämmerte, warum das Kind in Wahrheit so entsetzt auf Earl reagiert hatte.

Wenn es mir schon so ging, wie konnte es dann bei ihm anders sein?

Da wusste ich, dass das, was vorgefallen war, endgültig war, dass nichts mehr zu kitten war. Erinnerungen schossen mir durch den Kopf, wie er mich vor unserer Heirat im Auto an sich gepresst hatte und wie es war, als wir uns küssten, und was ich über ihn dachte, als er in mein Zimmer gestürmt kam und sein Recht einforderte, mir beim Ausziehen zusehen zu dürfen. Und in meinen Eingeweiden spürte ich, wie tief meine Ängste saßen. Und endlich realisierte ich, wie schrecklich er war, dieser Traum, der da in Erfüllung gegangen war.

26

I mean, Rome wasn't built in a day.

Es war bereits dunkel, als es an der Tür klopfte, und als ich antwortete, kam er herein. Ich machte das Licht an, er setzte sich auf einen Stuhl neben dem Bett, auf dem ich immer noch lag.

»Fühlst du dich besser?«, fragte er.

»Ein bisschen, denke ich«, erwiderte ich. »Ich versuche damit umzugehen. Earl, ich habe mein Kind verloren.«

»Wer weiß – es kann noch alles Mögliche passieren. Aber eines möchte ich dir sagen, Joan, ich bin so bestürzt wie du. Ich schwöre, ich habe nichts getan, um so etwas in ihm auszulösen …«

»Earl, ich weiß, dass es nicht deine Schuld ist, auch ohne dass du es schwörst.«

Er saß nur da und sagte und tat nichts, doch wie ich so auf dem Bett lag, spürte ich die gleiche Angst von mir Besitz ergreifen, die Tad mit seinem Schrei offenbart hatte. Seine Augen wanderten zu meinen gekreuzten Beinen, die noch in der Strumpfhose steckten. Ich tat so, als bemerkte ich es nicht, und brachte das Gespräch auf Ethel.

»Darauf hat sie spekuliert, sie lebt nur noch dafür, Tad eines Tages als ihr eigenes Kind beanspruchen zu können.«

Er nickte. »Mir ist etwas aufgefallen«, sagte er. »Jedes Mal, wenn du über sie sprichst. Jetzt ist es klar – ich meine, ich kenne jetzt den Grund dafür. Aber das Gute daran ist wenigstens, dass sie das Kind vergöttert und du sicher sein kannst, dass es in guten Händen ist.«

Als ich das hörte, blieb mir fast das Herz stehen. Und es gefror für immer. Obwohl er es zweifellos gut gemeint hatte, glaubte ich in seiner Stimme einen Hauch der Erleichterung zu hören – als hätte er sich zwar darauf eingestellt, mein Kind großzuziehen, wäre aber glücklicher, wenn er diese Last nicht schultern musste.

Dann sagte er aufmunternd: »Joan, bist du bereit, nach unten zu kommen?«

»Nach unten?«

»Zum Abendessen.«

»Oh, daran hatte ich gar nicht mehr gedacht.«

»Oder möchtest du lieber essen gehen?«

Mir wurde bewusst, dass ich auch meine Pflichten hatte. Und die konnte ich nicht bei der erstbesten Gelegenheit vernachlässigen.

»Ich nehme an, die Dienstboten wären enttäuscht, wenn die Braut an ihrem ersten Abend zu Hause beschließen würde, auswärts zu essen, wo sie sich doch bestimmt alle Mühe gegeben haben, es ihr recht zu machen. Nein, lass uns zu Hause essen. Darf ich fragen, wie sie heißen?«

»Die Dienstmädchen heißen Myra und Leora, Myra ist die Kleinere. Die Köchin heißt Araminta, wird aber Minnie gerufen, Jasper ist ihr Mann. Die Männer werden nicht beim Dinner anwesend sein, du wirst sie morgen kennenlernen. Aber was ich dir noch sagen wollte, wenn du ihnen am Monatsersten ihre Löhne auszahlst, würden sie sich bestimmt über eine kleine Aufmerksamkeit von dir freuen, als Dank …«

»… für geleistete Dienste, ich weiß. Ein Trinkgeld sozusagen. Das hätte ich ihnen sowieso gegeben, ich habe schließlich, wie du nur zu gut weißt, selbst für Trinkgelder gearbeitet. Ich habe sie sogar von dir angenommen.«

»Das war das Mindeste, was ich tun konnte.«

»Ja, und sie haben mir über dunkle Stunden hinweggeholfen«, erwiderte ich und ließ wohlweislich das Wort weg, das mir auf der Zunge lag: *zeitweilig*.

Ich stand auf, ging ins Badezimmer und machte mich frisch und kämmte mein Haar, während er mir dabei zusah. Dann geleitete er mich hinunter. Die Dienstboten erwarteten uns an der Tür zum Speisesaal. Als wir eintraten, knicksten sie, was ich erwiderte, indem ich sie beim Namen nannte und ihnen die Hand gab. Dann ging ich in die Küche, um die Köchin zu begrüßen, die ich mit ihrem vollen Namen ansprach. Wie ich es mir gedacht hatte, gefiel es ihr, Araminta genannt zu werden. Jasper war ebenfalls zugegen, und ich schüttelte ihm ebenfalls die Hand. Als ich zurückkehrte und meinen Platz an der Stirnseite des Tisches einnahm, wirkten die beiden Mädchen außerordentlich freundlich. Ich spürte, dass sie überrascht waren – er übrigens auch. Ich weiß nicht, was sie erwartet hatten, aber ich bin dazu erzogen worden, das Dienstpersonal freundlich zu behandeln, und habe es nie bereut.

Das Abendessen bestand aus einem Früchtecocktail, geschmortem Lamm, neuen Kartoffeln, Erbsen, Salat und Eiscreme. Während Earl das Lamm zerteilte, goss Myra uns ein, Tonic für ihn und, ohne dass ich darum gebeten hätte, ein Glas Wein für mich. Ich war überrascht, dass er sie nicht darauf hingewiesen hatte, dass ich nicht trinke, doch nun war es zu spät, den Irrtum zu korrigieren, deshalb lächelte ich und tat so, als würde ich einen Schluck probieren. Doch schon der Geschmack des Weins an meinen Lippen verursachte mir eine leichte Übelkeit – er erinnerte mich an den Geschmack von Rons Lippen, wenn er wie so oft betrunken nach Hause kam und mich an sich presste.

Als wir das Mahl beendet und unseren Kaffee getrunken hatten, ging ich in die Küche, lobte Araminta für das herrliche Abendessen und dankte den Mädchen, weil sie so perfekt aufgetragen hatten. Sie begleiteten mich zurück in den Speisesaal, wo ich es für angebracht hielt zu sagen, dass es mir nun etwas besserginge. Das stimmte zwar nicht, wenn überhaupt, fühlte ich mich noch schlechter, denn inzwischen war ich auch noch nervös, weil ich ahnte, was mir bevorstand, wenn wir nach oben zu Bett gingen. Erstaunlicherweise geschah aber gar nichts, er ließ mich in mein Zimmer gehen und machte keine Anstalten, mir zu folgen, sondern wünschte mir nur an der Tür gute Nacht und forderte nicht mehr als einen lieben Kuss.

Das überraschte mich, denn er hatte sehr besorgt gewirkt, als wir uns nach dem Essen noch eine Stunde in den Salon gesetzt hatten, wo ich statt des Sofas einen Sessel gewählt hatte und er einen auf der anderen Seite des Tisches.

Nach einer Weile sagte er: »Vielleicht können wir auf eine Art froh sein, dass es so gekommen ist.«

»Froh«, entgegnete ich und bemühte mich, meine Stimme neutral klingen zu lassen.

»Es war eine Art reinigendes Gewitter.«

»Was sollte damit gereinigt werden?«

»Von nun an gibt es nur noch dich und mich. Und das bringt mich auf Ideen.«

»Was für Ideen, Earl?«

»Du wirst schon sehen, hübsche Ideen, mehr will ich zum jetzigen Zeitpunkt nicht verraten. Aber ich glaube, du wirst erfreut sein, ich glaube, ich kann sogar sagen, begeistert. Aber lass mich dich überraschen.«

Nun, meine große Überraschung für Tad war in die Hose gegangen, und wie dies hier ausgehen würde, wusste ich zwar nicht, aber so wie mein Magen sich zusammenzog, war ich gewarnt. Das Gefühl blieb, auch nachdem er mir weder in mein Zimmer gefolgt war noch versucht hatte, mir beim Ausziehen zuzuschauen, oder sich, wie sonst so oft, zum Narren gemacht hatte, sondern mich nur geküsst und mir gute Nacht gewünscht hatte. Denn als er sich umwandte, hatte er mir noch verschwörerisch zugezwinkert. Und nun lag ich im Bett und versuchte herauszufinden, was das wohl bedeutete. Nach einer Weile setzte ich mich auf und sah aus dem Fenster. Mir war ein Gedanke gekommen, der mir gar nicht gefiel. Wollte ich herausfinden, was er meinte, musste ich nur das Schlimmste annehmen, bei ihm konnte es gar nichts anderes sein.

Und das Schlimmste, was ich mir vorstellen konnte, war dass er unsere Vereinbarung über den Haufen werfen und die Ehe doch noch vollziehen wollte – oder es zumindest versuchen. Mein Mund wurde trocken, und am liebsten hätte ich es wie Tad gemacht und vor Entsetzen laut aufgeschrien. Das kann nicht sein, dachte ich, der Arzt hat ihn doch gewarnt – das ist doch undenkbar. Wenn man jedoch etwas unbedingt will, dann ist es, wie sich herausstellen sollte, nicht nur denkbar, sondern auch machbar.

Ich schlief noch, als es an der Tür klopfte, und als ich mich verschlafen meldete, kam er herein, gab mir einen Gutenmorgenkuss, sagte aber, er müsse arbeiten. »Ich war einige Zeit nicht da, und da stapeln sich die Dinge, die erledigt werden müssen.«

Ich sagte etwas in der Art, wie stolz ich auf ihn sei, dass »du so weitermachst wie zuvor und dich durch nichts ablenken lässt. Davor habe ich größten Respekt.« Und auch wenn das geheuchelt klingt, war es das nicht, sondern genau das, was ich fühlte; ganz ehrlich. Ich respektiere Menschen, die ihren Job ernst nehmen, seien es nun Friseure, Kellnerinnen oder was auch immer, und ich versuche, nicht die Haltung zu verlieren, ganz egal wie ich mich fühle.

»Okay, okay«, flüsterte er. »Aber schlaf ruhig weiter. Heute Abend, hoffe ich, habe ich etwas zu berichten.«

Er ging, und ich stand auf. Als ich zum Frühstück hinunterkam, merkte ich gleich, dass ich beim Personal Eindruck gemacht hatte. Myra stellte mir die anderen vor, die Männer, die Jackson, Coleman und Boyd hießen. Boyd war, wie sich herausstellte, Myras Vetter und sprang für Jasper als Fahrer ein, wenn dieser seinen freien Tag hatte. Das war heute der Fall, denn er bot mir an, mich überall hinzubringen, wo ich wünschte, doch ich sagte ihm, ich zöge es vor, hierzubleiben und das Haus in Augenschein zu nehmen.

In der Diele im ersten Stock befand sich ein Telefonanschluss, von dem aus ich meine Freunde anrief. Erst Jake zu Hause, dann Bianca und natürlich Liz. Ich bestürmte sie, noch am gleichen Tag vorbeizukommen, und tatsächlich kam sie zum Mittagessen. Ich war so froh, sie zu sehen, dass ich in Tränen ausbrach, zumal sie auch noch etwas ganz Besonderes angezogen hatte, mir zuliebe und denjenigen zuliebe, die sie erwartet hatte anzutreffen. Sie trug einen beigen Hosenanzug, eine exzellente Wahl, die ihr außergewöhnlich gut stand, und dazu eine rote Schleife in ihrem grauen Haar. Nach dem Mittagessen nahm ich sie mit nach oben in mein Zimmer. Ich hatte kaum die Tür hinter uns zugemacht, als sie mich zum Bett schob und mir einen Schubs gab, damit ich mich setzte. Sie zog sich einen Stuhl heran und flüsterte: »Nun erzähl schon, Baby, was ist los?« Denn ich hatte sie ja trotz meines Versprechens nicht angerufen. Ich erzählte es ihr, von meinem Besuch im Labor und dem Testergebnis.

»Gott sei Dank, Joanie, ich habe dir so die Daumen gedrückt. Aber richtig glücklich wirkst du trotzdem nicht. Was ist los?«

»Es geht um Tad, meinen kleinen Jungen.«

Ich erzählte ihr von dem Schrei und was der in mir ausgelöst hatte. Und dann konnte ich nicht mehr aufhören. Ich erzählte ihr von meiner Heirat mit Earl und von der Abmachung, die wir getroffen hatten.

»Aber jetzt beschleicht mich das Gefühl, dass sie nicht mehr gilt und unsere Ehe sein wird wie jede andere auch. Weil er sie nämlich vollziehen will, wie es der Anwalt nannte. Das schwebt jetzt über mir, oder zumindest glaube ich das.«

»Und du willst nicht?«

»Nicht im Mindesten.«

»Na und, Baby, das passiert uns doch allen mal, sogar mir, gelegentlich. Aber so oder so wirst du's wohl hinter dich bringen müssen. Und weißt du, wie? Du machst die Augen zu und stellst dir vor, es ist Rock Hudson.«

»Ich wünschte, es wäre so einfach.«

»Warum? Was hindert dich daran?«

»Alles Mögliche.«

»Du meinst Tom Barclay?«

Ich antwortete nicht. Ich hätte sie gerne ausgelacht und gefragt, was der denn damit zu tun habe, aber als sie seinen Namen ausgesprochen hatte, hatte mein Herz einen Sprung gemacht, und das hieß, er hatte etwas damit zu tun, eine Menge sogar. Und sie konnte es an meiner Reaktion ablesen.

»Dann machen wir es eben anders, dann stellst du dir vor, dein Mann sei er, ich meine, wenn du dir das wirklich wünschst, obwohl das einen schönen Schlamassel geben kann. Na gut, ich gebe zu, du steckst in der Klemme, aber wenigstens wird Tom sich freuen, es zu hören.«

»Wie kommst du darauf, Liz?«

»Das möchtest du gerne wissen, nicht wahr?«

Sie zündete sich eine Zigarette an, inhalierte und fuhr ohne meine Antwort abzuwarten fort.

»Na gut, ich erzähl's dir. Er kommt in die Bar, Joan. Setzt sich zu mir. Und redet. Redet wie ein Wasserfall.«

»Über mich, meinst du?«

»Über nichts anderes. Er ist ganz schön sauer, Baby. Er glaubt, du hättest ihn betrogen. Dass du es des Geldes wegen getan hast. Und dafür fehlt ihm jedes Verständnis.«

»Ich habe es nicht des Geldes wegen getan.«

»Warum hast du es denn getan, Joan?«

Ihre Stimme wurde plötzlich schneidend, und ich spürte, obwohl wir uns so nahestanden, hatte auch sie den Respekt vor mir verloren.

»Ich hab's für Tad getan.«

»Ach? Und was hat es dir gebracht?«

»Halt den Mund, bitte.«

»Baby, das hast du dir selbst zuzuschreiben.«

»Du meinst, Tom kommt nach wie vor in die Bar?«

»Jeden Abend.«

»Dann könntest du ihm ja vielleicht ausrichten, ich meine, wenn sich die Gelegenheit ergibt, Liz, dass … dass ich ihm treu geblieben bin – bis jetzt wenigstens. Und es verdammt noch mal auch bleiben werde. Aber das sagst du ihm bitte, bitte nicht.«

»Würde ich es tun, wäre es gut möglich, dass er jeden Augenblick hier auftaucht.«

»Und vielleicht rausgeschmissen wird.«

»Das weiß ich nicht«, meinte Liz. »Da wäre ich mir nicht so sicher.«

»Bitte sag es ihm nicht.«

»Ich werde mich nach meinem Gefühl richten und von der Situation abhängig machen, was ich ihm sage und was nicht.«

»Ich bin noch nicht bereit für ihn.«

Sie musterte mich eindringlich und fragte: »Was meinst du damit?«

Ich glaube, ich habe sie auch eine Weile lang angestarrt, bevor ich antwortete: »Liz, ich weiß es selbst nicht.«

»Wenn du meinst, was ich glaube, dass du meinst ...«

»Ich meine, Rom wurde auch nicht an einem Tag erbaut. Ich meine, eins nach dem anderen. Und zuallererst muss ich klarstellen, dass eine Abmachung eine Abmachung ist. Wenn das erst einmal geklärt ist, kann man weitersehen, was sich daraus ergibt.«

»Und Tom? Was wird aus ihm?«

»Eins nach dem anderen, Liz.«

»Okay, okay, ich frag ja nur.«

Plötzlich wurde ich fast hysterisch, und sie nahm mich in den Arm, um mich zu besänftigen. Dann sah sie auf ihre Uhr.

»Ich muss los, sonst macht Jake mir die Hölle heiß. Bianca hat immer noch niemand, um dich zu ersetzen, deshalb habe ich wieder die doppelte Arbeit.«

»Das tut mir leid, Liz.«

»Ich beklage mich nicht. Ich sag nur, wie es ist.« Sie zögerte. »Was Tom angeht, ich sage ihm, er soll die Ohren steifhalten, es sei noch nicht aller Tage Abend. Und dass er sich beruhigen und es langsam angehen lassen soll.«

»Dank dir.«

»Er wird es vielleicht nicht gut aufnehmen. Geduld war noch nie seine Stärke.«

»Er muss, Liz. Was für eine Wahl hat er?«

27

You've been playing a game with me,
haven't you?

Sie ging, und ich stand auf und zog mich an. Dann ging ich hinunter in den Salon, um zu warten, bis Earl nach Hause kam. Lange musste ich nicht dasitzen, um halb fünf fuhr der Wagen vor und er kam freudestrahlend hereingestürmt. »Bereit für meinen Spaziergang zum *Garden*, nur wird mich diesmal eine Frau namens Liz bedienen, und nicht dieses hübsche Mädchen, das ich kennengelernt habe.«

Ich tätschelte ihm die Wange und schenkte ihm das Lächeln, das er ersehnte. Ich gestehe, ich war einigermaßen überrascht, dass er seine Besuche im *Garden* wieder aufnehmen wollte. Dabei gab es dafür eigentlich gar keinen Grund, denn er war schon Stammgast dort, lange bevor ich auftauchte. Warum also nicht an alten Gewohnheiten festhalten?

»Aber Joanie«, flüsterte er und nahm mich in die Arme. »Wenn ich zurückkomme, habe ich eine Neuigkeit für dich. Ich muss mich immer noch kneifen, aber es ist einfach unglaublich. Komm, ich gebe dir einen kleinen Hinweis: Von nun an werden wir ein normales Leben führen können, wie andere Leute auch.«

Er ging nach oben, zog sich um – bequeme Kleidung zum Spazierengehen, die groben Schuhe, die er immer getragen hatte, die doppelt gewebten Hosen, das Flanellhemd, den Mantel.

Er tätschelte mich, gab mir einen Kuss und ging zu Tür. Er winkte Boyd zu, klopfte auf seine Uhr und eilte hinaus. Mich hatte er gar nicht mehr gefragt, was ich vorhatte, ob ich auch irgendwo hinwollte. Da dachte ich mir: Das werden wir gleich ein für alle Mal regeln.

Ich nahm meinen Mantel und ging hinaus, wo Boyd über den Wagen gebeugt dastand und sich die Zeit damit vertrieb, das Chrom zu polieren, bis es Zeit war, zum *Garden* zu fahren und Earl abzuholen. Ich setzte mich auf die Rückbank und bat ihn, mich zu der Garage zu fahren, wo ich meinen Wagen abgestellt hatte. Er sah mich etwas irritiert an, sagte aber nur: »Okay, Mrs. White.«

»Ich würde es vorziehen, wenn Sie mich Joan nennen würden.«

»In Ordnung, Joan.«

In der Garage bezahlte ich die Unterstellgebühr von 35 Dollar und fuhr zurück. Dabei machte ich einen kleinen Umweg an meinem Haus vorbei, meinem kleinen, aus der Mode gekommenen Bungalow, dem einzigen Zuhause, das ich gekannt hatte, seit ich Pittsburgh den Rücken gekehrt hatte. Es sah alles noch genauso aus wie vorher. Ich fuhr weiter. Als ich zum White'schen Anwesen kam, ich brachte es nicht über mich, »nach Hause« zu denken, fuhr ich ums Haus herum zur Garage, wo ich meinen kleinen Ford abstellte. Es standen noch drei weitere Autos dort, ein großer Kombi, ein Pick-up und ein schon etwas angejahrter, leicht ramponierter Cadillac. Letzterer gehörte wahrscheinlich einem der Bediensteten. Ich bin sicher, ich hätte die Schlüssel zu einem der anderen beiden finden und den Wagen benutzen können, aber ich zog es vor, mich auf mein eigenes Auto zu verlassen.

Kurz vor sechs kam Earl – von Boyd chauffiert – zurück, und ich begrüßte ihn in der Diele. Ich fragte ihn, ob er einen schönen Spaziergang gehabt hatte, und er erwiderte: »Sehr schön, mit Ausnahme meines Besuchs im *Garden*. Deine ehemalige Kollegin, diese Liz, ist eine wirklich unangenehme Person, billig, vulgär und in jeder Beziehung abscheulich.«

»Ich mag sie.«

»Nun, ich nicht.«

»Sie ist eine enge Freundin, fast die einzige Freundin, die ich hier habe, deshalb wäre ich dir dankbar, wenn du nicht so über sie herziehen würdest.«

»Wie du willst.«

»Gut, dann brauchen wir nun auch kein Wort mehr über sie verlieren.«

Ich war ein wenig übellaunig, obwohl ich es mir nicht anmerken lassen wollte. Deshalb dachte ich, es sei am besten, etwas Interesse an ihm zu zeigen. »Aber Earl, hast du nicht gesagt, du hättest Neuigkeiten? Was denn?«

Sofort glättete sich seine Stirn und seine Miene hellte sich auf.

»Nur die allerbesten, Joan. Ich war heute bei einem neuen Arzt, und als ich dem berichtete, was Dr. Cord mir gesagt hatte, dass ich für den Rest meiner Tage äußerst vorsichtig und zurückhaltend leben müsste und man nichts dagegen tun könne, hat er nur gelacht. Das sei alles Schnee von gestern, meinte er. Vor zehn Jahren habe man vielleicht noch so gedacht, aber doch nicht mehr heute. Und er hat sogleich mit einer Behandlung begonnen, die – so sagt er – unmittelbare Erfolge zeitigt. Etwas, das sich intravenöse Chelat-Therapie nennt. Ein neues Verfahren, bei dem man mit irgendwelchen Chemikalien durchgespült wird, die alles nach draußen spülen, was einem Ärger bereitet. Ich behaupte nicht, dass ich alle Einzelheiten verstanden habe, aber im Prinzip ist es das. Das und zweimal täglich eine Spritze Vitamin E.«

»Und er denkt, damit ließe sich deine Angina kurieren?«

»Er ist sich seiner Sache ganz sicher. Er hat bereits ein Dutzend Patienten erfolgreich behandelt, vielleicht sogar zwei Dutzend, und bei allen hat es funktioniert.«

»Und du hast es heute schon ausprobiert? Tut es denn weh?«

»Eigentlich nicht besonders. Die Spritze ist genau wie jede andere Spritze, und die Chelat-Therapie, na ja, da sitzt man zwei, drei Stunden da, während aus einem Beutel langsam eine Flüssigkeit in die Vene läuft. Wenn sie die Nadel einführen, sticht es kurz, aber danach merkt man gar nicht mehr, dass sie im Arm steckt.«

»Bis man aufsteht und versucht wegzugehen.«

»Der Beutel hängt an einem Infusionshalter. Der hat Rollen.«

»Okay, das ist ja ausgesprochen spannend«, sagte ich und versuchte, erfreut zu klingen. »Und sicher einen Versuch wert. Aber wie willst du wissen, ob es funktioniert?«

Ein Grinsen breitete sich auf seinem Gesicht aus, wie bei einem kleinen Jungen.

»Wir müssen es eben ausprobieren. Er meinte, heute Abend sei nicht zu früh, da die Flüssigkeit dann schon ein paar Stunden lang ihre Arbeit getan hätte.«

»Also, ich weiß nicht, Earl, du gehst ein gewaltiges Risiko ein.«

»Dr. Jameson hat mir versichert, dass das nicht der Fall ist.«

»Dr. Jameson riskiert ja auch nichts.«

»Doch, seine Reputation.«

»Und du dein Leben.«

Earl wirkte frustriert. »Willst du damit sagen, du willst nicht?«

»Lass mich darüber nachdenken.«

»Ich gebe dir zehn Sekunden.«

»Dann lautet die Antwort Nein. Ich habe viel zu viel Angst, dass sich wiederholt, was in London passiert ist, nur schlimmer.«

»Das in London ist nur passiert, weil ich einen regelrechten Ringkampf mit dir veranstalten musste. Wenn du, statt mit mir zu streiten, dich ein wenig kooperativer zeigen würdest ...«

»Einen Teufel werde ich tun.«

Ich hörte, wie mir die Worte über die Lippen kamen, kalt, ruhig und endgültig. Und plötzlich war er völlig verändert. Ebenso kalt und endgültig sagte er: »Oh doch, du wirst.«

»Ich will aber nicht, dass du auf einmal tot neben mir liegst ...«

»Nein, Joan, lüg mich nicht an«, entgegnete er und trat einen Schritt auf mich zu. »Das ist nicht der wahre Grund. Das klingt zwar sehr edel, aber es stimmt nicht. Du willst nicht mitmachen, weil du nicht mitmachen möchtest. Was für ein Narr ich doch bin.«

»Earl ...«

»Du hast die ganze Zeit ein Spiel mit mir gespielt, stimmt's? Hast so getan, als liebtest du mich, dabei liebst du in Wirklichkeit nur mein Geld – mein Vermögen, das Haus, die Angestellten und was ich dir sonst noch zu Füßen gelegt habe. Es …«

»Nein, Earl, das stimmt nicht. Und ich kann es beweisen.«

»Okay, dann beweis es.«

»Wenn es so wäre, wie du sagst, müsste ich dir ja nur zu Willen sein, und schwups würde ich einen Leichnam in meinen Armen halten. Dann würde alles mir zufallen. Stattdessen weigere ich mich, und zwar zu deinem Besten, damit du nicht dein Leben riskierst. Ist das nicht Beweis genug?«

»Als das Risiko noch bestand, vielleicht. Aber jetzt nicht mehr.«

»Nun gut, du glaubst vielleicht, diese neue Behandlung wäre narrensicher, aber für mich ist das Wunschdenken, Quacksalberei, und wenn ich recht habe, würdest du, wenn wir es tun, daran sterben. Was soll ich noch sagen?«

Doch er schüttelte nur den Kopf.

»Du kannst nichts anderes sagen, weil du nicht die Wahrheit sagst. Du belügst mich und dich selbst auch.«

»Ah so, dann weißt du also, was ich mir so einrede? Dann sag mir doch, woher.«

»Nichts lieber als das. Deine Augen sagen nicht dasselbe wie dein Mund. In ihnen steht dasselbe wie in den Augen deines Jungen, als er bei meinem Anblick geschrien hat. Du hast denselben Blick, Joan, und deine Augen sagen dasselbe. Er hasste mich, und du hasst mich auch. Ich habe es vermutet seit London, seit du dich nicht hast anfassen lassen und verlangt hast, wir sollten eher abreisen. Und nun …«

Ich versuchte ihm in den Arm zu fallen, aber er schüttelte mich ab und schrie aus Leibeskräften: »Jasper! Jasper!«

Boyd kam aus der Küche und durch das Wohnzimmer gelaufen und knöpfte dabei seine Jacke zu. »Jasper hat heute seinen freien Tag, Mr. White, das wissen Sie doch, oder?«

Earl antwortete nicht, sondern stürmte hinaus zum Wagen und stieg ein. Boyd eilte hinterher, beugte sich zum Fenster hinunter und tippte, nachdem Earl ihm von drinnen etwas zugerufen hatte, an seine Mütze, stieg ebenfalls ein und fuhr los.

Ich hatte keinen Appetit aufs Abendessen, deshalb ging ich in die Küche, um Araminta und Myra Bescheid zu sagen. Ich entschuldigte mich für meine Appetitlosigkeit, aber sie meinten, das sei schon in Ordnung. Sie waren recht freundlich, doch an ihrem Verhalten konnte ich erkennen, dass sie wussten, warum.

Stumpf brütend ging ich nach oben, aber nach einer Weile wurde ich doch hungrig. Nachdem ich das Abendessen, das sie bereits vorbereitet hatten, ausgeschlagen hatte, konnte ich schlecht hinuntergehen und sagen, nun wolle ich es doch. Dann fiel mir ein, wo ich essen konnte. Trotzdem ging ich noch einmal in die Küche und überraschte Araminta und Myra, die gerade selbst zu Abend aßen.

»Seid ihr so nett und sagt Mr. White, wenn er zurückkommt, dass ich zwischen neun und zehn zurück bin?«, bat ich sie. »Ich muss noch etwas erledigen. Ich nehme meinen eigenen Wagen.«

»Ja, Miss Joan. Machen wir.«

Ich fuhr zum *Garden*, parkte und ging in die Bar. Sie war gerammelt voll, Bianca half Liz bedienen. Als sie mich sah, kam sie zu mir, gab mir die Hand und fragte, wie es mir ergangen sei. Als ich ihr sagte, dass ich zum Essen gekommen sei, brachte sie mich an einen Tisch, den Tisch, an dem Earl und Tom immer gesessen hatten, und fragte, was ich haben wolle.

»Was habt ihr Gutes? Ich bin ziemlich hungrig.«

»Roastbeef, Hühnchen, Gulasch.«

»Dann nehme ich das Gulasch, Bianca.«

Das Gulasch wurde nämlich nach ihrem eigenen Rezept zubereitet, auf das sie ziemlich stolz war, deshalb schmeichelte es ihr, als ich es bestellte. Sie ging in die Küche, währenddessen ich zur Bar ging und Jake die Hand schüttelte. Dann umarmte ich Liz und gab ihr einen Kuss. »Überraschung!«

Ich legte mir mein Gedeck selbst auf, wie ich es als Kellnerin unzählige Male getan hatte – Serviette, Besteck, Brot und Butter – und setzte mich. Doch dann hatte ich plötzlich eine Eingebung.

»Du brauchst mir das Essen nicht an den Tisch bringen, Bianca. Ich esse an meinem alten Platz.«

Ich nahm mein Gedeck und ging damit durch die Schwingtür in die Küche, wo ich Mr. Bergie die Hand gab und auch dem jungen Tellerwäscher, der neu war. Dann sagte ich zu Mr. Bergie: »Das Gulasch, das Bianca gerade bestellt hat, ist für mich. Ich esse es an meinem alten Platz.«

Genau wie an meinem ersten Abend setzte ich mich an den Klapptisch zwischen Herd und Vorratskammer und machte es mir bequem, während Mr. Bergie mein Essen vorbereitete. Als er fertig war, holte ich es mir ab und aß.

»Das Gulasch schmeckt lecker«, lobte ich ihn, und er salutierte lachend. Ich nahm mir etwas Salat aus dem Gemüsefach und beschloss, auf das Dessert zu verzichten. Ich goss mir einen schwarzen Kaffee ein, setzte mich wieder und schlürfte ihn entspannt und zufrieden, wie bei guten Freunden.

Als ich in die Bar zurückkam, war der Ansturm zum Abendessen verebbt. Ich setzte mich wieder an meinen alten Platz und plauderte mit Liz.

»Jemand war da«, flüsterte sie.

»Oh, wann?«

»Heute, direkt nachdem wir aufgemacht haben.«

»Und?«

»Ich habe ihm erzählt, dass wir uns getroffen haben.«

»Okay.«

Ich tat so, als ginge mich das nichts an, aber sie ließ es mir nicht durchgehen. Sie stand einfach da und wartete ab, bis ich es schließlich nicht mehr aushielt.

»Und?«, stieß ich hervor. »Was hat er gesagt?«

»Dass es ihm schnuppe sei … oder etwas in der Art.«

»Und? Es ist ihm also schnuppe.«

Doch sie blieb weiter neben mir stehen, bis ich nicht länger an mich halten konnte.

»Und was hast du ihm geantwortet?«

»Nichts, was ich hier wiederholen könnte.«

Aber nach einer kleinen Pause spuckte sie es aus: »Ich habe ihm gesagt, er soll aufhören, Mist zu verzapfen, und wenn er den Rest hören wolle, müsse er es mir schon sagen.«

»Und? Hat er?«

»Was glaubst du?«

»Und was hast du ihm erzählt?«

»Baby, ich weiß nicht, ob es richtig war, aber ich dachte, ich hätte die Pflicht, eine Katastrophe zu verhindern, ich meine, wenn er wüsste, was du mir heute Mittag erzählt hast, würde es ihm doch bessergehen, und er würde nicht losziehen und irgendwelchen Unfug anstellen. Deshalb habe ich mir erlaubt, ihm zu sagen, was du mir gesagt hast, nicht wortwörtlich und längst nicht alles, aber so, dass er merkte, wie der Hase läuft.«

»Welcher Hase, Liz?«

»Dass du ihm noch immer nachhängst und deshalb noch nicht mit deinem neuen Ehemann geschlafen hast.«

»Aber das stimmt doch nicht.«

»Dann habe ich dich missverstanden, als du gesagt hast, ihr hättet die Ehe nicht vollzogen. Wenn ich das falsch wiedergegeben habe, dann tut es mir leid.«

»Das hast du schon richtig verstanden, es ist so, wie du es ihm gesagt hast. Aber Tom ist nicht der Grund. Ich wünschte, er wäre es. Er ist es aber nicht.«

»Baby, mir wird gleich schwindelig.«

»Liz, wenn es so wäre, wie du gesagt hast, dass ich diese Art Ehe führe, weil ich immer noch Feuer und Flamme für Tom bin, dann würde ich es so sagen. Ich wäre nur zu froh und bestimmt nicht zu stolz, es zuzugeben. Aber das ist es nicht. Wenn ich könnte, hätte ich es getan, Liz, mein Anwalt hat mir sogar dazu geraten. Und heute Abend ist es dann zum Eklat gekommen, genau so, wie ich befürchtet hatte. Und ich habe es nicht über mich gebracht – nicht wegen Tom, sondern weil ich den Gedanken nicht ertragen konnte, dass dieser alte Knacker auf mich draufsteigt und … und …«

»Du verlässt ihn also?«

»Das weiß ich noch nicht.«

»Joan, du bist genauso unmöglich wie Tom. Vielleicht hörst du endlich auf, mir diesen Mist vorzusetzen. Warum hast du mich heute angerufen? Warum hast du mich zum Mittagessen eingeladen? So wie ich es sehe, damit ich eine Nachricht überbringe. Okay, das habe ich getan. Und jetzt machst du ihm Hoffnungen. Wenn du jetzt einen Rückzieher machst, fühlt er sich zum Narren gemacht. Ich warne dich Joan, kann sein, dass er es dir übel nimmt.«

»Okay, Liz, danke.«

Die ganze Unterhaltung nahm mehr Zeit in Anspruch als meine Schilderung hier, und mittlerweile begann sich die Bar wieder mit aus den umliegenden Kinos kommenden Gästen zu füllen. Die waren in der Regel jünger als die Dinner-Gäste und hielten Liz ganz schön auf Trab. Deshalb stand ich irgendwann auf und nahm Bestellungen für sie entgegen. Viele Leute kannten mich und riefen einfach freundlich meinen Namen, offenbar achteten sie nicht darauf, dass ich keine Uniform trug.

Doch plötzlich, wie aus dem Nichts, baute sich ein vor Wut zitternder Earl vor mir auf.

»Mrs. Earl K. White«, brüllte er mich an, »bedient nicht in einer Bar.«

»Mrs. Earl K. White the Third«, korrigierte ich ihn. »Wenn schon, dann lass uns auch den vollen Namen benutzen. Und Mrs. Earl K. White the Third entscheidet selbst, wo sie Drinks serviert und ob sie sie serviert oder jemandem, der ihr dumm kommt, ins Gesicht schüttet.«

Ich stand an der Bar und balancierte ein Tablett voll Rickeys in der Hand, deshalb trat er schnell zur Seite – sehr schnell. Trotzdem ließ ich ihn nicht vom Haken – noch nicht. »Ich dachte, ich hätte dir deutlich genug gesagt, dass du den Schnüffler abziehen sollst – und ich dachte, du hättest es mir versprochen.«

»Schnüffler. Dazu brauche ich keinen Schnüffler. Ein Dutzend Leute hat mich angerufen. Dass du hier seist! Dass Earl K. Whites Frau Drinks serviere …«

»The Third«, sagte ich und drängte mich mit meinem Tablett an ihm vorbei. Ich stellte den Gästen die Rickeys auf den Tisch und signalisierte – ganz die Aushilfskellnerin – Liz, die Rechnung fertig zu machen. Dann wandte ich mich an Earl: »Ich bin dann so weit, wenn du es auch bist.«

»So weit für was, Joan?«

»Um nach Hause zu fahren, was sonst. Nachdem man mich den ganzen Abend allein gelassen hat, habe ich beschlossen, ein paar Freunde zu besuchen – und wie es der Zufall wollte, kam ich gerade recht, um ihnen ein bisschen auszuhelfen – wenn man im *Who's Who* steht, hat man eben seine Verpflichtungen – noblesse oblige, du verstehst. Doch da du nun einmal da bist und einen Affenzirkus veranstaltet hast …«

Er schnippte mit den Fingern Richtung Lobby, wo Boyd auftauchte. »Wir fahren nach Hause«, verkündete Earl. »Fahr den Wagen vor.«

»Jawohl, Sir.«

»Danke, aber nicht für mich«, sagte ich. »Ich nehme mein eigenes Auto. Du kannst mitfahren oder deines nehmen, ganz wie du willst. Aber ich fahre mit meinem.«

Er schäumte, und ich erwartete fast, er würde noch einmal so davonstürmen wie vorhin. Doch stattdessen instruierte er Boyd, den Wagen zurückzufahren, und wartete, bis ich meine Jacke geholt hatte. Da merkte ich plötzlich, dass es nicht die erlittene Demütigung war, die ihn hierher getrieben hatte, weil er sie mir unter die Nase reiben wollte, auch nicht, weil es ihm peinlich war oder er sich geschämt hätte. Nichts von dem, was er mir vorgespielt hatte, sondern eine Art kranker Triumph, an dem er sich in meiner Gegenwart ergötzen wollte. Irgendetwas wollte er mir sagen, und er wollte mich nicht aus den Augen lassen, bis er es getan hatte. Doch auch wenn mein Gespür mich nicht ganz trog, war ich doch weit davon entfernt, die Wahrheit zu ahnen, da ich nicht wusste, wie der Abend für ihn verlaufen war. Ich hatte das ungute Gefühl, dass da noch etwas nachkommen würde.

Ich hatte ja keinen blassen Schimmer.

28

However, I think you're too late.

Ich ging voran nach draußen, öffnete ihm die Beifahrertür und verfrachtete ihn in den Wagen. Dann stieg ich selbst ein und fuhr nach Hause – sein Zuhause, aber wohl auch das meine, denn ich wohnte schließlich dort. Ich fuhr ums Haus herum zur Garage, stellte meinen Wagen ab und ging mit ihm zusammen zurück zum Eingang. Die ganze Zeit über beherrschte er sich, nichts von dem rauszulassen, was ihm offenbar auf der Zunge lag. Doch sobald wir im Salon waren, platzte es aus ihm heraus: »Was wolltest du damit bezwecken? Mich vor allen Leuten blamieren? Earl K. Whites Frau arbeitet nicht in einer Cocktailbar.«

»Wie Earl K. White sehr genau weiß, hat Earl K. Whites Frau in einer Cocktailbar gearbeitet, und Earl K. Whites Frau kann verdammt noch mal tun und lassen, was sie will, zumal wenn er sich des Abends davonmacht, dann will sie diesen Abend vielleicht mit Freunden verbringen, und wenn die Hilfe benötigen, dann bekommen sie die auch. Noch Fragen?«

»Warum fragst zur Abwechslung nicht du einmal?«

»Was zum Beispiel?«

»Warum fragst du mich nicht, wo ich den Abend verbracht habe?«

»Weil mich das nichts angeht, aber weil du so tust, als würde es das, nun gut, wo warst du?«

»Massagesalon.«

»Du meinst so einen verbrämten Puff?«

»Von mir aus nenn es, wie du willst.«

»Ich nenne die Dinge nur beim Namen, zumindest habe ich gehört, dass es dort genauso zugeht. Und? Hat dir deine kleine Stippvisite Spaß gemacht?«

»Das kann man wohl sagen.«

»Dann bin ich ja froh.«

»Das hatte ich gehofft. Und es wird dich vielleicht interessieren, dass du und Dr. Cord euch geirrt habt, was hiermit bewiesen wäre. Ich ließ mir nämlich eine Massage verabreichen, zwei sogar, um genau zu sein – und ganz ohne tödliche Folgen, wie du ja leicht sehen kannst.«

»Das ist wunderbar, Earl, aber Dr. Cord widerlegt das nicht.«

»Ach ja? Ich sage, es widerlegt ihn.«

»Nicht, wenn du mit ›Massage‹ das meinst, was ich darunter verstehe, nämlich eine junge Frau, die mit ihren Händen zugange ist, dabei ein bisschen weiter geht, als das Gesetz vorsieht, und am Ende das Handtuch wegnimmt. Du hättest dabei sterben können, aber Gott sei Dank hast du es überlebt. Doch zwischen dem und was du vorschlägst, was wir beide tun sollten, besteht ein gewaltiger Unterschied – und wenn du den nicht kennst, dann werde ich einen Teufel tun, ihn dir zu verraten.«

»Ich habe das eine überlebt, und ich werde bestimmt auch das andere überleben.«

»Da könntest du auch sagen, weil ich unverletzt vom Bordstein hüpfen kann, kann ich auch aus dem Fenster springen.«

»Willst du damit sagen, dass der Akt mit dir so viel gewaltiger sein würde?«

»Ich glaube, für dich wäre er es, sonst würdest du nicht so starrköpfig darauf bestehen. Earl, ich hab gesehen, was passiert, wenn du erregt bist. Eine Frau, der du noch nie zuvor begegnet bist und die du nie wiedersehen wirst, kann dich nicht so erregen wie deine Frau, und die Berührung einer Frau kann dich nicht so erregen, wie wenn du ihren ganzen Körper in Besitz nimmst. Du hast heute Abend erfahren, was dein Körper verträgt, aber du weißt längst nicht genügend, um sagen zu können, ich bin bereit. Und der einzige Weg, das herauszufinden, ist zu gefährlich.«

»Und woher willst du das wissen? Du bist eine beeindruckende Frau, Joan, das würde ich nie im Leben bestreiten, aber ich wüsste nicht, dass du einen Doktortitel hast. Komm her, ich zeige dir etwas.«

Er stand auf und zog eine kleine Trittleiter heran, nicht höher als einen halben Meter, mit zwei Stufen, die vor Bücherregalen stand, die an dieser Seite des Raumes ziemlich hoch waren.

»Das Journal, das Dr. Jameson mir geliehen hat – da steht ein Artikel über Angina drin.«

»Meine Meinung wird es zwar nicht ändern, aber gut, lass mich den sehen.«

Schäumend hielt er sich mit einer Hand am Regal fest, kletterte hinauf und langte nach dem schmalen Bändchen. Doch plötzlich griff er sich, statt es herauszuziehen, an die Brust und drehte sich halb um. Ich sah, dass er wieder einen Anfall bekommen hatte und dass er, wenn nicht schnell etwas geschah, stürzen würde. Ich ging zur Leiter, schlang meine Arme um seine Beine und flüsterte: »Lehn dich gegen mich, Earl. Versuch nicht hinunterzusteigen, lass dich einfach hinabgleiten.«

Er befolgte meinen Rat und kam heil am Boden an. Da ich relativ kräftig bin, war ich sogar noch in der Lage, ihn zu seinem Sessel zu hieven.

»Sind deine Pillen neben deinem Bett? So wie in London?«

»Ja, ja«, krächzte er. »Beeil dich, Joan, hol sie, schnell, schnell.«

Ich rannte los. Ich wusste noch nicht einmal, welches sein Schlafzimmer war, aber nachdem ich ein paar Türen aufgerissen hatte, fand ich es. Das Fläschchen stand tatsächlich auf dem Nachttisch. Ich schnappte es und lief damit nach unten. Er saß immer noch im Sessel, halb bewusstlos. Ich schüttelte eine Tablette heraus und gab sie ihm. Er steckte sie in den Mund, und ich konnte sehen, wie er sie unter die Zunge schob. Er hielt die Hand auf, und ich gab ihm eine zweite. Er nahm auch die ein, und nach ein paar Augenblicken wurde sein Atem regelmäßiger. Krächzend sagte er zu mir, wie schon in London, was ich im Falle seines Ablebens zu tun hätte.

»Bist du so lieb und bist still, Earl?«

Er atmete heftig aus, sein Gesicht war gänzlich gerötet, seine Züge verzerrt.

»Du wirst nicht sterben. Ich bin bei dir und pass auf dich auf.«

»Willst du das denn nicht?«

»Wie kannst du so etwas denken?«

»... Joan, du liebst mich nicht, nicht das kleinste bisschen, aber ich liebe dich. Ich kann nichts dagegen tun.«

»Earl, ich liebe dich auch, aber eine Leiche zu lieben, das hat noch niemand geschafft.«

»Okay, schon gut, schon gut.«

Allmählich ebbte der Anfall ab.

»Wenn es aufhört, ist es am schlimmsten. Es fühlt sich an, als würde dir jemand die Luft aus den Lungen pressen, es ist gar nicht mal das Herz, es sind die Lungen, wobei das Herz natürlich die Ursache ist.«

»Vorsicht. Streng dich nicht an.«

»Ich versuch's.«

Und dann plötzlich war es vorbei. Als er sich so weit erholt hatte, dass er sich aufsetzen konnte, fragte ich ihn: »Und? Können wir jetzt reden?«

»Okay – worüber, Joan?«

»Über diesen Massagesalon.«

»In Ordnung, aber lass mich noch etwas hinzufügen, was ich dir bisher verschwiegen habe. Alles ist genau so geschehen, aber nicht mit dem Mädchen aus dem Salon, sondern mit dir.«

»Oh?«

»Ich habe mir vorgestellt, du wärst es. In meinem Kopf, in meinem Herzen war sie du – das wollte ich dir sagen. Ich versuche dir zu sagen, dass ich dich trotz allem, ganz egal, was du für mich empfindest, liebe. Ich liebe dich.«

Und da schoss mir wieder der Rat, den Liz mir gegeben hatte, durch den Kopf. Verstell dich, tu so, als ob. Damit gibt sich alles.

Und ich erinnerte mich auch wieder daran, dass ich das damals in der Frühzeit meiner Ehe, als Ron und ich uns noch Mühe gaben, auch schon getan hatte und in der Zwischenzeit mehr als einmal gelesen hatte, dass die ganze Menschheit es hin und wieder tut. Aber bei Earl ging es nicht. Ich brachte es nicht über mich.

»Aber ich habe dich unterbrochen, Joan«, sagte er nach einer Weile. »Was wolltest du sagen?«

»Es ging um den Massagesalon. Bitte geh da nicht mehr hin.«

»Würdest du mir sagen, warum nicht?«

»Das fragst du noch, nach dem, was gerade passiert ist?«

Er wirkte nicht einmal verlegen.

»Das war nicht der Salon, der das ausgelöst hat, sondern der Streit mit dir, die Anspannung …«

»Es war beides, Earl, die Kombination. Und auch wenn wir uns nicht gestritten hätten, hätte es passieren können. Und wenn es mit mir passiert wäre, weil ich dir gestattete, worum du mich bittest, dann könnte ich nicht damit leben, nicht mit dem Wissen, der Grund dafür gewesen zu sein. Verstehst du, was ich dir sagen will? Verstehst du, warum ich nicht Ja sagen will und kann?«

»Aber weißt du auch, was es für mich bedeuten würde, Joan, zu wissen, dass ich ein normales Leben führen kann, ein Leben wie jeder andere Ehemann auch, und darauf soll ich verzichten, nur weil du Angst hast? Das kann und will ich dir nicht versprechen, Joan. Das geht nicht.«

»Nun denn, wenn es unbedingt sein muss, sollten wir aber wenigstens versuchen, das Risiko so gering wie möglich zu halten.«

»Was meinst du damit?«

»Hat sie dir gefallen? Das Mädchen aus dem Massagesalon meine ich.«

»Auch wenn du es vielleicht nicht glaubst, sie war sehr nett, freundlich, verständnisvoll und unglaublich süß.«

Ich konnte nicht anders und zischte: »Oh, ganz sicher war sie das.«

»Es war nichts Billiges, in keiner Beziehung.«

»Wer, wenn nicht ich, wüsste besser, dass bei dir nichts billig ist, Earl. Aber von mir aus. Weißt du noch, wie sie heißt?«

»Bella.«

»Und wie der Salon hieß?«

»*Kitty-Cat*, in Arlington.«

»Dann will ich, dass du morgen oder wann immer dich der Drang wieder überkommt, dort anrufst und diese Bella herbestellst. Ich suche dir auch die Nummer heraus.«

»Joan, das geht doch nicht. Das gäbe einen rechten Schlamassel.«

»Nicht im Vergleich zu dem Schlamassel, den es geben könnte, wenn du im *Kitty-Cat* einen Anfall bekommst. Für die wärst du nämlich nur ein Problem, ein Problem, das sie loswerden wollen, das auf die Straße gesetzt gehört, ehe die Polizei eintrifft. Und das können wir dir nicht antun.«

Ich wischte ihm ein paar Strähnen aus dem Gesicht.

»Genauso, wie du wissen musst, wie ich mich fühle, und es auch akzeptieren musst, muss ich wissen, wie du dich fühlst, und es genauso akzeptieren. Und das tue ich auch. Ich wünschte – bei Gott – es wäre anders, aber man kann die Niagarafälle nicht aufhalten – und der Drang, den du verspürst, der muss mindestens genauso stark sein.«

»Du möchtest wirklich, dass ich ...«

»Wenn es sein muss, ist es mir lieber, es passiert auf diese Weise. Dann bist du wenigstens hier, und wir wissen, was im Fall des Falles zu tun ist und welchen Arzt wir rufen müssen.«

»Wenn du es so meinst ...«

»Ich meine es so.«

»Du bist schon erstaunlich, Joan.«

Am Tag darauf ging er ins Büro, war aber schon wieder zurück, kaum dass ich mein Frühstück beendet hatte.

»Als ich in die Firma fuhr, ist mir etwas eingefallen, das ich gerne erledigt hätte, etwas, das ich schon länger vorhabe, das aber, wie ich jetzt merke, keinen Aufschub mehr duldet. Kannst du mich zur Bank begleiten?«

»Aber natürlich.«

Ich nahm mir einen Mantel und begleitete ihn nach draußen, Jasper stand schon da und hielt uns die Tür auf. Dann fuhren wir zur *Suburban Trust* in College Park. Der Geschäftsführer, ein Mr. Frost, kam uns beflissen entgegengeeilt, wir gaben uns die Hand und Earl stellte mich vor, Frost wusste natürlich bereits Bescheid, denn die Heirat war durch die Zeitungen gegangen.

»Dick«, begann Earl die Unterhaltung, »ich will alle vier Konten umschreiben lassen, das Girokonto, das Spezial Nr. 1, das Spezial Nr. 2 und das Sparbuch. Von meinem Namen auf unserer beider, meinen und Mrs. Whites, damit sie, falls mir etwas zustoßen sollte …«

»… was doch höchst unwahrscheinlich ist, Mr. White, aber wenn es das ist, was Sie wünschen …«

»Es ist ganz und gar nicht unwahrscheinlich, sondern ganz im Gegenteil todsicher – wenn man Gott nur lange genug Zeit lässt, sein Werk zu vollenden, bringt er die erstaunlichsten Dinge fertig.«

»Immer zu einem kleinen Scherz aufgelegt, Mr. White«, sagte Mr. Frost und lächelte mich an.

»Immer.«

Dann beendete er den Small Talk, und wir gingen ins Büro von Mr. Frost, einem Glaskasten von beträchtlichen Ausmaßen. Wir nahmen Platz, Mr. Frost rief eine Sekretärin und wies sie an, diverse Formulare zu bringen. Was für welche im Einzelnen, weiß ich nicht mehr. Dann unterschrieben wir; Earl, um meine Kontovollmacht zu bestätigen, und ich, um Unterschriftsproben auf vier verschiedenen Karteikarten abzugeben. Die Spezialkonten waren, wie sich herausstellte, für die Steuer, eines für die Bundessteuern und eines für den Staat Maryland. Ich erhielt Vollmacht für alle vier Konten, und schließlich verlangte Earl, die aktuellen Kontostände zu sehen. Ich war verblüfft. Auf dem Girokonto befanden sich 600.000 Dollar, auf einem der Spezialkonten 230.000 und auf dem anderen 90.000.

Auf dem Sparbuch immerhin noch 65.000. Ich hatte gewusst, dass er reich war, hatte aber keine Vorstellung gehabt, wie reich. Als wir alles erledigt hatten, gaben wir uns erneut die Hand, bedankten uns, und Earl bedachte ihn mit einem Nicken. Mr. Frost nahm dies wohl als Zeichen, dass seine Dienste nicht länger benötigt wurden, denn er begleitete uns nicht nach draußen. Im verglasten Vestibül ergriff Earl plötzlich meinen Arm.

»Joan, gestern Abend habe ich einige schlimme Dinge gesagt, Dinge, die einem verliebten Mann durchaus einmal herausrutschen können. Aber täusche dich nicht, Joan. Ich bin ein verliebter Mann. Ich liebe dich wie wahnsinnig und …«

»Ich liebe dich auch, Earl.«

Das sagte ich ohne das geringste Zittern in der Stimme, ohne zu zögern und ohne, so hoffe ich, Tads Angst in den Augen.

»Vielleicht«, entgegnete er. »Auf deine Art. Zumindest weiß ich, dass du dir nicht meinen Tod wünschst, denn wenn du den gewollt hättest, hättest du mehr als genug Möglichkeiten gehabt … nicht zuletzt gestern Abend. Dennoch und überhaupt …«, er gestikulierte in Richtung der Bank, »bin ich froh, dass ich das erledigt habe. Von nun an hast du genauso viel wenn ich lebe, wie wenn ich tot bin.«

»Bitte rede nicht so.«

»Ich wollte nur nicht, dass das zum Thema wird. Weder für dich noch für sonst jemanden.«

An jenem Abend war er so, wie ich ihn haben wollte. Ruhig, höflich und ohne Forderungen zu stellen, körperlicher Art, meine ich. Wir sahen fern, und als ich – trotz allem nervös – ankündigte, ich wolle zu Bett gehen, tätschelte er mich, gab mir einen Kuss und begleitete mich nach oben, machte aber keine Anstalten, mir in mein Zimmer zu folgen, und klopfte auch nicht mehr an, nachdem ich drinnen war.

Was für eine Erleichterung! Endlich konnte ich einmal ohne Angst einschlafen. Am Morgen kam er herein, gab mir einen Kuss und ließ sich gleich darauf von Jasper ins Büro fahren, während ich noch im Bett lag. Am Nachmittag kam er nach Hause, zog sich um, spazierte zum *Garden* und kam ohne Zwischenfälle zurück.

Der Abend verlief wie der vorige und der folgende ebenfalls. Am vierten Abend jedoch änderte sich alles. Zwar unternahm er wie üblich seinen Spaziergang und küsste mich beim Nachhausekommen, doch seinem Kuss haftete etwas Komisches, etwas Schuldhaftes an, zumal er sofort danach nach oben ging und mich bat, das Telefon nicht zu benutzen, damit er einen Anruf tätigen könne. Als er nicht zum Abendessen erschien, ging ich hinauf, klopfte an seine Tür und stieß sie auf. Er saß in seinem Lehnsessel, an seine intravenöse Apparatur angeschlossen. Durch einen Schlauch lief das Medikament von der Infusionsflasche in seinen Arm. Er sah peinlich berührt auf, fast, als hätte ich ihn bei etwas ertappt, was Unsinn war, denn ich wusste ja, dass er sich der Behandlung unterzog, und er wusste, dass ich es wusste. Ich sagte auch nichts weiter, sondern nur, dass das Essen auf dem Tisch stünde, worauf er meinte, er wolle nichts. »Noch nicht jedenfalls.« Was merkwürdig klang, so als sei er durchaus hungrig, wolle das Essen aber auf später verschieben. Dabei vermied er meinen Blick, und so ging ich wieder hinunter, aß zu Abend und versuchte, aus seinem Benehmen schlau zu werden. Vergeblich. Ich saß bereits im Salon, als es an der Tür klingelte. Soweit ich wusste, erwarteten wir niemanden, aber plötzlich überkam mich eine Ahnung. »Ich gehe«, rief ich Myra zu, die bereits auf dem Weg zur Tür war.

Als ich öffnete, stand eine junge Frau draußen in einer Art Schwestern-Uniform, den Mantel hatte sie sich über die Schultern gelegt. Hinter ihr in der Einfahrt wartete ein Taxi.

Sie blinzelte. »Wenn Sie die Haushälterin sind, ich bin Bella, Mr. White hat mich hergebeten.«

Ich gestehe, das zog mir fast den Boden unter den Füßen weg. Sie war zwar hier, weil ich Earl dazu ermuntert hatte, aber sie in Fleisch und Blut vor mir zu sehen, mit dem wartenden Taxi als hyperrealem Hintergrund, machte mich doch für einen Moment fassungslos. »Oh ja, natürlich«, erwiderte ich. »Ich glaube, Mr. White erwartet Sie bereits – kommen Sie doch herein.«

Sie trat ein, während ich in den Salon ging, um meine Handtasche zu holen, und dann wieder hinaus, um das Taxi zu bezahlen – zwölf Dollar und etwas. Ich gab dem Fahrer 15 und eilte dann die Treppe hinauf, klopfte an Earls Tür und rief: »Earl!? Du hast Gesellschaft.«

Ich schätze, ein fieser Zungenschlag war schon dabei, denn irgendjemand hatte mir einmal erzählt, dass eine Puffmutter eben das rufen würde, wenn ein frischer Freier hereinkam. »Mädchen, ihr habt Gesellschaft.«

Nichtsdestotrotz geleitete ich sie nach oben, wies auf die Tür, an die sie klopfen sollte, und ging hinunter. Als ich hörte, wie sie sich öffnete und schloss, ging ich in die Küche und sagte zu Araminta: »Mr. White hat einen Besucher. Er darf nicht gestört werden, falls etwas passiert, einer seiner Anfälle, dann bin ich unter dieser Nummer zu erreichen.« Ich schrieb ihr die Nummer vom *Garden* auf ihre Küchentafel. Um ganz sicher zu sein, dass sie verstanden hatte, was ich meinte, insistierte ich: »Du weißt doch über seine Anfälle Bescheid?«

»Sie meinen, wenn er die Schmerzen in der Brust bekommt?«

»Genau. Sag mir sofort Bescheid. Falls nötig, gibst du ihm seine Pillen, aber ruf niemand anderen, bevor ich nicht zurück bin, nicht einmal den Doktor. Ich werde nicht länger als zehn Minuten brauchen.«

»Gut, Mrs. White, ich habe verstanden.«

Sie sah mich ziemlich komisch an, aber in den leicht zusammengekniffenen Augen erkannte ich Wärme, und das gab mir das Gefühl, dass alles unter Kontrolle war. Ich zog meinen Mantel an, ging zu meinem Wagen und fuhr zum *Garden*.

Es war Freitag, Anfang November, die Garderobe war seit Monaten zum ersten Mal wieder besetzt, denn im Sommer trug natürlich niemand Hut oder Mantel, und auch der Oktober war noch recht mild gewesen. Das Mädchen dort allerdings war neu, und da sich das Telefon dort befand, war ich auf sie angewiesen. Ich gab ihr einen Dollar, und als ich meinen Namen nannte, wusste sie nicht nur, wer ich war, sondern war auch ziemlich begeistert mich kennenzulernen. Ich schätze, ich galt als die Kellnerin, die das große Los gezogen hatte.

»Ich erwarte einen Anruf. Einen außerordentlich wichtigen Anruf. Ich werde in der Bar sein. Bitte lassen Sie mich nicht im Stich. Kann sein, dass ich Liz ein bisschen zur Hand gehe. Wenn Sie mich nicht gleich sehen, dann sagen Sie ihr Bescheid.«

»Sie können sich auf mich verlassen, Mrs. White.«

»Joan.«

Liz platzierte mich erst an der Bar zwischen zwei anderen Gästen, geleitete mich aber, sobald er frei wurde, an meinen angestammten Tisch. Eigentlich rechnete ich nicht damit, angerufen zu werden, und war froh, Liz ein bisschen bei den Bestellungen helfen zu können, als mich jemand am Arm fasste. Als ich mich umdrehte, war es die neue Garderobiere.

»Anruf für Sie, Joan. Die Frau sagt, es wäre wichtig.«

Es war Araminta. »Kommen Sie schnell, Miss Joan. Es hat ihn erwischt. Es geht ihm schlecht diesmal – richtig schlecht.«

Ich ließ den Wagen in der Auffahrt stehen, und Araminta hielt mir bereits die Tür auf. Ich eilte hinein und die Treppe hinauf. Myra war bei ihm, saß auf einem Stuhl neben dem Bett, und Earl lag unter der Bettdecke, anscheinend nackt, wie man an der Wäsche – Hosen, Hemd, Unterhose – sehen konnte, die am Boden verstreut lag. Und unter der auch ein zarter Spitzen-BH hervorlugte, den seine Besitzerin in der Eile wohl zurückgelassen hatte.

Er hielt sich seine Brust und hatte die Augen fest geschlossen, doch als er mich hereinkommen hörte, zwang er sich, sie zu öffnen. »Gott sei Dank bist du da, Joan«, keuchte er, jedes einzelne Wort kostete ihn sichtlich Anstrengung. »Das ist es – du hast gewonnen.«

»Gewonnen? *Gewonnen?*«

»Du hattest recht, meine ich.«

Ich wandte mich an Myra: »In Ordnung, ihr habt das Rechte getan, ihr alle, aber nun …«

»Sagen Sie Bescheid, wenn Sie mich brauchen, Miss Joan.«

Sie ging, und ich fragte Earl: »Das Mädchen hat dich so liegen lassen?«

»Ich habe ihr gesagt, sie soll gehen. Sie hat es mit der Angst zu tun bekommen.«

Ich sah das Pillenfläschchen auf dem Nachttisch. Es war leer. »Deine Medizin hat nicht geholfen?«

»Diesmal nicht. Diesmal ist es das Ende. Ich spüre es. Du hast gewonnen.«

»Würdest du bitte aufhören, ständig zu sagen, du hast gewonnen! Wenn es so ausgeht, wie du sagst, bin ich die größte Verliererin aller Zeiten.«

»Es wird so ausgehen. Diesmal ist es nicht nur der Schmerz, ich kriege keine Luft mehr – das ist neu, es geht nicht mehr. Hätte ich nur auf dich gehört …«

»Hör auf, hör auf.« Ich hatte schon den Telefonhörer in der Hand und wählte Dr. Cords Nummer, die in dem Büchlein auf dem Nachttisch stand. Zwei Nummern waren dort verzeichnet, eine mit einem »P« versehen, was wohl »privat« bedeutete. Wenn man reich und krank genug war, bekam man vom Arzt wohl auch die Privatnummer, damit man ihn Tag und Nacht erreichen konnte. Jedenfalls nahm Dr. Cord auch gleich ab, und noch ehe ich ihm schildern konnte, was genau passiert war, meinte er, er sei sofort da. Als ich mich wieder zu Earl setzte, sah er noch schlechter aus als zuvor, seine Kiefer malmten förmlich, solche Schmerzen litt er. Durch die zusammengebissenen Zähne hindurch krächzte er: »Ich habe gehört, du hast im *Garden* einmal einen Kerl verprügelt.«

»Oh ja, verprügelt habe ich ihn.«

»Weil er dir zu nahe getreten ist?«

»Ja.«

»Oh, hättest du doch mich verprügelt. Ein einziges Mal nur. Mir etwas Verstand in meinen tauben Kopf geprügelt.«

Dann lag er ein paar Minuten lang schweigend da, ich blieb ebenfalls stumm, sah zu, wie er nach Atem rang, und drückte ihm die Hand. Er wimmerte leise.

»Es ist mein Fehler«, sagte ich. »Diese ganze Geschichte war meine Idee. Ich dachte, hier zu Hause wärst du sicherer.«

»Nein, nicht deine Idee.«

»Ich war diejenige, die gesagt hat, du sollst sie anrufen.«

»Ich hatte dieselbe Idee, schon Wochen bevor du damit herauskamst. Es war alles so verrückt, ich traute mich nicht, damit herauszurücken. Aber die Idee hatte ich. Hör zu, Joan, da ist noch etwas, was ich dir nicht gesagt habe.«

»Ja, Earl. Was ist es?«

Er stützte sich auf einen Ellbogen, aber was er mir sagen wollte, erfuhr ich nicht mehr und habe es bis zum heutigen Tag nicht erfahren. Als er zurücksank, war es vorbei, und just in diesem Moment kam ein Mann hereingeeilt, den ich bis dahin noch nie zu Gesicht bekommen hatte, bei dem es sich aber natürlich um Dr. Cord handelte.

»Danke, dass Sie so schnell gekommen sind, Doktor. Obwohl ich glaube, es ist zu spät.«

Er ging zu Earl, fühlte seinen Puls, und als er keinen fand, ließ er den Arm sanft auf die Decke sinken.

»Er war schon lange fällig, Mrs. White.«

29

It looked bad that here I was with a second dead husband on my hands.

Er begann den Totenschein auszufüllen, hielt dann aber inne, um die Polizei zu rufen, »damit am Ende keine Fragen offenbleiben«. Dann wandte er sich an mich: »Er hat es Ihnen gegenüber vielleicht nicht erwähnt, aber ich habe immer versucht, ihm klarzumachen, dass eine Ehe tödlich für ihn enden könnte. Und ich gestehe, als ich die Nachricht in der Zeitung sah, war ich einigermaßen aufgebracht ...«

Ich unterbrach ihn. »Er hat mir alles gesagt, besonders was Sie ihm geraten hätten, und trotzdem wollte er mich heiraten. Er kannte das Risiko. Ich flehte ihn an, es nicht drauf ankommen zu lassen, aber er wollte ein normales Leben führen.«

Dr. Cord musterte mich – auf eine Art, die mir nur zu bekannt war, Sergeant Young hatte mich so angesehen, dann der Anwalt, Eckert, Tom sowieso, auch Lacey und Luke Goss und zahllose Gäste in der Bar. Alle Arten von Mann hatten mich so taxiert, Hunderte vermutlich seit ich zwölf war und die ersten weiblichen Formen entwickelte. Auf der Arbeit habe ich sie dazu eingeladen, klar, so wie meine Uniform Beine und Brüste zur Schau stellte, doch hier drin, im Schlafzimmer meines Mannes, war ganz gewiss nichts Einladendes in meiner Haltung, nicht, wenn seine Leiche keine drei Meter entfernt lag und mein Körper überhaupt gar nichts enthüllte oder Aufreizendes preisgab. Doch vielleicht war Dr. Cord so an Leichen gewöhnt, dass ihn Earls gar nicht mehr ablenkte, denn er gaffte mich an, als wäre Earl überhaupt nicht vorhanden. Tränen traten mir in die Augen, Tränen der Wut, der Verzweiflung.

»Earl hatte natürlich alles Recht auf ein normales Leben«, sagte Dr. Cord schließlich. »Aber ich bin mir nicht sicher, ob er das tatsächlich hatte.« Er deutete auf den Apparat, an dem noch die Chelat-Flasche hing, der neben dem Lehnsessel in der Zimmerecke stand; auf dem Sims dahinter lagen sauber aufgereiht die Vitaminspritzen. Dann bückte er sich und hob den Büstenhalter auf, fasste ihn mit spitzen Fingern an, als wäre er etwas Schmutziges.

»Das ist ein hübsches Dessous hier, Mrs. White, aber wenn ich richtig sehe, mindestens zwei Nummern zu klein, als dass es Ihnen gehören könnte.«

Ich riss es ihm aus der Hand und stopfte es in die Tasche meiner Kostümjacke.

»Die Polizei wird jeden Augenblick hier sein, aber das muss nichts weiter als eine Routineangelegenheit werden. Ich werde sie über Earls gesundheitlichen Zustand in Kenntnis setzen, die Anfälle zuvor. Wahrscheinlich machen sie dann nicht einmal eine Autopsie. Es gäbe ja auch keinen Grund dafür, angenommen ...«

»Angenommen?«

»... angenommen ich erzähle ihnen auch nichts von diesem delikaten Wäschestück in Ihrer Tasche.«

Er ging hinüber zum Sessel und nahm die leere Infusionsflasche vom Ständer. »Und über Therapiemaßnahmen, die ich nicht bewilligt habe. Ansonsten könnte es sein, dass sie eine Autopsie verlangen. Ich glaube aber nicht, dass ich ihnen all das erzählen muss. Ich meine, den Gefallen würde ich Earl tun. Gott sei seiner Seele gnädig. Er hat wahrlich etwas Besseres verdient, als dass sein Name durch den Schmutz gezerrt wird und in den Schlagzeilen auftaucht. Und es gibt wohl niemanden, tot oder lebendig, der nicht hin und wieder einen kleinen Gefallen gebrauchen kann.«

Da merkte ich, was er von mir dachte, wofür er mich hielt, so eine Art Bella, nur besser bezahlt.

»Lassen Sie sich nicht aufhalten«, bellte ich ihn an. »Gehen Sie ruhig hin und erzählen Sie alles. Ich habe nichts zu verbergen. Gar nichts.«

»Mrs. White ...«

»Und ich will auch keine Gefallen von Ihnen. Ich biete keine, schon gar nicht die Sorte, an die Sie denken. Schämen Sie sich eigentlich nicht, so etwas zu fragen ...«

Da hörte ich draußen auf der Treppe Schritte und wie hinter mir die Tür aufging. Dr. Cord sah mir über die Schulter, und die Art, wie er unwillkürlich Haltung annahm, sagte mir, dass die Polizei eingetroffen war. Ich weiß nicht, wie viel man draußen von unserem kleinen Disput mitbekommen hatte, aber immerhin war ich nicht auf ihn eingegangen. Trotzdem betete ich, dass ich, wenn ich mich umdrehte, in Gesichter blicken würde, die ich noch nie zuvor gesehen hatte.

Doch wie so viele meiner Gebete blieb auch dieses ungehört.

»Wir wären Ihnen verbunden, wenn Sie bitte zur Seite treten würden und den Beutel abstellen würden, Doktor«, sagte Private Church.

*

Weder Church noch Young trugen Uniform, beide sahen aus, als wären sie mitten am Abend zu Hause rausgeklingelt worden und hätten keine Zeit verloren herzukommen, nachdem sie meinen Namen gehört hatten. Das beunruhigte mich, denn einmal mehr hatte ich nichts verbrochen, auch wenn es nicht gut aussah, dass ich hier neben meinem zweiten toten Ehemann stand.

Dr. Cord setzte sie wie angedroht umfassend in Kenntnis, und so wurde ich plötzlich damit konfrontiert, den Büstenhalter in meiner Tasche und das Chelat erklären zu müssen, und bald war die ganze Geschichte heraus. Ich erzählte ihnen nur nicht, dass es meine Idee gewesen war, Bella zu engagieren, denn letztlich hatte er ja gesagt, er hätte das schon vor mir erwogen. Und natürlich tat es mir leid, dass ich weder Bellas Namen wusste noch das *Kitty-Cat* kannte. Ich wäre lediglich im *Garden* angerufen worden und so schnell wie möglich nach Hause gekommen, wo ich das Zimmer und meinen Mann mit dem Tode ringend so vorgefunden hätte. Das war die reine Wahrheit, abgesehen vielleicht von einer kleinen Lüge, die nichts geändert hätte, sondern mir nur eine Peinlichkeit ersparte.

»Warum haben Sie das Kleidungsstück der anderen Frau aufgehoben?«, fragte Private Church. Seine Stimme klang so neutral wie immer, seine Absichten aber waren es ganz gewiss nicht.

»Der Doktor hat es aufgehoben, nicht ich. Er drückte es mir in die Hand, sagte, er wolle nicht, dass Earl in einen Skandal verwickelt wird.«

Der Arzt hatte sich da schon verabschiedet und war nach Hause gegangen, den ausgefüllten Totenschein hatte er dagelassen wie auch den unbestimmten Eindruck, seine Hände in Unschuld zu waschen und uns alle uns selbst zu überlassen – Earl, mich, die Polizei, alle. Sein Patient war tot, seine Arbeit erledigt.

»Und wer war sie?«

»Ich schätze, es gibt wie überall auch in dieser Stadt Frauen, die gegen Bezahlung intime Momente anbieten. Und die Männer wissen schon, wo sie sie finden.«

Sergeant Young blickte mich mit betroffener Anteilnahme an, zumindest kam es mir so vor. Es war aber Church, der mich, Untergebener oder nicht, ins Kreuzverhör nahm, und ich spürte schnell, dass sein Feuereifer, mir etwas anzuhängen, mit der erfolglosen Exhumierung von Rons Leiche nicht erloschen, sondern im Gegenteil noch angefacht worden war. Es war wie bei einem Krebsgeschwür, das wieder aufbricht, die Gefahr ist niemals besiegt, sie schläft allenfalls eine Zeit lang.

»Wir müssen einige dieser Utensilien mitnehmen, um sie im Labor untersuchen zu lassen. Und natürlich werden wir eine Autopsie veranlassen.«

»Tun Sie ruhig, was Sie tun müssen.«

»Sie könnten uns einige Zeit und Mühen ersparen, wenn Sie uns jetzt sagen, ob und was wir finden werden.«

»Da müssen Sie sich mit Dr. Jameson in Verbindung setzen, er hat das für Earl veranlasst, diese Therapie, die Chemikalien, die er ihm verschrieben hat.«

»Und warum haben Sie dann Dr. Cord angerufen, als Ihr Mann Hilfe benötigte? Und nicht Dr. Jameson?«

Ich deutete auf die Apparatur. »Weil ich dieser Sache kein Vertrauen entgegenbrachte, nicht das geringste. Das habe ich auch Earl gesagt. Dr. Cord hat ihn sogar vor den Risiken gewarnt, er war derjenige, der gesagt hat, er könne daran sterben. Deshalb habe ich natürlich ihn angerufen.«

Private Church nickte, als hielte er das alles für relativ plausibel, und mir fiel ein kleiner Stein vom Herzen. Er streckte mir die Hand entgegen und begleitete mich zur Tür.

Bevor ich hinausging, sagte er noch: »Ich weiß, dass ich das nicht sagen muss, aber ich sage es trotzdem. Sie sollten Hyattsville nicht verlassen, Mrs. White. Okay?«

»Wo sollte ich hin?«

»Wohin auch immer. Aber lassen Sie's.«

»Können Sie mir einen Grund nennen?«

»Wir brauchen Sie vielleicht noch für weitere Ermittlungen.« Mehr sagte er nicht, aber es war klar, dass er nicht alles gesagt hatte.

Ich ging die Treppe hinunter, während Young und Church bei der Leiche blieben. Araminta kam in den Salon, und ich bat sie, bei mir zu bleiben und mir Gesellschaft zu leisten. Dann kamen auch Myra und Leora hinzu, und zu viert saßen wir eine Weile schweigend da. Schließlich sagte ich, ich hätte noch keine Pläne gemacht, deshalb könne ich auch noch nichts über die Zukunft sagen, versicherte ihnen aber, dass, was auch immer sie brachte, ich sie anständig behandeln und sie dabei unterstützen würde, eine neue Arbeit zu finden. Sie waren recht nett und verständnisvoll. Dann klingelte es, und Church kam herunter, um aufzumachen. Es waren zwei Männer mit einer Bahre. Sie fragten nach dem Totenschein, und Church gab ihn ihnen. Dann war Earl draußen, verschwunden, aus dem Haus, aus dieser Welt, aus meinem Leben.

Diesmal war ich es und nicht Ethel, die den Bestattungsunternehmer anrief. Wieder den, der schon Ron unter die Erde gebracht hatte. Eine Sekretärin hatte Nachtdienst. Sie sagte, sie würde sich am Morgen mit der Polizei in Verbindung setzen und fragen, wann die Leiche freigegeben würde. Die Autopsie würde sicher nicht vorher abgeschlossen sein. Es war, wie gesagt, Freitagabend, und da Samstag und Sonntag keine Begräbnisse stattfanden, würde Earl bis Montag warten müssen. Dennoch herrschte am Wochenende Hochbetrieb. Beide Zeitungen, die *Post* und der *Star*, riefen am Samstagvormittag an, nach Kenntnisnahme des Totenscheins, wie sie sagten, den sie wohl automatisch übermittelt bekamen. Sie fragten mich nach den Todesumständen, doch es schien, als hätten sie noch nicht allzu viel herausbekommen, denn sie akzeptierten die schlichtesten Antworten und hakten nicht nach. Sie fragten auch nach Earls Firma, die sein Großvater gegründet und sein Vater weitergeführt hatte. Wer jetzt die Leitung übernehmen würde, wollten sie wissen. Ich hatte nicht die leiseste Ahnung, aber mit einem Flattern im Bauch realisierte ich, dass ich diejenige sein könnte, die diese Entscheidung treffen musste.

Als die Nachmittagszeitungen mit der Meldung herauskamen, war Bill Dennison, der Anwalt aus New York, bereits eingetroffen. Er war mit dem Flugzeug gekommen und hatte das Testament mitgebracht, das Earl kurz vor seinem Tod verfasst hatte. Es sprach alles mir zu, abgesehen von einigen kleinen Vermächtnissen für das Hauspersonal und einige Angestellte in Earls Büro. Seine Sekretärin erhielt 2.500, alle anderen, insgesamt etwa ein Dutzend, erhielten 1.000 Dollar. Als ich das Ganze las und einige Passagen von Bill erklären ließ, wurde mir schwindlig. Doch nach und nach kamen noch alle möglichen anderen Leute, Freunde wie Jake, Bianca und schließlich auch Liz, über deren Besuch ich mich am allermeisten freute. Ich dachte kurz an Tom, der sich aber nicht blicken ließ. Ich bat Liz, über Nacht zu bleiben und mich bei der zu erwartenden Tortur zu unterstützen, aber da sie arbeiten musste, konnte sie nicht. Doch noch während sie da war, kam Mr. Garrick, der Bestattungsunternehmer, mit dem ich natürlich Dinge wie die Wahl des Sarges, die Anzahl der Limousinen et cetera besprechen musste. Er schien die Grabstelle der Whites zu kennen. Ich entschied mich für einen Mahagonisarg, der nach der Kremation die Urne aufnehmen sollte, und legte auf seinen Vorschlag hin Montag 12 Uhr als Zeitpunkt des Begräbnisses fest. Weiter schlug er vor, die Andacht in seiner Kapelle abzuhalten und Reverend Archibald Fisher mit der Durchführung zu beauftragen.

»Er war der Pfarrer von Mr. White, und ich denke, damit ist er prädestiniert.« Ich nahm alle seine Vorschläge an, bestellte, für den Fall der Fälle, vier Limousinen und akzeptierte auch, dass er zusätzlich einen Wagen ausschließlich für mich schicken wollte.

»Natürlich holt Sie einer meiner Männer ab und wird, falls etwas Unvorhergesehenes eintritt, selbstverständlich ganz zu Ihrer Verfügung stehen.«

Unmittelbar nachdem er gegangen war, kam Araminta herein. »Es ist raus«, verkündete sie. »Mr. Wilcox tut so, als wäre er sein Bruder.«

»Der im Radio, meinst du?«

»Ja, Ma'am.«

Da Ethel es ständig laufen hatte, musste sie es mittlerweile also erfahren haben. Earls Tod, meine ich. Ich fragte mich, was ich wohl sagen würde, wenn sie anrief. Wie sich herausstellte, war es das Einzige, worüber ich mir keine Sorgen zu machen brauchte; sie rief nicht an.

Am Samstagabend war ich fix und fertig, ich dachte, wenn ich nicht ein bisschen Ruhe bekäme, würde ich noch wahnsinnig. Aus einer Laune heraus sagte ich Araminta, ich würde ausgehen, sie brauche für mich kein Abendessen zu bereiten. Ich zog einen Mantel über und fuhr zum *Garden*. Ich traf noch vor der Stoßzeit ein, mein Stammplatz war noch nicht besetzt, und Liz war unglaublich nett zu mir. Wann immer es ging, kam sie auf ein paar aufmunternde Worte zu mir und wollte auch nichts davon hören, dass ich in der Küche essen wollte, sondern brachte mir meinen Teller an den Tisch. Ich verschlang ein ganzes Steak und war überrascht, wie hungrig ich war. Da merkte ich erst, dass ich seit dem Frühstück nichts mehr zu mir genommen hatte.

Dann war auch schon Sonntag, und als ich auf ein frühes Klingeln hin öffnete, standen ein Mann und zwei Frauen vor der Tür. Ich wusste instinktiv, um wen es sich handelte, hatte sie, seit die Nachricht von Earls Tod in den Zeitungen gemeldet worden war, jede Minute erwartet. Ich bat sie herein, bot ihnen Tee an, was sie ablehnten, und Wasser, was die beiden Frauen annahmen.

Dann sagte der Mann: »Mrs. White, mein Name ist Olson, und diese beiden Damen sind meine Schwestern, Mrs. Hines und Mrs. Wilson. Unsere Mutter war die erste Mrs. Earl K. White, und wir sind gekommen, um festzustellen, ob er getan hat, was er versprochen hatte, nämlich in sein Testament eine Verfügung aufzunehmen, damit wir in den Genuss des uns zustehenden Erbes kommen, das Geld unserer Mutter, was er sich von ihr erschlichen hat, nur um uns dann zu sagen, dass er nicht die Absicht hätte, uns zu Lebzeiten auszuzahlen. ›Ihr werdet warten müssen, bis ich tot bin‹, waren seine Worte. Also blieb uns nichts anderes übrig, als zu warten. Und nun sind wir hier, um zu erfahren, ob er in seinem Testament eine entsprechende Verfügung gemacht hat. Haben Sie es schon gesehen, Mrs. White?«

»Ja, das habe ich.«

»Und? Was steht darin? Uns betreffend?«

»Nichts. Er hinterlässt alles mir.«

Er stand auf und nahm seinen Hut. »In Ordnung, Mrs. White, Sie waren sehr freundlich zu uns, und vielleicht kennen Sie die

Einzelheiten nicht, wie Mr. White uns hintergangen hat. Wir jedenfalls kennen sie. Wir sind im Begriff, die Beweise zusammenzutragen, und Sie dürfen davon ausgehen, dass morgen eine Klage gegen Sie eingebracht wird. Und dass das Testament angefochten wird.«

»Das möchte ich ernsthaft bezweifeln.«

»Es wird. Das verspreche ich Ihnen.«

»Wollen wir wetten?«

»Soll das ein Witz sein?«

Ich nahm meine Handtasche vom Sofa, holte einen Dollar heraus und legte ihn auf den Couchtisch.

»Ich setze einen Dollar darauf, dass es keine Klage geben wird.«

»Mit dieser Angelegenheit sollte man nicht spaßen. Am wenigsten Sie.«

»Ich spaße nicht.«

Er griff in seine Tasche, beförderte ebenfalls einen Dollar zutage und platzierte ihn neben meinem.

»Okay«, fragte ich, »wie viel hat mein Mann Ihnen geschuldet?«

»Nun, das kann ich auf Anhieb nicht genau sagen, das müsste ich erst ausrechnen.«

»Dann rechnen Sie.«

»Das würde aber einige Zeit dauern.«

»Wir haben den ganzen Tag.«

»Also, nun hören Sie ...«

»Um Himmels willen, Vincent, sie hat dich gefragt, wie viel. Also rechne!«

Das war Mrs. Hines, so schrill, dass Araminta den Kopf hereinsteckte. »Brauchen Sie mich, Miss Joan?«

»Nein, Araminta, aber trotzdem vielen Dank.«

Sie machte die Tür wieder zu, und als ich mich umdrehte, standen die drei über den Couchtisch gebeugt und machten auf einem halb zerknüllten Stück Papier ihre Berechnungen, wofür sie Zahlen aus verschiedenen Dokumenten notierten, die Mr. Olson fein säuberlich auf dem Tisch ausgebreitet hatte. Schließlich wandte er sich wieder an mich: »Den Bankunterlagen zufolge hat sie ihm Bargeld überwiesen, und zwar vier verschiedene Beträge. Einmal 52.000 Dollar, einmal 48, einmal 75 und einmal 179, insgesamt also 354.000 Dollar, die sie ihren Kindern hinterlassen hat, damit wir sie zu gleichen Teilen unter uns aufteilen.«

»Und wann war das?«

»Unsere Mutter verstarb vor sechs Jahren.«

»Kann ich den Zettel haben, bitte?«

Ich nahm ihn, drehte ihn um, lieh mir seinen Kugelschreiber und notierte 354.000, die Summe multiplizierte ich mit 0,06 und erhielt als Resultat 21.240. Diesen Vorgang wiederholte ich fünf Mal, nicht ohne jedoch jedes Mal die neu errechnete Summe hinzuzuaddieren. So berechnete ich die Zinseszinsen und kam am Ende auf 502.155,77 Dollar. Ich bat sie meine Rechnung zu überprüfen, holte indes mein Scheckbuch und fertigte drei Schecks über je 167.385,26 Dollar aus. Das war das gesamte Geld, das sich auf dem Girokonto befand, und nun verstand ich auch, warum Earl sie nicht früher ausgezahlt hatte. Das Geld hätte wahrscheinlich nicht gereicht, nicht ehe er diesen neuen Partner in seine Firma aufgenommen hatte, und danach wollte er das Geld wohl für Tads Ausbildung zusammenhalten. Nun, diese Kosten würde ich immer noch haben und noch weitere dazu, aber diese drei auszuzahlen war einfach nur recht und billig. Sie hatten mir im Kopf herumgespukt, seit Earl sie das erste Mal erwähnt hatte, und ich wollte künftig keine offenen Rechnungen mehr haben.

»Sie brauchen nur hier zu unterschreiben, dann hat es auch rechtlich seine Ordnung.«

Ich hielt ihnen den Kugelschreiber hin und die drei Schecks sowie ein Dokument, das ich Bill Dennison am Vortag gebeten hatte anzufertigen.

Ich akzeptiere hiermit den angebotenen Betrag, mit dem alle ehemaligen, gegenwärtigen und künftigen Ansprüche gegen Joan White, die Erbin von Earl K. White, und alle anderen Personen beglichen sind.

Unten auf der Seite waren drei gepunktete Linien für die Unterschriften, und einer nach dem anderen beugte sich über den Couchtisch und unterschrieb.

Beim Hinausgehen hätte Mr. Olson mich beinahe umarmt und geküsst, hielt sich aber gerade noch zurück, während seine Schwestern sich keinen Zwang antaten.

»Mrs. White«, sagte er, »ich weiß nicht, was ich sagen soll, Sie sind wirklich ein anständiger Mensch.«

An der Tür drehte er sich noch einmal um.

»Den Dollar haben Sie natürlich gewonnen.«

»Ich habe doch gesagt, ich mache keine Scherze«, rief ich ihm mit einem Lächeln hinterher – dem ersten aufrichtigen Lächeln seit Earls Tod und dem letzten, das mir für absehbare Zeit über die Lippen kommen sollte.

30

And you're going to burn for it.

Keine Stunde später klingelte es erneut. Als ich aufmachte, stand Private Church vor der Tür. Seine Miene war alles andere als gleichgültig.

»Darf ich reinkommen?«

»Natürlich.«

Er kam herein und folgte mir in den Salon.

»Wo ist Ihr Kollege?«

»Hat keinen Dienst heute.«

»Aber Sie schon?«

»Es ist ein bedeutender Fall.«

»Der Tod meines Mannes? Warum?«

Er blieb im Türrahmen stehen und starrte mich einen Augenblick lang an. Auf eine Art, dass ich mich fast nach dem anderen Blick sehnte, denn in diesem lag nicht ein Hauch Sympathie.

»Dass er für mich von Bedeutung ist, versteht sich wohl von selbst«, sagte ich. »Aber warum für Sie? Mein Mann war krank, der Arzt hat ihn gewarnt, dass das passieren könnte.«

»Waren Sie denn erfreut, Mrs. White, als es passierte?«

»Wie können Sie so etwas fragen?«

»Manche Frauen wären es. Wenn sie noch jung sind und der Ehemann alt. Wenn sie arm sind und der Ehemann reich.«

»Wie können Sie es wagen …«

»Wir haben jetzt also die Autopsie der Leiche Ihres Mannes abgeschlossen.«

Er ging zum Bücherregal und schob die rollbare Trittleiter hin und her, auf der Earl gestanden hatte, als er seinen ersten Anfall hatte.

»Und wissen Sie, was wir gefunden haben?«

»Woher sollte ich das wissen?«

»Würden Sie es denn gerne wissen?«

»Sie werden es mir bestimmt verraten.«

»Unsere Chemiker sagen, sie hätten Rückstände einer Substanz namens … Moment …« Er zog ein Kärtchen aus der Tasche und las laut vor. »Alpha-Phthalimidoglutarimid Alph … Phatha … Limido … Gluta … ich geb's auf. Deshalb sind das Chemiker und ich nur Polizist. Aber sie sagen, diese Chemikalie hätten sie im Körper Ihres Mannes gefunden.«

»Und?«

»Und? Wir haben Dr. Jameson angerufen und ihn gefragt, ob er ihm diese Substanz verabreicht hätte, doch der sagte, Nein, das würde er nie tun, nicht bei einem Patienten mit Angina, denn es würde nicht nur nichts nützen, sondern im Gegenteil seinen Zustand verschlimmern. Bei manchen Patienten kann es Anfälle auslösen, und bei fast allen werden diese Anfälle, wenn es denn dazu kommt, schlimmer.«

»Vielleicht hat er es ihm aus Versehen verabreicht.«

»Das wäre ein merkwürdiges Versehen. Als würde man jemandem, dem man einen Rettungsring zuwirft, einen Betonklotz an den Kopf werfen.«

»Dann muss mein Mann es auf andere Weise zu sich genommen haben. Vielleicht war es in einer der Pillen, die er einnahm. Einer, die ihm sein anderer Arzt verschrieben hat.«

»An diese Möglichkeit haben wir auch gedacht, doch Dr. Cord bestreitet, es ihm verschrieben zu haben, aus exakt denselben Gründen wie Dr. Jameson, und zweitens fanden sich Rückstände dieser Chemikalie im Innern der Flasche und im Schlauch, durch den Ihr Mann seine Infusionen bekam. Irgendwie muss es da reingekommen sein, und es waren nicht seine Ärzte, die es reingetan haben.«

Ich setzte mich, auch wenn er stehen blieb.

»Ich weiß nicht, was Sie mir damit sagen wollen. Ich habe keine Ahnung, was in diesen Flaschen war. Ich war sowieso dagegen. Ich wünschte, Earl hätte nie damit angefangen, aber er versprach sich Besserung davon, und das ist alles, was ich dazu sagen kann.«

»Vielleicht, ja. Aber Sie müssen zugeben, dass es doch sehr naheliegend wäre, ich meine, wenn Sie den Tod Ihres Gatten herbeiwünschten ...«

»Das wollte ich nicht! Fragen Sie doch! Sie können alle fragen, ich habe ihm mehr als einmal das Leben gerettet, als er Anfälle hatte, die ihn hätten umbringen können.«

»Wenn, ich habe *,wenn'* gesagt, wenn Sie den Tod Ihres Gatten wünschten, dann wäre es naheliegend gewesen, diese Chemikalie in seine Medizin zu mischen ...«

»Wie denn? Können Sie das erklären? Das waren sterile, versiegelte Flaschen und ein versiegelter Schlauch.«

»Mithilfe einer Spritze, Mrs. White. Einer Spritze, wie sie aufgereiht hinter seinem Sessel lagen. Sie lösen die Chemikalie in ein bisschen Wasser auf, füllen es in eine Spritze, piksen ein winzig kleines Loch in das Siegel der Flasche und presto, schon haben Sie seine Medizin mit etwas verseucht, was für einen Mann in seinem Zustand wie pures Gift wirkt. Dann lassen Sie ihn sich mit einer anderen Frau austoben, wobei Sie natürlich zufällig außer Haus sind ...«

»Mein Mann hat selbst beschlossen sich auszutoben, wie Sie es nennen, ich habe ihn nicht dazu aufgefordert. Und was die andere Sache angeht, haben Sie in einer der Spritzen diese Chemikalie gefunden?«

»Nein«, gab er zu. »Haben wir nicht. Aber natürlich wissen wir nicht, wie viele Spritzen es ursprünglich waren. Die fragliche Spritze kann man, nachdem sie benutzt wurde, weggeworfen haben.«

Ich rang mit meinem Zorn und unterdrückte den Drang ihn anzuschreien.

»Und wie käme jemand in den Besitz dieser Chemikalie? Woher sollte man überhaupt wissen, was für Auswirkungen sie hat? Jemand wie ich, meine ich. Ich bin genauso wenig Chemiker wie Sie.«

»Ja sicher, woher sollten Sie. Aber …« Er deutete mit der Hand auf das Regal, auf die vielen schmalen Journale. Das eine, das Dr. Jameson ihm geliehen hatte und nach dem er an jenem Tag gegriffen hatte, ehe ihn sein Anfall übermannte, war immer noch da. »… Ihr Mann scheint ein eifriger Leser gewesen zu sein, und ein Mann, der unter einer furchtbaren Krankheit leidet, mag sich gut und gerne Zeit genommen haben, sich über die Vor- und Nachteile verschiedener Behandlungsmethoden zu informieren. Sie könnten die Information in einem dieser Journale gefunden haben.«

»Sie haben immer noch nicht meine erste Frage beantwortet. Dieses Alpha-Fata-Ludo, ich weiß nicht einmal, wie man das ausspricht, woher soll ich dann wissen, wo man es bekommt?«

»Vielleicht wird es einfacher, wenn Sie es mit dem üblichen Namen versuchen, dem Markennamen, wenn Sie so wollen.«

»Wie lautet der?«

»Contergan.«

Er muss gesehen haben, wie das Blut schlagartig aus meinem Gesicht wich.

»Was ist denn, Mrs. White? Kennen Sie das Medikament etwa?«

»Ich habe davon gehört.«

»Davon gehört … schau an. Haben Sie es schon mal verschrieben bekommen?«

»Nein.«

»Kennen Sie jemanden, dem es verschrieben wurde?«

Ich schüttelte den Kopf. »Nicht, dass ich wüsste.«

»Wie? Sind Sie sich nicht sicher, oder was?«

»Woher soll ich das wissen?«

»Wenn wir Ihre Kolleginnen in diesem Restaurant da fragten, glauben Sie, es wurde einer von denen mal verschrieben?

»Ich habe keine Ahnung.«

»Dann müssen wir wohl fragen, nicht?«

Ich schäumte.

»Fragen Sie doch, so viel Sie wollen. Sie werden nichts finden. Selbst wenn eine von ihnen dieses Mittel verschrieben bekommen hat, dann hat sie mir nichts davon abgegeben.«

Doch während ich das sagte, fuhr mein Hirn Karussell, weil ich an Hilda denken musste und die Gefälligkeit, die sie mir erwiesen hatte, und wie dieser schreckliche Zufall mich auf den elektrischen Stuhl bringen konnte. Natürlich hatte ich keine der Pillen, die sie mir gegeben hatte, zerstampft und sie in Earls Infusion gespritzt, aber wenn sie sie irgendwie in Texas ausfindig machten und sie ihnen gestand, dass sie mir ein Fläschchen voll davon gegeben hatte, das Fläschchen, das ich immer noch oben im Badezimmerschrank aufbewahrte …

Plötzlich merkte ich, dass Private Church etwas gesagt und es offenbar sogar wiederholt hatte, ohne eine Antwort von mir zu erhalten.

»Hören Sie mich, Mrs. White?«

»Entschuldigung, ich war wohl einen Augenblick etwas abgelenkt. Kein Wunder bei dem, was Sie mir an den Kopf werfen.«

»Tatsächlich? Nun, dann lassen Sie mich noch einmal fragen, nun, da ich wieder Ihre Aufmerksamkeit habe. Nahm Ihr erster Mann ebenfalls regelmäßig Medikamente?«

Da stand ich dann auf. Und mehr noch. Ich trat auf ihn zu, bis mein Gesicht keine drei Zentimeter mehr von dem seinen entfernt war, und das, obwohl er größer war und ich meinen Hals recken musste, um ihm direkt in die Augen sehen zu können. Er wich einen Schritt zurück, und seine Hand suchte den Kolben der Waffe an seinem Gürtel.

»Mein erster Mann hat sich seine Medikamente selbst verabreicht. Genauer gesagt, er hat nur ein einziges Medikament genommen, eines, wofür die gewöhnlichen Pillenfläschchen nicht ausreichen. Und er hat es oral eingenommen. Man findet es übrigens im Regal eines jeden Schnapsladens, einer jeden Bar, und man braucht nicht einmal ein Rezept dafür. Die Nebenwirkungen sind Gleichgewichtsstörungen, die Unfähigkeit, den Geschlechtsverkehr zu vollziehen, und eine Neigung, seinen Liebsten die Scheiße aus dem Leib zu prügeln. Schauen Sie sich die Röntgenbilder meines Sohnes an, wenn Sie mir nicht glauben.«

»Die haben wir gesehen, Mrs. White, eine ausgekugelte Schulter, wenn ich mich recht entsinne, und Grund genug, Ihren Mann zu verlassen und Ihren Sohn mit sich zu nehmen. Oder die Polizei zu verständigen und ihn wegen Körperverletzung verhaften zu lassen. Aber nichts davon ist passiert, nicht wahr?«

»Sie wissen, was passiert ist.«

»Ich weiß, dass er umgekommen ist. Und ich kann nicht anders, als mich zu fragen, ob da nicht jemand etwas nachgeholfen hat. Mit ein bisschen Medizin vielleicht, die ihn schläfrig machte, als er davonfuhr. Etwas, was Sie zerstoßen und in das Bier geschüttet haben, nachdem er, wie Sie ausgesagt haben, so lange gebrüllt hatte, bis Sie es ihm schließlich gebracht haben …«

»Verlassen Sie mein Haus.«

»Ihr Haus?«, erwiderte er. »Na, das hat ja nicht lange gedauert, was?«

Ich stürmte an ihm vorbei zur Eingangstür, riss sie auf und wartete, die eine Hand auf der Klinke und die andere in die Hüfte gestemmt, bis er draußen war. Mein Herz hämmerte, und ich brachte kein Wort mehr heraus.

Er ging hinaus, setzte seine Mütze auf und zog sich die Uniformjacke wegen der Kälte etwas fester. Seine Stimme klang ruhig, unbeeindruckt und emotionslos.

»Sie und ich, wir beide wissen, dass Sie Ihren ersten Mann umgebracht haben, Mrs. White. Wir haben ihn nur zu spät ausgegraben, um noch Spuren zu finden, aber das heißt noch lange nicht, dass Sie es nicht getan haben. Sie haben ihm das Bier in die Hand gedrückt, das ihn umgebracht hat, und jetzt haben Sie es wieder getan. Nur diesmal werde ich es beweisen, und Sie werden auf dem Stuhl dafür schmoren.«

»Machen Sie, dass Sie rauskommen, Sie dreckiger Hurensohn. Los! Raus!«

Hinter mir hörte ich, wie Araminta aus der Küche eilte, und Myra kam aus dem Speisezimmer zum Eingang.

Private Church tippte sich an die Mütze. »Ma’am.«

31

I want to smell it. It's you.

Ich bat Myra, mir ein Bad einzulassen, so heiß, dass sie gerade noch die Hand hineinhalten konnte. Darin versank ich dann bis zum Kinn und weinte, bis das Wasser abkühlte.

Irgendwann stand ich fertig angezogen an der Eingangstür, ohne zu wissen, wie ich dort hingekommen war. Ich fühlte mich umnebelt und musste dringend einen klaren Kopf bekommen. Deshalb ließ ich das Auto stehen und ging zu Fuß, folgte dem Weg, den Earl jeden Abend zum *Garden* genommen hatte, wo ich etwa zur selben Zeit ankam wie er früher. Jake bemerkte mich als Erster, denn als ich eintrat, war die Garderobe noch nicht besetzt. Er kam hinter der Bar hervor und nahm mich in den Arm, ein sicheres Zeichen, wie schlecht ich ausgesehen haben musste. Ich ließ meinen Kopf auf seine Schulter sinken und weinte. Liz kam mit einem Teller in der Hand aus der Küche. »Oh Joanie«, sagte sie. »Lass mich das noch an den Tisch bringen, dann können wir in die Umkleide gehen auf einen kleinen Plausch unter Frauen.«

Sie eilte davon zu einem kleinen Ecktisch am Ende des Raums. Doch als ich sah, wer dort saß, wusste ich, dass es für mich keinen Plausch in der Umkleide geben würde, jedenfalls nicht so bald.

Als er die Hand hob und winkte, ging ich zu ihm hin und ließ mich wie beim letzten Mal ihm gegenüber auf einem Stuhl nieder. Die Minzblätter in seinem Glas ließen darauf schließen, dass er schon einen Smash gehabt hatte.

»Ich dachte, ich würde Sie hier vielleicht antreffen, auch wenn Sie nicht mehr hier arbeiten. Niemand will nach einem Todesfall allein sein.«

Sergeant Young trug seine Zivilkleidung und wirkte genauso wenig wie ein Polizist wie Jake – doch so kurz nach meiner Begegnung mit Private Church durchfuhr mich ein gehöriger Schrecken.

»Ich hatte gehofft, Sie vor einem Besuch meines Partners warnen zu können, aber an Ihrem Gesichtsausdruck sehe ich, dass es dafür zu spät ist. Ich hoffe, er hat Sie nicht zu sehr verängstigt.«

»Nur wenn man sein Gerede vom elektrischen Stuhl nicht beängstigend findet.«

»Er hat nicht …«

»Oh doch, das hat er. Er ließ keinen Zweifel an seinen Absichten.«

»Er ist jung und aggressiv, das müssen Sie verstehen. Im Recht ist er deshalb nicht.«

»Es ist doch ganz egal, ob er im Recht ist oder nicht. Alles, was zählt, ist ob er einen Richter dazu bringen kann, ihm zu glauben.«

»Ich denke schon, dass Recht Recht bleiben muss. Und die meisten Richter denken das auch.«

»Die meisten. Na immerhin.«

»Ich sage nicht, Sie sollten es nicht ernst nehmen, aber wenn Sie unschuldig sind, wird sich der Sturm legen.«

»Im Augenblick sieht es eher danach aus, dass er heftiger wird.«

»Nun, das ist der andere Grund, weshalb ich hier bin. Da ist nämlich noch etwas, das Sie wissen sollten. Es intrigiert noch jemand gegen Sie, nicht nur Private Church.«

»Wer?«

»Dieselbe wie letztes Mal. Wir erhielten wieder den Anruf einer Frau, die genauso klang wie die beim letzten Mal, obwohl Private Church sagte, sie hätte sich diesmal bemüht, ihre Stimme zu verstellen. Sie wollte ihren Namen nicht sagen, hatte aber wieder dieselbe Neuigkeit zu vermelden.«

»Und die lautet?«

»Dass es schon komisch sei, dass Sie, als Ihr erster Mann starb, in den Genuss eines Hauses kamen, und nun, da Ihr zweiter tot ist, kämen Sie in den Genuss eines Vermögens.«

Es war, als wäre ich bis an mein Lebensende dazu verdammt, mich zu rechtfertigen und zu verteidigen. Ich hatte das Gefühl zu ertrinken. »Mein erster Mann starb, weil er mit einem Wagen, den ihm ein Freund geliehen hatte, gegen eine Kanalmauer raste. Und mein zweiter Mann starb an einer Herzschwäche, die bereits lange bevor ich ihn kennenlernte diagnostiziert worden war.«

»Das weiß ich.«

»Er befand sich unter ärztlicher Aufsicht. Bei zwei verschiedenen Ärzten sogar. Was auch immer für Chemikalien man bei ihm gefunden hat, ich habe sie ihm nicht verabreicht.«

»Ich sage ja nicht, dass ich ihr glaube, aber andere vielleicht schon. Haben Sie heute schon Paul Pry gehört?«

»Den Radiomoderator?«

»Genau den. Er wühlt wie immer Dreck auf. Darum geht es ja in seiner Sendung, im Umfeld der neusten Nachrichten Dreck aufzuwühlen. Und heute waren Sie die Nachricht. Er hat fast wortwörtlich wiederholt, was die Frau uns am Telefon gesagt hat – sprich, wir waren nicht die Einzigen, die sie angerufen hat. Wie es scheint, wird da eine Kampagne gegen Sie losgetreten, und ich dachte, das sollten Sie wissen.«

»Ich weiß gar nicht, wie ich Ihnen danken soll«, antwortete ich. Fast hätte ich ihn um Hilfe gebeten, aber wie hätte er mir noch mehr helfen können? Allem Anschein nach war er ein anständiger Mensch, aber natürlich immer noch Polizist. Und Ethel war ein Problem, um das ich mich kümmern musste, das hatte ich die ganze Zeit schon geahnt.

Ich ärgerte mich, dass ich nicht den Wagen genommen hatte, denn ihr Haus lag zu weit entfernt, um zu Fuß hinzugehen. Deshalb ging ich in die Garderobe, zog den Vorhang vor und ging mit dem Telefon so weit nach hinten, wie die Schnur reichte. Dann rief ich die Vermittlung an und ließ mich mit Mrs. Jack Lucas verbinden. Es klingelte acht Mal, ehe sie endlich dranging.

»Tut mir leid, Joan«, erklärte sie, »ich habe Tad gerade gebadet.«

»Sehr gut. Es kann nicht schaden, wenn er sauber ist, wenn er zu mir nach Hause kommt.«

»… zu dir nach Hause?«

»Ich nehme meinen Sohn zu mir, Ethel. Das weißt du. Deshalb versuchst du ja so verzweifelt, mich daran zu hindern, ganz egal, zu was für niederträchtigen Mitteln du dazu greifen musst.«

»Joan!«

»Ich weiß alles über die Anrufe – bei der Polizei, bei der Radiosendung. Und ich sage dir, das muss aufhören. Sofort. Wenn du dich mit mir anlegen willst, dann mit aufgeklapptem Visier und nicht wie ein Feigling, der sich nicht zu erkennen gibt.«

»Ich weiß nicht, was du …«

»Schon gut, Ethel, streit es meinetwegen ab, du ziehst so oder so den Kürzeren. Ein Junge sollte bei seiner Mutter sein. Und nun, da ich die Mittel habe, für ihn zu sorgen, wird kein Gericht der Welt deine Ansprüche über die meinen stellen.«

Das Schweigen, das am anderen Ende der Leitung entstand, hielt eine ganze Weile an. Schließlich sagte sie: »… solange du nicht ins Gefängnis kommst, Joan. Und wenn ich du wäre, würde ich mein Augenmerk darauf richten …«

Das war eine unverhohlene Drohung, aber das Zittern in ihrer Stimme sagte mir auch, dass sie Angst hatte, als würde sie die Geschichten, die sie über mich verbreitete, wirklich glauben und mich für gefährlich halten. Nun, dieses eine Mal konnte mir das zum Vorteil gereichen.

»Du machst keine weiteren Anrufe mehr, Ethel. Hast du verstanden? Nicht einen einzigen. Oder es könnte dein letzter gewesen sein. Kapiert?«

Ich hörte, wie sie am anderen Ende schwer atmete.

»Okay, dann verstehen wir uns«, sagte ich und legte auf.

An jenem Abend ging ich zuerst zu meinem alten Haus zurück, dem Haus, das ich mit Ron geteilt hatte, und holte mir passende Kleidung für das Begräbnis. Es war merkwürdig, hierher zurückzukehren, es war alles noch so, wie ich es hinterlassen hatte, mit Ausnahme des Geruchs, ein stickiger, penetranter Geruch, nicht schlimmer, als man es vermuten würde, aber aus irgendeinem Grund regte ich mich darüber auf. Ich suchte dasselbe schwarze Kostüm heraus, das ich zu Rons Beerdigung getragen hatte, wählte aber einen anderen Hut, denn inzwischen war es Herbst geworden und der aus Satin würde nicht mehr genügen. Zum Glück besaß ich noch einen aus Samt, und den nahm ich mit. Für den Fall der Fälle faltete ich auch noch einen Schleier zusammen und steckte ihn in meine Tasche. Dann ging ich zu Fuß zurück zum *Garden* und von dort nach Hause.

Die Limousinen waren für 11:30 Uhr bestellt und pünktlich. Sie parkten in der Auffahrt, eine für mich, zwei, die ich für die Bediensteten bestellt hatte, sowie die beiden, die für Earls Freunde und Verwandte reserviert waren, die gekommen waren und höflich mit uns im Haus gewartet hatten.

Durch das Fenster sah ich die Fahrer aussteigen, die hinteren Türen öffnen und neben ihren Fahrzeugen mit gereckten Schultern Aufstellung nehmen. Jemand, den ich nicht sehen konnte, kam an die Eingangstür und klingelte. Myra öffnete, und kurz darauf standen sie, Leora, Araminta, Jasper, Boyd und die Gäste abmarschbereit in der Eingangshalle. Sie gingen hinaus und stiegen ein, während ich noch meine Sachen zusammensuchte, ehe ich die Tür hinter mir abschloss und mich dann dem Mann zuwandte, der mich eskortieren sollte. Es war Tom.

»Überrascht?«, fragte er.

Es war das erste Mal, dass ich ihn sah, seit ich ihn schlafend mit einem Zettel in dem Motelzimmer am Flughafen zurückgelassen hatte, und es wäre gelogen, wenn ich nicht eingestehen würde, dass mein Herz einen freudigen Sprung machte, als ich ihn erkannte.

»Ich habe um den Job gebeten – der Bestattungsunternehmer hat sich an mich erinnert. Aber wenn ich mich verziehen soll, kann ich Ersatz besorgen …«

»Du musst dich nicht verziehen.«

Er brachte mich zum Wagen, öffnete eine der hinteren Türen und stieg mit ein. Der Fahrer drehte sich verblüfft um, tippte aber nur an seine Mütze und fuhr los.

»Ist es wahr«, flüsterte Tom, als die Straße hinter den getönten Scheiben vorbeiglitt, »was Liz mir neulich Abend im *Garden* erzählt hat, dass du nie mit …«

»Dass ich nie was?«

»Nie mit diesem Mann, den du jetzt begräbst, die Ehe vollzogen hast?«

»Was ich mit meinem Mann getan habe, geht dich verdammt noch mal gar nichts an. Kapiert?«

Er sagte nichts.

»Hast du kapiert oder nicht?«

»Schon gut.«

Gut hundert Trauergäste hatten sich in der Kapelle eingefunden, und Dr. Fisher hielt den Gottesdienst ab. Er hielt eine kurze Predigt, nicht länger als fünf Minuten, in der er Earls »exemplarischen christlichen Charakter« hervorhob. Dann stand ich einmal mehr am Rand eines Grabes, hörte mir eine weitere Andacht an, sah einem Mann zu, wie er Erde auf den Sarg warf. Und einmal mehr dankte ich dem Reverend, wobei ich es diesmal nicht Ethel überließ, sondern meinen Dank persönlich aussprach und ihm versicherte, die Spende würde er alsbald in seiner Post finden. Dann saß ich wieder bei Tom im Wagen. Als wir vor dem Haus vorfuhren, waren die Bediensteten bereits eingetroffen und öffneten mir die Tür. Ich wandte mich an Tom, streckte die Hand aus und sagte: »Danke, dass du gekommen bist, Tom.«

»Ich dachte, du wolltest vielleicht mit mir zusammen sein, Joan.«

»Das will ich, aber ich kann dich nicht hereinbitten, das wäre nicht recht. Zumindest würde ich mich nicht wohl dabei fühlen, was aufs Gleiche herauskommt.«

Ich dachte natürlich auch daran, wie es dem Personal gegenüber wirken würde und gegenüber der Polizei, falls die Wind davon bekäme.

»Okay, ich bin dann mal weg.«

Plötzlich fühlte ich mich schwach, wie damals am Flughafen nach dem Zwischenfall mit Lacey, und wie damals sehnte ich mich verzweifelt nach ihm.

»Warte einen Moment, du kannst nicht mit hereinkommen, aber … warte einfach hier.«

Ich ging hinein und rief nach Myra, der ich erklärte, ich würde eine Weile ausgehen. Schnell stopfte ich das Nötigste in eine Tasche und ging hinaus, wo ich Tom sagte, er solle die Limousine wegschicken. Dann lotste ich ihn zur Garage, holte meinen Wagen heraus, rutschte auf den Beifahrersitz, damit er sich hinters Steuer setzen konnte, und sagte ihm, er solle endlich losfahren.

»Und wohin?«

Ich schloss die Augen und ließ den Kopf gegen die Polsterung sinken.

»Wohin du willst, Tom. Von mir aus wieder ins *Wigwam*, diesmal ist es mir egal. Fahr einfach, wohin du willst.«

Er fuhr auf den Highway, und eine Weile saßen wir schweigend nebeneinander, und ich bekam nicht mehr mit als ein Kind, das von seinen Eltern durch die Gegend kutschiert wird. Einmal legte Tom mir die Hand auf den Schenkel und ich erzitterte unter seiner Berührung, doch nicht vor Erregung, sondern vor Erleichterung. Es fühlte sich an wie ein kühlendes Tuch auf einer Verbrennung.

Endlich hielt er an und bat mich die Augen zu öffnen. Wir befanden uns vor einem kleinen Haus mit einem Schindeldach und einem kleinen Rasenstück als Vorgarten – nichts Atemberaubendes oder Luxuriöses, aber recht respektabel, und ich folgte ihm dankbar nach drinnen. Er schloss die Tür, und ich drehte mich zu ihm, schloss die Augen und holte tief Luft.

»Joan, geht es dir gut?«

»Tom, dieser Geruch.«

»Ich mache die Fenster auf.«

»Nein, ich mag ihn, das bist du.«

Dann lag ich in seinen Armen, und er trug mich nach hinten ins Schlafzimmer, zog mir den Reißverschluss herunter und küsste meinen Nacken. Und so schlief ich am Tag der Beerdigung meines Mannes endlich wieder mit meinem Geliebten.

32

I didn't leave a note this time.
I just left.

Und wieder währte es bis in die Abendstunden, ein aufs andere Mal, mit einer kurzen Unterbrechung fürs Essen, währenddessen ich splitternackt in Toms Küche stand und die Rühreier direkt aus der Pfanne löffelte. Als wir schließlich einschliefen, lagen wir nicht eng umschlungen, sondern einfach jeder für sich auf der Matratze.

Stunden später wurde ich durch das Ticken des Weckers an meinem Ohr wach. Ich war weder glücklich noch traurig, weder zufrieden noch beunruhigt, sondern einfach nur leer, als wären all die schlimmen Dinge, die mich erfüllt hatten, aus mir herausgeströmt, aber nicht nur die schlimmen, sondern auch die schönen, sodass ich mich fühlte, als könnte ich, nein, als müsste ich neu anfangen.

Leise stand ich auf und schlich mich hinaus ins Wohnzimmer, wo ich mich anzog und in meine Schuhe schlüpfte. Ich fürchtete, das Geräusch der Tür könnte ihn aufwecken, das tat es aber nicht. Ich ging so schnell ich konnte hinaus, die Morgenluft zauberte eine Gänsehaut auf meine Arme, während ich meine Tasche vom Rücksitz nahm und ein bisschen frische Wäsche, etwas Make-up, Zahnbürste, Kamm und Bürste herausnahm. Ich zwängte mich in die Gästetoilette, die von der Diele abging, um mich frisch zu machen. Es war wirklich eng, und ich wagte nicht, das Licht anzumachen, doch wenn ich die Tür halb offen ließ, konnte ich mich gut genug im Spiegel erkennen, um mein Äußeres wieder in Ordnung zu bringen.

Als ich fertig war, war er immer noch nicht erwacht, und ich blieb eine Weile in der Tür des Schlafzimmers stehen und beobachtete ihn im Schlaf. Das matte Licht, das durch die Vorhänge fiel, schimmerte auf seinem nackten Oberkörper, und plötzlich fühlte ich eine Mischung aus Verlangen und Dankbarkeit für ihn. Doch ich war auch fest entschlossen, nie mehr mit ihm in diesem Zimmer zu erwachen. Ich begehrte ihn noch immer, würde ihn immer begehren, manche Nacht vielleicht mit derselben Intensität wie heute, als wäre das Leben nichts im Vergleich zu der Berührung seiner Hände auf meinem Körper, nichts im Vergleich zu meinem Körper unter seinen Händen. Heute Nacht vielleicht. Jede Nacht vielleicht. Doch er war Teil des Lebens, das ich hinter mir ließ, nicht des Lebens, das ich neu begann, und irgendwann muss jedes Mädchen auch mal erwachsen werden, dachte ich bei mir. Manchmal – oft sogar – muss man auf die harte Tour lernen, dass die Befriedigung eines Verlangens noch lange nicht heißt, das man am Ende auch zufrieden ist.

Diesmal hinterließ ich keine Nachricht. Sondern ging einfach.

Ich parkte meinen Wagen in der Garage und schlich, einen Schuh in jeder Hand, auf Strümpfen ins Haus und schaffte es die Treppe hinauf, ohne einem der Bediensteten zu begegnen. In meinem Schlafzimmer zog ich mich aus, ließ mir ein Bad ein, und als ich mich schließlich in einem frischen Nachthemd ins Bett legte, schlief ich sofort ein und wachte erst gegen Mittag wieder auf, als Myra an die Tür klopfte und verkündete, dass unten Besuch auf mich wartete.

Ich sah sie neben der Couch stehen und, mit dem Rücken zu mir, die Regale inspizieren, und fast wäre ich in die andere Richtung davongegangen, Richtung Eingangstür. Doch sie mussten ein Geräusch gehört haben, denn sie fuhren herum, und dann hatte ich keine Wahl mehr. Ich ging in den Salon und begrüßte sie.

Sergeant Young – nun wieder in Uniform – machte ein unglückliches Gesicht, während Private Church mich wie immer ausdruckslos ansah. Church ergriff denn auch das Wort.

»Joan White, verwitwete Joan Medford, geborene Joan Woods, Sie sind wegen Mordes festgenommen …«

Danach hörte ich nichts mehr. Seine Stimme war nur noch ein Plätschern, das Heulen des Windes, und ich sah stumm zu, wie er mit ausgestreckten Händen auf mich zukam, zwischen denen ein Paar mit einer kurzen Kette verbundene Handschellen blitzte.

33

And back and forth it went.

An die Fahrt aufs Revier, hinten im Streifenwagen, habe ich mit Ausnahme des schweren Metallgitters, das Vorder- und Rücksitze trennte, keine Erinnerung. Sergeant Young half mir beim Aussteigen, eine Hilfe, derer ich bedurfte, da ich ja meine Hände nicht gebrauchen konnte. Er war auch so nett, sich zwischen mich und die Blitzlichter der Fotografen zu stellen, die uns auf dem Weg ins Gebäude begleiteten. Drinnen wurden meine Personalien aufgenommen, dann musste ich mich nackt ausziehen und bekam eine schwere, unbequeme Kluft, die nicht einmal richtig gebügelt war und den unangenehmen Geruch Abertausender von Wäschen verströmte. Es gab keine Büstenhalter in meiner Größe, deshalb beschloss ich, dass es auch ohne gehen musste, was ich bald schon bitter bereute, denn meine Nippel rieben sich am rauen Stoff des Kittels schnell wund.

Sie steckten mich in eine Zelle, und da wartete ich, allein, ohne irgendeine Art von Beschäftigung, sieht man von den Spaziergängen zwischen der Pritsche an der einen und dem Waschbecken an der anderen Wand ab. Es war nicht kalt, aber ich zitterte trotzdem. Ich wickelte mich in die dünne Decke, die auf der Pritsche lag, setzte mich und malte mir aus, was mich erwartete.

Ich hatte gewusst, dass Private Church Blut geleckt hatte, er hatte ja keinen Zweifel daran gelassen. Aber was sie zwischen Sonntag und Dienstag herausgefunden hatten, war mir schleierhaft. Was hatten sie in der Hand, um mich in Verbindung mit Earls Tod verhaften zu können? Ich wünschte, ich hätte sie während der Fahrt gefragt, auch wenn sie mir wahrscheinlich keine Antwort gegeben hätten. Aber vielleicht doch, und stattdessen tappte ich jetzt nicht völlig im Dunkeln.

Denn ich hatte ja nicht gefragt. Ich war zu schockiert und vor den Kopf geschlagen gewesen, um mich in irgendeiner Weise zu verteidigen. Ich hatte auf der Rückbank gesessen, genau wie jetzt auf dieser Pritsche ins Leere gestarrt und mich gefragt, was nun wohl aus meinem Leben werden würde. Ethels grausame Worte dröhnten mir noch im Ohr. *Solange du nicht ins Gefängnis kommst, Joan. Und wenn ich du wäre, würde ich mein Augenmerk darauf richten.* Und ich fragte mich, ob ich meinen Sohn je wiedersehen würde.

Einige Zeit später schloss einer der Wächter die Zellentür auf und brachte mich in ein grau gestrichenes Zimmer. Wir waren an keinem Fenster vorbeigekommen, das heißt, ich konnte nicht einmal sagen, ob es draußen Tag war oder Nacht. Die Wache geleitete mich zu einem der drei Stühle, die sich im Raum befanden, und ich setzte mich.

Ein paar Minuten darauf kamen Church und Young herein und nahmen auf den anderen Platz. Church hatte einen Stapel Papiere in einem Ordner bei sich und ging ohne Vorwarnung auf mich los.

»Warum haben Sie es getan?«

»Was getan?«

»Ihn umgebracht?«

»Ich habe Ihnen doch schon gesagt, dass ich seine Medizin nicht angerührt …«

»Nicht Ihren Mann, Mrs. White, Tom Barclay.«

Ich dachte, mittlerweile wüsste ich, wie es ist, wenn einem der Boden unter den Füßen weggezogen wird, aber dieser Schlag war zu viel für mich, mir schwindelte und fast wäre ich vom Stuhl gefallen.

»Tom? Aber Tom ist doch nicht tot?«

Sie tauschten Blicke. »Ich würde sagen, ich erkenne eine Leiche, wenn mir eine begegnet.«

»Was ist passiert?«

»Warum erzählen Sie uns das nicht? Sie waren heute Morgen doch da?«

»Woher …«

»Ihr Auto, Mrs. White«, sagte Sergeant Young. »Es ist vor dem Haus gesehen worden. Wir haben gerade ein paar Leute hingeschickt, die das bestätigen werden.«

»Aber Tom war am Leben, als ich ging – er hat geschlafen …«

»In der Badewanne?«

»Nein, im Bett natürlich. Warum, war er im Bad, als …«

Er stand auf und trat an mich heran. Ich wusste, dass ich besser sitzen blieb, und blieb es auch. Ich sah zu ihm auf, wie er sich drohend über mir aufbaute, die eine Faust in der Hüfte geballt, und der Anblick ließ mich erzittern.

»Ja, in der Badewanne, mit einem leeren Fläschchen am Boden daneben. Beide Pulsadern aufgeschnitten.«

Er hielt mir ein Schwarz-Weiß-Foto unter die Nase. Es war Tom, mein hübscher Tom, nur dass er nicht länger hübsch war. Ich beugte mich nach vorn und erbrach mich auf die Fliesen.

Sergeant Young gab mir ein zusammengefaltetes Taschentuch, damit ich mir den Mund abwischen konnte. Ich glaube, ich habe mich bedankt. Ich weiß es nicht. Ich weiß noch, dass ich versuchte, etwas zu Private Church zu sagen, um seine Anschuldigungen zurückzuweisen, aber alles, was ich herausbrachte, war: »Ich habe nichts … wir haben nichts …«

»Mrs. White«, sagte er. »Man hat Sie zusammen bei der Beerdigung Ihres Mannes gesehen. Und man hat gesehen, wie Sie danach mit ihm weggefahren sind. Sie haben die Nacht mit ihm verbracht.«

»Das stimmt, aber …«

»Um den Tod Ihres Mannes zu feiern, haben Sie angefangen zu trinken …«

»Haben wir nicht! Machen Sie doch eine Blutprobe. Ich trinke nicht. Nie.«

»Nun, er trank, so viel steht fest, und nicht nur Whiskey.«

Er wedelte mit einem Blatt Papier vor meiner Nase herum. »Soll ich Ihnen vorlesen, was er alles im Blut hatte, als er starb?«

Es war der Autopsiebericht, und in einer Zeile, die halb von seinem Daumen verdeckt war, konnte ich ein langes wissenschaftliches Wort ausmachen: *Alpha-Phthalimidoglutarimid*. Ich schüttelte den Kopf.

»Sie haben ihn in die Badewanne gesteckt.«

»Er ist über eins achtzig.«

»Sie sind kräftig, das haben Sie uns selbst schon gesagt. Sie haben Ihren Mann von dieser Leiter gehoben und in einen Sessel gesetzt, als er einen seiner Anfälle hatte.«

»Der stand ja auch nur drei Meter entfernt.«

»Und die Badewanne vielleicht acht Meter, und Sie haben ihn hingezerrt.«

»Das kann doch nicht Ihr ...«

»Dann haben Sie ihm mit einer seiner Rasierklingen die Pulsadern aufgeschnitten – und ihn dabei noch ein bisschen in die Finger geritzt, damit es echt aussieht ...«

Ich schloss die Augen und ließ seine Suada über mich hinwegschwappen.

»... und danach sind Sie nach Hause gefahren und haben sich wie ein unschuldiges Lämmchen schlafen gelegt. Eine dreifache Mörderin, aber sagen Sie, drückt Ihnen auch nur einer der Morde, die Sie begangen haben, aufs Gewissen? Ihnen doch nicht, Mrs. Joan White? Wo kämen wir denn da hin. Sie sind doch längst bereit für Nummer vier.«

Da ertönte die Stimme von Sergeant Young: »Es reicht.«

»Nein, es reicht nicht, sie sitzt hier immer noch, als könne Sie kein Wässerlein ...«

»Ich sagte, es reicht.«

Dann Schweigen. Schließlich sagte Sergeant Church mit ruhigerer Stimme: »Bringt sie zurück in ihre Zelle.« Eine Hand packte mich am Ellbogen und zog mich hoch.

Ich öffnete die Augen. Die beiden Männer sahen mich durchdringend an. Neben mir stand der Wächter, der mich hereingeführt hatte, bereit, mich wieder zurückzubringen. Doch ehe er mich zur Tür schieben konnte, sagte ich, ruhiger, als ich es für möglich gehalten hatte: »Ja, wir waren zusammen, Tom und ich. Einmal, bevor ich Earl geheiratet habe, und einmal vergangene Nacht. Dazwischen haben wir uns nicht einmal gesehen. Nicht ein einziges Mal. Auch nicht miteinander geredet. Fragen Sie Liz aus der Bar, fragen Sie Bianca. Sie kennen sie beide, Sergeant, sie werden Ihnen die Wahrheit sagen. Ich habe ihn das erste Mal verlassen, um zu heiraten, und da mache ich keine halben Sachen. Und das wusste er. Und dass sich das nicht ändern würde, solange ich mit Earl verheiratet war. Auch das wusste er. Das Einzige, was mich zurück in seine Arme trieb, waren Earls Tod, die Beerdigung und Sie, Private Church, mit Ihrer Art mir nachzustellen, das war zu viel, das konnte ich nicht allein ertragen, ich musste weg von allem, und sei es nur für eine Nacht.«

»Nur eine Nacht?«, höhnte Private Church. »Und dann haben Sie ihn umgebracht.«

»Nein! Nein. Warum um alles in der Welt sollte ich ihn umbringen? Zumal ich ja wusste, dass Sie mir im Nacken sitzen und sowieso immer das Schlimmste vermuten. Warum sollte ich das tun? Ich war nicht mit ihm verheiratet. Er konnte keine Ansprüche an mich stellen. Ihn zu verlassen war einfach. Ich bin einfach gegangen, wie beim letzten Mal, nur habe ich diesmal keine Nachricht hinterlassen. Aber er muss gewusst haben, was das bedeutete.« Meine Stimme brach. »Dass ich nicht zurückkommen würde. Dass es zu Ende war.«

»Und aus Verzweiflung hat er sich umgebracht.«

»Machen Sie sich nicht lustig über ihn«, bellte ich, denn mein altes Temperament meldete sich wieder. »Wenn er das getan hat, was Sie sagen, dann wird er wohl verzweifelt gewesen sein.«

»Weil Sie ihn verlassen haben«, lachte Church. »Der arme Trottel. Feiern hätte er sollen.«

Ohne etwas zu denken, hob ich die Hand, um ihm eine runterzuhauen, aber der Wächter neben mir fing sie ab – zum Glück. Ich hatte genug am Hals, so wie die Dinge standen, da brauchte ich nicht noch einen tätlichen Angriff auf einen Polizisten.

Aber immerhin wich Church ein, zwei Schritte zurück, also hatte ich wenigstens ein bisschen was erreicht.

Dann klopfte es an der Tür. Und Sergeant Young ging und sah hinaus. Er unterhielt sich mit jemandem, ich konnte aber nicht erkennen, wer es war. Kurz darauf kehrte er mit einem Papierstreifen in der Hand zurück. Er flüsterte Church etwas ins Ohr und gab ihm den Zettel. Church las es, und ich sah, wie sich seine Kiefermuskeln spannten.

»Bringt sie zurück in ihre gottverdammte Zelle«, stieß er hervor.

Ich hatte ihn noch nie so durcheinander gesehen.

»Was ist los?«, fragte ich. »Was steht da? Hat es mit meinem Fall zu tun? Nun sagen Sie es mir schon …«

Aber während ich noch Auskunft verlangte, schob mich der Wächter aus der Tür in den Flur hinaus.

»Bitte«, rief ich und warf einen letzten Blick auf Sergeant Young. »Ist es etwas …«

»Ja«, erwiderte er und fing sich einen wütenden Blick von seinem Partner ein. »In der Tat, es ist etwas.«

Es sollte weitere sechsunddreißig Stunden dauern, ehe ich herausfand, was.

Im Schränkchen unter dem Waschbecken in Toms Gästetoilette, just dort, wo ich mich am Morgen noch angezogen hatte, hatte die Polizei unter einem Paar farbverschmierter Hosen und einem ledernen Werkzeuggürtel eine zerschrammte Ledertasche gefunden, in der sich eine gebrauchte Spritze und eine kleine Blechdose befanden. Die Dose war leer, aber in den Ecken fanden sich noch

Pulverspuren, die unter den Mikroskopen der Polizeichemiker ihr Geheimnis preisgaben: Contergan.

Auch in der Spritze fanden sich noch Spuren davon. Wie er es allerdings geschafft hatte, in unser Haus einzudringen, habe ich nie erfahren. Private Church behauptete natürlich, ich hätte ihn hereingelassen, aber das stimmt nicht. Soweit ich wusste, hatte Tom Barclay, bis er mich am Tag von Earls Begräbnis abholte, nie auch nur einen Fuß auf das Grundstück gesetzt und schon gar nicht das Haus betreten. Und doch musste er irgendwie dort gewesen sein, denn wie sonst hätte eine von Earls Spritzen in seinen Besitz gelangen können? Und wie sonst hätte das Medikament seinen Weg in Earls Infusionsflasche finden können …?

Liz hatte mich gewarnt, dass Tom kein geduldiger Kerl sei, aber ich hätte mir nie träumen lassen, dass seine Ungeduld ihn so weit treiben könnte, dass er einen Weg ersann, meinen Mann aus dem Weg zu räumen, um mich zurückzubekommen. Ausgestattet mit Liz' Informationen über die wahre Natur meiner Ehe und die Gründe dafür, hatte er diesen komplizierten Plan ausgebrütet, damit einer von Earls Anfällen tödlich endete. Keinem anderen Mann hätte ich das zugetraut, aber Tom hatte auch schon einen Plan ersonnen, wie man die Quallen aus der Chesapeake Bay vertreibt, und felsenfest daran geglaubt.

Und dann …

Tja, und dann, nachdem er seinen Plan ausgeführt, für mich einen Menschen getötet und mich für eine Nacht besessen hatte, war er ohne mich und ohne ein Wort des Abschieds aufgewacht. Die Erinnerungen an das letzte Mal, als ich ihn verlassen hatte, mussten ihn überwältigt haben, und die grauenvolle Stille, die ihn danach umgab. Wurde er wütend auf mich? Fühlte er sich ausgenutzt? War er verzweifelt? Ich werde es nie erfahren. Aber im kalten Morgengrauen musste er sich wieder betrunken haben – hoffnungslos und furchtbar betrunken – und die Folgen sind Ihnen ja bekannt.

Sie hatten vor, mich in Haft zu behalten, aber ich rief Bill Dennison an, der mir einen ausgezeichneten Strafverteidiger besorgte, einen Mr. R. Harry Hoopes, Esquire, teuer, aber jeden Penny wert, wie Bill behauptete. Ihn zu beobachten, wie er sich bei meiner Anhörung vor dem Richter ins Zeug legte, flößte mir Vertrauen ein, denn kein Zweifel, der Mann war kompetent, auch wenn er mich unglücklicherweise an meinen Vater erinnerte, was meine Sympathien ein wenig trübte. Zumal er ja auch trotz seiner Versprechen, eine Anklage gegen mich zu verhindern, jeden Abend nach Hause gehen konnte, während ich Abend für Abend in meine Zelle zurückgebracht wurde.

Aber letztlich hatten die Argumente, die er vortrug, Erfolg. Er strich heraus, dass ich Earl hätte jederzeit sterben lassen können, ihm aber jedes Mal das Leben gerettet hatte. Weiter betonte er, dass ich freiwillig den größten Teil des Geldes Earls Stiefkindern zukommen lassen hatte, obwohl ich dazu nicht verpflichtet gewesen bin. Dem wurde zwar mit dem Argument widersprochen, dass auch so noch eine ganze Menge übrig geblieben war, zumindest nach den Maßstäben einer Frau, die vor nicht allzu langer Zeit weder über Strom, Gas noch ein Telefon verfügt hatte, und dass die nach wie vor existierende Investmentfirma, deren Anteilseigner ich nun war, mir auch weitere Einnahmen bescheren würde. Doch Mr. Hoopes, Esquire, konterte mit den gemeinsamen Konten, die gewährleisteten, dass ich jederzeit Zugriff auf das gemeinsame Vermögen hatte, ohne erst den Tod meines Gatten abwarten zu müssen.

Der Staatsanwalt war allerdings auch keine Pfeife, er schmeichelte sich heftig beim Richter ein und klang über die Maßen plausibel, während er die Schlinge um meinen Hals enger zog. »Ja, Euer Ehren, durchaus möglich, dass sie Zugang zum Geld ihres Mannes hatte, aber vor die Wahl gestellt, an einen alten, kranken Mann gekettet zu sein oder dasselbe Geld mit einem gesunden, jungen verjubeln zu können, wie, Euer Ehren, glauben Sie, würde sich eine schöne, junge Frau wie die Angeklagte entscheiden?«

Worauf mein Anwalt zurückschlug und fragte: »Warum bringt sie ihn dann um?« Worauf der Staatsanwalt konterte: »Sie hat sich zu einem gemeinschaftlichen Mord verschworen und wusste, dass die Polizei dabei war, ihr auf die Schliche zu kommen, deshalb musste sie ihm das Verbrechen anhängen, damit man es nicht ihr anhängte.«

So ging es hin und her.

Die Zeitungen waren – wie ich später erfuhr – voll davon, brachten Artikel auf Artikel, mit Fotos von Earl, die sie in den Archiven hatten, und Fotos von mir, die sie am Tag meiner Festnahme geschossen hatten und auf denen Sergeant Young es nur teilweise gelungen war, mich vor den Objektiven zu schützen. Irgendwie bekamen sie sogar eines in die Finger, das mich in meiner Kellnerinnen-Uniform im *Garden* zeigte, woher sie das hatten, weiß ich nicht, aber sie wurden nicht müde, es immer und immer wieder zu drucken, mit schwarzen Balken an den Stellen, die sie für unzüchtig hielten, wodurch es noch unzüchtiger wirkte, als es in Wahrheit war.

Ebenso unvermeidlich war es, dass die Blattmacher, die von meinem Job wussten und mit drei Todesfällen konfrontiert waren, bei denen ich den Männern, die in mein Leben getreten waren, ein tödliches Gebräu verabreicht hatte, oder zumindest eines, das deren Tod zur Folge hatte, mich deshalb »Die Cocktailkellnerin« nannten – genau so, als hätte ich ihnen einen tödlichen Cocktail serviert. Der Spitzname blieb haften und verfolgt mich seitdem. Seinetwegen habe ich deshalb angefangen, meine Geschichte aufzuzeichnen, damit mein Name endlich reingewaschen wird und meine Kinder nicht mit dem Ruch und der Scham aufwachsen müssen, die ich nicht verdient habe und sie schon gar nicht.

Kinder. Ja. Aber ich greife vor.

Irgendwann an einem Spätnachmittag, zwei Wochen nach meiner Festnahme, hielt Mr. Hoopes ein letztes leidenschaftliches Plädoyer für meine Unschuld, und in der darauffolgenden Nacht zermarterte ich mir schlaflos das Gehirn, wie das Verdikt wohl lauten würde.

Würde mein Fall vor Gericht gehen, und würde ich dann, wenn ich dort verlor, verurteilt werden? Ich spürte schon die Manschetten, die sich um meine Hand- und Fußgelenke schlossen, und den eisernen Helm, der mir in die Stirn gedrückt wurde, und wenn ich in jener Nacht ein Auge zugetan habe, dann erinnere ich mich jedenfalls nicht daran. Doch am Morgen erfuhr ich die Entscheidung des Richters. Sie bestand aus zwei Wörtern: mangels Beweisen.

Ich war frei.

34

For now.

Jetzt hatte ich alles, was ich auf Erden brauchte, um glücklich zu sein: Abgesehen von meiner Freiheit, hatte ich – das stimmte schon – genug Geld übrig, dazu das Anwesen, in dem ich wohnen konnte, wenn ich das wollte, und Freunde. Nur das eine, das ich am meisten wollte, hatte ich nicht; meinen kleinen Jungen.

Deshalb fragte ich Mr. Hoopes, der mich im Gefängnis erwartet hatte, ehe er abfuhr, ob er mich in einer letzten Angelegenheit begleiten könne. Er sah auf die Uhr, doch im Hochgefühl seines Sieges und sicher auch angesichts des zu erwartenden Zusatzhonorars, stimmte er zu. Wir fuhren direkt zu Ethels Haus und parkten in ihrer Einfahrt, just als sie und ihr Mann den Wagen vollluden. Irgendwie musste die Entscheidung des Richters durchgesickert und von den Morgenzeitungen aufgeschnappt worden sein, denn Ethel hatte offenbar keine Zeit verloren, mit ihrem Mann und Tad eine Reise zu unternehmen, eine lange vielleicht, vielleicht auch eine ohne Wiederkehr. Hätte ich mich um eine halbe Stunde verspätet, wäre ich nur schnell nach Hause gefahren, um mich umzuziehen oder zu duschen, wäre mein Sohn verschwunden gewesen.

Doch so entdeckte ich ihn auf dem Rücksitz, rannte hin und riss die Tür auf. Ich hörte, wie Ethel meinen Namen rief, aber ich achtete nicht darauf, denn Tad lag mir in den Armen, ich hob ihn heraus und in die Höhe und bedeckte ihn mit all den Küssen, die sich angestaut hatten, seit ich ihn das letzte Mal gesehen hatte. Tränen liefen mir über die Wangen, das ängstigte ihn und er begann zu schluchzen, doch ich besänftigte ihn, wischte meine Augen trocken und sagte ihm, er brauche keine Angst mehr haben, Mommy würde ihn jetzt nie wieder allein lassen. Während ich meinen Sohn herzte, stand Jack Lucas daneben, in jeder Hand einen Koffer und einen schuldbewussten Blick in den Augen. Er wusste genau, dass es aussah, als hätten wir sie gerade noch erwischt, bevor sie abhauen konnten. Aber auf Ethels Gesicht zeichnete sich keine Schuld ab, nur nackte Wut.

»Lass das Kind runter, Joan. Du nimmst ihn mir nicht weg.«

»Oh doch. Das tue ich. Es ist vorbei.«

»Welches Gericht, glaubst du, wird dir gestatten, ihn zu behalten, Joan? Einer notorischen Mörderin.«

»Ich bin frei, Ethel. Der Richter hielt mich für unschuldig.«

»Einen Teufel hat er, ich habe den Artikel gelesen, er hat nur gesagt, es gäbe nicht genügend Indizien, um deine Schuld zu beweisen. Das bedeutet aber nicht, dass du nicht schuldig bist. Es gibt wohl keinen Menschen in diesem Staat, der nicht weiß, dass du es getan hast.«

»Ich würde begrüßen, Ethel, wenn du aufhören würdest, mich in Gegenwart meines Sohnes zu verleumden.«

Ich drückte Tad an mich und legte ihm eine Hand über das Ohr. »Und wenn du mir ernsthaft das Sorgerecht streitig machen willst, dann würde ich dich gerne mit meinem Anwalt bekannt machen, Mr. R. Harry Hoopes.«

Hoopes trat vor, und in seinen Augen blitzte genug Stahl, um ein ganzes Bataillon zu bewaffnen.

»Warum unterhalten wir uns nicht erst einmal, Mrs. Lucas, Mr. Lucas, warum gehen wir nicht einfach hinein und unterhalten uns.«

Die folgenden Tage vergingen mit Besprechungen. Ich traf mich mit Anwälten, Immobilienmaklern und Bankern. Die Anwälte eröffneten Earls Testament, und ich musste diverse Schriftstücke unterschreiben. Die Makler hofften, trotz des ganzen Rummels das Anwesen verkaufen zu können, doch da hatte ich noch keine Entscheidung getroffen, zumal ich sowieso warten musste, bis die Anwälte die letzten Details des Testaments geklärt hatten. Bei den Bankern handelte es sich um Earls Partner, ihnen gehörte zwar nur ein kleiner Anteil an seiner Firma, aber sie wussten, wie das Geschäft zu führen war, und ich wäre ein Narr gewesen, wenn ich ihren Anteil nicht vergrößert hätte, damit sie mir weiter die Geschäfte führten. Das tat ich denn auch, ein Vertrag wurde aufgesetzt, und sieh mal einer an, als ich unterschrieben hatte, besaß ich vierzig Prozent an einem prosperierenden Bankkonzern namens *EKW Associates*; den neuen Namen hatten wir im Gedenken an Earl so ausgewählt.

Anfragen gab es natürlich auch, mehr als ich zählen konnte, von Zeitungen und Wochenschauen, vom Radio und vom Fernsehen. Ich ignorierte sie alle, und zweimal musste ich Araminta vor die Tür schicken, um die dort versammelte Meute zu bitten, wieder zu gehen. Wenn schon nicht aus Respekt vor mir, so doch wenigstens aus Respekt vor dem kleinen Jungen. Doch sie gingen nicht. Was hieß, dass er weder auf dem Rasen spielen noch überhaupt nach draußen konnte. Mit einer Ausnahme.

Denn zu meinem Entsetzen hatte ich erfahren, dass Toms Leichnam die ganze Zeit über im Leichenschauhaus gelegen hatte, weil niemand sich für zuständig erklärt hatte. Natürlich nicht. Ich wusste, dass seine Eltern verstorben waren und er weder Frau noch Geschwister hatte. Doch ich hätte nie gedacht, dass er gar niemanden hatte. Irgendwann wäre er wohl in einem Armengrab gelandet, auf dem städtischen Friedhof vermutlich, aber das ertrug ich nicht. Bei allem, was er auch getan hatte, verdiente er doch etwas Besseres.

Also erklärte ich, ich würde den Leichnam beerdigen, rief den Bestattungsunternehmer an und traf die Vorbereitungen. Dann fuhr ich ein weiteres Mal mit Tom an meiner Seite zu einem Begräbnis, nur saß ich dieses Mal hinten bei ihm im Leichenwagen und nicht in einer Limousine, und auf der Rückfahrt würde er mich nicht mehr begleiten.

Ich trug ein konservatives, nüchternes schwarzes Kleid, mit ellbogenlangen Handschuhen und einem Hut, beides dem Anlass entsprechend ebenfalls schwarz. Auch die Sonnenbrille, die ich am

Flughafen getragen hatte, hatte ich wieder aufgesetzt, nicht um Reporter und Fotografen daran zu hindern, mich zu erkennen, denn das erschien aussichtslos, sondern um zu verhindern, dass sie meine verweinten Augen sahen und mit ihren Kameras ablichteten.

Wie zu erwarten, brachten alle großen Blätter Fotos von mir, wie ich an Toms Grab stand, die ersten Bilder der »Cocktailkellnerin« seit ihrer umstrittenen Entlassung aus dem Gefängnis. Rückblickend bereue ich nur eins, nämlich, dass ich, bevor ich losfuhr, Lippenstift aufgetragen hatte, was in allen Artikeln kommentiert wurde. Aber ich hatte das Bedürfnis nach etwas Farbe gehabt, damit ich nicht selbst wie ein Kadaver aussah.

Wir hielten auch keine Andacht in der Kapelle ab, sondern fuhren direkt zum Friedhof, wo ich mich mit dem Pfarrer traf, dem einzigen, der bereit war, die Zeremonie durchzuführen. Freundlich überging er Toms Selbstmord, überhaupt war seine Predigt bemerkenswert kurz, dennoch erhielt er für seine Mühen ein Honorar, das ausreichte, seine Kirche neu auszustatten oder seine Wohnung, falls ihm das wichtiger war.

Liz war gekommen und Bianca, die ihn beide bitterlich beweinten. »Ich kann einfach nicht glauben, dass er es getan hat«, sagte Liz. »Es ist mein Fehler, Joanie, alles nur mein Fehler.«

Ich mühte mich nach Kräften, sie zu beruhigen, aber ich fürchte, meine Worte erreichten sie nicht. Deshalb hielt ich sie einfach nur fest, ließ sie sich ausweinen und tätschelte ihr die Schulter. Als sie mich schließlich losließ, entdeckte ich hinter ihr eine Frau, die ich zuerst nicht einordnen konnte. Doch dann realisierte ich, dass es sich um Pearl Lacey handelte. Ich hatte nicht gewusst, dass sie Tom so gut gekannt hatte, erinnerte mich aber nach einer Weile, dass sie liebevolle Worte für ihn gefunden hatte.

»Schockierend, schockierend«, sagte sie. Und das war das Einzige, was sie während der gesamten Zeremonie zu mir sagte.

Ich würde gerne sagen, dass Sie nun die ganze Geschichte kennen, was geschah und wie es geschah und warum. Doch eine Einzelheit habe ich Ihnen noch nicht erzählt, was nämlich passierte, als ich von Toms Begräbnis nach Hause kam. Als ich durch die Tür trat, fiel mir etwas auf, und ich fing an zu weinen, doch nicht leise Tränen vergießend, wie auf dem Friedhof, als ich in das frisch ausgehobene Grab geblickt hatte, sondern so laut und heftig schluchzend, dass ich kaum mehr Luft bekam. Araminta brachte mir aus der Küche ein Glas Wasser, und fast hätte ich mich beim Trinken verschluckt.

Keuchend bat ich sie um einen Kalender. Sie brachte mir einen, eine winzige Spielkarte, die sonst mit einem Magneten am Kühlschrank haftete. Ich starrte darauf und zählte nach, doch eigentlich brauchte ich das gar nicht. Diesmal war meine Regel wirklich ausgeblieben.

Seitdem sind neun Monate vergangen, beinahe jedenfalls, morgen ist der anvisierte Tag. Der Arzt, der mein Kind zur Welt bringen wird, ist derselbe, den ich in meiner Panik angerufen und gebeten hatte, ins Haus zu kommen und einen Apparat mitzubringen, mit dem er den Test sofort durchführen konnte. Er kam, brachte seine Gerätschaften mit, und ja, diesmal war die Regel nicht durch Stress verzögert worden, wenngleich ich weiß Gott genug Stress zu bewältigen gehabt hatte, um mich für den Rest meines Lebens auszutrocknen. Nein, es war ein Baby, und seitdem trage ich sie unter dem Herzen.

Natürlich weiß ich nicht, ob es ein Mädchen wird – sicher kann man nie sein. Aber ich habe so ein Gefühl. Ich hatte Träume, in denen sie zu mir gesprochen hat – immer mit einer Kleinmädchenstimme. Wer weiß, wie zuverlässig das ist, der Arzt sagt, überhaupt nicht, aber manche Frauen, mit denen ich gesprochen habe, sehen das anders.

Es war eine schwierige Schwangerschaft, mit häufiger Morgenübelkeit und viel Bettruhe. Klein Tad hat sich wie ein Engel verhalten, aber für ihn war es auch nicht leicht. Natürlich haben wir jetzt genug Geld, um zehn Kindermädchen anzuheuern, aber das ist nicht das Gleiche, wie wenn Mommy dich aus dem Bettchen hebt und in der Luft herumwirbelt.

Zum Glück waren noch ein paar von Hildas Pillen übrig, die mir halfen, das Schlimmste zu überstehen. Natürlich konnte ich keinen Arzt bitten, mir neue zu verschreiben. Alles, aber nicht diese Pillen, denn wenn herausgekommen wäre, dass die »Cocktailkellnerin« um mehr Contergan gebeten hätte, wäre das für die Zeitungen mehr als ein gefundenes Fressen gewesen.

Die Berichterstattung hat jetzt, da das Baby jeden Augenblick auf die Welt kommt, sowieso stark zugelegt. MÖRDERKIND lautete eine der Schlagzeilen, die ich im Vorübergehen gesehen hatte. Ich wusste nicht, ob sie mich oder Tom meinten. Doch noch am selben Abend begann ich mit diesen Aufzeichnungen. Um sicherzustellen, dass die Wahrheit ans Tageslicht kommt.

Ich kann es kaum erwarten, mein kleines Mädchen zu sehen, es in meinen Armen zu wiegen. Toms Baby. Mit einem Vater wie ihm … da muss sie einfach eine Schönheit werden, eine perfekte kleine Schönheit, und ich möchte, dass sie das Leben bekommt, das mir nicht vergönnt war und Tad – zumindest in den ersten vier Jahren seines Lebens – auch nicht. Aber seine kleine Schwester soll es besser haben – und ich bete jeden Tag, dass ihr die Grausamkeiten erspart bleiben, denen wir ausgesetzt waren.

So – jetzt scheint alles gesagt. Das muss reichen.

Für den Augenblick zumindest.

NACHWORT

Im April 1841 erschien im »Graham's Magazine« mit »Der Doppelmord in der Rue Morgu« die erste Kriminalgeschichte überhaupt. Ihr Verfasser, Edgar Allan Poe, entwirft in dieser Short Story nicht nur den Prototyp einer Detektivgeschichte, deren Erzähltechnik bis heute adaptiert wird, sondern schafft mit C. Auguste Daupin auch einen Hauptdarsteller, der – alle Zeiten überdauernd – immer noch zum Personal vieler guter Kriminalromane zählt: den exzentrischen Amateurdetektiv. Dupins analytische Fähigkeiten führen schließlich zur spektakulären Auflösung des Falls (es war ein wild gewordener Affe), aber ebenso im Gedächtnis bleibt seine beinahe kulthafte Verehrung der Nacht, ein Motiv, das in anderen Erzählungen Poes noch weitaus mehr Raum einnimmt und das metaphorisch die Abgründe des Menschen und die »Nachtseite der Moderne« aufzeigt.

Dieses Hin- und Hergerissen sein zwischen den Mächten des Hellen und Guten und dem Dunklen und Bösen trieb auch einen seiner größten Förderer um, den Schriftsteller und ersten Übersetzer Edgar Allan Poes: Charles Baudelaire.

Baudelaire, dessen »Les Fleurs du Mal« (»Die Blumen des Bösen«) Mitte des 19. Jahrhunderts die Lyrik in Europa revolutionierte, beschreibt Großstadt in all ihren Facetten und mit ihr den neuen Typus des Großstadtmenschen, ein von Pessimismus und Melancholie bestimmtes und dem Dasein entfremdetes Individuum, das sich im Irrgarten der eigenen Existenz zunehmend ängstigt.

Legt man nun die Erzählmotive dieser beiden Seelenverwandten zusammen, und ergänzt sie um das Bild des *Poète maudit* – dessen Werk sich provokant und selbstzerstörerisch dem Geschmack der Mehrheit entgegenstellt und dessen Leben selbst von Zerrissenheit geprägt ist –, dann lassen sich Romanfiguren denken, die dem von seinen Zeitgenossen als zügellos und lasterhaft beschriebenen Charakter Edgar Allan Poes und jenem des drogen- und alkoholabhängigen Revolutionärs Baudelaire nicht unähnlich sind. Und man erhält das natürliche Habitat des Noir-Protagonisten mit seinem zwischen Nihilismus, Zynismus und Melancholie changierenden Seelenzustand.

Was nun noch fehlt, ist das dazugehörige Klang-Bild, um die dunkle Spielart des Kriminalromans vollends zum Leben zu erwecken.

»Der Doppelmord in der Rue Morgue« wurde 1932 verfilmt. Für die Bilder war Karl Freund verantwortlich, einer der bedeutendsten Kameramänner des expressionistischen Stummfilms in Deutschland, Erfinder der entfesselten Kamera und der scharfen Hell-Dunkel-Kontraste, der mit Filmen wie »Der letzte Mann«, »Metropolis« oder »Berlin – Die Sinfonie der Großstadt« Meisterwerke der Filmkunst geschaffen hat.

Ohne ihn und Regisseure wie Fritz Lang, Billy Wilder oder Max Ophüls, um nur einige zu nennen, wäre der Film Noir, so wie wir ihn heute kennen, undenkbar. Im Hollywood der frühen 1940er Jahre waren es vor allem europäische Filmemacher, die die visuellen und thematischen Grundlagen für den Film Noir legten. Aber die wirklich großen Stoffe lieferte die amerikanische Hardboiled-Kriminalliteratur.

Dashiell Hammetts »The Maltese Falcon« (»Der Malteser Falke«) bot die Vorlage für John Hustons »Die Spur des Falken«, und auch die meisten Romane von Raymond Chandler, dem Schöpfer von Privatdetektiv Philip Marlowe, wurden verfilmt, ebenso wie die Werke von Cornell Woolrich (»Das Fenster zum Hof«) oder James M. Cain.

Dies war der Beginn eines überaus regen Austauschs von Gedanken und Ideen über Kontinente hinweg, der nicht nur den Film oder die Literatur betraf, sondern auch die Philosophie, die Musik, die Bildende Kunst.

Der französische Verlag Gallimard verlegte ab 1945 mit der *Série noire* die wichtigsten Hardboiled-Autoren in französischer Sprache, und die Filmregisseure Pierre Chenal und Luchino Visconti adaptierten unabhängig voneinander James M. Cains »The Postman Always Rings Twice« (»Wenn der Postmann zweimal klingelt«). Die Nouvelle Vague, der italienische Neorealismus oder die vom Existenzialismus beeinflussten Filme von Jean-Luc Godard, François Truffaut oder Claude Chabrol, alle profitierten sie von dieser neuen Art des Erzählens und auf faszinierende Weise verschmolzen Hoch- und Populärkultur sowohl in Amerika als auch in Europa.

Und um den Begriff des Klang-Bilds endlich näher zu erläutern: Während sich die europäischen Existenzialisten in Harlem herumtrieben, um die Schwarze Clubkultur und Musik zu entdecken, feierte Miles Davis in Paris Triumphe.

Jazz und Noir, das gehört unbedingt zusammen – legendär sind Miles Davis' Soundtrack zu Louis Malles »Ascenseur pour l'échafaud« (»Fahrstuhl zum Schafott«) oder Martial Solals großartige Filmmusik zu »À bout de soufflé« (»Außer Atem«) von Godard, in der sich die Musik auf so unvergleichliche Weise mit den Alltagsgeräuschen von Paris verbinden. Aber »Crime-Jazz« ist nur einer der zum Noir passenden Musikstile, Rock-, Blues-,

Country- oder Rap-Musik sind ebenso stilbildend und liefern den Sound für viele der Neo- und Country-Noir-Filme der Gegenwart. Unverändert inspirieren sich unterschiedliche Kunstgattungen und Kulturen gegenseitig und die Anfänge des Noirs fungierten, das darf man wohl sagen, als Katalysator.

Das bildet auch die vorliegende Auswahl ab. Sie stellt nicht die wichtigsten und bekanntesten Werke des Krimi-Noir zusammen, denn die sind alle hinreichend gelesen und rezipiert. Vielmehr folgt sie der eben beschriebenen Spur, stellt Verbindungen zwischen dem amerikanischen und europäischen Noir her und versammelt herausragende Romane aus beiden Kontinenten. Beginnend mit James M. Cains letztem und lange verschollenen Roman »Abserviert«, führt sie in das Harlem der frühen 1960er Jahre, stellt mit Ulf Miehes »Puma« einen der wenigen deutschsprachigen Noir-Romane vor und besucht Fabio Montale, einen kleinen Polizisten mit Hang zum guten Essen, in Marseille. Massimo Carlottos »Die dunkle Unermesslichkeit des Todes« ist ebenso beklemmend und grandios, wie der Titel es vermuten lässt, und mit Charles Willeford, Jim Nisbet und Nic Pizzolatto wird die ganze Bandbreite des amerikanischen Noir erlebbar.

Die ausgewählten acht Titel sind – wie es sich gehört – voller zwielichtiger Gestalten, dunkler Ecken und trauriger Helden. »Der Krimi«, so hat es James Ellroy mal ausgedrückt, »ist ein Filter für das negative Potenzial, das man in sich trägt.« Noir aber ist mehr. Als Leser kann man sich mal auf diese, mal auf jene Seite schlagen und insgeheim die Untiefen der eigenen Persönlichkeit ausloten. Und nicht selten zerfließt die widersprüchliche Weltanschauung des Helden mit der eigenen. Was entweder Entsetzen oder wohlige Schauer auslöst.

Peter Graf

James M. Cain wurde 1892 im Bundesstaat Maryland (USA) geboren und starb 1977 ebenda. Berühmt wurde er mit Romanen wie »Wenn der Postmann zweimal klingelt« oder »Doppelte Abfindung«. Cain gilt als Schöpfer des Krimi Noir und hat die amerikanische Literatur nachhaltig geprägt. Der verschollene letzte Kriminalroman von James M. Cain ist nicht nur eine Sensation, sondern ein spannungsreicher Pageturner der Extraklasse.

Lizenzausgabe der Süddeutsche Zeitung GmbH, München,
für die Süddeutsche Zeitung Edition 2016

James M. Cain
Abserviert
Die Originalausgabe erschien 2012 unter dem Titel
»The Cocktail Waitress« bei Hard Case Crime

Die Deutsche Erstausgabe erschien 2013 bei
WALDE+GRAF bei METROLIT

Aus dem Amerikanischen von Simone Salitter und Gunter Blank

Herausgeber: Peter Graf | WALDE+GRAF Verlagsagentur und Verlag GmbH
walde-graf.de
Projektmanagement: Till Brömer
Gestaltung und Layout: studio stg, studio-stg.com
Druck- und Bindearbeiten: CPI books GmbH, Ebner & Spiegel Ulm

Printed in Germany
ISBN: 978-3-86497-356-7

Weitere Titel der Reihe

Krimi Noir

ISBN: 978-3-86497-363-5